跨度长篇小说文库

Kuadu Novel Series

跨度长篇小说文库

Kuadu Novel Series

瑞雪丰年

张晓光

◎著

RUIXUE

FENGNIAN

中国文史出版社

目录 | contents

序

　　我为《瑞雪丰年》作序,就先说几句有关作序的话题。我是写小说的,而且写的较多,渐渐地读的人多了,知道我名字的人也就相对多些,这就使一些作者,尤其是青年作者产生一些想法,若出书由我作序,谈点读后感或提些中肯的意见,会有助于今后的创作,这或许就是经常有作者,尤其是青年作者出书,邀请我为其出书作序的由来。再者我又是教书的,在语言大学从事文学授课,这样说来,为文学尽力实乃责无旁贷的事。至于我为《瑞雪丰年》作序,更是有些缘由的。

　　我为别人出书作序是讲原则的,那就是邀请我出书作序的作者必须有为人之德行;再就是我的时间和精力是有限的,如不能如愿,也请谅解。我现在正在赶写一部篇幅较长的长篇小说,为了不受干扰,我特意告知晓文弟,然而不久便收到了晓文弟的特快邮递,打开一看,白纸黑字,晓文弟的亲笔:"文友市作协副主席介绍,我认识了宾县90后青年作家张晓光,他说有幸认识您,恳请您为他的新书长篇小说《瑞雪丰年》出版作序,望圆梦。寄去您与张晓光的合影,您不会说不认识吧!"

　　我拿起照片仔细端详,在我印象中,张晓光这名字确实没有记忆,但我与他的合影却真真切切。再细看照片的背景,猛然想起,这是我那年回家乡黑龙江在省图书馆讲课时,与一位特意从宾县驱车赶来听我讲课的文学青年的合影,名字确实忘却了。还有两张照片是令我满心愉悦的,一张是我在

《参花》杂志 2013 年 9 月刊的封面照,另一张是张晓光在《参花》杂志 2013 年 11 月刊的封面照,再看便是一本厚厚的简历、简介、目录、故事梗概、创作谈及小说书稿了。

说心里话,创作任务紧,我只能领略书稿。一位生长在家乡小县城的 90 后,不但加入了省作协,而且任县文联副主席、作协主席等职;在攻读大学法学专业时,就获得了"优秀团干部""新一代创业人""十大杰出青年""最具人气奖""优秀作品奖"等殊荣;并在全国数十家刊物发表小说、散文、诗歌,而且出版了长篇小说《墟上春绿否》等,其成就更是被多家媒体采访报道过,可以说我是在为一位年轻有为的作家出书作序。

文学之路是从爱好文学起步的,而文学之路是崎岖艰辛的,能在文学的道路上取得成就,不但要爱得深沉、痴迷,而且要耐得住寂寞,经得住诱惑,执着笃定,决不言败。应当说张晓光就是一位取得成就的值得赞誉的青年作家。

我的文学之路是特定历史条件下形成的,所以我就有了"知青作家""平民作家"等称谓。不管我承认与否,读过我的小说的人大都这样认为。张晓光的长篇小说《瑞雪丰年》的创作过程就完全不同,他没有亲身体验民国时期生活的经历,即使有间接体验生活,我想也是不够系统充分的,他的创作从构思到完成经历了怎样的过程,对我来说应当是个问号。最终我还是欣慰地在他的《后记》中找到了答案。他在他的《后记》中这样写道:"民国的历史,在中国浩浩荡荡五千年的长河中,只能算是浪花一朵……我一直想写一点文字,记述那段时光下的人们,也想用自己的视角去透过人物解读我对这段历史的理解。"我认为这正是张晓光创作上的难能可贵之处,当今一些青年的思想缺失铭记历史、追溯历史、思考历史的理念,张晓光创作的《瑞雪丰年》,可谓主观上的积极尝试,也体现了他创作上弘扬正能量的历史责任。

文学是人学,小说是作家虚构的以有关描写人与人、人与自然、人与社会之间矛盾冲突的故事。张晓光的长篇小说《瑞雪丰年》是一部以反映民国、抗战、革命的大背景为前提,以描写富商间的尔虞我诈,在国之危亡家之破败的紧要关头,人们的灵魂扭曲、蜕变,最终经过灵魂洗礼的人们,用正义之壮举投身革命,迎接新中国即将到来的曙光。

可以肯定地说,《瑞雪丰年》是一部以现代人深度思考的角度进行创作的小说。小说中的一号人物严丰年的人物塑造是有特色的。首先，严丰年是严家的九少爷，在严老爷故去时由上海到北平奔丧，这便是开篇。原来他只是严老爷与戏子生下来的私生子，尽管他内心卑微，遭受欺辱，但严老爷念他常年在上海与母亲相依为命，自己虽在经济上全力相助，可必定在名分上委屈了他们娘儿俩，良心发现，留给他的遗产明显偏袒，引起了家族不小风波，但他终于在严氏家族大少爷的"主持正义"之下，在严家有了体面的立足之地。可接下来的便是严氏家族潜在的分崩离析，众多的兄弟的嫉妒，大哥虽然看似全力相护，但内心却另有玄机，这便是严丰年与颜家二小姐颜惜禾情感戏的开始，小说的尾声严丰年投身革命，打入汪伪内部，实施锄奸行动，完成任务，身受重伤，他除掉的正是颜惜禾的丈夫……

掩上书稿我陷入思考，作者为什么会让一对从前的"情侣"最终落得如此之结局？为什么会让一个私生子少爷、花天酒地的浪子质变为革命者？最终，我感受到这也是张晓光小说中的特色之处，他从另一种思考告诉读者的，是在民国动荡年代人性的迷茫和不确定性。

更值得称道的是，小说中的抗战情节，虽未见战火纷飞的壮烈场面，但严丰年实施爆破锄奸之壮举，实在可歌可泣。

总之，我以为长篇小说《瑞雪丰年》的故事很有传奇色彩，很有可读性，既有纯文学，又有评书章回小说的悬念，每个章节都有小标题的设置，人物描写刻画细致，故事叙述手法直白，通俗易懂，是一部较为成功的小说。

最后，我衷心祝愿张晓光的长篇小说《瑞雪丰年》早日与读者见面。

梁晓声
2015年9月20日
于北京

引　子

1935 年冬,严丰年孤身行走于北平的漫天风雪之中,歪戴一顶薄礼帽,穿一件剪裁很是俏皮的呢子大衣,双手揣在兜里,冷得直打哆嗦。

他是从上海直接坐火车过来的,上海天气暖和,上车之前他又是抹生发油又是喷香水,把自己打扮得文质彬彬,人模狗样。他知道北平会比上海"冷一些",可因为多年来并无亲身体会,他还是选择了维持形象,绝不去穿那可以御寒却其丑无比的棉大衣。

可等到抵达北平,出了火车站,他看着这个与上海截然不同的银装素裹的新世界,一瞬间傻眼了。

没人来车站接他,他走的时候也没带随从,此时就一下子成了个孤家寡人的境况。天寒地冻的,连拉洋车的车夫都不出来干活,他也不清楚北平的汽车行在哪儿,无法去租赁一辆小轿车舒舒服服地回家,绝望地仰着头想了半天,他就此认命,深一脚浅一脚地开始徒步往严家老宅走去。

半个多小时后,严丰年一张英俊小脸冻得通红通红,艰难地把手从衣服兜里伸出来,他深吸一口气,开始地动山摇地敲门。

朱漆大门应声而开,身穿厚棉袄的老妈子往外探出一个脑袋,随即就高声叫道:"哎——是九少爷,九少爷回来了!"

老妈子扯着大嗓门喊过第三遍,一个长袍马褂,犹如老太爷一般的中年男人匆匆走了出来,严丰年一见来者,当即规规矩矩地站直身子,带着一点儿讨好的意味笑道:"大哥,我回来了。"

严家大爷——严平温从上到下细细打量了弟弟一遍，末了儿，他很威严地一点头："既然回来了，就跟我进屋吧。"

严丰年这个人，往尊贵里说，是堂堂北平严家的九少爷，往实际里说，是个从来不受重视的野种。

严丰年的娘亲是上海人，容貌娇美，多才多艺，早年在戏班子里唱青衣，唱了几年没唱出名头来。她耐不得寂寞，匆匆忙忙地学习几天西洋做派，便又下海当了舞女。在安吉尔舞厅陪舞几年，她结识了北平来的严老爷，一番娇揉造作以后，她把这严老爷哄得"龙颜大悦"，顺手就为她置办了小公馆，把她收为外宅。

一年多以后，严丰年出生了。

严丰年的娘身份尴尬，连个正经姨太太都算不上，所以没按严家家谱起名字。舞女娘亲在产房里哭天号地之时，严老爷端坐在客厅中喝茶看报纸，不经意地看见报纸上大赞今年粮食大丰收，便来了灵感，顺手为他的九儿子取了这么个吉利通俗的名字。

严老爷家大业大，既不缺姨太太也不缺亲生儿子，所以严丰年的娘虽说是母凭子贵，到底也没贵出多少来，只是稳固了地位，每月可以定期得到一笔抚养费，不至于在色衰爱弛的那一天一无所有地被赶出门去。

母子相依为命了二十年，严丰年的娘患肺痨死了，严丰年一个人逍遥自在地在上海又过了四年，北平发来电报，说严老爷也死了。

北平电报上只向他通知了严老爷的死讯，并未让他回去，可严丰年思来想去，还是决定回去一趟，一来，他不知道新任的当家人是否会像从前一样按月给他寄生活费；二来，他认为自己好歹算是严老爷的亲生骨肉，分家产的时候，多多少少也该留给他一份。

小心翼翼地随大哥走进堂屋，严丰年发现那富丽堂皇的大屋子里，早已满满当当地挤了许多人。

严丰年的前八位哥哥姐姐自不必说，严丰年底下四个相对年纪较小的弟弟妹妹也与各自亲娘肩并肩地坐着，加上哥哥们的妻子、姐姐们的丈夫、保管严老爷遗嘱的两位律师，并严家大管家以及几位得脸下人，又是浩浩荡荡十几号人马。严丰年看在眼里，不禁暗暗咂舌，他从小到大回严家老宅不到十次，还从未看见严家众人这么齐整过！

能坐的地方已经全被坐满了，严丰年无奈，只得在角落里倚墙站着。还没暖和过身子来呢,便听一位很脸生的姨娘不冷不热地来了一句:"九少爷回来得倒是时候。"

严丰年缩着肩膀讪笑一下,的确是时候,他可没想到自己甫一回家,便赶上了宣布遗嘱这种大事。

严家大爷在正中主位喝完一杯热茶,此刻就四平八稳地道:"正好九弟也回来了,张律师,开始吧。"

张律师于是清一清喉咙,朗声开始念那份冗长的遗嘱,严老爷手下产业众多,现在细细分去,也颇要费一番周折。

一刻钟后,遗嘱念完,在场诸人面面相觑,却是统一地愣住了。

严家大部分产业传给嫡长子大爷,这是无可厚非的,女儿们,无论出阁未出阁,统一分一笔现钱而不分实体店面,这也合乎情理,而剩下的一家银行、两个高档饭店,以及一家电影院,却是全归九爷严丰年所有。

严家其他几位庶出少爷,则是一毛钱都没分到。

二少爷首先反应过来,不由得涨红了脸,他冲律师嚷道:"这不可能!爸爸怎么会留下这样的遗嘱?他……"他一指严丰年的鼻子,"他连北平都没来过几趟呢!"

张律师摘下金丝眼镜,温文尔雅地回应道:"老爷的意思,正是因为九少爷一直养在外地,所以要额外补偿一些。"

二少爷一滞,仍是不服,"那也不该这么分啊!"他瞅一眼大哥,发现大哥也正若有所思地注视着他,就不由得矮了几分气焰,"这个……大哥是嫡长子,承继家业是应该的,九弟的那位娘,从未被正经娶进门来,姨娘都算不上,也要与我们这些堂堂正正的严氏子弟抢家产吗?"

这话一出,余下几位少爷纷纷赞同,他们不敢质疑大哥,因为大哥名正言顺,可九弟严丰年骤然得到的那些,虽说与大哥承继的家产相比不算什么,也足够让一无所有的他们非常眼红了。

所有人的视线都集中在那个与他们几乎是不大熟悉的九少爷身上,然而严丰年低头耸肩,做缩头乌龟状,竟是一声也不吭。

五少爷脾气急,见偌大的堂屋内一时气氛胶着,便站起身,忍不住上前推一把严丰年,"你倒是说话呀,哑巴了?"

严丰年当然没哑巴,只是实在不知道该如何回应。他本拟着来一趟北平,领一笔现钱已是目标达成,谁料那不常见面的老父竟格外厚待于他,给他留下这么些意外的好东西，他现在嘴角忍不住地直往上翘，便只好低头掩饰神色——老爹刚死没几天，他就笑成一朵花，岂非上赶着落人话柄。

最终，还是严平温大手一挥，替九弟解了围，"既然爸爸的遗嘱上这样说，大家也不必争执了，就这么办吧！散了散了，都该干吗干吗去，丰年，你跟我上楼一趟！"

一同步入二楼书房，严平温点上一根烟，优哉游哉地吞云吐雾一番之后，他脸上的表情堪称是和蔼可亲，"丰年，坐，别拘束着了，你来一根？"

严丰年连连拒绝。他不会抽烟。

严平温笑道："丰年，高兴吧？原来爸爸一直想着你呢。"

严丰年受宠若惊地承认着："是，说实话，我来之前真没想到……"

严平温伸出一只大手，拍拍这位幼弟的肩膀，"既然在这边有了产业，以后也就别回上海了，你要是嫌严府人多嘈杂，我在城西有处小公馆，你先住下。对了，你在上海还有什么事情需要回去处理吗？"

严丰年盘算一下，答道："没什么了，我晚些时候发个电报回去，让伺候我的那两个人带着行李一块儿过来，房子一时半会儿也卖不掉，就先空在那里吧！"

严平温掐了烟，却是盯着严丰年的一张脸打量来打量去，一直把严丰年看得有些发毛了，他才问道："九弟，你今年多大了？"

严丰年说："过完年就二十五了。"

严平温眨一眨眼，仿佛是陷入了沉思，"二十五……正当盛年，好时候啊！你在上海那边，应该是还未成家的吧？"

严丰年不解其意，"对，上海那边普遍结婚晚，大哥这么问，是有什么事吗？"

严平温意味深长地一笑，"什么事……当然是好事了，不过先不着急，你刚来北平，爸爸的尾七也还没过，这件事啊，咱们以后慢慢再说。"

第1章
颜二小姐

转眼间冬去春来,严丰年渐渐习惯了北平的新生活,大哥的小公馆又宽敞又舒适,有了父亲留给他的那些固定产业,他再也不缺钱花了,打扮摩登地穿过大街小巷,各种社交场,相熟的人都客客气气地喊他一声九爷,喊得他扬扬自得——从前在上海时那个"严先生"的称呼,可没有这一句九爷威风!

而随着父亲的尾七结束,严丰年也渐渐明白了大哥当初那句话的含义:大哥竟是想给他做媒。

能让严家大爷看上眼的,必定不是一般女孩子,而大哥口中的这位"颜二小姐",不但不一般,听完她的种种事迹以后,严丰年目瞪口呆,不禁感觉此等女子自己实在是招惹不起。

颜惜禾颜二小姐的名头,在现今的四九城里,简直可以说是无人不知,无人不晓。

颜惜禾的父亲颜老先生生前乃是一介大商贾,生意涵盖各个领域,财力雄厚丝毫不逊于严家。颜老先生膝下有四个孩子,老大老三老四皆是公子,唯独颜二小姐一个姑娘,本来颜老先生深受儒家影响,信心满满地要把男孩们严格教育,以便将来继承家业,而二小姐只要能够长成一名温柔贤淑的大家闺秀,今后不愁嫁人即可。

谁料世事造化，颜老先生一世精明，养了三个儿子居然全不成器！而那颜二小姐从八岁起就显露了母虎个性，竟能以一人之力把哥哥弟弟们欺负得鬼哭狼嚎，日日跑去颜老先生跟前告状。

颜老先生痛心疾首地观察了十来年，终于不得不承认自己的万贯家业，恐怕只有在颜惜禾的手里，才不至于败落下去。

于是自一年前颜老先生因病过世后，二十三岁的颜惜禾顺利成为新一代颜家家主，曾经全北平的人都在等着看一场颜家后代手足相残争夺权力的大戏，谁知颜家风平浪静，连场折子戏都不曾奉献给满怀期待的观众们——实在是因为颜家公子被颜惜禾十数年如一日地欺负镇压，早已丝毫不敢反抗了。

不过这位颜二小姐凶悍至此，到底也是一介女流，既是姑娘家，早晚也得嫁人，而北平城里所有有头有脸的家庭自然都明白，谁娶了颜二小姐，谁就相当于娶了移动的金山银山。

严平温如今四十多岁了，早已是妻妾满堂，不好再涎着脸打颜小姐的主意，下头几位庶出的弟弟们一无所有，也身无所长，都是些吃喝嫖赌不干正事的纨绔公子哥，想必也无法打动颜小姐的芳心。唯有这一位上海来的九弟，手里攥着几分薄产，又随了他那舞女娘的好样貌，唇红齿白，剑眉星目高鼻梁，文质彬彬，风度翩翩，口音里还带着几分软软的江南腔调，倒是可以试上一试。

严丰年自来北平后，受了大哥颇多关照，此时也不好意思一口回绝，又听大哥信誓旦旦地保证说这位颜小姐乃是一名难见的大美人。严丰年对悍妇不感兴趣，可是对漂亮姑娘很有兴趣，便当真对着镜子梳洗打扮一番，见自己外表模样万无一失了，方随大哥乘坐严家的汽车，一同去赴由一位安贝勒发起的盛大晚宴。

宴会进行良久，那位大名鼎鼎的颜二小姐才姗姗来迟，可到底还是出现了。

她穿一身剪裁考究的黑色洋装，踩一双细钻点缀的高跟鞋，笑容矜持，派头十足地走进大厅。

说起来，她今年不过二十四岁，生了一双水汪汪的杏仁眼，小鼻子小嘴瓜子脸，看起来甚至要比实际年龄更小一些，然而架子摆得十足，小姐的年纪贵妇的举止，这种矛盾放在寻常大家闺秀身上，只怕要被人暗暗嘲笑，但结合具体事迹,没人觉得颜二小姐这副做派有何不妥——颜老先生过世一年,颜家产业非但未曾败落,反而在这个黄毛丫头的手里蒸蒸日上,这份能耐,别说嫁为人妻充门面的贵妇了,那些活了四五十岁混成人精的老爷们也不敢拍着胸脯说自己能比颜二小姐高明多少。

眼瞅着颜惜禾与此次宴会的主人安贝勒寒暄完毕,严平温抓紧时机,对身边的九弟使一个眼色,然后仿佛漫不经心地踱步过去,端的是一副长辈的正经神色:"颜二小姐近来可好?咱们仿佛是数月不曾碰面了。"

颜惜禾与这位严家大爷算是相熟,此刻就少了一分矜持,多了一分热情,"我还是老样子,谈不上好与不好,严大哥呢?"

严平温答道:"我也是。"然后他暗暗把严丰年往前一推,对颜惜禾笑道:"这是我的九弟丰年,刚从上海回来,今天也是缘分,竟正好碰上了颜二小姐。"

颜惜禾略一偏头,打量起严平温身边的那位年轻公子。因见他平头正脸,还算体面,便伸出右手,微笑着与他寒暄,"丰年……不知是哪两个字呢?"

严丰年与她握一握手,不知怎的,忽然有点儿紧张,"就是'瑞雪兆丰年'的丰年。"

颜惜禾眉毛一挑,露出几许惊讶神色,仿佛是没想到严丰年的名字这般简单,"哦……不错,瑞雪兆丰年,是个很好的意头。"

而一旁的严平温察言观色,当即不露声色地走开,留这一对男貌女才的年轻人互相攀谈熟识。

严丰年觉得,自己跟这位颜二小姐,有点儿说不到一块儿去。

大哥没有说谎,这位颜二小姐外表的确是又年轻又美丽,可略微深谈下去,他就有些力不从心了。颜二小姐看着是一位妙龄女青年,然而言谈举止,乃至兴趣爱好全都异常老成,像个久经风霜的老头子,毫无青春气息。

严丰年自认为是上海人,平素喜欢看看电影听听音乐会,晚上通常泡在舞厅里与女孩子跳华尔兹或者恰恰舞,然而这颜二小姐是既不看电影也不听音乐会,最大的爱好乃是去戏园子里听戏。严丰年对戏曲所知甚少,颜二小姐也不是个话痨,两人聊着聊着,通常就要尴尬地沉默下来。

严丰年无奈了,搜肠刮肚着,他对着颜惜禾手上的一枚戒指夸赞起来,"颜小姐的这枚戒指真好看,款式大方,光头也足,更难得的是这镶嵌手艺,一看就出自名家之手。"

颜惜禾亦是举起手来看了两眼，却没有平常女孩子被夸赞首饰时的高兴神色，"随手戴着玩的，不算什么。"她的目光离开严丰年，往远处看去，秀眉微蹙，表情却是一瞬间生动复杂了起来。

她忽然很突兀地问道："严先生，三天后的晚上，你有没有时间？"

严丰年一怔，下意识答道："啊……有的，颜小姐有什么事吗？"

颜惜禾嘴角上扬，露出一个妩媚的笑容，悠悠瞟一眼严丰年，她说："那就说定了，三天后晚上八点，我请严先生听戏去。"

然后她礼貌地一颔首，也不给严丰年拒绝的机会，直接结束了两人之间的交谈，"严先生，再会了。"

她急匆匆地踩着高跟鞋"嗒嗒"离去，留下严丰年一人在那里又是犹豫又是莫名其妙。

听闻颜二小姐主动约了下回见面的时间地点，严平温十分高兴，心想自己这个九弟还真是有几分本事，他殷切劝道："难得人家颜二小姐对你印象不错，你整天也没个正经事可干，不如就好好陪陪人家吧。"

严丰年苦着一张脸，"大哥，我和她没话可说啊！"

严平温回想自己与颜二小姐的几次相处，觉得两人的共同话题还是挺多的，大到哪条商路平安，政府内派系如何，小到北平城里哪个角儿红火，谁唱戏唱得好，除了女人不能聊，其他方面那颜二小姐侃侃而谈，与严平温毫无沟通障碍。不过话说回来，严平温比严丰年大了二十岁，严平温既然与颜惜禾聊得痛快，严丰年作为一个标准的年轻公子哥，与颜惜禾搭不上话也属正常了。

思及此，严平温对弟弟循循善诱道："这个……颜二小姐思想的确是成熟了一些，否则如何能守住他们家的万贯家财？但她说到底也是个女孩子，你多挑一些女孩子们喜欢的话题，逗她开心不就是了？你活了二十多年，怎么追女孩子，不必大哥我再教给你了吧！"

严丰年无可反驳，便只得唉声叹气地应承下来，他决定只跟这颜小姐约会一次，一次而已，无论如何也能应付下来。

第２章
再遇惊心

只是严丰年没能深想，他不知道只这一次，他就对这个颜惜禾另眼相看，甚至微微动了些心思。

三日后，严丰年如约而至，他虽然对颜惜禾并无太多的感觉，但是作为一个标准的公子哥，对于漂亮的姑娘却是不拒绝的。

严丰年只是和颜惜禾约了时间，这地点还未定，早晨在严平温的催促下，将自己收拾了一番，他才坐在大厅里等着。与其说是等着，不如说他根本就不知道怎么去找颜惜禾。

若是他主动去了，岂不是显得他太上心？让颜二小姐误以为自己对她有感觉，不是很羞臊？

可他要是不主动前去，会不会显得太小家子气，居然爽了一个姑娘的约。

严丰年独自纠结时，严平温却已经派人开了车等在了门外，随后塞了两张票子给严丰年："若是听戏，颜二小姐最是喜欢青衣楼的戏。"他与颜惜禾相交甚久，多少知道些颜惜禾的喜好，手上的两张票正是青衣楼的凭证，也就是听戏的门票。

严丰年与严平温相处久了，对于严平温也没有一开始的畏缩，此刻他满脸不情愿地接着戏票："大哥，我……若是与颜二小姐聊不来怎么办？"他很是犹豫，不想让严平温的心愿落空，又不愿意陪着颜惜禾听枯燥乏味的戏。

"唉……若是你都不行，整个北平的男人，怕是她颜二小姐都看不上了。"严平温拍拍严丰年的肩膀，意味深长地点头，随后背手离去。

到了这地步，严丰年也只能硬着头皮上了车："去颜公馆。"

颜家家大业大，也难怪严平温想要和颜家联姻，在整个北平，若是颜家的气场排了第二，怕是连严家也不敢说自己是第一。

严丰年此前从来没去过颜家，准确地说他偶尔经过却没有进去过，也只是远远地瞧上一眼，所以汽车顺利开进颜家时，严丰年才正式观察整个北平最富有最气派的人家。

大概是颜惜禾提前吩咐过下人，所以严丰年和司机才一路畅通无阻。不过汽车窗外时有巡逻的身穿黑色武服的打手，也从侧面看出颜家财大业大，估计也有一方面是因为很多人觊觎着颜家的财产吧。

严丰年此人就是一个安于乐世的人，他一心想过自由平淡的生活，该吃吃该喝喝的，反正他爹留给他的财产他也是花不完的。

对于颜家这比古代皇宫大院还戒备森严的人家，严丰年一颗心脏着实不停地躁动，他下意识地想要离开，迷失的意识却被司机的声音拉了回来："九爷，到了。"

浑浑噩噩地下了车，颜惜禾早已经等在了门外，她今天不同于三天前，无袖地长裙、烦琐首饰，一身骑马装凸出了她娇好的身材和凹凸有致的线条。

手上一只小小的手提包，大概里面装着胭脂水粉或者是小零嘴什么的了，严丰年这样想着。

答案当然是否定的，至于为何这么快就公布，不过是因为接下来的事让严丰年对颜惜禾有了真正的了解。

"走吧，严先生。"没有什么复杂的见面礼，或是虚与委蛇的寒暄，仿佛两人是相识多年的老朋友，颜惜禾没有任何姑娘家的忸怩造作，毫不避讳地上了汽车。也许这和她的性格有关，偏男性化了一些。当然也可以这么说，颜惜禾这女子，除了生错了性别，其他大抵与男子无半分不同了。

严丰年才从汽车上下来，又怏怏地上了车，去往戏园子的路上，他不停地拿眼睛去瞟颜惜禾，局促不安中，他不知道是自己主动挑起话头还是顺其自然地保持沉默。

颜惜禾早就发现了严丰年的小动作，她心中平静得很，嘴角忽然绽开一抹自信的笑意："严先生从小在北平长大？我怎么从来没见严大哥带你出来？"

颜惜禾早在严丰年来北平的第一天就知道了，她自然也是知道严丰年尴尬的身份，她这么问不过是想要看看严丰年的人品，若严丰年好面子，不说出自己的处境，那她颜惜禾也不会和这样的男人相处。

严丰年蓦地听颜惜禾提问，心中一阵紧张，眼睛盯着前面司机的后脑勺，一股脑儿地将自己的底细全说了出来："颜二小姐，我自幼在上海长大，一年前才来北平。"

颜惜禾笑出了声，有着男子的豪气："严先生客气了，老是叫我颜二小姐，我自己都听着有些别扭，不如以后你直接叫我惜禾吧。"

礼尚往来，严丰年点点头，假装镇定："颜二……惜禾，不如以后也叫我丰年吧。"

正说着，戏园子也到了，伴随着汽车的鸣笛熄火声，严丰年只看见颜惜禾的嘴微微动了几下，他没有听清颜惜禾的声音，想要问时，颜惜禾已经自顾自地下了车，仿佛刚刚她并没有说话，一切不过是严丰年的错觉罢了。

戏园子果真就是严平温所说的青衣楼，颜惜禾似乎知道严丰年带了戏票的，站在一旁看着严丰年慌慌张张地从兜里掏出戏票递给早就等在了一旁的园主。

"丰年，这家的当家戏子虽是个刚出的角儿，不过这戏唱得还是不错的。"颜惜禾一边说着，一边轻车熟路地领着严丰年进去。

"梁兄，你我好比……"正上演着《梁山伯与祝英台》，妖娆的女子身穿男子的长袍，脸上是男子阳刚的妆容，扯着一个男子的袖子，咿咿呀呀地唱着。

颜惜禾听得津津有味，可严丰年却是度日如年的感觉，他一点儿都不喜欢静静地看戏，他宁可一个人去街上好好地逛逛，不过为了严平温的心愿，严丰年咬着牙坚持下来。

正唱到祝英台与梁山伯化作比翼蝶时，整个青衣楼突然起了骚动，一群不知道哪里来的混混儿突然冲了进来，带头的那人嘴里咬着火柴，看着台上饰演祝英台的女子，一个砖头就扔在了茶几上："早就听说了青衣楼的新当家花旦小月红是个风骚娘儿们,老子想来看很久了,今天居然把老子拦在门外!怎么,怕老子给不了钱?"

戏园子园主被小混混儿远远地隔开,几次想要冲进来,几次都被小混混儿给推了出去,而原本在听戏的客人都吓得坐在位子上不敢动。

"小月红谢谢大爷的抬爱,不过大爷今天这么大的阵仗,怕不只是为了听小月红的戏这么简单吧。"小月红面色不改,宽大的袍子越发显出她的玲珑身材。

"哈哈哈,小娘儿们倒是聪明,大爷我都这么大阵仗了,当然是为了把你带回去当老婆的了!"带头的流氓大咧咧地往前走,想直接把小月红带走,他以为仗着人多,这里是没有人敢阻止自己的。

严丰年也是有些害怕的,他没有那么大的勇气去上前阻止,即使他非常不甘心任凭一个流氓去骚扰一个女子。

"是谁这么不长眼,我颜惜禾的场子都敢砸?"声音不高不低,不粗不细,却让人感受到了浓浓的威胁。

若说这在场之人没人认识颜惜禾,那是不可能的事了,所以颜惜禾一出声,流氓混混儿们的脸色就变了。带头的流氓看了一眼颜惜禾,就突然自打耳光:"没看见颜姑奶奶在这儿,是刘四眼瞎。姑奶奶继续听戏,刘四就不打扰了。"说罢,他转身就走。

"你要是跨过了这道门,我就打断你的腿!"凉薄的声音在背后响起,刘四腿一软,背对着颜惜禾跪了下来:"姑奶奶,小的错了!小的以后不敢了!"

"什么人闹事?"有人偷偷跑出去喊来了巡捕房的人,一队人马立刻冲进来将根本来不及逃开的流氓全部抓住。

带头的警探突然向着颜惜禾走过来,行了一个队礼:"警员24601向颜二小姐问好!"

颜惜禾淡定地点点头:"帮我向总署长问好,顺便请他好好帮我照顾这帮人!"

"收到!"警员24601弯腰后退,拿着警棍指使着混混儿们,"给老子麻溜点儿,警察署管不住你们了?"

这女人果然不愧是北平第一悍女子,她的确不像表面上那么简单!

严丰年的心突然冷静下来,他重新审视着颜惜禾,用一种从来都没有过的眼光去正视颜惜禾。原来这样的女子,真的就如同人们传说的那样,她的背景她的手段都是不容小觑的。

"丰年,我们走吧。"不知不觉,台上的戏早已经结束。严丰年愣了很长一段时间,在所有人都走光后,颜惜禾才将严丰年的魂叫回来。

"啊!人都走了,对不起……"严丰年并没有看颜惜禾,自顾自地向着外面走出去。所以他没有见到背后的颜惜禾看着自己若有所思的模样。

严丰年本以为这一天就会这么过去,却没想到回家的路上,他和颜惜禾再次陷入了危险之中。

第*8*章
再遇一劫

从青衣楼里出来,严丰年的心里并无半点儿轻松,他低垂着脑袋,显然没有注意到落在自己身后的颜惜禾。短短的几个小时接触,他对颜惜禾有了进一步的了解,虽是容貌俊俏,但性子过于刚烈,他越发清楚,自己跟这个女人,绝对不是一路人。

他一边走着,脑子里一边想着待会儿回去之后怎么跟严平温交代这个事情。他习惯了上海公馆里的那种散漫舒坦,真要是娶一个这样的女人回家,那他岂不是要提心吊胆地过日子?

他心底还在盘算着,脚步已经走近了停靠在戏院门外的汽车旁,司机见严丰年和颜惜禾已经从戏院里出来,立马钻出来打开了车门。

他在车门旁站定,伸手做出一个请的绅士手势,"惜禾,上车吧,我送你回去。"他说得很是礼貌。

脑子里却想着,待会儿送走了颜惜禾,他还得抽空去城南的夜总会瞧一瞧,据说那里来了两个西洋的妞儿,很是不错。

颜惜禾却在一米开外的地方停住了脚步,那双顾盼生辉的眼眸只是在严丰年的脸上瞟了一眼。

"刚才坐得有些累了,你陪我走走吧!"颜惜禾说完,一身骑马装甚是干练,提步就走。

严丰年原本就找不到跟颜惜禾交流的话题,现在两个人并肩走着,他更是觉得有些压抑。颜惜禾的身量娇小,若是穿上寻常女子的旗袍,倒也是玲珑可爱,有几分俏丽。可她偏偏一身骑马装,怎么看都觉得像是个男人。

"丰年平日里都喜欢做些什么?"颜惜禾微微侧着脑袋问了一句,可也只是漫不经心,那双俊俏的眼眸盯着严丰年,让他感受到几分严厉。

"也没什么别的爱好,不过是跟一帮浑小子喝喝茶打打麻将走走场子。"他显然有些诧异,不过还是马上应了起来。

毕竟,这些嗜好并不算是什么正经的东西。他料想自己要是说出来,颜惜禾定然会嗤之以鼻。她喜欢的是听戏说书,那些文绉绉曲高和寡的东西,严丰年不懂得其中的乐趣,他只觉得"咿咿呀呀"听得心烦意乱。

"哦,跟我那几个兄弟一样。"颜惜禾轻描淡写地说了一句。严丰年不知道颜惜禾说这话是鄙视自己,还是根本就没放在心上。

"我有些累了,不想走了。"两个人走了约莫半个时辰,颜惜禾突然在一条巷子口停下了脚步。严丰年求之不得,想着回家还要跟严平温汇报一下今天的情况,而后还得赶着去看西洋妞儿。

"那我们回去吧。"他的声音里带着淡淡的如释重负。

两个人还是保持着来时的状态,并排转身往回走。

"这不是颜家二小姐吗?这是去哪儿呢?"严丰年和颜惜禾的脚步刚刚回转,突然从巷子里涌出一群人来。为首的男人头上扎着头巾,一眼就认出了几近女扮男装的颜惜禾。

"小妞儿这身打扮,爷几个喜欢。"夹在人堆里的瘦削男人,叼着一根火柴,往前走了一步,伸手想要亵渎颜惜禾。

"住手!"

说时迟那时快,严丰年立马上前一步,将身材娇小的颜惜禾护在身后。

"堂堂大丈夫七尺男儿身,何以欺负一个弱小女子为乐?"他伸手,一把擒住男人的手腕,而后狠狠地甩开,半个身子护住身后的颜惜禾。

被扫了兴致的男人,盯着严丰年那张俊俏的脸庞,倒是一副满不在乎的样子。那双单薄的眼睛,从上往下,仔仔细细地将严丰年打量了个遍。

此时的严丰年,心里吓得发麻。他在交际场混迹那么多年,可从来不做惹是生非的事情。可今日不同,若是颜家二小姐出了事,他岂不是罪该万死?

"待会儿,你先跑,我掩护你。"严丰年转头,轻轻地冲颜惜禾说了一句。

颜惜禾被他高大的身影罩住,突然听他对自己说了这么一句,也只觉得心里一惊。

她虽强过寻常男子,但毕竟还是女儿身。

"啰唆个什么?兄弟几个,给他点儿颜色瞧瞧,不识好歹的东西。""瘦削个"吆喝了一声,一大帮男人冲了上来。

"等等,等等,你们可知道我是何许人?"严丰年挡住颜惜禾,身体不由自主地就往后退了一步。

"你是谁啊?"人群中有人应声问了一句。

"我是严府的九爷,兄弟们要是缺银子,可以到我府上去领。但是今天颜小姐可没空搭理你们,你们到怡红楼消遣去,九爷请你们。"

为首的男人一脸淫笑,却是回头看了跟在身后的这帮男人一眼。

"兄弟们,这九爷的意思是,颜二小姐不如怡红院的姑娘,哥几个觉得呢?"他带头哄笑,严丰年的脸一下子青一阵红一阵。

"大哥,别跟他啰唆了,我看这小子啊,就是欠揍,狠狠地揍他一顿就好了。"人群中有人提议,严丰年来不及说话,就被几个男人一拥而上,立马拽住了胳膊和腿。他虽身形高大,可被几个男人架起来,却是毫无招架之力。

"惜禾,快跑!"他被这帮男人举到空中,而后又撒开手重重地落在地上,屁股和后背落在青石板上,疼得他龇牙咧嘴。

他刚想要起身,一阵拳打脚踢就铺天盖地地袭来,他蜷缩在地上,双臂紧紧地护住脑袋,此时已经顾不得被堵在人群外的颜惜禾了。

颜惜禾就站在人群外,眼见着这帮男人将严丰年团团围住,众人拳打脚踢,严丰年分明毫无招架之力。

他痛得龇牙咧嘴,紧紧闭着眼睛,两只胳膊护着脸,那可是他的门面。起先他还想着在这个紧要关头催促颜惜禾离开,此时泥菩萨过河自身难保,他也忘了颜惜禾到底有没有离开。

若是换作别的女子,看到这样的阵势,定然会吓傻了或者呆了,可这颜惜禾不是别人,她冷冷地站在那里,眼看着这严丰年也被打得差不多了,这才微微地蹙着眉头,做出了一副不悦的表情。

只听到耳旁传来一声枪响,刚才还将严丰年团团围住拳打脚踢的混混儿们,都不约而同地停下手脚回头盯着颜惜禾。

严丰年也觉得这声枪声来得及时，他眯缝着眼睛从指缝里望出去，只见颜惜禾手举着一把通体漆黑的女士小手枪立在三米开外的距离。

那张白皙的脸颊上，神情淡漠，枪口还冒着烟。她一身骑马装，看上去英姿飒爽，那一瞬间，在严丰年的心里，蓦然地涌动着异样的感觉。

这帮地痞流氓自然没有料到颜惜禾随身竟然带着手枪，一个个面面相觑，此时已经吓得魂飞魄散。那玩意儿，随便落在人身上，可就是个窟窿，弄不好就会要人命。

"怎么，都想吃枪子儿？"颜惜禾淡淡地说道，胳膊缓缓地收回来，然后对着枪口轻轻地吹了口气。而后，那双有神而犀利的眼眸就从这帮男人的脸上瞟了过去。

那帮地痞流氓来不及多想，撒腿就开始跑，一边跑一边回头，生怕那枪子儿长了眼睛跟在自己身后。

"丰年，你怎么样？"颜惜禾立马就跑到严丰年的身边，一只手搀扶住严丰年的胳膊，一只手还握着手枪，含情脉脉的眼神落在严丰年的身上。

"我没事。"他说着，眉头却是蹙了一下，刚才挨了一顿拳打脚踢，浑身痛得不行，此时动一下，就觉得肋下难受得很。

"丰年，刚才都怪我，我被吓傻了。"她说着，那双眼眸里竟然氤氲起雾气。

这个样子的颜惜禾，落入严丰年的心里，突然就多了几分可爱。他的目光迟疑着落在她俊俏的小脸上，心神荡漾。

"你在这里等我，我去叫司机过来接你。"颜惜禾盯着夜色看了一眼，起身往来时的路走了几步，突然回转身，将那把手枪从包里掏出来塞给严丰年，"这个，你拿着。"

司机和颜惜禾两个人很快过来了，扶着他上了车，当颜惜禾娇小的身躯靠近他的时候，他只觉得鼻翼前萦绕着一股女人特有的清香，瞬间觉得整个身子都轻飘飘的。

车子径直开向严府内院，严平温一直等着严丰年回来汇报情况，见到车子驶了进来，站在门口穿着大衫垂着双手，等待着严丰年下车。却不想车门打开，颜惜禾竟然也跟了上来。

"颜二小姐！"严平温拱手作揖算是向颜惜禾打声招呼，蹙着的眉头却分明写满了疑惑。

颜惜禾略微地抬头，嘴角牵扯住一抹淡淡的笑，端庄典雅，"严大哥，这么晚还没睡？"

车门打开，司机扶着龇牙咧嘴的严丰年从车上下来，"丰年，你这是……"严平温疑惑的眼神打量着严丰年，蹙着的眉头更紧了几分。

严丰年还没有开腔，颜惜禾已经将话头接了过去，"刚才在路上遇到一群流氓，丰年为了保护我，所以受了伤。"

"没让颜小姐受惊就好，丰年是男人，身子骨硬朗，过几日也就好了。"严平温说得实在，颜惜禾也只是沉默着没有作声。

"丰年，过几日我再来看你，你好生养着身子。"颜惜禾说完，英姿飒爽的身影就从严丰年的眼前消失了。只这一次，他就对这个颜惜禾另眼相看，甚至微微动了些心思。

第4章
一箭双雕

此时严丰年趴在床上，郎中正给他身上的瘀青搽着药，好在那张脸没有被毁了。严平温站在床边，面上带有喜色。

"今天和颜二小姐处得怎么样？"

严丰年还沉浸在自己的喜悦之中，见严平温问起，倒也是一五一十地将今天发生的事情说了个一清二楚，末了，他补了一句："这个颜惜禾，好像也不算冷吧！"

严平温毕竟是老到，颜惜禾是何许人，他心里比任何人都清楚。当下，他也不点破，只是在心里留了个底儿。

翌日清晨，颜惜禾靠在红木摇椅上，手里握着刚到的报纸，却是借着窗口的光线，一字一句看得极为认真。

"二小姐果然料事如神，今天的报纸，都是吹捧小月红的。"颜惜禾随身的丫头馨月端着一碗金钱燕窝上来，脸颊带着浅浅的笑意。

颜惜禾却是没有作声，两个版的报道，足以让小月红进入众人的视野里。颜家的戏园子不能没有一两个出类拔萃的戏子，她要将所有人的视线都转移到颜家戏院，这一着棋虽险但值得。

"警署那边什么时候放人？"颜惜禾漫不经心地问了一句，端着青瓷白花碗，搅动着调羹，小口地喝着燕窝。

"我都打点好了，那些人吃不了苦头的。"馨月回答得很是认真。

颜惜禾的话很少，只是低垂着头喝着燕窝，静静地坐在那里，宛如一朵含苞待放的睡莲。"昨晚那帮人呢？"她再次问了一句，却是没有抬头。

"那帮人？"馨月正在给窗台上的一盆月季浇水，声音倒是突然多了一丝欢快，"我已经派人把他们送出了北京城，这事，严家绝对不会发现是咱们干的。"

颜惜禾也没有作声，只是起身，将青瓷碗放在红木茶几上，眉眼清澈，缓缓地走向那株月季，从一旁的架子上抄起一把剪刀。

"你觉得那个严九爷怎么样？"颜惜禾淡淡地问了一句，剪刀张开，将花枝上的残叶一点点地剪落。

"这个严丰年看上去倒是挺单纯的，不过……"馨月说到这里就停顿了下来。以她对颜惜禾的了解，严丰年绝对不会属于颜惜禾能够喜欢的类型。

颜惜禾抬眼看了一眼馨月，"不过什么？"

"不过您好像不喜欢他。"馨月实话实说。

颜惜禾只是微微地叹了口气，剪刀下去，就剪掉了一朵月季，而后拿在手心里把玩着。她的眼睛盯着手里这朵开得正盛的月季花，脸上的表情却是淡淡的。

她默不作声，仿佛是在想着什么，馨月这边也闭上了嘴巴，生怕是自己刚才多说了几句话，却说错了。

"去备份厚礼，过两天我要去看看严丰年。"颜惜禾说着，伸手将刚刚剪下来的月季花扔出了窗外，那朵娇嫩欲滴的花朵在空中划出一道弧线，而后落到污水沟里去了。

严丰年要攀上颜惜禾，这消息还是在严家传开了，就连以往跟严丰年不怎么亲近的七哥严平俭也跑过来跟他套近乎。

"我说九弟啊，你这也真是够倒霉的，你说好端端地去听个戏，还被人打了一顿，那帮龟孙子，要是赶明儿被你七哥我碰到了，我一定打他个满地找牙。"

严平俭也是个不务正业的主儿，从严老爷子那儿没分得多少家产，去年的时候染上了大烟，那点儿钱早就入不敷出。而严平温从来对家里人管得紧，他也害怕自己那点儿破事被严平温知道了，所以将主意打到了严丰年这里。

"七哥,算了吧,我也只是受了点儿皮外伤,那些人倒没有把我怎么着。你就不要出去惹事了,万一叫大哥知道了,到时候又得骂你。"严丰年靠在床头,心不在焉地说道。

两个人正说着,严平温的侍从跑了进来,"九爷,颜小姐给您打电话了,大爷让您过去听电话呢。"

"九弟啊,好好把握,七哥我祝你心想事成,到时候可别忘了你七哥啊。"

严平俭的话还没有说完,严丰年已经急不可耐地从床上下来,趿着拖鞋就往外跑。

严平温吸着大烟袋,站在窗口的位置看着严丰年拖着受伤的腿,却是健步如飞般地朝客厅跑去。严家唯一一部电话装在客厅里,大多时候只是摆设。

电话通的时间并不长,前后也不过五分钟,严平温一袋烟还没有吸完,严丰年趿着拖鞋落在地上的声音,由远而近地钻进他的耳朵里。

"丰年,这几日身子可好些呢?"严平温拿着大烟袋,缓步朝严丰年走去,那张敦厚的脸上始终都只是淡淡的笑容。

严丰年站定,毕恭毕敬地叫了一声大哥,"已经好些了,过几日就没大碍了。"他的脸上挂着喜悦,却是藏不住。

"大哥,颜二小姐说下午要过来。"

严平温倒是并不诧异,他故意做出一副惊讶的表情,"是吗?那得让下人们好好准备一下,丰年,你也去换身衣服,我待会儿派几个人过去,把你的屋子再收拾收拾。"严平温面带喜色。

颜惜禾到访的时候,严丰年已经等得有些心焦了。他换了崭新的青布大褂,衬托得肤白唇红,乌黑的头发梳到脑后,一丝不苟。

"丰年,好些了吗?"颜惜禾入了严府,径直就朝严丰年住处赶过来。今日倒是一身极具女人味的装扮,藕粉色的百褶宽大拖地裙,紧俏的上衣,衬托得身材玲珑娇俏。她的五官原本有几分男人的阳刚,但在脂粉的修饰下,弯弯的柳叶眉还有那双含水的有情眸,一下子在严丰年的心里荡起了涟漪。

"好……好些了。"他只觉得心如鹿撞,手心里蓦然渗出不少汗来。站在颜惜禾的对面,他觉得局促不安。剑眉星目,却在对视上颜惜禾的眼眸时迅速地躲闪。

"在想什么呢?"颜惜禾坐在窗口的位置,手里端着茶盏,一手拿着杯盖,轻轻地拨弄着杯子里漂浮的茶叶,新春的龙井,带着淡淡的芳香。

严丰年的脸唰地红了,还没有来得及说,颜惜禾却笑了,"你啊,安心养病,我今个就是路过,想来看看你。过些天,我再来看你,如何?"她放下手里的杯盏,微笑着看向严丰年。

他心底有几分沮丧,相聚甚短,还没说上几句话,她就急着离开。可另一方面,他又是欢喜的,只因颜惜禾目不转睛地盯着他说改天再来看他,他突然像个孩子一样,恨不得这个伤永远都好不了。

送走了颜惜禾,严平温就进了屋。他那双锐利的眼眸,一眼就看到了严丰年脸上的依依不舍。

"丰年啊,饭呀要一口一口地吃,恋爱呢,也要慢慢地去谈。"

一个星期之后,严丰年的伤彻底好了,他立马约了颜惜禾在城北的西餐厅吃饭,北平城里刚刚开始流行西洋电影,他托人弄了两张票,想带颜惜禾过去瞧瞧。

兜里攥着一枚白金戒指,这枚戒指是他三天前出去找人专门定制的。他揣在兜里,特意穿了一身西装,笔挺英俊地端坐在那里,等待着颜惜禾的到来。

约莫半个时辰之后,颜惜禾才款款地出现,她平日里不常来这样的地方,对于刀叉如何使用并不精通。这个时候就轮到严丰年好好地表现了,他耐心地教她如何优雅地用刀切下牛肉,又如何使刀叉配合得天衣无缝。

颜惜禾只是浅浅地笑着,但学得却很是认真,不过片刻工夫,便将他所传授的东西掌握了。因为多了这个环节,严丰年在颜惜禾面前,稍微地放开了一些。

"惜禾,待会儿带你去看电影,比唱戏好看多了。"严丰年掏出两张电影票放在颜惜禾的面前,颜惜禾却只是牵扯住嘴角微微地笑了笑。

"是听说电影很不错,一直都没去看呢,今儿托你的福。"严丰年以为她会露出惊喜的表情,但她没有。掏出那枚白金戒指,他放在颜惜禾的面前,她的眼神也只是淡淡的。"这个……是老陈家的东西,他现在都不做这些了。"颜惜禾目光锐利,一眼就看出了戒指的来历。

严丰年想要亲自将这枚白金戒指戴在颜惜禾的手上,可又没有这个勇气,这样的事情若是面对别的女人,他倒没有觉得什么,可颜惜禾,他总觉得这么做会有些造次了。

"这个……我送你的。"

严丰年一时间找不到说下去的话题了,急得脑门上开始渗出细细密密的汗,颜惜禾却并没有多看那枚戒指一眼,他想好的桥段,一下子都夭折了。

"这枚戒指我收下了,谢谢你,丰年。"颜惜禾将缎面盒子包着的戒指塞进随身的小包里,却并没有立即戴在手上。

两个人又不咸不淡地聊了一会儿,想到电影快开场了,严丰年提议去电影院,整场电影下来,他没有感觉到颜惜禾的兴奋和开心,她身上没有看戏时的那种闲淡和慵懒。不过,他却突然有几分自信,他可以用自己的方式,彻底地改变这个生活陈旧的女人。

第5章
利益契合

这一日,在西丰茶楼里,严平温意外地遇到了颜惜禾。

"严大哥!"颜惜禾远远地招呼了一声,没有任何的忸怩作态,径直就朝严平温这桌走了过来。严平温刚和一个朋友道别,此时坐在茶楼靠窗的位置歇一会儿,却不想碰到了颜惜禾。

她倒是寻常打扮,略施脂粉的脸颊,仍旧是俏丽可人,虽年纪轻轻,走路却带着几分沉稳。严平温起身,拱手作揖。

"颜二小姐!"他伸手拉开一旁的椅子,招呼着伙计再上了一副茶具。

颜惜禾落落大方地坐下来,端起茶杯喝了一口,而后目光却瞟向了窗外,此时正是夕阳西下的光景,一抹余晖从云际穿出来,蓦然间添了一丝悲壮。

"听说沈阳被占领了。"颜惜禾轻描淡写地说了一句。这原本只有男人才关注的事情,她听到的时候,只觉得甚是震惊。

"是啊,就是昨晚的事情,指不定什么时候打到北平城了。"严平温蹙着眉头叹了口气。难道真的就像这轮落日一样,日薄西山了吗?

"严大哥那边的生意,最近还好吗?"颜惜禾关心地问了一句,她是清楚的,严平温凭借早年严老爷子的那些人脉,生意虽然是不如以前,但也不至于跌落到不堪的地步。

她今日出现在这里，也只是来探探严平温的口气，顺便还有点儿事情想要请他帮帮忙。

"还算凑合吧！都是硬撑着。"他说完，端着茶杯，却不再说什么，只是盯着那轮日渐隐匿进云层的日头，陷入沉思之中。

颜惜禾的沉默只是持续了片刻，"严大哥，我这里有档生意，倒是想要跟你合作，只是不知道……"颜惜禾停顿了下来，打探着严平温的脸色。

"说来听听。"他那双深邃的眼眸落在颜惜禾的脸上，他相信，颜惜禾接下来要说的事情，一定是深思熟虑之后的打算。

"不瞒您说，我这里有一批高纯度的吗啡，我想运到东北那边去，您那边可有合适的牵头人？"

颜惜禾也没有拐弯抹角，直接将自己的想法说了出来。这批货上个月已经从南洋偷偷地运了过来，若不是日寇攻占了沈阳，她指定会按照先前的计划，将这批货神不知鬼不觉地运过去。

严平温的面色微微有些凝重，吗啡这样的东西，毕竟不是什么正当营生，他自然没有料到，颜惜禾竟然做起这样的生意。

颜惜禾洞察到了严平温的犹豫，"事成之后，我们两家五五分。"

严平温也只是经过了短暂的思考，再抬头，那双深邃的眼眸已经含了笑意。"这个自然是没问题的，丰年和颜二小姐交好，这个忙，我自然是会帮的。"

严平温的回答，给了颜惜禾一颗定心丸。"严大哥觉得，这北平城还能太平吗？"这是颜惜禾心底最大的担忧，颜家的产业都在北平，若是日寇攻击到了这里，她很难想象，自己一个女人如何守住这份产业。

严平温也担心，日寇的嚣张气焰愈发强烈，东三省已经落入他们的手里，而国内军阀混战，内忧外患。他自己都不清楚，这样的太平，还能持续到什么时候。

"说不准啊，现在是一天一个形势，听说日本鬼子这次杀了不少人，驻扎在北平城外的军队都撤走了。"

杀人的事情，他当时听到的时候只觉得后背发凉，觉得头顶蓦然多了一把寒气逼人的刀子。他内心是恐惧的，害怕日本人过来，不分青红皂白地在北平城里制造屠杀事件。

"这帮强盗，就没人能治得了吗？"颜惜禾蹙着眉头问了一句，而后又是重重地叹了口气，"这生意是越来越难做了，前几天，官府又派人来收饷银，已经是这个月的第六拨了。"

"这不是有路子了吗？颜二小姐也不用那么操心。毕竟瘦死的骆驼比马大。"严平温宽慰了一句。

合作迅速地展开。严家的商道遍布全国各地，东北三省又是其重点区域。何况，严平温的把兄弟高雄，算是东北的一霸，即便是日本人大行其道，关键时刻也要给他几分薄面。

颜惜禾正是看中了这一点，窥探到了严平温的心思，所以她才敢铤而走险，在这个节骨眼上让严平温出面，把这桩买卖给办了。她笃信自己的选择，笃信自己的判断力，她现在唯一需要做的，就是等待这个捷报。

这一日，严丰年刚陪颜惜禾听完戏，哼着咿咿呀呀的调子就往家里赶，却在大厅里见到一个头戴毡帽低垂着脑袋快步离开的男人，那人行色匆匆，与严丰年差一点儿撞了个满怀，他没有看清那人的脸，刚想要说点儿什么，那人的身影就已经消失在拐角处。

"真是的，眼瞎啦？"他伸手拍了拍衣袖，脸上却并无恼色。一抬头，却见严平温站在窗前，紧蹙眉头，双手背在身后。

"大哥！"严丰年快步朝严平温走去，若是在往日，严平温听到这一声"大哥"，脸上会露出笑容，然后等待着严丰年跟自己汇报与颜惜禾的恋爱进展。

但是今天，严平温没有。他听到这一声"大哥"，只是抬眼瞟了严丰年一眼，那两道蹙在一起的眉毛，自始至终都没有散开。

严丰年已经到了严平温的跟前，他刚想要开口说说今天跟颜惜禾听戏的事情，却见严平温的随从给他使了个眼色，他立马收敛住脸上的喜悦。

"大哥，您怎么了？出什么事儿了吗？"他站在那里，小心翼翼地问道。

严平温站在那里，缓缓回头看了严丰年一眼，"和颜二小姐看戏看得怎么样？"他微微地将眉色稍微收敛了一些，话题却在脱口而出的时候发生了逆转。

"还好，听的是《四郎探母·见娘》，京城的张老板和吴老板也都去捧场了，戏园子真是热闹。"严丰年听闻严平温问及戏园子的事情，脸上倒是再次恢复了喜色。

两个人正说着话，却听下人通报，说是颜惜禾突然造访。严丰年又惊又喜，"我这就来！"他的话音刚落，脚步还没有迈开，就听闻下人又说了一句，

"颜二小姐说,是来找大爷的,说有要紧事。"

严丰年诧异地看向严平温,脑子一下子没有转过劲儿来。

"让她先在客厅等一会儿,我马上就过去。"严平温脸上的忧色再次萌生上来。他来不及多想,就转身离开了。

严平温到达客厅的时候,一身青布长褂,他身材魁梧,走起路来像带了一阵风。那张坚毅的脸上带着几分正气,可是两道紧锁的眉头,却还是让人看出了他心里的焦虑。

颜惜禾在客厅里踱步,她是个极其冷静的女人,每一次严平温见到她的时候,她都是安静的样子。可见今日,她心里也一样的不平静。

"颜二小姐!"严平温走过走廊的拐角,就提前招呼了一声颜惜禾。他早就料到,颜惜禾会过来找他的,只是他没有料到,颜惜禾来得这么快。

"那批货怎么回事?我刚听说被日本人给扣了?"颜惜禾没有任何的寒暄,开门见山地把今天造访的目的直接说了出来。

已经一个星期了,她心里一直记挂着那批货,以为再过个三五天,这个事情也就顺利完成了。她相信严平温在东北的关系,却不想还是失算了。

"是的,今天下午的事情,人也被抓了。"严平温蹙着眉头说道,颜惜禾没有落座,他也没有,两个人就在窗口的位置站着,忧色同样弥漫在两个人的脸上。

"那现在怎么办?"她说这话的时候,眼眸一直盯着严平温。这个比她年长近二十岁的男人,她在心底一直都是敬重的。

严平温还是蹙着眉头,他此时也是一筹莫展。他心里比任何人都要着急,高雄是他的拜把子兄弟,曾经救过他的命。但现在,高雄因为自己的事情被日本人给扣了,都说日本人在东北三省无恶不作,这要是危及人命……严平温不敢多想。

"先把人救出来吧!"他叹了口气,这是此时他脑子里唯一的想法。听到这一句,颜惜禾的脸色却是一沉,她显然并不满意严平温的说法。

"那货呢?严大哥的意思是,这批货就白白地丢了?"她带有几分怒气。

严平温略微沉默了片刻,"货我来想办法,但人,必须救。"严平温义正词严地说道。

颜惜禾没有作声,她是明白人,从严平温刚才的这番话,她已经听明白了到底是什么意思。她只是多看了严平温一眼。这个让她敬重的男人,此时却让她多了一丝失望。

"我只要货!"颜惜禾说完这句话,便抬腿从客厅往外走。他断然不会想到,颜惜禾在危急关头,只会关心自己的利益。

只是这抹寒意在心底萦绕着,尤其是当他看到严丰年追出去的身影时,心底一下子五味杂陈。此时的严平温,只能对着窗口唯一的亮光,一个人陷入沉思之中。

第 6 章
出师未捷

严丰年原本以为颜惜禾会待一会儿的，为了见到自己的心上人，他专程回屋洗了个澡，还换了一身干净的衣服。却不想刚从屋里出来，就听闻颜惜禾离开的消息。

他是加紧了脚步，想要见颜惜禾一面，快步跑向客厅的时候，却连颜惜禾的背影都没有看到。一路追出去，却只是在大门口，看到颜惜禾乘坐的轿车离开的影子。

过了几天，严丰年又出现在颜公馆的门口。

"惜禾，我们去看戏吧，我买了两张《伍子胥—轮明月照窗前》的票，是王喜子唱的。"这出戏，严丰年之前听颜惜禾提过，她说最好听的版本是王喜子那出，严丰年也算是有心，记在心上，刚好碰到这样的机会，立马就将票弄到手了。

颜惜禾怔怔地看着那两张票，却只是淡淡地应了一声，"嗯，好。"

一出戏没有听完，颜惜禾突然起身就朝外走去。严丰年不明所以，立马追了上去，"惜禾！"

"我累了，先回去了。"颜惜禾脸上的表情很淡，她心底凌乱不堪，听到一点儿声响，都觉得是在跟内心的嘈杂交相呼应。

颜惜禾就这样一声不响地走了，严丰年站在戏园子门口，一时间再也没有心思回去听戏了。好端端的一出戏,听到一半,人却走了,他怎么都想不通,自己到底是哪一句话不得力,得罪了颜惜禾。

一路走着,心底只觉得沮丧万分。晃悠悠往家里走,脚步刚进入前院,却从严平温的屋子里传来一声杯盏碎在地上的声音。听到这一声响,严丰年的脚步加快了几分。

"大哥!"严丰年赶紧叫了一声,却发现严平温的房间里还坐着一个陌生男人。那人也是开襟大马褂,皮肤黝黑,只是那双眼睛却是炯炯有神,见严丰年突然出现,警觉地看向了门口。

严平温回头看了严丰年一眼,紧蹙着的眉头微微散开了一些。"你先出去吧,我这里有事。"严平温淡淡地说了一句,严丰年倒也听话,立马就从房间里退了出来。

可他心下狐疑,并没有走远,而是在廊子里站定。虽然只是看了一眼,他觉得那个男人的容貌颇有几分不凡的气象。

"你们不是说可以救他的吗?人怎么就没了?"严丰年刚出去不久,就听到屋子里传来严平温的声音,他带着怒气,声音里更多的却是一种心疼和无奈。

随即就是短暂的沉默。严丰年靠在栏杆处,听到严平温的声音,疑惑就更大了几分。他对人命关天的事情不感兴趣,何况茶楼里每天都有人讲述东北那边杀人的事情,听得多了,他渐渐地都觉得麻木了。

"严先生,对于这件事情,我们也很痛心,是我们大意了。"那人的声音低沉而富有磁性,严丰年只觉得心里咯噔一下。

"你让我怎么相信你?相信你们那个什么组织?"严平温的声音虽然压低了一些,但是还是能够听出里面的失望。

"严先生,我党对您这样的民主人士一直都很关心。请严先生相信,我们绝对不会让高雄先生白白牺牲的。"

他挪移身子,朝窗口的位置靠近了一些,以便听清楚里面的动静。

严平温发出一声重重的叹息,而后屋子里又是沉默。严丰年察觉到,他们对那个叫高雄的人的死很是重视。

严丰年对严家的事情向来不上心,至于这位严平温的拜把子兄弟,更是无从知晓。他也只是因为内心的好奇,想要听清楚事情的原委。

却不想,他听得认真,竟然没有注意到窗户猛然被人推开,他来不及反应，一个硬硬的东西突然顶在自己的后脑勺上。

"是我九弟。"严平温蹙着眉头，对于严丰年躲在窗户外偷听也很是不解。那人这才将那个硬物移开，严丰年看清楚了，那是一把老式手枪，当即吓得面如土色。

那人斜睨着眼扫了严丰年一眼，看他也只不过是一个纨绔子弟的样，并没有多说什么。他将手枪插在大马褂青衫的腰带上，随即恢复了之前的面色。

"那我先告辞了，以后多联系。"那人回头看了严平温一眼，迅速地从房间里退出去，离开的时候，他抓起桌子上放的那个毡帽，扣在自己的脑袋上。

严平温站在窗前，蹙着眉头许久没有作声，阴郁的脸上氤氲着怒气还有伤痛。"大哥，高雄是……谁啊？"

他鼓足勇气问了一句，却不想严平温的眼眸立马就射向了他，"这个事情，对谁也不能说出去，否则要掉脑袋的。"

严平温说完，猛然从严丰年的眼前消失。他愣在那里，半晌没有说话。

严平温从房间里转身出去之后，径直去了颜公馆，门房的人见是严平温，倒也没有说什么，车子一路畅通无阻，可严平温的心情却低到了极点。

颜惜禾刚刚从戏园子回来不过片刻的工夫，她又急着赶到柜台上去了一趟，那批货好在已经有了消息。

"严大哥！"颜惜禾听闻严平温已经过来了，这原本就在她的意料之中，只是她没有想到，严平温竟然来得那么快。她故意磨蹭了片刻，在心底想好了如何跟严平温交代这件事情，而后才从房间里出来。

严平温在客厅里来回地踱步，紧蹙的眉头一直都没有松开，仿佛只有这种方式，才能够将他内心的烦忧释放出来。

他急于要见到颜惜禾，急于要问一问这个女人，为何做出这样的抉择。他知道那批货对于颜惜禾来说很重要，可是高雄作为他的把兄弟，难道人命就不重要了吗？

"颜二小姐！"严平温努力压抑着心底的怒气，他的目光盯在颜惜禾的身上，这个女人步伐悠闲而沉稳地朝自己走来，脸上却是波澜不惊的神情。

只是这一句，颜惜禾已经知晓严平温的心思，她那双清澈的眼眸，淡淡地看向严平温，却做出一个请坐的手势，然后慢悠悠地在主座的位置坐下。

"严大哥是为这批货的事情过来的吧？我们有言在先，这批货的利润还是五五分成。"颜惜禾的脸上仍旧是那抹冷色，就好像，这件事情里根本就没有高雄这个人一样。

严平温蹙着眉头，只觉得心底某根弦被拨弄了一下，疼痛难忍。在来颜家之前的几分钟，他刚接到最新的消息，说是高雄已经被枪毙了，而那批货竟然安然无恙。

他原本应该高兴的才是，颜惜禾不就是担心那批货的事情吗？可是，他就是高兴不起来，他失去了一个最重要的兄弟，而他竟然无力去救他。

"这件事情……"严平温缓缓地道出了心底的疑惑。日本人那边，他没有熟人，他也不屑于跟这帮强盗合作。

为了救出高雄，他托人找了共军，也找了国军，为的就是能够尽快将高雄救出来。可是他没有想到，人没有救出来，货却是安然无恙被保住了。

高雄的为人，他心底是清楚的，说他是地痞流氓恐怕还有人相信，可要是说他通共，严平温觉得就算是有十个脑袋，高雄也不敢去做这样的事情。

分明就是诬陷，连个理由都不需要。他心底愧对自己的兄弟，不过是为了一点儿蝇头小利，就将自己兄弟的性命给搭进去了。

"是的，高雄兄弟的死，跟我有关。这件事情，我会处理。"颜惜禾淡淡地说道，就好像那一条人命，在她眼里根本就无足重轻。

"为什么？"严平温蹙着眉头，低声叱问道。这件事情，分明还会有更好的解决办法，不过只是时间的问题。

国军那边收了银子没有任何作为，共军却主动找上门来，说只要严平温肯与共军合作，就可以将高雄救出来。他不信任国民党，更不会信任所谓的共产党。他只是想要早一点儿救出高雄，可是他没有想到，高雄突然被秘密枪毙了。他知道这件事情跟颜惜禾有关，但是他没有想到，这个女人竟然可以心狠到这种地步。利益和人命，真的不能相提并论吗？

"总要有人牺牲的。"颜惜禾语气淡淡的，她端起桌上的茶盏，轻轻地吹拂着飘散的茶叶。

严平温蓦然收紧眼眸，这话他并不陌生，但是从颜惜禾口中说出来，却让他有几分震惊。原来，颜惜禾早已做好了牺牲高雄的准备。

"如果要有牺牲，也不该是他。"严平温起身，声音提高了几分。

颜惜禾抬眼看向严平温，这是第一次，她见到这个沉稳的男人脸上写满了怒气。这一切早就在她的预料之中，她知道严平温会生气，知道他可能会跟自己决裂。但是在利益关头，她唯一能做的选择就是自保。

"更不可能是你或者我。"颜惜禾的声音落入严平温的耳朵里，他怔怔地看向这个年纪轻轻，但是却比男人更加冷静理性的女人。那一瞬间，他只是觉得颜惜禾竟然有几分可怕。

他收紧眼眸，盯着颜惜禾，半晌说不出话来。他只是长久地立在那里，就好像只有这样一种方式，才能够减轻他内心的一点儿愧疚。

第7章
天下大变

对于严丰年来说,猜不透一个女人的心思,现在是他最为头疼的事情。他先前没有经历过任何感情,遇到颜惜禾之后,算是要真正谈一场恋爱。即便颜惜禾的反应一直都是淡淡的,但这并不影响他对这个女人动心。

他买好了钻戒,准备好了一切求婚的事项,只是在等待一个时机,他想要给颜惜禾一个浪漫的记忆。他觉得颜惜禾这样冷静,只不过是因为她用外表的坚强掩盖住了自己的内心。

他没有去约颜惜禾,而是径直去了颜惜禾的府上。按道理说该请个媒人去说亲,可严丰年却在这个环节上直接省略了。他在上海待了那么长时间,又被自由恋爱的观念洗了脑袋,好在没有父母之命,那还要什么媒妁之言?

严丰年进入颜公馆,在弄堂里遇到了颜惜禾的随身丫头馨月。

"九爷!"馨月见到严丰年,倒是毕恭毕敬地叫了他一声。手里端着果盘,面上和颜惜禾一样,也只是淡淡的脸色。

"二小姐在吗?"严丰年开口问道,他没有提前预约。

"二小姐刚出去了,估摸着下午才会回来。"馨月的回答,让严丰年有些扫兴。他微微蹙了蹙眉头,突然想起自己这次来是求婚的,等待不就是表达诚意的一种方式吗?随即,他脸上倒是露出了笑容。

"那我去会客厅等着,二小姐回来了,你跟我通报一声。"严丰年说完,径直朝会客厅走去,步伐倒是轻快悠闲。

这一等,还真是等到了下午。约莫到了三四点钟的时候,颜惜禾这才回来。

看到心爱的人儿轻轻地走来,严丰年的心里就如同花儿绽放了一般。"惜禾,你回来啦?"严丰年赶紧起身,两只眼睛盯着颜惜禾目不转睛,她与往日并无不同,简约的中西改良裙,可是每一次见面,却仿佛给予严丰年的都是不一样的感觉。

颜惜禾没有言笑,只是抬起眼眸看了严丰年一眼。"你来了很久?"颜惜禾落座,表情也只是淡淡的。

"来了有一会儿,刚好你出去了。"

颜惜禾端着茶盏慢悠悠地喝着,却并不再多说什么。"有事?"许久之后,颜惜禾才将这话问出来。

严丰年的心里,就如同十五个吊桶打水一样七上八下的,他没有注意到颜惜禾脸上表情的微妙变化,"惜禾!"他鼓足勇气,抬起眼眸看了颜惜禾一眼。

"嗯?"颜惜禾应了一声,却并不催促,只是那样静静地看着他,等着他自己说出来。

他突然从兜里掏出那个枚红色的缎面盒子,当着她的面打开,而后单膝跪在了颜惜禾的面前。颜惜禾吓得不行,立马起身。

"你……你这是做什么?"颜惜禾那张小脸,瞬间白了一片。

"惜禾,我是真心喜欢你的,我想娶你。你嫁给我好不好?"严丰年来的时候,脑子里想了不少台词,可是刚才一紧张,全都忘了。他打开盒子,就那么眼巴巴地看着颜惜禾。

颜惜禾迅速地冷静下来,她背对着严丰年,却是一道冷情的背影,"丰年,我想你误会了,我们之间根本就不可能,而且,我也从来都没有喜欢过你。"她的话,就如同刀子一样,猛然地扎入严丰年的心里。

他只觉得自己满腔热情一下子就被冰水给冻住了,他愣在那里,好半天都没有反应过来。

"惜禾……"他刚开口,却见颜惜禾转过身来,精致的小脸上,是他不熟悉的冷漠。"我颜惜禾要嫁的男人,肯定是顶天立地。丰年你太单纯了,根本就不适合我。"

如此直白的拒绝，撕裂了严丰年微薄的尊严，他狠狠地攥着手心里的戒指，痛苦地蹙紧了眉头，恨不得找个地缝钻进去，"我……"他的话到了嗓子眼，还是生生地咽了回去。

颜惜禾没有在这里久留，她浅浅地笑了笑，"我还有事，就不陪你了，后会有期。"她说完，就像来的时候一样，脚步轻轻地从严丰年的眼前飘走了。

严丰年还没有反应过来到底发生了什么，他和颜惜禾之间的这段恋爱就彻底地结束了。

他内心的沮丧，没有任何东西可以代替，原本鲜活跳动的那颗心，此时就好像被谁莫名地挖走了，只剩下一个汩汩流血的窟窿。

那天下午，没有太阳，天气昏沉沉的，很压抑。他从颜公馆里出来，就像是一条丧家犬一样。他想不通自己到底是哪一点没有让颜惜禾满意，还是说，从始至终，那个女人就没把他放在心上，只是当作一种消遣？

他不想回家，就想一个人静一静。那两条腿，拖着他高大颀长的身形，在熙熙攘攘的街道上走着，却是一副行尸走肉的架势。

有路人认出他来，上前拍了拍他的肩膀打招呼，他抬头迷茫地看了别人一眼，却是一句话都没有说，而后迈开腿继续往前走。

后来，他兴许是走累了，就在路边的一家酒楼坐下，找了个僻静的地方，一个人自斟自饮。酒不醉人人自醉，他的酒量不算差，可也没有喝多少，最终还是醉倒了。酒楼的人自然是认识他的，派了伙计将醉得如同一摊烂泥的严丰年送回了家。

"大爷，九爷回来了。"严平温刚从账房上回来，却听得下人们说严丰年烂醉如泥地回来了。

"怎么醉成那样？"严平温心下狐疑，还是亲自去严丰年房里看了一眼，半躺在床榻上的严丰年，正弯腰掏心掏肺地呕吐。空气里弥漫着一股酒精掺和了胃液的刺鼻味道，他双手背在身后，却是蹙紧了眉头。

"酒楼的老板说，九爷下午一个人在那里喝闷酒，到底发生了什么，倒是没有人知道。"下人如实回答，严平温紧闭着薄凉的嘴唇，仍旧没有作声。

他心里是有一丝不祥的，严丰年今天可是装扮一新地出门，想必是跟颜惜禾出去约会，他想到与颜惜禾在生意上的事情，恐怕颜惜禾会跟严丰年翻脸。一想到这里，他的心更觉得一沉。

这一夜,对于严丰年来说,是如此的漫长。他仿佛陷入一个梦境里,想要醒来却怎么都醒不来。

严丰年还在梦境里的时候,就听到耳旁一直传来窸窸窣窣的嘈杂声、匆匆忙忙的脚步声、压低声音的议论声,空气里蓦然弥漫着紧张而惶恐的气氛。

他不愿意醒来,只想沉浸在自己的梦境里。所以,他紧闭着眼眸,刻意屏蔽掉外面的声响,只是躲在自己的世界里,这样,他就不用面对糟糕的一天。

这一天注定了糟糕,无论严丰年如何逃避,一直到下午的光景,进屋的伙计被严丰年叫住了。

"外面怎么呢,那么吵?"他原本是烦人扰了他的清静,可是这个嘈杂没完没了,他就算是要装睡,也很难将喧嚣排除在心外。

伙计原本进屋只是拿个东西,听到严丰年躺在床上发出的一声问话,倒是吓得两腿都开始哆嗦。"九……九爷,天下变了,日……日本人进城了……"

严丰年猛然从床上坐起来,只觉得天都塌下来了,之前的那些儿女私情,一瞬间就荡然无存。

"大爷呢?"他立马下床,弯腰穿鞋,可是因为慌乱,好几次都没有拉上鞋跟,后来他索性就趿着鞋子,胡乱扯了一件大衫套在身上。

"大爷去柜上了。"伙计继续说道,他的话还没有说完,严丰年已经从房间里出去了。

"九爷,您别出去,大爷交代了的。"即便下人阻拦,严丰年还是执意地走出了大门,他倒是要瞧瞧,这北平城怎么就被日本人给占领了。

他没有听到枪声,没有听到炮声,甚至连被攻占的预言都没有听闻,突然整座北平城就不是自己的了,一想到自己睡了一觉就成了亡国奴,这样的感觉,比他听到颜惜禾拒绝的声音还要伤痛。

他沿着街道往前走,径直朝严家当街的店铺走去,却见街道两旁的店铺全部都关上了铺门,这条原本繁华的大街,此时人丁稀少,路过的行人也都是脚步匆匆,而他抬头看了一眼,却见每家的窗户口都悬挂着一面狗皮膏药的旗子。

这个刺眼的旗子落入严丰年的眼中,就像是一根刺扎进了他的心。他恨不得跳起来，将这些耀武扬威的旗帜全都扯下来。

严家的铺子在市中心最繁华的地方，他穿过胡同，再绕了几条大街，刚刚走到重阳路的道口上，就碰到了一行日本兵路过。他原本还装着若无其事的样子，刚想要走，却被身旁的一个男人拽了一下。

他一扭头，倒是认出来这人跟自己一起喝过酒，"九爷，还是小心点儿为好，这帮孙子简直就不是人。"那人压低了声音，"菜市口正在杀人呢。"那人说着，低垂着脑袋跟着人群往前走。

严丰年是被人挤着走到那里的，却见一排日本兵拿着刺刀，不远处站着一排衣衫褴褛的中国人，只听到一个肥胖的日本人一声令下，枪子儿就飞了出来，观看的人还来不及捂住耳朵，站在对面的人却已经血肉模糊，倒在地上了。

前前后后不到一分钟，几十条人命就没了。那群日本兵杀了人之后，拎着汽油就往尸体上浇，而后空气里就弥漫着肉体烧焦的声音，熊熊烈火，掺杂着还没有死去的人的惨叫。

严丰年只觉得毛骨悚然，一股寒意从脚底蹿到了心里。日本人杀完人，迅速地上了卡车耀武扬威地离开了。聚集起来的人们，面对着那团熊熊烈火，一个个早已经吓得面如土色。

第8章
爷成孙子

严丰年只觉得自己的魂魄都快要被吓出来了,平日里他只是听闻那些从东北回来的人讲些日本人惨绝人寰的事情,但是今天,他第一次真真切切地看到了杀人的全过程。

他只觉得肠胃里不停地翻腾着,好半天都无法恢复常态。日本人不过是刚到北平城,转瞬间就杀了上百人。

他心下慌张,街上找了半晌,却始终都没有见到严平温的身影,店铺的大门紧锁着,他在门口站了一会儿,碰到临铺的伙计,问了一声才知道严平温刚刚被叫走了。

严丰年大惊失色,"叫走了? 被什么人叫走了?"他刚才没看清那些被杀害的人,据说是共产党,他不知道共产党到底是干什么的,但是他知道,那些都是中国人。

"钱掌柜过来叫的,应该没事。"伙计应了一声,严丰年这才放下心。

他晃晃悠悠地往回走,依旧是穿过几条弄堂,狗皮膏药旗子在头顶招摇着,他刻意不去抬头,心里却是五味杂陈。这一不留神就要做亡国奴吗? 他越想心里越不是滋味。

可是他的脚步还没有进入严府,就见府里上上下下的一阵慌乱,这样的慌乱,严丰年此时见了,只觉得烦闷不堪。

严府的院落颇大,老爷子生前的时候求一个大家族的和谐,虽然兄弟姐妹众多,各自立了门户之后,也并没有想到要分家。

严丰年的住处,离严平温较近,平日里与他往来的兄弟姐妹也不多。那些纨绔子弟打心眼里瞧不起他这个连庶出都算不上的野种。旁人瞧不上,他也懒得搭理。

"九爷,七爷那里出事了。"严丰年刚刚回屋,管事的张德坤就跑过来告诉他。严丰年自上次挨了打之后,跟严平俭的关系近了许多。

他是个没心眼的,知道严平俭吃喝嫖赌样样精通,他套近乎,不过是为了从他那里捞得一点儿银子。

"怎么回事?"严丰年蹙着眉头,心下倒是不痛快了。一夜之间发生了太多的事情,此时严平温又不在家,严府上上下下一片惶恐。

他不过是心里烦闷,所以才寻思着一个人安静安静。可是,连这一抹安静都如此的难得。他靠在躺椅上,眯缝着眼眸,脑子里乱得如同一锅粥。

"七太太被日本兵给抢走了,这会儿乱得跟一锅粥似的,大爷为这事儿,现在还没回来呢。可怜了七爷那两个孩子,现在嚷着找娘呢。"张德坤的话还没有说完,严丰年只觉得一颗心彻底地跌落到了谷底。

日本人杀戮中国人的事情,他已经看到了。那么那些欺凌妇女的事情,恐怕也不是空穴来风吧?

他与严平俭算是有些交情的,虽然往来不多,但毕竟都是一家人。听张德坤这么一说,他立马起身就往七爷内屋走去。

脚步越近,听到屋里传来的哭声就越大,女人的哭泣声、孩子的哭喊声,还夹杂着几个男人骂骂咧咧的声音。

若是在平时,严丰年遇到这样的事情,自然是能躲多远就躲多远。可那是他七哥,他的脚步挪移到门口处,屋子里黑压压地挤了不少人,都是各房的男女老少。女眷们拉着两个孩子一边安慰,一边自己抹眼泪,男人们聚在那里,安抚着严平俭。

"我操他祖宗!狗日的小日本!"严平俭情绪激动,被几个大老爷们按住了,时不时还起身骂上几句。

日本人第一天进城,就闹出这样的事情来。严丰年夹杂在人群中,这才算是明白了事情的大致经过。

昨晚严平俭出去赌博,一夜未回。七太太大清早出去找寻,却不想遇到了正从此路过的日本兵，她一个妇道人家，也不知道如何躲闪，竟然被几个日本兵毫不客气地就掳了过去。

七太太被日本兵带走了，凶多吉少。严丰年的脑海里蓦然浮现出菜市口发生的那一幕。可是现在，他的七嫂落入日本人手里，他有一种不祥的预感在心头萦绕着，愣愣地站在那里，倒是没有注意到严平俭看向自己的目光。

"九弟，你不是跟颜二小姐熟吗？你请颜二小姐帮帮忙吧，你七嫂要是有个三长两短，我就不活了。"严平俭目光落在严丰年的身上，说完之后，忍不住就哭了起来。

严丰年和颜惜禾交往的事情，严府上上下下也都知晓了，现在严平俭遇到这样的事情，严丰年若是不帮这个忙，那也实在是说不过去。

可是没有人知道他心里的为难，颜惜禾已经明确地拒绝了他，此时他要是觍着脸去找颜惜禾，就算是她神通广大，这个忙还指不定帮不帮呢。

"这个……她一个女人，能知道啥？还是等等大哥吧！"严丰年委婉地拒绝了。让他现在去求颜惜禾，他做不到。他低垂下脑袋，分明感觉到人群里投射过来的目光，并不都是带着好意。

"算了吧！别因为人家跟咱们一个姓，就真的当成了一家人，野种就是野种。"因为严丰年莫名分得家产的事情，严家自然有人愤愤不平。谁也不能接受这个连庶出都算不上的人，竟然可以得到比他们更多的产业。

此时严家出了事情，原本指望着他能够帮点儿忙的，可是在这个紧要关头，他竟然选择了自保拒绝了。

严丰年心里是有苦说不出，他该怎么告诉这群人，他现在和颜惜禾已经没有半点儿关系了？就算是这件事情颜惜禾能够帮上忙，依照颜惜禾的脾性，帮不帮还指不定呢。

"好吧，就当我严平俭看错了人！"严平俭被人群中的人这么一怂恿，又看严丰年迟疑着不作声，心中立马就忘了这段时间和严丰年的交情。

严家的兄弟姐妹原本就与严丰年不亲近，刚才的事情一爆发，他自然是落了个众矢之的。而严丰年嘴笨是出了名的，这群人你一言我一语的，他的脸涨得通红，不知道是该离开还是该为自己争辩几句。

"我……我和她已经没联系了。"严丰年半晌才将这句话说出来，作为一个男人，他的尊严已经从颜惜禾拒绝他的那一刻彻底消失了。

可就算是他实话实说,将自己心底的痛摆放在众人的面前,也没有一个人觉得那就是真实的。

"没联系了?昨天不是还去见她了吗?严丰年,七哥的忙你不愿意帮也就算了,我们不计较你这个外人,但是不要拿这些话来敷衍我们,我们可不是傻子。"说话的人是严平喜。

严丰年与这个严平喜并没有任何的交情,平日里见了面也顶多是互相看一眼。严平喜在兄弟里排行十一,据说他生母曾是严老爷子的宠妾,所以因了这个,他在兄弟姐妹中,倒是有几分傲气。

他斜睨着眼盯着严丰年,一股子瞧不起全部写在脸上,他就是瞧不起这个从上海跑过来与他们争夺家产的野种,瞧不上这个除了有一张好皮囊之外,骨子里其实就是个骚包的男人。在他们看来,严丰年之所以能够在严家立足,不过是仗着严平温撑腰罢了。

他们虽都是纨绔子弟,但也明白严平温的心思,严丰年如果能够与颜惜禾联姻,那么这对于严家来说,势力只会越来越大。

他们都是没有分到什么家产的人,所以对于家业如何去经营,全然不关心。每月照例去领份银,实在不够了就找严平温先支借一点儿。

现在严家出了事情,他们除了袖手旁观说尽风凉话之外,恐怕就再也没有任何的作为了。严丰年内心里气愤,可就是再也说不出个所以然来。

他之前不过是想要拿几个现钱就回上海的,谁承想老爷子会给他留一点儿产业?这不是他想要的,可偏偏命运就这样发生了逆转。

他孤零零的就像是最初站在人群中一样,所有人都瞧不起他,排斥他,挖苦他……他终于一句话都没有争辩,转身就朝外走。

"我去求她,我去求她便是。"严丰年的嘴里,如同赌气一般冒出这样一句话来。没有人当真,他好像就是在跟自己较劲儿一样。

让他去求颜惜禾,他拉不下这个面子,可是那些人不就是逼着他这样做吗?去颜府的路上,严丰年只觉得心里仿佛是拥堵了一块石头。他愤恨不已,可又无处发泄,只觉得心底烦闷到了极致。

他是在颜府的大门口碰到颜惜禾从车里出来的身影,颜惜禾只是看了严丰年一眼,目光平静,没有丝毫的波澜。若是在往日,她会主动地叫他一声"丰年",但是今天她没有,她只是将目光从严丰年的脸上扫视了一眼,而后径直就往里走。

"惜禾!"严丰年赶紧冲颜惜禾的背影叫了一声,整个人站在那里,只觉得颜惜禾的身影冰冷至极,这股寒意一点点地渗透到他的心里,他微蹙着眉头,用尽全身力气努力压抑着,而心底的荒凉,却仿佛是决了堤的洪水一样,开始肆无忌惮地泛滥。

第9章
交换条件

颜惜禾的身影快要淹没在颜府的宅门口时，她猛然回头，那张清秀的脸上是严丰年不熟悉的清冷。她眼神上下瞟动，以严丰年陌生的方式打量着他，而后那张薄凉嘴唇微微启动，声音也让严丰年冰冷到极致。

"你回去吧，以后不用到这里来了。"她的声音就像是刀子一样，落在严丰年的心间。他的眉头蹙紧，只觉得一股凉气在心底翻腾着。

"我来不是为别的，是因为七嫂……"严丰年好半晌，才将自己出现在这里的缘由说清楚。他痛苦地盯着颜惜禾，若不是因为有事相求，他绝不会被人拒绝了，还死皮赖脸地出现在这里。

严丰年所说的七嫂，颜惜禾一早就听闻了，她还暗暗地托人打听了一下。知道这事来得蹊跷，日本人一进北平城，就将矛头直指严家。听说严平温为了救出这个女人，此时也是大动干戈。

日本人既然将眼睛盯上了严家，自然是有他们的道理。颜惜禾没有那么傻，不会在这个节骨眼上往枪口上撞。

颜惜禾并没有多看严丰年一眼，她只是停顿了片刻，而后转身就消失在颜府那扇威严的大门后。馨月见严丰年还站在那里，语气也变得生硬了不少。

"九爷还是回去吧，我家小姐不想见到你。"馨月的话说完，就使了个眼色，令门上的人将大门给关上了。

严丰年的心彻底地被掏空了。他这才领悟到,什么叫绝情。他以为就算是自己与颜惜禾不能做夫妻,好歹还能做个朋友。可是在严家最需要帮助的时候,这个女人却选择了逃避。

心底沮丧,脚下的步子也显得沉重。他晃晃悠悠地回到严家,刚到大门口,就听门房上说严平温回来了。这个消息,暂时地让他将在颜惜禾那里受的气放下了。

严丰年的脚步径直往里面走,却见满屋子的人都围在堂屋里,黑压压的全是人。只听到耳旁低低地弥漫着女人的哭声,还有男人小声的议论。

"大哥……"严丰年走进,所有的目光全都落在他的身上。却在看到他那张脸上的表情后,又失望地挪移开来。

"颜二小姐怎么说?"严平温还没有开口,严平俭已经上前一步,一把抓住严丰年的胳膊,就像是抓住了一根救命稻草一样。

他那两只眼睛死死地盯着严丰年。严丰年愣在那里,只是低垂着脑袋,却紧闭着嘴巴,他无法将自己在颜府门前碰到的事情说出口。

"平俭,你不要为难丰年。这件事情颜二小姐帮不上忙。"严平温坐在为首的位置,阴沉着一张脸,却是极力压抑着内心的愤怒。

他在日本人那里受了不少气,托人找关系却是一点儿都不顶用,银子花出去不少,可是事情却一点儿都没有办成。这日本人比军阀的那帮人还要浑蛋,收了钱就是不给办事。

严平俭听到这一句,声音里一下子带了哭腔,"她怎么就帮不上忙啦?她不是神通广大吗? 大哥,你这是要看着我两个孩子没了娘吗?"严平俭这话刚说完,一旁站着的两个孩子就哇哇地哭了起来。

严平温朝自己的老婆使了个眼色,她上前跟几个媳妇带着孩子进了里屋。严丰年就像是做错了事情的孩子一样,一直低垂着脑袋立在那里。

他从心底觉得自己一点儿用处都没有,在这个大家庭里,他除了和严平温比较亲近之外,和严平俭算是走得比较近的。可是,偏偏他就是帮不上忙。

"大哥,要按我说,你就答应那帮龟孙子吧,不就是个药行会长吗? 给谁当差不是当啊,你要是靠向了日本人,到时候也没人敢动咱们。"这话是从二爷严平举口中说出来的。

严平举平日里少言寡语,瘦削的身材裹在长袍马褂里,一张脸始终阴沉着,仿佛有病一样。走到哪里手里都拎着一根长烟袋,他坐在堂屋靠左第一张椅子上，脸上倒是有些漫不经心，火柴拨弄着长烟袋的烟锅子，却是低垂着眼睑，并没有多看严平温一眼。

"住口！"他的话音未落，严平温却是伸手猛然地拍在桌子上，他怒气冲天，那张阴郁着的脸，此时怒气就更盛了。

他是当家的，说出的每句话都具有威慑力，此时他一发怒，旁人也都畏惧着保持着沉默。他那双锐利的眼眸直直地盯着严平举。

"谁还想要做这个亡国奴？"他声音拔高了好几分。目光从屋子里每个人的身上扫视了一遍。他立在那里，拍桌子的手掌撑在桌面上，手背上的筋络暴涨起来。

没有人吭声，都是低垂着脑袋。虽然这件事情发生在严家，但是这件事情并不是发生在自己的身上。这帮人平日里散漫惯了，自是不会在这时候跟严平温顶嘴。

"可是……锦绣……锦绣怎么办？"严平俭的声音颤抖着，他突然意识到自己一个人孤立无援。原本几个兄弟还跟他沆瀣一气，说是一起说服严平温答应日本人的条件算了。然而这个时候，却没有一个人作声。

"这件事情我会去想办法，一定会让锦绣平安回来的。"严平温说完，气冲冲地从堂屋里走了出去。他的心里，就如同热锅里的蚂蚁一样。

他的脚步一离开，屋子里再次沸成了一锅粥，那些刚才不作声的人，一股脑全都围在了严平俭的身边，开始不停地给他出主意。严丰年在那里站了一会儿，发现自己原本就是多余的，他插不上嘴，更帮不上忙。

他从堂屋里出来，而后就朝严平温的房屋走去。站在弄堂里，看到严平温站在窗户前，背着手却是一脸苦恼的样子。

"大哥！"严丰年靠近，那张俊朗的脸上，此时也写满了忧愁。严平温回头看了严丰年一眼，而后再次将目光落在窗外。

两个人就这样站着，半响都没有说话。严平温自然能够想到，自己离开之后，堂屋里的那些人会怎样议论纷纷。

日本人已经打到家门口了，没有人起来反抗也就算了，难道还要充当日本人的走狗，变成他们伤害国人的工具吗？他在心底一遍一遍地叩问自己。他做不到，作为一个有良知的中国人，他做不到。

"大哥，日本人要你答应什么？"严丰年回来的时候，严平温已经将日本人开出的条件说完了，严丰年并不知道日本人想要做什么，此时是一脸的狐疑。

严平温心底的愤怒再次被挑了起来,他一想到日本人站在他面前趾高气扬地提出条件时的那副嘴脸,只觉得满腔怒火都被点燃了。

"要我当什么药行会长,分明就是给他们做走狗!"他大手一甩,脚下的步子却是加急了一些,而后在座椅上一屁股坐下来,端起茶杯喝了一大口,却将杯盏重重地落在桌面上。

"那七嫂?"严丰年此时还担心着严平俭的老婆。如果日本人不放人,那么是不是意味着七嫂就会遇到麻烦?

"他们这是要挟!我严平温大半辈子,就算是没做过什么好事,但是也绝对不可以当这样的恶人。要我答应这样的条件,除非我死了。"

严平温向来是一个冷静的人,不管遇到多大的事情,他都可以冷静地处理。然而现在,他突然发现,自从日本人来了之后,他世界里的平静被彻底打破了。

他平日为人低调,与人鲜有过节,却不想日本人进城第一天,就将目光盯在了他的身上。无论是太平年间还是乱世,他求的不过是保住严家一家老小的安稳。可是现在,他还能保住这份安稳吗?

他不是没有听到消息,这件事情还是因为颜惜禾引起的。追求颜惜禾的人不在少数,京城里的大户人家,谁不想攀上这门亲事,可偏偏是严丰年抢占了先机。

姻缘的事情虽然不能强求,但总会有人为这事耿耿于怀。日本人抓走了严平俭的老婆,原本不过只是个意外,却不想,有人竟然在日本人那里说了小话。

严平温最恨的莫过于落井下石这样卑鄙无耻的行径,就算彼此之间有点儿利益纷争,但好歹也算是中国人,可这些势利小人,眼睛里除了利益之外,竟然没有考虑社稷安危。

日本人开出了条件,只要严平温做这个药行的会长,就放了严平俭的老婆。严平温心里十分清楚,日本人不过是看中了他在药材行业的商业地位,严家商路发达,遍布全国各地,若是严平温出任这个会长,那么就可以充当日本人的傀儡,将爪牙触及中国大部分地区。

严平温是个商人,但却是一个还残存着良知的商人,他还记得自己是中国人,让他当日本人的走狗,拿着匕首去杀害自己的同胞,这样惨绝人寰的事情,他做不到,也绝对不会去做。

第 *10* 章
不甘亡国

"大哥！我支持你。"严丰年只觉得身体内的血液突然开始沸腾起来，沉睡在他身体里二十多年的雄狮，好像一下子苏醒了过来。

他一直过着安逸而舒坦的生活，根本不知道什么叫忧患，可是就在刚才那一刹那，他突然从严平温的脸上看到了忧患这两个字眼。

他好歹上过几天学，也读到了"天下兴亡，匹夫有责"这一句。那时候好像并不理解其中的含义，可是在这个时候，他从严平温的身上，深深地感受到了责任的重担。他觉得自己的肩膀突然沉重了起来。

严平温深邃的眼眸看向严丰年，他没有想到，在这个大家族里，唯一支持自己的人竟然是严丰年。这个他一直认为除了有一副好皮囊之外，却胸无城府的男人，竟然是第一个站出来支持自己的人。

他有些许的感激，可并没有说出口来。"你和颜二小姐，怎么样了？"他将话题转移开来，自从上次高雄的事情过后，他也好一阵没有见到颜惜禾了。之前在酒楼的时候意外碰到过一次，颜惜禾也只是低垂着眼睑，假装没有看到。

和平年间，他们尚可以彼此关照，可是到了乱世，恐怕也都是关起门户寻求自保了吧？他明知道自己只是多此一问，但还是问了一句。

"我配不上她。"严丰年说得很是平静。颜惜禾是清高的女人，无论智商还是情商，他严丰年都是高攀。他将脸别过去，不让严平温看到自己脸上的伤心。

严平温此时哪里会顾及这些,原本就是意料之中的事情,他也只是轻轻地叹了口气,而后就不再说任何一句话。两个人就坐在那里,时间仿佛停止了一样,谁也没有说话,只觉得窗外的天色一点点地暗淡下去。

晚饭也只是随便吃了一点儿,严丰年懒得回屋,就留在严平温这里吃了一点儿。碗筷刚收拾干净,严平俭和几个庶出的兄弟就赶了过来。

看来下午严平温和严丰年离开之后,他们在堂屋里还是商量出一点儿事情来了。严平温抬眼,就看到严平俭行色匆匆。

"大哥,这件事情咱们还是去求求日本人吧,现在锦绣落在日本人手里,万一有个三长两短的,以后我那俩孩子该怎么办啊?"严平俭不敢在严平温面前造次,这时候拿孩子来说事。

严平温的脸再次阴沉下来,这是逼着他去跟日本人合作吗?下午的时候,他已经将态度表明了,这件事情绝对没有商量。就算是牺牲掉这个女人,他也绝对不会答应日本人的。

"七哥,这件事情,你就不要为难大哥了。大哥也有他的难处……"严丰年的话还没有说完,立马就被严平俭给打断了。

"住口!你算是什么东西,这里轮不到你来插嘴。要是日本人抓去的是你老婆,你也这么说?"严平俭以前跟严丰年套近乎,为的只是钱财,可是现在,大家都到了难以自保的时候,谁还会想到长远的事情。

严丰年被严平俭饬了一口,窘得脸唰一下就红了。严平举进屋之后,倒是不像那几个兄弟拘谨,自己在屋子里拣了个座位就坐了下来。

"丰年啊,你肯定不知道吧,这件事情啊,其实跟你还有关系。要不是你想要娶那个母夜叉,老七也不会摊上这样的事儿。"严平举叼着大烟袋,慢悠悠地说道。他不像严平俭那样的冲动,但是他说出的每句话,却足以让听到的人心里不平静。"日本人抓了锦绣,这事儿是不假,可他们为什么要抓住这事儿不放呢?不就是看中了咱们严家的商路嘛。你啊!得罪了人,这次啊,我看严家是要倒大霉咯!"

严平举的话,却仿佛是带有几分幸灾乐祸。这件事情,严平温没有跟严丰年说,是因为怕说出来会增添他的心理负担。他以为这件事情只要自己不说,那么就不会有人再提起。

可是消息就如同长了翅膀一样,还是飞进了旁人的耳朵里,严丰年这才回过神儿来,他怔怔地盯着严平举,半晌说不出话来。

他没有给严家带来任何的利益和好处,甚至他出现在这个家庭的那一天,还分得了一大块家产。他得到的东西,都是始料未及的,可现在作为这个家庭的一分子,他却平白无故地给家里人惹了麻烦。

"平举,这话不要再说了。日本人早晚是要找上门来的,这一次不过是个意外。跟丰年没有关系。"严平温看到严丰年脸上的落寞和自责,站出来替他说了一句话。

这件事情要是论到责任,那么导火线岂不是在他的身上,是他怂恿严丰年去追颜惜禾的,是他希望跟颜惜禾联姻壮大自己的势力。他不曾考虑到事情的后果,他以为世道没有发生变化,颜惜禾并不会推却这门亲事。此时此刻,他也是觉得自己的想法过于幼稚,甚至为自己的贪心而自责。

"意外?我老婆难道要白白地去送死吗?她一个妇道人家,落到这帮浑蛋手里,还不知道会怎样呢?"严平俭说着,就毫无男子气概地哭了起来。

"也怪你,要不是你去赌博,七嫂会这样吗?"旁边有人戳了严平俭的痛处,他更觉得有些自责,竟然蹲在地上号啕大哭了起来。

一个堂堂七尺男儿身的大老爷们,就这样毫无形象地哭了。这番场景,落入任何人的眼里,都会觉得揪心。

"这件事情,我自会处理的。日本人那边,我也会去想办法,你们都回去吧。"严平温的声音很淡,他今天为这个事情忙活了一整天,也是累得不行。此时,他只想要安静地一个人待一会儿。

"大哥,你就答应日本人算了。反正你不去当这个会长,总会有人去当的。现在北平都沦陷了,你还当什么好汉啊!"严平俭一边抹着眼泪,一边带着哭腔说道。

"住口!"严平温拿着烟袋,不停地敲打着桌面,每一声都落入所有人的耳朵里,甚至在心里都产生了极大的威慑力。

他可以接受这帮人不务正业,可以接受他们吊儿郎当,但是他不能接受这些人竟然想要当日本人的走狗!他愤怒地看着这帮人,而后从嘴里狠狠地挤出一个字:"滚!"

就好像是一声命令一样,所有人都讪讪地从房间里退了出去。严丰年也跟着所有人的脚步,从房间里退了出去。

他能够理解严平温的心情,也能够理解严平俭的心情,他不知道,如果这件事情发生在自己的身上,他到底会怎样去做。但是有一个声音一直在他的心底呐喊:誓死不做亡国奴。

一连好几天,严平温都是早出晚归,将严平俭的老婆从日本人的手里救出来,这是他许下的承诺。但是事情的进展,让他很是失望。日本人给出了三天期限,在这三天的时间里,他如果不答应日本人的条件,那么高锦绣,就要为此付出生命的代价。

这个指令是日本人派汉奸亲自到严府来传达的,一时间,满北平城都传得沸沸扬扬的。严府因为得罪了日本人,这次是摊了大事儿了。

在这样的乱世,自然是求自保的人多了去。严平温走东串西,想要托关系求求人,往往是刚在大门口站定,就有人出来关了大门。

他心灰意冷,这些以往见了他老远都要热情打招呼的人,却在此时露出了最真实的嘴脸。人情淡漠,他无以表达内心的愤怒和悲哀。

三天后的早上,严平温收拾整齐,正准备出门,这是与日本人约定的最后一天了。他刚刚将那件藏蓝色的大马褂套在身上,就见门房上的伙计风风火火地跑了进来。

"大……大爷,日本人送来一个包裹,指定要您亲自去领。"门房的伙计,三十来岁的中年汉子,此时战战兢兢,苍白的脸上写满了恐惧。

严平温蹙着眉头,伸手将大马褂的扣子一个个扣紧,这才加紧了脚步朝门口走去。前厅已经站满了人,各房在这个时候都已经起来了,尤其是听闻日本人亲自过来送东西,都跑到这里来看热闹。

严平温往这里走,旁人自动给他让开了一条道,穿着白大褂戴着大毡帽的汉奸冲严平温笑了笑,"严大爷,这是太君送给您的礼物。"他说着,亲自从日本兵手里,将那个朱红色的锦缎盒子送到严平温的手里。

族里的人伸长了脖子想要看个究竟,严平温的心此时也是七上八下。严丰年夹在人群中,目光死死地盯着严平温的手。

他只觉得心里有一种不祥的感觉爬了上来,所有人都敛声屏气地等待严平温揭晓这个惊喜。严平温的动作十分缓慢,那张威严的脸上,比平日多了几分寒气,蹙紧的眉头,早在眉心的位置,拧成了一个深深的川字。

盒子打开的声音,很轻,却重重地落在每个人的心里。只是一条缝,而后只见严平温狠狠地扣上了盒子,那张脸上,一时间全是惨白。

第 *11* 章
惊险交锋

"大哥,怎么呢? 是不是锦绣有消息了?"人群中有人插嘴问了一句。

严平温的心蓦然地受到了冲击,他自认经历的事情颇多,但是就在刚才那一瞬间,他还是震惊到了。那双宽厚的手掌,紧紧地攥着这个缎面盒子,半晌却是一句话都没有说出来。

"你这是什么意思?"

严平温转向拿着毡帽的汉奸,盯着他那张狗仗人势的臭脸,双眸燃烧着怒火,像是要将眼前这个人吞噬了一般。

"大爷……我可只是个传话的,日本人让我来,我可不敢不来,有什么话,您跟日本人说去。"那汉奸也是被严平温脸上的怒火给震慑住了,身体不由自主地朝后退了两步,却是在寻着一个机会,从严府里滚出去。

严丰年夹杂在人群中,从严平温脸色的变化,他已经多多少少猜中了一些。他几步上前,走到严平温的跟前。

"大哥,先打发了这几个人,咱们有事回去再商量。"他压低了声音,站在严平温身边说道。

严平温刚才确实是被震惊到了,所以一时间有些失态。他只觉得自己的脑子嗡嗡嗡的好像有无数只苍蝇在叫个不停。

他微微地点了点头,算是应了一声,严丰年这才转向刚才那汉奸。"你们回去吧,有什么事情,大爷到时候会亲自去找你们的。"严丰年的语气很淡,甚至带着一种固有的冷意。

那汉奸送完了东西,巴不得早一点儿离开。现在听到严丰年这么一说,赶紧从严府离开了。

刚才因为那汉奸带着日本兵出现在这里,严府上上下下的人只敢远观不敢近看,现在那些人一走,所有的人立马涌上来围住了严平温。

"大哥,到底怎么回事啊?"严平俭一下挤上前,今天是日本人通牒的最后一天,严平温努力想着周全的办法,但是自始至终都没有法子。

他蹙着眉头,站在那里,好像听不到周遭的声音了一样。第一次,他的心乱成了一锅粥,却只能是敛住眉眼,压抑着内心的惶恐。

"大家都去堂屋等着吧,待会儿大哥就会过来的。"在这个时候,严丰年站出来替严平温解了围。他知道所有人此时还忌惮着严平温当家人的威严,不敢有造次之处,可是若是逼急了,恐怕他们也会做出不合常规的事情。

那帮人叽叽歪歪了半天,也不见严平温说出一句话来,严丰年这样一提议,他们也只好四下散开,到堂屋等候着严平温给大家一个交代。

"大哥,先回屋休息一会儿吧。"待这些人离开之后,严丰年上前一步,想要搀扶住严平温。刚才他看得清清楚楚,严平温的脸色一片惨白,额头上的汗珠也滴滴答答地滚落了下来。

他不知道严平温到底是为何事如此紧张,但是他能够猜到,这件事情非同小可。而严平温此时还没有想好如何跟族里的人交代。

严平温也没有应声,只是脚步走得很慢。"丰年啊,这一次,我是要成罪人了。"他缓缓地说道,严丰年没有多问,只是跟随在他身旁。

他感觉在这个动乱的时期,突然有一种责任感驱使着他。而在这个使命感中,他想要站在严平温的身边,在这个大哥的身上,他看到了希望。

半个时辰之后,严平温出现在堂屋里,房间里原本就如同炸开了锅一般,所有人都在猜测着。此时严平温出场,屋子里出奇的安静。那些人的目光,全部集中在严平温的身上。

严平温径直走到严平俭的身边,而后低垂下脑袋。"老七,这一次,大哥要对不住你了。"严平温的话,一字一顿地从嗓子眼里挤出来。

"大……大哥,你这是什么意思?"严平俭腾的一下从椅子上起身,双眼瞪得如同铜铃一般。"锦绣……是不是锦绣……"

严平温紧闭着嘴唇，半晌没有说话。"大哥对不住你，不过大哥答应你，以后你的孩子，大哥会当亲生的来抚养。"严平温说得很是认真。

在这半个时辰里，他已经做了最后的决定，也想好了说辞。他立在那里，顾长的背影微微有点儿佝偻。

"你这么说，锦绣她……"严平俭突然一屁股坐在地上，开始号啕大哭。屋子里原本刚刚安静下来，现在又再次炸成了一锅粥。

"大哥，你还没有告诉大家，那缎面盒子里到底装的是什么东西呢？"这声音，是二哥严平举发出来的。他坐在靠里的位置，吸着大烟袋，脸色却是沉沉的。

严丰年与这个二哥基本上就没有什么接触。他只是敏感地觉得，严平举根本就没有将他放在眼里。来北平一年多的时间里，严平举跟他说过的话加起来绝对不会超过五个字。即便是当街两个人碰到，严平举被毕恭毕敬地叫一声二哥，他也只是漫不经心地应一声，而后视若无睹地就离开了。

严丰年也想知道缎面盒子里装的是什么东西，但是严平温没有打开的意思，他也从来没有想过要去再看一眼。

只是严平举这么一说，四下里众人都开始附和了。严丰年发现，此时的严平温再次露出了痛苦的表情，那两道剑眉，在眉心处蹙成一个深深的川字。

"对啊，大哥，那个盒子里到底装的是什么啊？"严平俭此时坐在地上，却是一点儿哭腔都没有了。严平温是在看到这个盒子里的东西之后说出这番话的，他当然狐疑。

"是锦绣的手指。"许久之后，严平温转过身，对着正堂悬挂着的唐伯虎真迹，面色凝重地说道。

这个答案，果然让不少人唏嘘不已。他们只是听闻日本人手段残忍，但是却从来都没有亲身经历过。可是现在，他们中的一个人落在了日本人手里，原本还生死不明，但是就在一个小时之前，日本人却剁下了她的手指。

女人们都吓得面色惨白，一时间用手帕捂住嘴巴嘤嘤哭泣，而男人们，更是吓得面如土色。谁也不会想到，一向柔弱没有主见的锦绣，竟然会落到如此的下场。

严平俭呆立了片刻，立马再次号啕大哭起来，一个大男人哭起来的架势丝毫不弱于女人，"锦绣啊，我可怜的女人啊。"他声音倒是洪亮，这样一哭，旁人更是觉得可怜,也纷纷地戚戚然落下泪来。

严平温心底原本就乱,他知道这是日本人给他的下马威,如果今天他还是不给出明确的答复,恐怕明天收到的就会是锦绣的人头了。

他不是一个冷情的人,但是此时,他心头也焦躁。"七哥,快别哭了,大家一起想想办法吧。"这个时候,严丰年走到严平俭的身边,伸出双手将他从地上拽起来。虽然严平俭挣脱了几次,但是也是想到,这样哭根本就不能解决问题。

"大哥,我看,还是跟日本人合作算了。所谓好汉不吃眼前亏,留得青山在不愁没柴烧,咱们现在跟日本人斗,到时候吃苦头的还是咱们自己。"这话是从十一爷严平喜的口中说出来的。

他靠在门口的位置,却是并没有看严平温一眼。众人都知道,严平温是铁了心绝对不会跟日本人合作的。他这样一开口,四下里就有人开始附和了。

"是啊,好汉不吃眼前亏!"

中国文化博大精深,自然是创造了许多精辟的话语,但是在这个时候,严平温要的不是这种自保的姿态。他是读过圣贤书的人,要他对一帮强盗臣服,他做不到。

严平温转身,脸色十分难看。刚才还在议论纷纷的人,一下子也都停了下来,眼巴巴地盯着严平温。他转身进了自己的屋子。

后半夜严丰年睡不着,起夜见严平温的房间里还亮着灯,就朝这边走来,却不想屋子里竟然传出说话的声音,他听出来,另外一个声音,却是他前些天见到的那个男人。

"严先生,请你相信我们,相信党,高锦绣被日本人绑架的事情,我已经跟组织上反映了。你放心,我们会积极营救她的。"两个人都是坐在里屋,又是全神贯注地在讨论这个事情,并没有注意到外面的严丰年。四下里十分安静。严丰年蹲在走廊旁的矮树丛里,听得一清二楚。

可他就是觉得脑子里都是一锅粥,不明白这个人说的到底是什么意思。但是想到有人要帮忙救高锦绣,他内心却觉得欢喜。

"安先生,让您和贵党费心了,严家的事情,还是由严家的人来决定吧。"严平温说完,就重重地叹了口气。之后那人又说了一些什么党、什么组织的话,严丰年听不懂,但是严平温却一直都在推辞。

严丰年听得心惊胆战，一想起上一次自己被发现偷听的事情，立马就从树丛里溜走了。

可是在他的心底，突然就有了一个疑惑。他不知道严平温跟这个人到底是什么关系，他隐隐约约听起旁人讲过共产党的事情，而且日本人是碰到共产党格杀勿论的。这一夜，他提心吊胆，在惶恐中睡去。

第 *12* 章
火烧铺子

严丰年并不知道这一晚严平温跟那个人讨论的结果是什么，也不知道高锦绣到底还能不能安然无恙地回来。他折腾了半宿刚刚入睡，却听到门外有人慌慌张张地咋呼。

"不好了，城中的铺子着火了。"

这一声惊呼，无疑是炸开了锅。严丰年扯起长衫就往外跑，严府的人也陆陆续续跟着出了家门。

一行人赶到城中的时候，只见火势正旺，几个伙计拎着水桶慌忙抢着救火，却不过是杯水车薪。只见熊熊大火席卷着浓烟，在头顶升腾起一个蘑菇云。

"怎么回事？"严平温一把抓住不远处拎着水桶的伙计，面色凝重。大白天的出现火灾，他绝对不相信是什么意外。

街道两旁围了不少看热闹的人，却没有人上前帮忙救火。城中的这家药铺，算是京城里最大的一家，因为是老字号，格局都采用的是老式木质结构，此时遇到一点火星，噼里啪啦的根本就停不下来。

"不知道什么人在后院放的火，整个院场都让人浇了汽油。"伙计战战兢兢地说道。而此时，严平温的脸色已经难看到极致。

严丰年愣在那里，心底只觉得空荡荡的。看到这根本就停不下来的火势,他知道现在无论做什么都是无济于事。

严府的人都站在那里,只看着火焰舔舐着屋顶,将这百年老字号,一点点地吞噬掉。严丰年只觉得,在那一瞬间,严平温的背好像更加地佝偻了一些。他有些微的心疼,却也是爱莫能助。

"严大爷,这可是皇军送给你的礼物。离约定的时间也就只剩下几个时辰了,要是严大爷不答应的话,就等着给高锦绣收尸吧!"

所有人都没有注意到,就在不远处,之前出现在严府的那个汉奸再次出现了。他耀武扬威地立在那里,身旁站着两个日本兵,锃亮的刺刀发出寒冷的光芒,不由得让人心底产生畏惧。

"大哥……"严平俭当街站着,声音里带着哭腔,他只是再次祈求严平温妥协。可他不知道,此时严平温心底只有满腔怒火。

他走上前去,几乎是不由分说,抡起巴掌就给了严平俭两个耳光。"没用的东西,大敌当前,就想着去当什么走狗,你也配当严家的子孙?"这话貌似是说给严家的人听的,但是字字句句落入那汉奸的耳朵里。

严平俭平白无故地被当众打了两个巴掌,心底着实觉得委屈,索性一屁股就坐在了地上,"我没你高风亮节,你干脆打死我算了,打死我了,我好跟锦绣去做伴儿。"

这副架势,着实让严平温又气又恼,他却是没有作声,甩开胳膊就往回走,也不顾这一大家子人落在街上丢人现眼。

那汉奸听了严平温这么一说,倒也只是鼻翼里发出一声冷哼,而后就大摇大摆地从街上消失了。严丰年只觉得心里有一种不祥的预感,这种感觉愈加的强烈。

"大哥这是抽的哪门子风啊,当街打七弟,他好歹也是成家的人了,多少也得给几分面子吧? 这闹着不跟日本人合作,敢情是要拿锦绣做靶子。看来我们严家,还真是出了个民族大英雄。"

这是二爷严平举的声音,严丰年只觉得听了,心里就像是扎了一根刺一样难受。他能够理解严平温的心情,也能够理解严家其他人的想法,可是他就是找不到一个平衡点,让自家人不要内讧。

这一天,对于严家的人来说,如坐针毡。日本人通牒的最后时间眼看着就要到了,但是严平温还是一副不合作的架势。他是宁愿得罪严家所有的人,都不愿意跟日本人合作。

严平温咬着牙不合作，其他的人也没有办法。除了严丰年之外，这个家里就没有一个人肯跟他站在同一条战线上。他孤立无援，而内心又着实痛苦。

天色渐渐地暗了下来，严平温将自己锁在房间里，连晚饭都没有出来吃。严平俭壮着胆子又求了几次，却最终还是没有说服严平温妥协。

严丰年只觉得心底痛苦到极致，他从来都没有过这样的感觉。他只觉得有满腔热血在心底涌动，却是寻不到一个出口去发泄。

他恨不得自己拥有强大的本领，能够将这帮可恶的强盗从北平城赶出去；他也恨不得自己能够将七嫂解救出来，还这个大家庭一片安宁。

这些都是他脑子里理想的东西，现实情况是，他此时在严家连最基本的话语权都没有。他说出的话，没有一个人愿意听，甚至只会遭到一番斥责。

日本人约定的时间，是这一天晚上的八点，严平温是下定了决心不合作。一直到前厅里突然传来一声撕心裂肺的哭声，严丰年按捺不住，立马就奔了出去。

只见前院的当中，担架上躺着的高锦绣已经合上了眼睑，白布蒙住全身，也没人看到她最后一眼。他的脚步刚刚落定，严平俭带着两个孩子就如同发了疯一样朝这里扑了过来。

"锦绣，锦绣……"他嗓子里不停地呼唤着，扑到担架那里，"扑通"一声就跪了下来。而后抱着高锦绣已经僵硬的遗体痛哭起来。那两个孩子虽然不谙世事，但是听到严平俭这么一哭，也跟着哭了起来。

整个院子在夜色的笼罩下，弥漫着悲凉的气氛。旁人见了这番场景，哪有不落泪的道理。严丰年也觉得鼻子酸酸的，他脑子里突然浮现出第一次见到高锦绣的样子，她模样俊俏，话不算多，身量娇小，见到旁人主动跟她说话，白净的脸蛋上会泛起红晕。

虽然严平俭是个不务正业的纨绔子弟，但是听闻他们夫妻两个人关系倒是一向不错。此时高锦绣遇到了这样的事情，严平俭心底自然是伤痛难忍。

有妇人上前将两个孩子揽入自己的怀里，拿着手绢也跟着抹眼泪，严平俭撕心裂肺地痛哭着。只可惜高锦绣已经永远地闭上了眼睛，再也听不到这个院子里的欢声笑语。严丰年立在那里，眼圈也红红的。

严平温是最后出现的，他的脚步沉重，径直朝高锦绣走过去，而后在众人的面前，不由分说，"扑通"一声跪倒在高锦绣的面前。

"大哥……"有旁人叫了这么一声。无论是从年纪还是从辈分上来说，严平温都不用行这么大的礼，可是他心里愧疚，在这件事情上，高锦绣是无辜的。

"锦绣，是大哥对不住你。你放心，大哥会竭尽全力照顾好你的两个孩子……"严平温的声音带着哽咽，话还没有说完，却被严平俭一把推开了。

"你口口声声地说什么都是为了我们好，可是现在锦绣都没了。都怪你，要不是因为你，锦绣也不会死得这么惨。"严平俭哭着斥责严平温。

若是在往日，他是绝对不会有这样的胆量的，但是此时此刻，他已经顾及不了那么多了。他抱着高锦绣的遗体，不让任何人靠近，只是痛苦地跪在地上哭泣着。

严平温被严平俭一把推得歪倒在地上，严丰年赶紧上前一步将严平温搀扶起来。他比任何人都清楚，严平温心里的痛并不少半分。

在这个紧要关头，伤心归伤心，但是人死归天这样的道理是不能违背的。众人一合计，还是得赶紧把丧事给办了。来得及通知的亲戚，连夜派人去通知，来不及通知的，只好在事后再发丧报。

严平温此时还是当家人，就算是心底伤痛，也要将这件事情办得体面风光，至少这样，他会觉得弥补了一下对高锦绣的愧疚。所以，高锦绣虽然只是严家的媳妇儿，但是丧礼办得倒是体面风光。

严平俭只顾着伤心，这些日子也懒得搭理严平温，他将高锦绣的死，全部都推到了严平温的身上，认为正是因为严平温拒绝跟日本人合作，所以才害死了高锦绣。

严平温也不解释，只是默默地做着自己该做的事情。严丰年知道严平温承受着莫大的压力，倒是主动请缨，在丧礼中前前后后地跟着忙碌。

这期间，严丰年又见到那个男人出现在严平温的房间里，这一次，他没有去偷听，之前那个人不是说可以救高锦绣的吗？看来也不过是说大话唬人罢了。所以，当那人从后院的小门出去的时候，严丰年鼻翼里发出一声不屑的冷哼。

三天之后，高锦绣葬进了严家的祖坟，这对于她来说，也算是荣耀的事情。只是因为死得不同寻常，又是如此年纪轻轻，倒是让人不由得唏嘘。

只是严丰年发现，自从高锦绣的丧礼举行开始，严平举就消失了。严家的人多，一两个兄弟不在场，倒也没觉得什么，可是严丰年就是觉得蹊跷，至于蹊跷在何处，他一时半会儿也说不上来。

第13章
大爷死了

高锦绣的丧礼刚刚过去，严平温又开始忙碌了。日本人说什么要谋求一个东亚共荣圈，在各个行业里倡导成立商会，旨在通过这样的方式，培植属于他们的走狗，在各大行业里为他们服务。

严平温拒绝了当这个药行的会长，这并不代表着日本人就会放过他。高锦绣的死，只不过是一个开始。

严丰年不够精明，但是在高锦绣的丧礼上，他还是看到各行各业的人都过来惺惺作态地悼念了一番。毕竟严家在京城也算是大户人家。

但严丰年却看见，那些人悼念完后，都陆陆续续地去了严平温的房间，他们面色凝重地进去，却又是灰头土脸地出来。严丰年猜想，这些人恐怕也是来劝说严平温妥协的。

高锦绣下葬的那一天夜里，严丰年又见到了严平温口中的安同志，他每次出现都是神出鬼没，且多半都是夜里。严府上上下下那么多双眼睛，他还真是巧妙地躲过了。

"严先生，这个会长你还是要去当的。"严丰年躲在外面的时候，听到屋子里传出这个声音，吓了一跳。

他比任何人都知道，严平温对日本人深恶痛绝，所以才不答应日本人的勾当。高雄的事情严平温一直耿耿于怀，要他跟自己的仇人合作，当日本人的走狗,他还真是办不到。

"你不要说了,这件事情我是绝对不会妥协的,麻烦你以后不要再插手我们严家的事情了,我不想跟共产党有什么勾结。"严平温声如洪钟,掷地有声。

而后,他们两个人又在屋子里说了些什么,严丰年没有继续偷听下去,他决定寻个时间,问问严平温到底是怎么回事。

第二天,严丰年早起正往严平温的房里赶,却见严平温已经穿戴一新准备出门。见到严丰年过来,他那双深邃的眼眸也只是多看了一眼。

"大哥,您这是要出去啊?"严丰年问了一句,却有些诧异。自从日本人来了之后,大家多半是闭门不出。何况现在严家得罪了日本人,旁人也不敢再来这里走动。

"药行那边有点儿事情,我还是得过去一下。"严平温说着,已经穿好了藏蓝色的大马褂,不由分说就往外走。随行的伙计跟在他的身后,严丰年在那一刻,突然瞟见严平温两鬓的白发,他这才意识到,严平温已经是过了不惑之年的人了。

一大家子的生计都落在他的身上,而他此时还平白无故背了黑锅,没有人理解他,也没有人给予他半点儿支持,他完全凭借的是自己内心的一份信念。

严平温大清早的出去了,夜色暗下来的时候也不见回来。严丰年并不知严平温到底是忙什么去了,待严平温的伙计慌慌张张地跑回来时,整个严家再次炸开了锅。

"不好了,大爷出事了。"这一声落在严丰年的心里,比当年他听闻严老爷子去世还要震惊。他几乎是在听到这个消息的同时,飞一般从屋子里冲出去的。

一路上,他的脑子就如同放电影一样,慢镜头都是他第一次来到严家,严平温站在门口,威严的脸淡淡地看着自己。一会儿又是早上严平温穿着藏蓝色大马褂离开时的背影。

在这个家庭里,旁人不拿他当一分子,唯有这个大哥,给了他些许家的温暖。可是现在,严平温遇到了不测。严丰年心底自责,若是早上他跟随严平温一起出来,那么会不会……

他的脚步就像是一阵风一样,沿着严家大门外的马路一直往前跑,就在离严家大宅五百米的地方，严平温高大的身体直直地躺在地上，后背上有好几个枪眼。

他一把将严平温抱在怀里，使劲地摇晃着严平温的身体，想要将这个昏迷的男人从沉睡中叫醒。但是这一次，严平温就像是累到了极致一样，那双深邃的眼眸一直紧闭着。他彻底地睡着了。

严丰年没有注意到，他的脸上布满了泪水。第一次，他感到如此的心痛，这样的痛感，比他自己的亲生母亲去世时还要痛苦。他亲自背着严平温朝严家大宅走去，所有人都站在门口，呆呆地看着这一切。

他的脚步沉重，两条腿好像是灌了铅一般。可是心底的痛，却翻来覆去，怎么也找不到一个地方来发泄。

谁也不曾料想，这样的事情会发生在严平温的身上。一个鲜活的生命，说没就没了。女人们捂住嘴巴呜咽着，男人们垂着脑袋，上前一步帮忙将严平温从严丰年的背上抱下来。

这一次，谁也没有多说什么，屋子里出奇的安静。严老爷子没有离世之前，严家的大小事务都已经交给了严平温，他为人沉稳，处事公道，严家大小都听他的安排。可是突然，他就这么走了。

严平温的遗体安放，所有的事情都是严丰年亲自操办的。他觉得只有用这样的方式送一送严平温，才对得起他对自己操的心。

"可恶的小日本，真他妈不是东西，竟然玩阴的。"有人在心底暗暗地骂着，但是却没有一个人义愤填膺地想去找日本人算账。

大家都清楚，严平温拒绝跟日本人合作，最终还是惹怒了日本人。他们需要的只是一个温顺的走狗，而不是处处跟自己作对的人。

谁也没有去追究严平温的死因，就好像他不是挨了枪子儿，而是得了什么疾病，不声不响地去世的。但是空气中的那种压抑，让严丰年心底的愤恨更加浓郁了几分。

严平温在京城也算是有头有脸的人，他的死，对于旁人来说，是一种威慑力。严家刚刚举行了丧礼，现在又要发丧。旁人唏嘘不已。

丧礼上，照旧是有些商贾之类的人，念着以往的交情过来吊丧。严家的兄弟们站在灵堂前，主持着所有的事宜。

颜惜禾的到来，还是让严丰年感到意外。他从来都没有想到，她竟然还会出现在这里。可是，她还是来了。

当门上的人通报颜家二小姐的时候，所有人的目光都看向了严丰年。他腰上扎着白布，呆立在那里，心里极其平静。

或许时间是一剂良药，将他对颜惜禾的炽热情感一点一点地平复了下来。他只是呆呆地看着颜惜禾，她还是一如既往的瘦削，脚步沉稳，一步一步地朝严平温的灵堂走来，目光平视，并不去看旁人，也不管旁人是用哪样的目光看她。

严丰年只觉得颜惜禾浑身上下都散发着一股寒气，他这才算是明白了，他和颜惜禾，原本就属于不同的两类人。他们没有在一起，跟爱与不爱绝对没有关系。

严平温的两个孩子在灵堂处还礼，严家没了当家人，所有的事情暂时都由二爷严平举担待着。他冲严丰年使了个眼色，示意他过去招呼颜惜禾。

严丰年挪动着脚步，脸上倒是淡淡的。颜惜禾见到严丰年，却是一点儿难色都没有。

"丰年，你还好吧？"她的语气淡淡的，他听不出她对自己的半点儿关心，也听不出那话语间包含的其他情绪。

"嗯，很好。劳烦颜小姐过问了。"他心底是有些气的，被她拒绝的时候，他只是觉得伤心，可是当他求她帮忙的时候，她竟然冷冷地拒绝了。

对于严丰年的态度，颜惜禾好像是预料之中一样，她没有发作，只是淡淡地看了他一眼。"你多保重，家里还有事，我先走了。"颜惜禾说完就转身离开了。

严丰年只是没有去搭理这些，但是到下午的时候，他却见那日来严府的汉奸领着两个日本兵过来了，径直就朝严平温的灵堂走去，他当时心下着急，立马就奔了过去，却见严平举点头哈腰的恶心模样。

"你们这帮浑蛋，害死了我大哥，还有脸到这里来……"严丰年不知道是哪里来的一股力气，立马就扑了上去。他知道严平温不想见到这些人，也绝对不允许这些人在严平温死后还出来造次。

"九哥，你这是做什么？你没看见这是太君派人过来悼念大哥吗？"拉住严丰年的是老十一严平喜，他一把拽住严丰年的胳膊，不停地给严丰年使眼色。

"一天到晚就知道瞎折腾，来几个人把他拖下去。什么东西？还真是把自己当这个屋子里的人了。"严平举的声音，不折不扣地全部落入严丰年的耳朵里,他的话音刚落,就来了几个人,不由分说拽住严丰年的胳膊就往外拖。

严丰年只觉得血液全部沸腾了,他还想要反驳,但是身体却被人架空了,而后迅速被人拖到了后院。

在那一刻,他是震惊的。当他看到自家兄弟在汉奸面前点头哈腰的时候,一时间他似乎全都明白了。他明白了严平举为什么消失了,也明白了严平温为何会意外身亡,甚至,他好像看到了严家的未来。

严平温不是不愿意跟日本人合作吗? 他能够管住自己,却无法左右族里的这帮人。严丰年只觉得心底就像是被人抽空了一般。

第 *11* 章
家族内讧

严平温的丧礼三天后举行,而此时的严家,却完全掌控在严平举的手里,严丰年虽然不知道详情,但是隐隐约约知道,这个严平举已经与日本人勾结在一起,而严平俭竟然也忘记了丧妻之痛,与严平喜围绕在严平举的周围,一副耀武扬威的样子。

严丰年插不上手,又没个旁人肯多看他一眼,他是心急如焚,但终究是心有余而力不足。所以,他将希望寄托在了严平温的大儿子身上,嫡长子尽管可以继承严平温的家业,可毕竟只是十几岁的毛孩子。

严丰年也是无计可施,总不能眼睁睁地看着严家的家业落在日本人的手里吧?严平温决心不做日本人的走狗,为此付出了生命的代价,难道要在他死后,看到严家的子弟替日本人办事?

他思前想后,怎么都说服不了自己。

至于那个经常半夜里出入严平温房间的安同志,严丰年在丧礼上并没有看到他的身影。他心下狐疑,总觉得严平温的死,与那个人颇有关系。

"九叔,二叔、七叔还有十一叔想要我爸爸的账簿,现在正在账房里闹着呢。"严丰年正盘算着怎么与这帮人较量,却见严平温的大儿子严嘉怡跑到了自己的屋里。

严平温发丧不过两天,这帮人就已经将手伸到严平温的家里来了。他一时怒气冲天，趿着鞋子就跟在严嘉怡的身后朝账房上走去。

人还没有靠近账房，就听到里面闹哄哄的一片，他竖着耳朵听了一下，是严平俭嚣张跋扈的声音，一改前几日丧家犬的沮丧。

"赶紧把账簿都交出来，现在大爷死了，二爷才是当家的。别在那儿磨磨蹭蹭了，小心被日本人抓去吃枪子儿。"

因为严平温吃了枪子儿，此时好像吃枪子儿变成了一个流行的说法，严平俭嚣张的气焰在屋子里回荡着。账房上的几个伙计都是先前严老爷子留下来的老手，后来又跟着严平温干了些年，严家的人向来对他们也都是客客气气，可这个严平俭却分明就没把他们放在眼里。

"七爷，大爷尸骨未寒，你们几位爷就嚷着要交账本，这不合规矩吧？"账面上的王五爷接了腔，他的年纪比严平温还要大个二十来岁，祖宗三代都在严家的账面上做事，向来也是有几分颜面的人。

就算往日严平温见到他，也要恭恭敬敬地叫他一声五爷，他冷着一张脸，分明就是不买严平俭的账。一旁站着的伙计，却跟着他捏了一把汗。

严平俭自然不会料到，这帮人竟然会反抗。他横着眉毛，一巴掌重重地落在柜台上，"反了你们，别蹬鼻子上脸了，老爷子在的时候把你们当爷供着，到了我这里，可没这个规矩。要是不想吃枪子儿，就赶紧把账簿交出来，少在那废话。"

严平俭的耐心仿佛是被耗尽了。他半个身子倚靠在柜台上，蹙着眉头等待着王五爷妥协。严家其他几个兄弟，也都是站在旁边，一副看好戏的架势。

可偏偏王五爷就是个软硬不吃的人，他一手抚摸着花白的胡须，一双浑浊的眼眸盯着严平俭，却是字字铿锵。

"七爷，您不用拿这话唬我，我这把岁数了，早就半截都在土里了，您要是乐意啊，给我两颗枪子儿，我稀罕！"

他这话一说，屋子里瞬间就热闹了。严平俭本来就是个火暴脾气，遇到王五爷这样不肯合作的人，恨不得上前就将他赶出去。

他正要上前，却被严平举喝住了。"老七，这么冒冒失失的干什么？都是自家人，大哥走得仓促，也没有留下什么遗嘱，在新的当家的没有产生之前呢，我暂且代管整个家族的事情。五爷也不用生气，先慢慢地把账簿整理好，过几天新当家的选出来了，您到时候再交出来也不迟。"

严平举的话，说得不轻不重，但是王五爷丝毫没有买账的意思，还是阴沉着一张脸，固执不愿意多看他们的嘴脸。

严丰年就站在门口，可是一句话都没有插上。待到严平举看到严丰年，那张脸立马被嫌弃还有鄙夷覆盖住了。

"你到这里来凑什么热闹？"严平举的声音落入旁人的耳朵里，自然所有人的视线也都转移到严丰年的身上。他知道现在严平温走了之后，严家再也无人容得下自己。

"我来凑凑热闹，敢情你们也介意？"他嬉皮笑脸的，倒是不气不恼，这话很是契合他一贯的作风。严家的这帮人，不过也把严丰年当作纨绔子弟罢了，谁也懒得多看他一眼，施施然地从房间里退了出去。

等到这帮人都从账房里退了出去，严丰年这才走了进来。他径直朝王五爷走去，而后在他面前深深地鞠了一躬。

"九爷，您这是做什么？"王五爷倒是一脸诧异。他对严丰年的印象并不深，寻常不过将他当作纨绔子弟看待。刚才虽然知道他也过来了，还以为他只是来看热闹的。

王五爷赶紧扶住严丰年，不管他身份如何，只要是严老爷子的后人，总还是要分清楚主仆关系。严丰年却一把抓住王五爷的胳膊，眼神急切。

"五爷，我大哥已经走了，其他几位兄弟现在投靠了日本人，恐怕这严家的家业也要落入外人手里。我知道五爷三代跟随严家，对严家忠心耿耿，我只求五爷暂且拖住他们，千万不要将账簿交出来。"

严丰年情词恳切，那双好看的眼眸，原本就与严平温有几分相似，此时的一番话，却让王五爷刮目相看。

"大哥就是为了保住名节，才被日本人杀害的，这个仇不报，我严丰年良心不安。请五爷放心，我会尽力保住家业，还希望能够得到五爷的帮助。"

严丰年这才算是将一番话都说出来了。这么长时间以来，这股热血一直压抑在他的心底，他想要完成严平温未尽之事，却又找不到端口。

王五爷没有作声，只是脸色凝重，"九爷，您说的这些，我都记在心里。我也是念及严家还有大爷对我们的恩情，所以才迟迟不将账簿交出来的。不过现在你也看到了，这帮人肯定不会罢休……"

王五爷的脸上露出了难色，他已经年过六十，哪里还能经受得起这样的折腾。他叹了口气，带着严丰年往里走，而后拣了一张椅子就坐了下来。

"五爷，这里面的事情我不懂，但是大爷对我有恩情，我绝对不能让大爷辛辛苦苦经营的家业落入外人手里。"严丰年再次强调了自己的意图。

王五爷重重地叹了口气，半晌之后才抬起头来，"那九爷是怎么想的？二爷和其他几位爷，现在可都是倚仗着日本人，这个家早晚……"

他的担忧，严丰年早就想到过。所以在王五爷的话还没有说完的时候，严丰年就打断了他的话。

"我不会让家业落入外人手里的，现在不是还没有新当家的吗？我就要做这个当家的。"

严丰年说得慷慨激昂，与往日那个软弱温和的他截然不同。王五爷也听过严丰年的身世，不过是严老爷在外宅生下的野种，倒也算是幸运分得不少家产。据说也只是一个纨绔子弟，并不怎么争气。

但是刚才听严丰年一番话，却让他瞬间刮目相看。他曾担忧严平温死去之后，严家后继无人，这么大的产业最终是要沦落到旁人手里的。不知道为什么，此时，他那双浑浊的眼眸里竟然萌生出了希望。

"只要九爷有这个心，我一定会鼎力相助。不过我只是个下人，九爷若是不嫌弃，我倒是可以给九爷引荐一个人。"王五爷说完，伸手抚摸了一下花白的胡须。

严丰年原本将所有的希望都寄托在王五爷的身上。他来严家一年多的时间，倒是听闻这个王五爷颇有几分本事，祖上三代都在严家账房上做事，严家到底有多少财富，除了严平温，恐怕只有王五爷最清楚了。

"五爷您谦虚了，除了您，恐怕没人有这个能耐了。"严丰年心里虽然好奇，面上却说得极为好听。他并不知道王五爷要推荐的那个人到底是谁。

王五爷不紧不慢，起身端着茶杯喝了一口茶，这才慢悠悠地说道，"我说的这个人，你应该见过他。"

严丰年有些微的诧异，他盯着王五爷，期盼着他把话继续说下去。但王五爷也只是说到这里，就停顿了下来。

"那个人我认识？"严丰年蹙着眉头，一脸不解。在这一瞬间，他觉得连王五爷身上都蒙上了一层神秘的色彩。

"过几天我引荐你们认识一下，他啊，肯定能帮上你的大忙。"王五爷一本正经地说道。但是这个疙瘩，却没有立刻就解开。而严丰年的心里，却因为这句话，开始不停地遐想了。

第15章
蓄意投靠

严丰年担心的事情还是发生了。只是时间没有他预想的这么快而已，这一天，他刚从外面回来，却见族里所有的人都聚集在堂屋里。

他赶紧跟了进去，却见严平举坐在原本属于严平温的位置上，俨然就是一副当家人的架势。严丰年在门口站定，两道剑眉却已经蹙成了一团。

严家召开家族会议，却没有人通知他，他平白地觉得自己受了气，心底便多了一些不爽。不过他转念一想，自己除了得到严老爷子多给的一点儿家产之外，好像也确实跟这个大家族没什么关系。

只见严平举冷冷地坐在那里，脸上却是写满了高傲和不屑。严平举比严平温小三岁，以前倒是个不爱说话的人，凡事都听从严平温的安排。可现在严平温死了，他倒是突然站出来依仗自己的年龄当了老大。

严丰年唯一想不通的是，一直沉默寡言的严平举为何就给日本人当了走狗。他的眼睛死死地盯着严平举的脸，严平举坐在为首的位置上，却是低垂着眼睑，漫不经心地吸着他那杆大烟袋，烟锅子里的火焰忽明忽暗，也在他周身营造出一抹诡异的气氛。

屋子里聚着的人，小声地议论着。毕竟，这是严平温死了之后召开的第一次家族会议，严家兄弟姐妹众多，大一点儿的都站成一排，小一点儿的都依偎在自己的娘亲怀里，一边议论一边揣测着严平举的举动。

严丰年也好奇，可他更多的是感到气愤。

"嚷嚷什么啊？没见着二哥有话要说嘛。你们这些人，平日里就知道在背地里嚷嚷个不停，关键时刻一个都不顶用。"说这话的是老七严平俭。

这些日子，他一直鞍前马后地跟在严平举的身边，此时见人群里有人低声嘀咕着，横着一张脸就开始指责。

严丰年记得就在不久前，他还是哭丧着一张脸为自己的老婆伤心，可是自从严平温死了之后，他就好像是换了一个人一样。

严平俭的声音还没有落下来，却见严平举缓缓地起身，拿着烟锅子在桌子的边际敲打了几下，这个动作，不仅将烟锅子里的灰烬都倒出来了，还恰到好处地让原本嚷嚷个不停的人群都安静了下来。

"今天将大家召集起来呢，是有个事情要跟大家宣布。"严平举那双幽冷的眼眸扫视了一圈之后，再次回归到自己眼前的烟锅子上。

所有人的好奇心都被吊起来了，直直地盯着严平举。他这才满意地落座，那张阴冷的脸上写满了淡定。

"大哥已经不在了，但是严家不能一日无主，嘉怡还是小孩子，也管不了什么事。咱们现在呢，就是要选出一个当家的。"严平举的声音很平缓，严丰年始终觉得，这个严平举浑身上下都透露出一股阴气。

他顿了顿继续说道："日本人那边，你们放心，我都已经跟他们联系好了。以前大爷跟他们结下的仇怨，现在都一笔勾销。严家的生意照做，不管外面怎么乱，咱们的安生日子不会丢。"

他这段话，倒是让那些原本内心惶恐的人，此时像是吃了定心丸一样。刚才安静下来的人群，再一次骚乱起来。

"不是叫你们不要嚷嚷吗？耳朵都不好使吗？二哥现在在说话，都把嘴巴闭上不行吗？"严平俭就像是护场子的人一样，一时间完全忘记了当初高锦绣遇到事情的时候，所有人是怎么安慰宽解他的了。

严平举坐在那里，倒是不紧不慢。"其实呢，那日本人也不像咱们想的那么可怕，大哥啊死得也是冤了一些，但是咱们不能再让严家的人白白地牺牲了是不是？所以啊，我决定跟日本人合作，我来出任这个药行的会长。"

严平举的话音刚落，严丰年就好像是条件反射一般地站了出来。他情绪颇为激动，从人群中几乎是挤到了严平举的面前。

"二哥，你真的要跟日本人合作吗？"他声音提高了好几个分贝，脸也涨得通红。想到最初来到严家的时候，他站在人群里，竟然一声都不敢吭。但是此时此刻，他做不到安静地站在那里，那双炯炯有神的俊目，虎视眈眈地盯着严平举。可是内心却仿佛有血液在沸腾着。

"你干吗呢？"严平俭说着，上前就朝严丰年的肩膀推了一巴掌，"二哥正在说话，什么时候轮到你来插嘴了？"严平俭一脸横气地冲严丰年吼道。

严平举冷冷地挥了挥手，示意严平俭不用这样粗鲁地对待严丰年，他缓缓地起身，拎着手里的大烟袋，慢悠悠地走到严丰年的跟前，那双幽冷的眼眸，上下打量着这个他从心底里都瞧不起的男人。

"怎么，你反对？"严平举的语气，盛气凌人，分明就没把严丰年当回事，可是这话，却是问得让周围人忍不住冷笑。

所有人都知道，严丰年之所以留在严家，不过是仗着严老爷子在遗嘱里给他留了一份家业，何况之前，严平温也是处处维护着严丰年，倒是没有谁敢对他不敬。

严丰年从来没有与人有过正面冲突，此时见严平举不冷不淡地戗了他一句，他立马羞得满脸通红。他反对当然不顶用，但是作为严家的一分子，他绝对不能让严平温守护的家业落入外人的手里。

"不只是我反对，要是大哥还活着，他也不会同意。你们现在想着要跟日本人合作，难道都忘了大哥是怎么死的了吗？"严丰年只觉得义愤填膺，严平温尸骨未寒，这些人竟然抢着要跟日本人合作。

严平举阴沉着一张脸，并没有作声，回答严丰年的是严平俭，"大哥是为了保住严家的产业，难道二哥不是吗？严丰年，你什么时候有这个本事了？竟然开始过问严家的事情了，你不会是忘了自己的出身了吧？名不正言不顺的，老爷子可怜你给了你一点儿家产，你不安分守己地做人，跑到这里来撒野。"

严平俭的训斥，声音并不小，字字句句都落入严丰年的耳朵里。他当然知道，这些人嫉妒他无功无德得到了那么多的家产，他也知道，所有人都瞧不起他的出身，可是，他身体里流淌着严家的血液，他凭什么就不能代表严家说话？

"就算我名不正言不顺，我也是严家的子嗣。何况大哥在的时候一再强调过，绝对不可以跟日本人合作。你们一意孤行，是想让大哥在九泉之下不能瞑目吗？"严丰年的质问，唤起了在场其他人的共鸣。

严平温活着的时候,对所有人仁慈厚道,即便是死了,这些人也都念着他的好。现在严丰年将严平温搬出来,他们倒是不由自主地低垂下了脑袋。

"丰年,二哥知道你的心情,不过这跟日本人合作的事情,也不是你我决定的,这是药行决定的。现在内忧外患,咱们都是小人物,严家这么大一家子人,每天吃吃喝喝要多少开销,这些你都知道吗?"严平举的声音,此时稍微柔和了一点儿,字字句句都带着无可奈何的语气。

屋子里沉默一片,谁都知道,这个当家的,并不是那么容易。严老爷子在的时候,将整个家族的事情都交给了严平温,这些年来,严平温倒是不负众望,将整个家族打理得井井有条。各房该娶媳妇的娶媳妇,该嫁姑娘的嫁姑娘,这些事情一直都是严平温在操办。

但是现在严平温死了,总得有人出面来料理这些事情。严家的这帮弟兄,个个都不成气候,平日里吃喝嫖赌样样精通,到了关键时刻,一个个都是萎靡不振。

现在严平举主动站出来要挑起这根大梁,虽然众人有几分不信任,但是也是死马当作活马医。即便他们心底对严平举跟日本人合作有几分质疑,但只要能够保住严家的安稳,至于是不是当什么亡国奴,他们倒是没有多想。

"这不是还没选出当家的吗? 二哥费心了。"严丰年不知道怎么回事,脑子突然一转,这话冒出来,倒是让严平举的脸一下子黑成了一片。

"这还要选吗? 这不是明摆着的吗?"严平俭没底气地站出来嚷嚷,眼神盯着严丰年却有一点儿躲闪。

"当然需要选,何况二哥也说了,严家家大业大的,许多事情都需要操心,总不能随便找个人出来顶替吧?"严丰年说完这话,突然觉得心里有了底气,刚才的恐惧也稍微地减淡了一点儿。

严平举自然是没有料到严丰年会说出这样的话,不过他却是一副胸有成竹的样子。"丰年提醒的是,这个当家的,还是众望所归的好,等忙完药会的事情,咱们再抽个时间开个会,把这个当家的推举出来,以后,家里的事情,也有个主事的。"

这话说得倒是平静,但是严丰年敏感地察觉到,严平举的脸色很是不好看。他的脸色不好看,严丰年却觉得心底兴奋不已。

第16章
纵横捭阖

严平举趾高气扬地从堂屋里退了出去,严平俭跟在身后,一副狐假虎威的架势,而后其他人也跟着退了出去,最后只剩下严丰年一个人了。

他抬头看着墙上挂着的唐伯虎真迹,再盯着那把严平温时常坐着的椅子,紧锁的眉头,此时锁得更深了。

他心里清楚,严平举现在是势在必得,他已经投靠了日本人,现在有日本人在背后给他撑腰,他更是可以肆意妄为了。

比起严平举的自信,严丰年倒是一筹莫展。他想要在这个时候力挽狂澜,却实在是缺乏这股勇气。更何况多年来他不曾插手过任何事情,过惯了散漫的生活,并不知如何担负起这一重任。

吃罢了晚饭,他去账房找了王五爷,跟他讲述了下午在堂屋里发生的事情,又将严平举与日本人勾结的事情细细地说了一遍。

"这帮浑蛋!吃里爬外,简直是辱没了严家的名声。"王五爷还没有听严丰年说完,就已经忍不住开始破口大骂了。

他在严家干了一辈子账面上的事情,就算是八国联军入京,也从来没有发生过这样的事情。他骨子里有股傲劲儿,区区一个小日本,就能让这帮人卑躬屈膝?

"五爷,您说说,现在可如何是好?大哥是被日本人害的,您说咱们要真是跟日本人合作了,这不是让大哥白白死了吗?"严丰年一筹莫展。

他来找王五爷,是想要王五爷给自己出个主意,他要阻止严平举将严家的产业交付到日本人手里。两个人都坐在里屋,王五爷吸着大烟袋,也是阴沉着一张脸,而严丰年的眉头,从始至终都是紧锁着。

只不过是十来天的光景,他却觉得经历的事情超过了他之前的二十几年。日本人的入侵、严平温的惨死,都让他瞬间觉醒了。他为自己曾经浑浑噩噩地生活而感到懊悔。

王五爷自然不愿意严家跟日本人合作,他吸着大烟袋,也是阴沉着一张脸。严丰年来找他商量,是因为他经历的事情比自己要多。两个人都沉默着,挖空心思想着该如何来阻止严平举。

"九爷,我看啊,这二爷想要跟日本人合作,也不是那么容易的事情。"沉默了许久,王五爷这才开了口。他历经了严家三代人的更迭,这里面的门门道道,他恐怕比严家这些子嗣都要清楚。

严丰年一听这件事情有缓和的余地,两只眼睛顿时绽放出光彩,"五爷,您说说,这事该怎么弄?"他有些焦急,但却一直隐忍着。这会子听闻有法子可以阻止严平举,脸上倒是显出一抹兴奋来。

即便他知道这抹兴奋来得有点儿早,何况严平举原本就不是一盏省油的灯,加上严平俭耀武扬威地在那帮衬着,想要阻止,更是难上加难。

"您刚才也说了,二爷想要成为这个当家的,必须经过两道关,一来呢,这药行的人要认可他,二来呢,咱们严家的人要认可他。他啊,只有做上了这个会长,成了严家新任当家的,日本人那边才会买他的账。"

王五爷慢悠悠地说道,他这么一说,严丰年还是觉得脑子里稀里糊涂的。这些事情,他先前都是想过的,但是一想到严平举身后有日本人撑腰,他想要成为药行会长,那岂不是轻而易举的事情吗?

见严丰年一筹莫展的样子,王五爷则细细地说了下去,"日本人只是想要找一个走狗而已,至于那个人是不是二爷,这倒是不重要。可是严家的当家人绝对不能是二爷。"王五爷说得斩钉截铁,但是严丰年还是有点儿不明所以。

"五爷的意思是,只要阻止他成为当家的就行啦?"严丰年巴巴地问道。他觉得自己的脑子不够使了,有太多需要转弯的地方,他都想不过来。

好在这个王五爷倒是真心想要帮严丰年,这也是细细地说了一番。"二爷能做的事情,九爷也可以做,只是……"王五爷说着,就低头在严丰年的耳旁低语了一阵。这个时候，严丰年茅塞顿开，那两只刚才还黯淡的眼眸，此时绽放出光彩来。

"我明白了，我终于明白了……好一个严平举，我倒是要看看，这一次你怎么跟日本人合作。"他说得咬牙切齿，浑然不见曾经的胆怯懦弱。

当晚，在王五爷的召集下，账上的伙计都集中了起来，他们都是王五爷一手带出来的，平日里对严平举和严平俭的嚣张跋扈恨之入骨，现在听王五爷讲了一阵儿，一个个倒是摩拳擦掌，全都听候王五爷的调遣。

这个会议，对于严丰年来说，简直就是及时雨。账房上的人全部支持他，也就代表着他此时已经不是孤军作战。那一刻，他心底满满都是感动。

"谢谢各位对我的支持，我一定会守住严家的产业，不辜负各位对我的期望。"他说着，然后弯下腰冲所有人鞠了一躬。

"九爷啊，账房上的事情你就不用操心了，二爷不能拿我怎么样，这个账簿我们是不会轻易交给他的。"王五爷的一番话，让严丰年吃了定心丸。

一直到了后半晌，王五爷又交代了严丰年一些事情，药行那边，他以往跟随严老爷子出去办事，也认得一些人，后来严平温接手了严家的事物，这些人也都是给严家几分薄面的。

"药行那边，我认识一些熟人，这两天我提前打些招呼，你暗暗地都上门去拜访一遍。给他们留下一个好印象。"王五爷这么一交代，严丰年倒是心里有底了。

"五爷，您之前说的那个人……"严丰年还记挂着王五爷说是要引荐的那个人，他盯着王五爷，等待着老爷子给个答复。可王五爷也只是笑了笑。

"晚些时候吧，等你当上了当家的，到时候他会来找你。"王五爷说得神神秘秘的，严丰年也没有多问。

药行那边的事情，严丰年并没有费多少心，很快就办妥了。那帮人也是对严平举的目中无人有几分不满，此时听闻严丰年想要做这个药行的会长，一时间倒是全都倒戈到他这里来了。所有的事情都筹备得差不多了，现在就差日本人那里了。

严丰年心底对日本人深恶痛绝，但是一想到要担负起保护严家的重责，他还是努力将自己对日本人的仇恨藏进了心里。

严丰年按照王五爷的吩咐，备了一份厚礼亲自去拜访川木本田，在日本人的寓所前，他被两个拿着刺刀的日本兵拦住了。日本兵叽里呱啦地说了半天,严丰年是一个字都没有听懂,他在那比画了半天,也愣是没有让那两个日本兵明白自己的意思。

好在他快被这两个日本兵拿着刺刀赶出去的时候,他见到了之前出现在严家的那个汉奸。这个汉奸点头哈腰地跟在一个日本人的身后,样子着实像一只哈巴狗。

严丰年实在是看不惯他这副嘴脸,但是想到自己今天到这里来,还需要这个男人牵线搭桥,只好忍住心里的恶心,弓着腰朝那边走去。

那人见严丰年自报了家门,又是备着厚礼,一下就猜中了严丰年的来意。他本来就是贪财的人,至于严家哪个少爷出来当这个会长,这不是最关键的事情。

严丰年不久就被这个汉奸带着去见了川木本田,他的心其实提到了嗓子眼里。院落里到处都是日本人的岗哨,他心里害怕,却还是跟在这个汉奸的身后朝里走。

"见到太君的时候,你要鞠躬知道不? 说话一定要礼貌。"在进屋之前,那汉奸不忘再次交代严丰年几句,生怕他待会儿表现不佳会惹怒了太君。

"太君,严九爷严丰年来拜见您。"那汉奸见到川木本田,立马摘下帽子点头哈腰,一张脸上堆满了笑容,严丰年见了,觉得恶心到极致。

不过此时为了博取日本人的好感,他也微微地鞠了一躬,而后脸上带着得体的笑容,"在下严丰年,见过本田先生。"他的声音洪亮,带着几分力道。

川木本田仔细地看了一眼严丰年,目光锐利,模样俊俏,上上下下地打量了他一番,而后径直朝自己的办公桌走去。

"严九爷,幸会! 很期待你跟皇军合作,你哥哥严平举也是我们的朋友。"当他说到朋友两个字眼的时候,严丰年只觉得心里一阵恶心。

他从来都没有想过跟这帮强盗成为朋友,但是此时为了挽救严家,他不得不与这帮浑蛋沆瀣一气。他心底气愤,但是脸上还是挂着淡淡的笑容。

"本田先生说得是,我们一定会支持东亚共荣圈的建立。"严丰年不知道自己是从哪里听到这句话的,但是当他说出来的时候,他倒是发现川木本田的脸上,一下子就流露出笑容来了。

"严九爷,我很喜欢你。"他突然笑了起来,严丰年一时间没有反应过来,但是在这个时候,他除了跟着一起笑之外,好像也不能做别的事情。一旁的汉奸,倒是替严丰年捏了一把汗,此时见露出了笑脸,也跟着笑了起来。

第 *11* 章
无心失算

日本人对严丰年的好印象,使得他暂时博得了日本人的好感。即便这个好感对于他来说,根本就不稀罕。

从本田府上出来,严丰年的脸色很不好看。不知道为什么,他只觉得心里仿佛是淤积了一团火一样,只想要熊熊燃烧,却又不得不压抑着。

"九爷,以后大家都是替皇军做事,还希望互相关照关照,在下张成敏。"送严丰年出来,汉奸摘下头上的毡帽,满脸堆笑地冲严丰年说道。

他从骨子里就瞧不起那些卖国求荣的汉奸,尤其是每次看到张成敏脸上的那抹谄笑,他更是从骨子里觉得恶心。可他也只是抬眼看了张成敏一眼,脸上顷刻弥漫出迷人的笑容,他原本就是个好看的男人,笑起来,也让人觉得如沐春风。

"张先生,以后本田先生那边,还需要你多美言几句。"严丰年的话并不多,微微低下头,做出一副恭恭敬敬的样子。

那张成敏平日里也是被人瞧不起,甚至在严平举的面前,也向来只是得到了几个白眼。所以,他难得见到一个人从心底里对他毕恭毕敬的,顷刻间,对严丰年多了几分好感。

"九爷是个聪明人,刚才本田先生也说了,很喜欢九爷。皇军那边,凡事我会多担待一些,咱们都是出来混口饭吃,九爷的心情,我是懂的。"

他觍着一张脸,眼里都含着笑,像是在严丰年那里找到了认同感一般。严丰年心底虽是瞧不起,但是面上,却并没有表现出来。

这一天在川木本田那里发生的事情,严丰年是在晚间的时候跟王五爷汇报了一番,这边日本人对他有了几分好感,只要没有太大的变化,那么他想要当上药行的会长,也不过是走个过场而已。

就在严丰年紧锣密鼓地开始筹划这些事情的时候,严平俭似乎是察觉到了什么,他气势汹汹地带着一帮人去了账房,严丰年是在听到伙计跑过来打招呼的时候,才知道那边出了事情。

等到他出现在账房的时候,那里已经乱成了一锅粥。严平举拎着个大烟袋,一张脸已经阴沉到了极点。

"少废话,赶紧把账簿交出来。"屋子里嚷嚷的人是严平俭,他大声地冲王五爷叫嚣着,一张脸上全是蛮横。

严平举拣了一张椅子坐下来,慢悠悠地将大烟袋点燃,吧嗒吧嗒地吞云吐雾,那张脸上全是气定山河的平静。这种势在必得的自信,平白地给严丰年增添了几分压力。

严家的人,一时间将账房围了个水泄不通。大家平日里都没有什么事情可做,一旦碰到热闹,全都凑到一块儿来了。那一双双先前还黯淡的眼眸,因为这里突然来的热闹,一个个都绽放着光彩,眼巴巴地等待着一出好戏的上演。

"没有大爷的手谕,七爷就算是将皇上请来,这事也没得商量。"王五爷冷着一张脸,分明就是不买账。他站在柜台旁,后背微微有些佝偻,但是浑身上下却是正气凛然。

"哟嗬!想不到这把老骨头,嘴还挺硬的,让你交账簿你就交账簿,怎么的?你还真把自己当爷呢?叫你一声五爷,那是念在你们祖宗三代替我们严家办事,别蹬鼻子上脸真把自己当爷了。"

严平俭的话就如同刀子一样飞来飞去,王五爷听了,脸色就更加地沉了下来。想来他在严家效劳了大半辈子,没有功劳也有苦劳,严老爷子在的时候,跟他说话客客气气,严平温在的时候,更是对他毕恭毕敬。

这世道果然是变了,好人刚走,就来了一群强盗。可他偏偏就是个吃软不吃硬的汉子,严平俭这么一说,王五爷的怒火也被点燃了。

"看来七爷是想赶我走?不过,要我走也可以,这账房上的伙计都是我的徒弟,既然严家留不住我,徒弟们,咱们走!"王五爷这一声吆喝,账房上的伙计,一个个摩拳擦掌,将手里的算盘一推,立马做出了积极的响应。

要是账房上的伙计都走了,严平举就算是拿到了账簿也没用。多年来,他不曾插手账房上的事情,对严家到底有多少家产,也一无所知。

他起身,习惯性地将大烟袋收起来,烟锅子在桌角叩了几下,"五爷,您还跟平俭一般见识吗?这屋子里的人,哪一个不是您看着长大的?"严平举这话一说,大家面面相觑,倒是一时间都安静了下来。

"现在大哥走了,留下一个烂摊子,总得有人打理不是?我知道自己无能,但所有兄弟中,就数我年纪最大,这个大梁,我要是不挑,谁来挑呢?"严平举说话间,脸上倒是显出一抹无奈之色,就好比他是临危受命,大有无可奈何之意。

他的目光环顾四周,背着手在屋子里踱步,而后就是重重地叹了口气,"我知道五爷对我不信任,但事情到了这个地步,我也是没办法。我总不能眼睁睁地看着爸爸创下的家业就这样没了,也总不能看着这一大家子人沦落到街头乞讨吧?"

乍一听,严平举的话,句句都有理。可是他刚说完这些,话锋一转,立马就回到了账簿上来了。

"这个账簿呢,五爷还是交给我比较好,五爷想要离开,也等交代完账面上的事情之后再离开,这样对东家对您都有好处。"

王五爷原本对严平举并无半点儿好感,此时听到他这番话,就明白了话里的意思。他愤愤地抬眼看了严平举一眼,脸上带着一丝嘲讽。

"账簿啊,还真是不在我的手上,大爷出事前三天,已经从账房上拿走了。"王五爷的话还没有说完,严平举的眉头再次蹙成了一团。

"这个大哥,果然有一手!"这是严平俭的声音,严丰年将目光投向王五爷,他此时并不知道王五爷的用意,脑子努力转着,却半天都没有想通。

"走!咱们去找账簿去!"严平举也没有在账房里继续逗留,既然王五爷告诉他账簿被严平温带走了,他笃定那个账簿就在严平温的房间里,起身就带着一帮人朝严平温的住处走去。

"五爷……"严丰年脸上露出了难色,却只见王五爷微微地点了点头,示意他跟着众人的脚步朝严平温的住处去。他不懂其中的意思,但还是亦步亦趋地跟了上去。

为了找到这个账簿,严平举动用了不少人。严平温的住处在严府的西南角,一大帮人不由分说就冲了进去。

"你们这是干什么啊?平温尸骨未寒,你们这是要做什么?"严平温的老婆一时间没有反应过来,就见两个下人将自己和两个孩子拉到另一边,而后一大帮人就涌入自己的房间里了。

"给我搜!谁要是搜到了账簿,过来领赏!"严平俭鞍前马后地为严平举效劳,此时站在门口,冲那么多到处翻东西的下人们招呼了一声,那帮人刚才还有几分散漫,此时倒是动力十足,翻箱倒柜,动作麻利了许多。

只见收拾整齐的屋子,顷刻间就是一片狼藉。严平温的老婆站在一旁想要去阻拦,却被人拽住了胳膊,只能一个人默默地流眼泪。

"大嫂,没啥事,有我在呢。"严丰年走上前去,搀扶住严平温的老婆,用眼神喝退了刚才拽住严平温老婆的两个下人。

"丰年,他们这是……"严平温的老婆一脸慌张,并不知道这些人突然像强盗一样闯入自己的屋子是什么意思,他们就只能眼巴巴地站在门外,任由这帮人胡作非为。

"他们想来找大哥的账簿,您啊,不用担心。"严丰年倒是一脸平静,他突然有些明白王五爷的用意了。

就在前晚,王五爷已经让严丰年看过账簿了,还亲自将账簿交到了严丰年的手中。后来,是他怕这帮人有不轨行为,所以请王五爷将账簿先藏起来。

果不其然,严平举一帮人已经按捺不住,想要抢夺账簿,他们在账房上吃了闭门羹,怎么可能轻易罢休。而王五爷将这帮人支到严平温这里来,不过是为了拖延时间罢了。

死无对证,这个词说的就是这个道理,就算是严平举将严平温的房子翻过来,也找不到账簿。而他们这样明目张胆的强盗行径,必然会激起严家这些手足的反感。

严平温待人厚道,无论严家老小,都是一视同仁,他死后要遭到这样的待遇。人总有后怕的心理,万一这严平举成了当家的,那么会不会以同样的方式对待自己呢?

这一招,严平举并没有想到,他只是沉浸在自己的美梦中,想要尽快地找到那个账簿,实现自己不可告人的目的罢了。

严丰年冷冷地站在门外,却是一言不发。他感觉到有一场暴风骤雨即将来临,若是以前,他会恐惧,但是此刻,他竟然无比地期待这场暴风骤雨来得更猛烈一些。

第 *18* 章
二爷施压

整整一个上午的时间,严平温的住处被人围成了一团,看热闹的人站在院子里,眼睁睁地看着那些人胡作非为,屋子里狼藉不堪。严平温的老婆吓得不行,一把鼻涕一把泪地哭诉,倒是让看的人心有余悸。

"二哥,你们闹够了没有? 大哥尸骨未寒,你这样做对得起大哥吗?"在这个紧要关头,严丰年从人群中冲了出来。他向来很少为任何人出头,但此时此刻,他觉得自己有责任和义务维护严平温的清誉。

这话从严丰年的口中说出来,一下子就抓住了在场所有人的痛处。他们还没有忘记严平温活着的时候对自己的那点儿好,刚才也不过是敢怒不敢言,现在严丰年站出身来,他们倒是自然而然地向着严丰年了。

严平举此时分外恼火,一个账簿找了一上午都没有找到,他阴沉着一张脸,看向严丰年也是凶神恶煞。"哪里的热闹你都要凑,也不看看自己几斤几两?"

这话重重地落在严丰年的心里,他自然知道严平举打心眼里就瞧不起自己。旁人瞧不起他,这对于严丰年来说,已经不是什么稀奇的事情。

刚才还哭哭啼啼的女人,此时仗着人多,也亮开了嗓子,"平举,你扪心自问,平温活着的时候,哪一点亏待过你? 你想要做这个当家的,我们不拦着你,你能不能让平温好生安歇一段日子? 他死得那么惨……"

这一声哭泣，倒是将旁人的眼泪都勾了出来。严平举的脸色更加阴沉了，他一个大老爷们，总不能跟一个女人过不去吧？

"算了，咱们还是不要找了，恐怕也找不出来，先走吧。"他悻悻地从屋子里退了出去，那张阴冷的脸上，两道阴鸷的目光射向严丰年，却是十分恶毒。

他定然不会想到，看上去文文弱弱玩世不恭的严丰年，竟然会让自己差一点儿下不了台。不过他心底已经打定了主意，现在有日本人这个稳固的靠山，他想成为一个当家的，自然是名正言顺。

见严平举带着一帮人从房间里退了出来，那帮看热闹的人这才将严平温的老婆团团围住，而后一扫刚才的冷漠和冷观，一边义愤填膺地指责这帮人不念旧情，一边安慰着伤心落泪的女人。

严丰年这才真正地感受到人情冷暖这四个字的含义，来北平之前，他一个人在上海自由自在，没有一大家子人钩心斗角。可是来到北平之后，他平白地多了这么多的兄弟姐妹，鸡毛蒜皮的小事情，都能够扯出一大段故事来。

这件事情过后，严家暂时安稳了两天，可也只是两天而已。两天后，严平举要召开家族会议，虽然旁人对谁能够当家并不怎么上心，迟早不都是严平举的事情吗？他们敢怒不敢言，也只是在私底下议论纷纷。

严丰年是从旁人口中知晓这个事情的，现在严家有一点儿风吹草动的热闹，他都会出现在那里。何况家族会议，以前并不是随便就召开的。

他出现在那里的时候，仍旧是将自己隐匿在人群中。他这个名不正言不顺的儿子，没人瞧得起，他也倒是不介意。反正那点儿家产对于他来说，都属于意外所得。

严平举还是坐在当首的位置，阴沉着一张脸，摆出一副家长的架势。那个大烟袋扔在桌子上，却并没有点燃，他低垂着眼睑，好似在思考着什么重大的事情一样。

"都安静下来，今天二爷有事情要跟大家宣布，这样闹嚷嚷的成何体统？"严平俭的声音冒出来，众人白了他一眼，倒是缓缓地放低了说话的声音，而后屋子里才安静了下来。

严丰年看得出来，严平举这段时间的作为，已经让族里的人有些不满了，他们只是尽力地隐忍着，谁也不愿意出头将心中的不满发泄出来而已。

"今天让大家到这里来，确实是有重要的事情需要宣布。"严平举缓缓地起身,目光环视了人群一周,而后面色稍稍地缓和了一些。薄凉的嘴唇抿成一道弧线,却并没有将接下来的话立即说出来。

"大爷去得突然,咱们严家家大业大,可平日里的开销,一分都少不了。这两天日本人又来催交捐税了,说咱们要是不交,就得交出人头来。你们说说,这个事情,咱们可怎么办?"严平举的话音刚落,人群再次骚动起来。

严平温惨死的事情,每个人都记得清清楚楚。日本人杀人不眨眼,那可不是闹着玩的。军阀当道的时候,也是各种苛捐杂税,但是那个时候有严平温料理着,他们倒是不用操心。现在严平举这么一说,一个个也是愁眉苦脸。

"我总不能真把各位都交出去吧?我们好歹也是一家人。这几天啊,我在日本人那边好说歹说,也是无计可施。所以呢,我今天把大家召集到这里来,也是跟大家商量一下这个事情。"

严平举说完,就停顿了下来,将目光投向了人群里。这个棘手的问题,他抛给了众人,严丰年只觉得骨子里有一股寒气在升腾。

"以前大爷在的时候,这些事情不都是大爷说了算的吗?"人群中终于有人忍不住开了口。而这话,仿佛是严平举等了许久的一句话。

他停顿下脚步,缓缓地转身,薄凉的嘴唇微启,"是啊,大爷在的时候,咱们谁用操这个心呢?可是现在大爷不在了,咱们自己的事情,还是得自个儿操心。"严平举这一句,算是堵住了众人的嘴。

屋子里沉默了片刻,又再次骚动起来。日本人想要杀人都是随随便便,何况是要交税?严平温在的时候,他们只用每个月去账房领各家的份银,现在严平温刚走,难道这笔钱还要他们自己掏吗?

他们都是过惯了只进不出的生活,如果现在有人给他们一些银子,他们倒是肯欣然接受。一旦要他们从自己的腰包里掏出一笔钱,他们是万万不能接受的。

严丰年只是沉默着,夹杂在人群中却一言不发。但是严平举还是将目光落在了他的身上。"丰年,这件事情,你给大家伙出出主意,现在可如何是好?"他径直将这个难题抛给了严丰年。

严丰年立在那里,面色平静,"二哥,日本人的事情,我怎么知道,再说了,您不是叫大家伙过来商量吗?我啊,也没什么主见,先听您说说吧!"严丰年脸上带着笑意,双手插在袖管里,仿佛是置身事外一样。

他这个反应,让严平举很是满意。严平举拎着大烟袋起身,在屋子里缓缓地踱步,"好了,大家也不要闹了,这件事情我看啊,咱们还是得交,交钱免灾是不?咱可不能像大爷那样吃了枪子儿,这一大家子人,还需要有个主事的,对不?"

严丰年总觉得严平举说这话的时候,那双滴溜溜的小眼睛仿佛在说着什么似的,不过严平举没有说明,他倒是耐心十足地等待着他宣布已经打好的主意。

"这个主我就替大家做了,打今儿个开始,每房的份银减半,这个捐税,每家每月上交五两银子……"

严平举的话音还没有落下来,人群里立马就炸开了锅。一想到份银减半,他们的心都慌乱了,可是听闻每个月还要上交五两银子,他们更是愤怒了。

"大哥在的时候,我们也没这样过……"人群中再次有人叫了出来,接着就是跟着一起叫嚣的。

严老爷子的遗嘱,分得家产的不过只有几个嫡出的子嗣,像严丰年这样好运的还真是不多,那些人平日里就眼巴巴地等着份银的发放,现在要将他们的份银减半,这不是要了他们的命吗?

他们之所以不敢得罪严平举,不过是还没有到撕下脸面的时候,此时触碰到他们的切身利益,一个个也是面红耳赤地要跟他理论一番。

严平举看来并没有想到,这帮人的情绪会如此激烈。他拿着烟锅子敲了好几次,现场的骚乱都无法平静下来。

"让你们安静下来,耳朵都聋了吗?"严平俭大声地叫嚣着,但是此时根本就没有人将他的话听进去。众人聚集在那里,七嘴八舌地说个不停,严平举一时间根本就掌控不了这个局面。

严丰年这才突然意识到王五爷的用意,严平举想要成为这个当家的,并不是他一个人说了算,如果族里这些人都不同意,他就算是有十个脑袋,也挤不进来。这些人平日里都只是盯着自身的利益,只要自己的利益没有受到冲击,就是有人在他脑袋上拉屎,他也不言不语。

而现在,严平举因为份银和捐税的事情,切实地惹怒了他们。这帮平日里不吭声的闷葫芦,怎么可能还是保持沉默?他夹杂在人群里,脸色也变得越来越难看,甚至,为严平举这样冷情的手段而感到愤怒。

第 *19* 章
兄弟之争

堂屋里闹哄哄的,此时已经没有人畏惧严平举的冷峻。严丰年淡然地站在那里,只是在等待着一个时机。

"二爷,这份银的事情,可是老祖宗立下的规矩。怎么能说减半就减半?"说话的是严平轩的娘亲,严丰年也是后来才知道,这个女人是严老爷子前几年从窑子里赎出来的女人。年纪轻轻,姿色卓然,仗着给严老爷子生下了儿子,倒是很得宠。

严老爷子没几年就去世了,她一个女人带着刚会走路的小毛孩子,之所以没有改嫁,不过是仗着严家家大业大,一辈子不愁吃穿。

严老爷子没给她留下什么家产,但是份银却是照两份给的,即便是严平温当家,这件事情也不曾过问。现在严平举要将份银减半,第一个不干的人就是她。

她是个年轻的媳妇儿,辈分上比严平举高了一辈儿,但年纪整整小上一轮儿。她穿着细碎花旧时旗袍,抱着不谙世事的孩子,声音倒是不轻不重地落入严平举的耳朵里。

旁人刚才嚷嚷个不停,却一直都没有人敢开口质问严平举,现在有人站出来说话,也都自觉地安静了下来,愤愤地看着严平举,以此表露自己的不情愿。

严平举瞟了一眼这个女人，鼻翼里发出一声冷哼，"十五姨太，这事您还真是不该吭声，这屋子里谁不知道，您那屋拿的可是双份，要是规矩，还真没那规矩！"

严平举的话音刚落，这女人也不是省油的灯，立马就应声了，"那规矩歹也是老爷子定下的，老爷子当家自然由他说了算。可你现在算什么？你凭什么让大家份银减半？"

这话可是在每个人的喉咙里淤积着，却始终都没有一个人说出口。此时被十五姨太说出来，所有人这才觉得解了气。

严家的大小事务，向来都是当家的说了算，严平举尽管一心想要成为这个当家的，但毕竟还是名不正言不顺。如果大家不认可，他就算是拿到了印章，就算是掌控了整个家族，也不可能成为新一任的当家人。

"你……你们在这里嚷嚷什么？这里就数二哥年龄最大，不是他当家，还能是谁当家？"严平俭立刻站出来维护严平举。严丰年并不知道，这严平举到底给了严平俭什么好处，以至于这个男人竟然会丢下私人恩怨，鞍前马后地为他说话。

"我看，这个屋子里谁都可以当家。如果当家的不能为大家谋福利，那跟日本人有什么区别？"说这话的是严丰年，他从人群里走出来，眼神落落大方地盯着严平举。

与这个阴冷的二哥交锋多次之后，他反而平静了下来。严平举不过是仗着和日本人有点儿交情，所以耀武扬威地把这点儿威风带到家里来了。

严平举的脸色很是难看，他此时盯着严丰年，却是半晌都没有说话。对于这个半路上杀出来的程咬金，他心里愤恨，可表面却一直压抑着怒火。

"严丰年，你这唱的是哪一出啊？大家伙可都记得，老爷子分给你不少家产。你在这里掺和个啥？还是你想说，你比二哥更适合做这个当家的？"严平俭原本是拿话饬严丰年的，可是这一次，他落空了。

只见严丰年脸上的笑意一点点地浓烈起来，他已经不再是当初那个刚到严家的毛头小子，他缓缓抬头，好看的眉眼盯着严平举。

"谁能当这个家，可不能只看年纪。大哥在的时候，处处都是为大家着想，现在日本人来了，咱们自个儿要是不抱成团，岂不是让日本人给笑话了吗？"

严丰年的话，立马就得到了众人的响应，十五姨太这时也将话锋转移到严丰年的身上了。"你们瞧瞧,九爷说的都是什么?你们一大帮爷们,不去跟日本人作对,整天想着盘剥咱自家人,也不丢严家的脸。"

十五姨太说完,一脸嚣张跋扈的样子。严平举被十五姨太膘得一脸难堪,此时又见严丰年站在这里给自己添堵,心里更是觉得烦闷。他原本还想要顺理成章地坐上这个当家人的位置,现在看来,好像有点儿过于理想化了。

账房上的人不交出账簿,他手里没有严平温的公章,现在族里的人又一起反抗他,他心底比任何人都要窝火。

"严丰年,这里轮不到你来说话,出去!赶紧出去!"严平俭见严平举的脸色很难看,又见一大家人此时都是虎视眈眈地盯着严平举,他一着急,上前一步就开始推搡严丰年。

十五姨太顺势就将儿子往严丰年手里一塞,亮开嗓子就骂了起来,"严平俭,你还是不是东西,老婆刚被日本人杀了,你现在就给日本人当走狗?你那会儿哭死哭活的,是谁周济你一家子的?"

这话一说出来,算是戳中了严平俭的痛处,他的脸哗啦就拉了下来。推向严丰年的手,瞬间就垂落了下来。他不算是个没良心的人,只不过是为了一点儿蝇头小利,这才做了昧良心的事情。

严平举眼看着现在自己落单,再这样纠缠下去,已经没有任何意义。"严丰年,你是想要做这个当家的,对吧?"他定定地看着严丰年,一字一顿地问道。

若说是在前段时间,他还觉得严丰年不过是癞蛤蟆想吃天鹅肉,那么现在,他倒是从心底里感到一点点的畏惧。他只是盯着这个半温不火的男人,感觉好像有那么一点儿陌生。

他记得严丰年刚进入严家的时候,除了模样俊俏之外,倒是看不出一点儿得意之处。他当时还纳闷,老爷子到底为什么要分给严丰年不菲的家产,严平举没有见过严丰年的娘亲,但估摸着也是个漂亮的女人,何况严平温没有说什么,他自是将这份疑问藏在心里。

可是现在,他开始觉得严丰年这个人不简单了。这几天,他也听闻严丰年去过日本人那里,那时候他还冷笑,觉得严丰年是个成事不足败事有余的人,就凭他一说话都脸红,还能够在日本人那里有什么气候?

但此时看来,他好像是小看了严丰年。他立在那里,只是眯缝着眼睛,盯着严丰年细细地打量。因为过于自信，他还真是小看了严丰年。

"我只想守住严家的产业，如果只有成为当家人才有这个资格，丰年虽然不才，但愿竭尽全力。"严丰年说得很是谦虚，严平举倒是觉得心里咯噔一下。

当着所有人的面儿，严丰年亮出了底牌，严平举开始觉得，账房上的事情好似也跟严丰年有关，可是他想不通，严丰年到底是凭什么笼络了那帮人的心。

"好，咱们就公平竞争，谁要是能够当得了药行的会长，这个家，就是谁说了算。"严平举大声地说道。

他自认在日本人那里有几分交情，日本人虽然残忍，但还是需要扶持一帮人替自己做事，他对自己的能力向来不曾低估，严丰年就算是能够搞定整个家族的人，但是他也过不了日本人那一关。

他如此笃信，所以，他才可以将这句话说得云淡风轻。严丰年轻轻地扯动嘴唇笑了笑，他完全明白严平举的心思。这是第一次，他站在严平举的面前，心里如此的平静。

"丰年，你甭害怕，我们大家伙都会支持你的。"十五姨太刚才被严平举呛了几句，现在心底很是不爽，立马将所有人都拉到严丰年的阵营里。

如果严平举当上了这个当家人，那么他们各房的份银岂不是要减一半吗？即便他们不知道严丰年会怎么去做，但此时也只能孤注一掷了。

严丰年回头，冲族里的所有人作了个揖，"感谢各位的支持，丰年不才，但是不忍心看到家业落入外人手里，大家不用恐慌，丰年不会和外人沆瀣一气欺负自家人。各房的份银，丰年承诺绝不会少。之前大哥在的时候是什么样的，以后还是什么样。"

这话，严丰年说得很是平静，刚才还惴惴不安的众人，听到这一句就像是吃了定心丸一样。一边扭头与四下的人群议论纷纷，一边对严平举更是恨之入骨了。

严平举的脸色不好看，可是他也无可奈何。水能载舟亦能覆舟，这话他懂。但是他还是过于自信了一些，甚至，他将这帮只顾着自保的人完全当成了傻子。他以为所有人都像他一样，对于日本人的蹂躏除了恐惧就是恐惧。

严平温的死，给每个人的心里都留下了阴影，他原本想借这个势，顺理成章地成为新一任当家的。可他万万没有想到，他最瞧不起的严丰年竟然会跟他抢。

他狠狠地瞪了一眼严丰年，却是一句话都没有说。心底的怒火熊熊地燃烧着，可也只是在心底隐匿着，而后他拎着那杆长烟袋，愤愤地从堂屋里走了出去。那道清瘦的背影，笼罩着一股寒意。

第 *20* 章
与日合作

严丰年盯着严平举离开的背影,突然觉得心里有了底气。晚间的时候,他约了王五爷,将所有的事情细细地说了一遍。王五爷又对他交代一番,他这才会意。

没过几天,严丰年将自己名下的一家银行两家饭店一家电影院,全部卖掉了。这倒是让人诧异,毕竟这是老爷子留给他的家产。

有人开始揣摩严丰年的心思,尤其是严平举,完全不能理解严丰年葫芦里到底卖的是什么药。可他心里虽然好奇,但也只是藏在心里。

严丰年卖了家产,倒是将银子都上交到账房上,而后又通知各户各家去账房上领本月的份银。严平俭去领了银子,回来乐呵呵地跟严平举禀告,他还是蹙着眉头,实在弄不懂严丰年到底是怎么想的。

要想笼络人心,不必要将自己的家产都变卖了啊,药行会长的事情,不过是日本人一句话罢了。他越是想不通严丰年的动机,就越是不敢轻举妄动。

可是药行要选会长,这件事情可怠慢不得。他顾不得家里的人是怎么看待自己,反正谁要是当了这个会长,谁就能够掌管整个家族,到时候他想要这帮人对自己毕恭毕敬,那岂不是小菜一碟?

这一日,严丰年又是装扮一新去了本田的府上,却不想他刚进去,就见严平举也跟着来了。这虽是日本人,但是对中国文化很是感兴趣,除了爱听戏曲,最近还迷恋上了象棋。

严平举见到严丰年在本田府上,鼻翼里发出一声冷哼,上前一步热情地跟本田打了招呼,就好像是来到了自家一样随意。比起严丰年的毕恭毕敬,他显然跟本田熟络了许多。

"严二爷,象棋会下吧?"已经摆好了象棋,伸手邀请严平举与自己对弈,严丰年此时并不知这是什么意思。他在上海待过多年,知道洋人对中国这一套东西分外感兴趣。自己略微懂一些,倒是不够精通。

严平举满脸堆笑,脸上的阴郁一扫而光,"本田先生,在下不才,象棋不够精通,但是鄙人的九弟,在这方面倒有几分造诣,本田先生要是不嫌弃的话,倒是可以跟在下的九弟切磋切磋。"

严丰年还在发愣的时候,严平举却将自己举荐给了本田,他的目光扫向严丰年,做出一个邀请的手势。严丰年倒也没有丝毫的做作,虽然他知道严平举不怀好意,但是此时赶鸭子上架,他也推脱不了。

几局下来,有输有赢,兴致颇好,本田精通中国文化,一口中国话也说得极为标准。"严九爷,下得很不错。跟你下棋,很开心。"每一次,总是直抒胸臆地将自己的感情表露出来。

他这头很开心,但是那头严平举却不开心了,他原本是想要严丰年碰钉子,却不想让严丰年卖了乖。

"丰年,这就是你不对了,你不能仗着本田先生不懂象棋,你就欺负本田先生,刚才这步棋,你可走错了。"严平举上前一步,将刚才那步棋的走法仔细地解释给本田听。

本田只是静静地看着严平举,半晌没有说话。后来,他起身伸了个懒腰,小眼睛饱含深意。"我听说,你们两兄弟都想当这个药行的会长?这是好事情,大日本帝国,就喜欢跟你们这些有远见卓识的人合作。"

严丰年和严平举站在那里,都是默不作声。两个人到这里来套近乎,无非是想要获得日本人的支持。严平举一脸谄笑,严丰年一脸平静。

"我也很期待能够跟二位合作,严家商路发达,我们若是能够建成东亚共荣圈,你们二位,是大日本帝国的功臣,到时候我一定会禀报日本天皇嘉奖你们。"

严丰年淡淡地笑了笑,"本田先生说得是,在下也是这样想的。在下在上海公馆里的时候就听闻日本帝国要建立东亚共荣圈，想不到今日自己竟然能够贡献一份微薄的力量。"

他这份拍马屁的力道，倒是让本出很受用，"严九爷是见过世面的人，我很欣赏你的为人。"

几个人又互相地恭维了一番，这才从本田府上退下来。严丰年刚走了几步，就被严平举拦住了去路。

"你还真打算要跟我抢这个会长？"严平举阴沉着脸问道，脸上带着浓厚的戾气，他自信与日本人交情不浅，可是刚才看来，这个日本人似乎更青睐严丰年一些。他心里一下子没了底气。

"这不是公平竞争吗？二哥怎么能说是抢呢？"严丰年的语气淡淡的，他越是平淡，严平举就越是不够淡定。

"哼，你啊！到时候别不知道自己是怎么死的。"严平举说完，鼻翼里发出一声冷哼，而后甩开双手就从严丰年的面前离开了。

转眼间到了五月五号药行会长大选的日子，这个会长原本没有人想要去担任，说白了就是给日本人做事的走狗，药行的那些老板们，一个个推卸着不愿意上任，可是谁也没有想到，严家的两兄弟，竟然争着抢着要当这个会长。

既然有人抢着要当这个会长，他们自然是乐得成人之美。所谓的大选，也不过是走走形式而已，在这个节骨眼上，谁也不愿意得罪日本人。

到了会场，严丰年心底虽然有几分把握，但是却并不知道这最后的结果。按照老规矩，依旧是无记名投票，他和严平举站在一旁等着最后的结果。

严丰年心底平静，四下里打量着来到会场的人，他看到的却是一张张冷漠的脸，每个人都低垂着眼睑，仿佛无形中给他们施加了莫大的压力一样。

甚至，严丰年感到悲哀的是，这些往日里与自己有几分交情的故人，此时也只是顾着自身的利益，谁也不多说一个字，谁也不多做一件事，唯恐灾难落到自己的头上。

然而，结果却是谁也没有料想到的，严丰年竟然平白地比严平举多了一票。当唱票声公示最后的结果时，严平举一脸的不相信。

"怎么可能？一定是有人捣鬼！"他没有想到，竟然会是这样一个结果。此时也没有顾及本田在场，径直朝投票箱走去，硬是一张一张地对着票数了数。

严丰年还是立在那里，看着严平举做着这些，他脸上挂着淡淡的笑，这个结果，尽管有一点儿意外，但是也在情理之中。

"严二爷，服了吗？"这是本田的声音，他坐在当首的位置，那张冷峻的脸上看不出任何的表情，但是却平白地多了一道威慑力。他的声音原本就带着几分凶狠，众人听到他开口，立马吓得缩了缩脑袋。

"本田先生，我认为今天这个投票有失公允，希望您允许再进行一次。"严平举不甘心自己精心谋划了这么久的事情，这么快就落空了。竟然厚着脸皮，希望投票的事情再举行一次。

本田缓缓地开口，"我记得中国有句老话，叫愿赌服输。既然严二爷落选了，这也没有什么不能接受的。严二爷仍然是我大日本帝国的朋友。"

严平举并不甘心只是做这个朋友，他是想要借日本人的手成为严家的当家人，但是现在他落选了药行的会长，也就意味着他跟严家当家人的位置有缘无分了。

"可是……"他还想要狡辩，只见本田挥了挥手，径直朝严丰年走去。"严九爷，恭喜你，希望我们合作愉快！"

本田很快就将严平举扔在了脑后，当严丰年的手与本田的手握在一起的时候，他能够感受到那些同人投过来的鄙夷的目光，可是在此时此刻，他没有办法，他必须要当上这个会长。

"本田先生言重了，丰年尽力不负众望，感谢大家抬举。"他很是谦虚，将当选的事情说成是抬举。可是一旁站着的严平举，却是又恨又无奈。

愿赌服输，这是他该好好领悟的课程。他只是万万没有想到，自己一直瞧不起的严丰年，竟然会成为严家的当家人。他是灰溜溜地从药行里离开的，那张脸始终都阴沉着，像是酝酿着一场暴风骤雨。

"二哥，你当上那个会长了吧？我这就安排人回去放鞭炮去。"严平俭站在门口等候着，见到严平举从屋子里出来，立马就迎了上来。

"放……放个屁！以后给我老实点儿，严丰年那个小王八蛋，我不会放过他的。"他愤愤地从心底里骂道。严平俭这才算悟过来，他赶紧跟上严平举的脚步。

严丰年就这样顺理成章地当上了严家的当家人，可他觉得，自己恍惚还是在梦里一样。昨天，他还是从上海过来的那个不谙世事的毛头小子，可是今天，他却要在乱世中挑起这根大梁，承载着严家的命运。

第21章
尘埃落定

严丰年当上这个会长,虽然不是什么荣耀的事情,但是这是他跟严平举的约定。也就是说从那一刻开始,他就理所当然地成了严家的新当家。

严丰年忙完药行里的事情,回到严家时天色已经暗了下来,待他刚走到大门口,就听到严府门口放起了鞭炮声,他一抬头,却见账房上的几个伙计都候在了那里。

"五爷呢?"严丰年心底高兴,加快了脚步。这段时间,若不是王五爷一手提携自己,他觉得自己根本就没有可能战胜严平举坐上当家的位置。

"五爷在账房上忙着呢,您回来之前啊,二爷到账房上又闹了一回,不过这会儿消停了。"伙计立马上前在严丰年的耳旁,小声地将严平举去账房上闹腾的事情细细地说了一遍。

不过是他没有坐上这个当家人的位置,心里有些气恼,于是去账房上闹腾了一下,将心里的闷气都倾泻出来。

"跟五爷说一声,晚点儿我去账房上找他。"严丰年说完,径直朝里屋走去。他此时已经是严家的当家人,有许多事情,他还是得抓紧时间去处理。

"九爷!"严丰年所到之处,无论是下人,还是各房的人丁,此时见到他倒是毕恭毕敬地叫他一声九爷。这一声九爷,与以往任何时候听到的都不一样。

那时候他刚到北平,凭借老爷子留下来的产业,到各大公馆去挥霍,人家叫他一声九爷,是盯着他的钱袋子。他那时候仅仅觉得这个九爷,听上去有那么一点儿威风的感觉。

可是此时,当族里的人毕恭毕敬地从内心里叫他一声九爷的时候,他突然觉得心底有一份自豪。这种感觉,使得激荡在他内心的血液,一时半会儿都没有停歇下来。

也许只有到了这个时刻,他才突然意识到,作为一个男人的责任和担当是什么,甚至他才明白,一个人活着的意义到底是什么。他以前不懂,只是浑浑噩噩地活着,怎样快活就怎样过着。

他在一个不健全的家里长大,严老爷子一年去上海也不过两次,他从小就缺失父爱,那个娘亲,对他也是放牛般地教养,只要他吃饱了穿暖了就行。他过着一个人吃饱天下不饿的生活,从来没有想过要为他人着想。

是严平温的突然死去,给他狠狠地上了一课,严丰年的脚步径直朝堂屋里走去。严平温的遗像暂时还放置在堂屋里,他突然想要过去,想要跟这个大哥说说话。

推开那扇旧式的厚重木门,他立在门口,对着那张严平温曾经坐过的椅子,一时间感慨万千。他想起自己第一次来到北平时的情景,那时他不过是想要领一点儿现钱就回去的,是这个大哥挽留了自己,还给了自己住的地方。

只不过是一年多的光景,就物是人非。他不知道自己现在做的这个决定对还是不对,他也不知道自己是不是能够担当起这个重任,但是在那一刻,他觉得自己要是不这么做的话,他会后悔一辈子。

"大哥,我不会辜负你的期望。"他立在那里,脸上显出一抹沉重的表情,两道好看的剑眉蹙成了一团。严丰年看不到自己的样子,他不知道自己这个时候,与严平温有多么相似。

"哟嗬!这不是咱们的新当家吗?"严丰年正立在那里的时候,突然听到背后传来一阵脚步声,他猛然一回头,就看到严平举和严平俭两个人朝这里走来。严平举阴沉着一张脸,显然是愤愤不平,而严平俭的脸上,却是一副戏谑的表情。

严丰年没有作声,只是冷冷地站在那里。他知道,就算是自己坐上了当家人的位置,这帮人恐怕也不会安分守己。未来的路还很长,他不仅仅要跟日本人周旋,还要安定严家内部的人。

"二哥和七哥有何指教?"严丰年倒是露出一丝淡淡的笑脸来,他明知道那两个人是看自己不顺眼,可是他也不去硬碰硬。以后打交道的地方还很多,他向来都是嬉皮笑脸惯了。

"哼!"严平举冷冷地哼了一声,而后背着手就离开了,严平俭紧跟在他的身后,转身一路小跑着往前走。"严丰年,别以为你现在当上了这个会长就了不起,日本人能让你当,也随时能换人。"

这话是严平举说的,声音虽然不重,但是字字句句都落入严丰年的心里。他当然知道这个道理,可现在,他必须抓住这个机会。

他知道日本人心狠手辣,也知道他以后的每一步都要分外小心,但是既然做出了这个决定,他就要为自己的决定负责。

他在堂屋里又逗留了一阵儿,这才朝账房上走去。王五爷听闻严丰年要来找自己,一直都在里屋候着,等到严丰年出现,他朝严丰年作揖祝贺。

"九爷,恭喜你心想事成!"王五爷满脸都是笑容,那张饱经沧桑的脸上,带给严丰年的是满满的感动。

"五爷,您快别这么说,要不是您,我哪有这个本事?"严丰年有自知之明。在这个关键时刻力挽狂澜,他虽然有这个想法,但却没有这个脑子。若不是王五爷给自己出主意,他哪会有这个本事。

王五爷伸手捋着胡须,半晌没有说话,但是那张脸上,却一直带着盈盈的笑意。他是给严丰年出了不少点子,可是如果严丰年真的一点儿本事都没有,这些点子对于他来说,也是白费。

"九爷这可是抬举我了,我一把老骨头,担待不起。九爷坐上这把椅子,是众望所归。"王五爷又是夸赞了严丰年一阵儿。

两个人心情都很好,王五爷吩咐内人准备了几个小菜,严丰年也不嫌弃,两个人坐下来,一边喝着酒一边随意聊着天。

严丰年好几次都想要开口问王五爷关于那个人的事情,可是话到了嘴边,却又总是被王五爷巧妙地引开了。两个人年龄悬殊,喝了一点儿酒,严丰年的胆子也大了些,他盯着王五爷那张饱经沧桑的脸,终于开了口。

"五爷,现在可以让我见见那个人了吧?"

王五爷端着酒杯,扫视了一眼严丰年,略微有些迟疑。随即他放下杯盏,缓缓起身朝里屋的小间走去。严丰年一杯酒还没有下肚,却见王五爷带着一个人出现在他的面前。

"怎么会是你?"严丰年猛然放下酒杯,他万万没有想到,王五爷说的那个人,竟然是严平温之前认识的那个安先生。

"我就说你们认识吧!"王五爷捋着胡须说道,目光在眼前站定的两个人身上扫视了一番。

站在严丰年对面的那个人突然爽朗地笑了,声音洪亮但却并不大,"认识。我在严平温先生的房间见过他。"这人说完,那双炯炯有神的眼眸还是盯着严丰年。

严丰年心底的疑惑更大了,这个人不只是认识严平温,而且看样子和王五爷很熟悉。他转向王五爷,脸上写满疑惑。

"五爷,他到底是什么人?"他急于解开这个答案。这个神秘的男人曾经多次出现在严平温的房间里,甚至严丰年一直都以为,严平温的死跟这个人是脱不了干系的。

那人并没有开腔,却是将话语权交给了王五爷,王五爷见他点了点头,这才打开了话匣子。

"九爷,这是安再年同志,是北平地下党的负责人。之前跟大爷联络过。这段时间,一直在背后帮助您的就是他。"

王五爷的话还没有说完,严丰年已经全懂了。他知道共产党,知道共产党还有很多地下工作者。前段时间在菜市口看到的那个惨不忍睹的场面,不就是日本人残杀地下党的证据吗?

"你为什么要帮我?"严丰年盯着安再年同志的脸,在那张坚毅的脸上,他看到许多他不曾看到的东西。

"为了革命。"安再年的回答很短。

这四个字,对于此时的严丰年,他并不能够完全理解。他只是想要凭借一己之力在乱世保住严家,不想日本人插手自己家族的事情。

他清楚地知道要是跟共产党扯上了关系,不只是他,整个严家都可能掉脑袋。"我大哥……是共产党?"

他说出了自己心底的疑惑,期待又害怕听到那个回答。

"严丰年同志,你放心,严平温先生并不是共产党。"安再年的话音落下,严丰年心里的疑惑又起来了。

"那我大哥到底是怎么死的?"这个疑问,一直在他心底淤积,他知道日本人的凶残,也知道严平温死得无辜。

"对于你大哥的死,我们很抱歉……"安再年的话还没有说完,严丰年突然从房间里冲了出去。他只觉得整个屋子里的气氛压抑得他喘不过气来。

他站在院子中央,看着天空那轮圆月,心里充满了恐惧和困惑。他这辈子没有想过的事情,他却都在做。他从来没想过要跟日本人还有共产党打交道,但是现在他竟然都掺和进去了。

第 *22* 章

后知后觉

严丰年在庭院里站了许久,安再年同志是什么时候离开的,他并不知晓。他只记得王五爷走到自己的身后,却是站立在那里默不作声。

他一直信任的王五爷,仿佛还有另外一个身份。他一直信赖的严平温,也还埋藏着秘密。严丰年过了许久,才开了口。

"五爷,您跟他们是一路的吧?"他也不过是问问而已,刚才王五爷和安再年交换的眼神,他都看到了。

王五爷并没有立即回答,却只是将话锋一转,"九爷,该去看看颜二小姐了,这一次药行会长当选,颜二小姐费心了……"

王五爷絮絮叨叨的话还没有说完,严丰年只觉得自己心底的某个地方被戳痛了一般。他迈开腿,立马就朝外走去。

他想起自己拿着戒指单膝跪在那个女人面前时,她冷冷地拒绝了自己。他记得他站在他的门前请她帮忙时,她看都不愿意多看一眼就转身离去。他记得她来参加严平温的丧礼时,她也只是轻轻地问了一声。

他曾经那么深爱颜惜禾,可是爱有多深恨就有多深,这么长时间以来,他强迫自己将颜惜禾的影子从脑海里挤出去,可是此时此刻,他突然发现,这一切都是枉然。

他一路狂奔,沿着府前的街道,一路朝颜惜禾的公馆奔去。他喝了不少酒,觉得浑身躁热,虽然脑袋有几分昏沉,但是心却是澄清的。

当严丰年出现在颜府门前的时候,那扇大门紧闭着。已经是后半夜了,除了天空那轮皎洁的圆月之外,四下都是静悄悄的。

他站在门口,抡起拳头"咣当咣当"地敲着大门,他急不可耐地想要见到颜惜禾,哪还管得了此时到底是什么时间。

门房上的伙计听闻敲门声,也是吓了一跳,毕竟现在是日本人当道,他们可不敢怠慢。平时都是小心翼翼的,此时听到门口的响声,立马披着衣裳就到小道上看了看,却不想,外面敲门的人竟然是严丰年。

"九爷,您这是有什么要紧事吗?"门房的伙计打了个哈欠,刚才的紧张劲儿已经缓和了许多。见是严丰年,倒也没有多意外。

"快去通报你家小姐,我有事要找她。"严丰年的声音急促,因为喝酒的关系,脸红脖子粗的。那看门的伙计还从来没有见过严丰年这个样子。

他只以为是日本人那里有什么事情,严丰年跑过来跟颜惜禾通报消息,立马屁颠屁颠地就朝里间跑。

颜惜禾睡得正香,馨月听到外面的通传叫醒了她。听闻是严丰年在外面,她也是一惊。毕竟现在日本人当道,凡事都应该小心一点儿。白日里她已经听闻严丰年做上了药行的会长,心底却是喜忧参半。

约莫一炷香的工夫,严丰年被下人带到了会客厅里,在这里,他见到了朝思暮想的颜惜禾。只见颜惜禾穿戴整齐朝这里走来,他一激动,立马就迎了上来。

"惜禾!"可是不知道为什么,见到颜惜禾的那一瞬间,原本千言万语涌在心头,此时却是一个字都说不出来。他只是呆呆地站在那里看着颜惜禾,恨不得上前将她拥入怀里。

颜惜禾的面色也是淡淡的,"这么晚了,你找我有什么事儿吗?"她说完,就在当首的位置坐下来,目光却并没有落在严丰年的身上。就好像,他们两个人已经分道扬镳,各自走在不同的道路上。可是严丰年已经放下了之前的敏感。他内心里涌动着复杂的情愫。

"我已经知道了,惜禾,谢谢你帮了我。"严丰年这才将感激之情表露了出来,如果不是颜惜禾在背后帮忙,那么他想要心想事成,那不过是痴人说梦话罢了。

颜惜禾并没有觉得意外,"我不是帮你,我只是不想看到严大哥辛辛苦苦守住的家业,平白被人糟蹋了。"她的话还是轻轻的,可是现在落入严丰年的心里,已经不再是从前的感觉了。

他上前一步,突然抓住颜惜禾的胳膊,"惜禾,你能不能再给我一次机会,我知道以前都是我不好,让你失望了。可是现在,我……"

他的话还没有说完,颜惜禾却一把挣开了他的双手。她朝后退了一步,脸上却是冷冷的。"如果你来这里是为了告诉我这些,那么你可以回去了。"她不愿意再跟严丰年多说一句话,摆出一副抗拒的神色。

然而今天的严丰年,却怎么都不愿放弃,"我不想放弃,我是真的很爱你。"他说得斩钉截铁,却又是信誓旦旦的样子。

颜惜禾对上严丰年那双纯澈的眼眸,这个男人在短暂的时间里,经历了太多的事情,那张稚嫩的脸上,已经不再是先前的玩世不恭。

"丰年,其实有很多话,我不该对你说的。但我还是想要告诉你,我们两个人不合适。"她站在窗前,说得很平静。

严丰年何尝不知道颜惜禾的担忧,但是爱情真的要牺牲给现实吗?他直直地盯着颜惜禾的背影,眉头紧蹙着。

"如果,日本人没有来,我们……"他低垂着脑袋,突然发现这样的假设根本就是一个笑话。他和颜惜禾原本就是两种不同的人。

颜惜禾没有作声,却只是长长地舒了一口气,再次转身,那张精致的脸上带着笑意。"丰年,我马上订婚了,过些日子,记得来喝喜酒。"

她轻描淡写地说道,仿佛只是在说一件跟自己毫无关联的事情一样。

这一次,严丰年没有多加逗留。他转身,迅速从房间里出去,披着月色逃离。

回去的路上,突然听到了枪响,严丰年抱着脑袋蹲在墙角,却见几个日本兵追着一个已经受伤的男人开枪,那人踉踉跄跄地跑了一段路,却有几分体力不支。

严丰年是个怕事的人,可那人却偏偏找上了他。那人摔倒在严丰年的身旁,将一张纸塞在了严丰年的手里,话都没有来得及说一句,已经倒在了血泊里。

这是第一次,严丰年如此近距离地看到一个人的死。他吓得喘不过气来,只觉得浑身颤抖,攥着纸的手下意识地塞进了衣兜里。

不一会儿,就有一个穿着白大褂的汉奸,带着几个日本兵朝这边赶来,严丰年吓得腿软,还没有来得及离开,就被那几个日本兵举着刺刀围了个团团转。

那汉奸跑得慢了些,不过幸亏他来得及时,否则,严丰年在那一刻立马就变成了马蜂窝。日本人端着枪,对着严丰年,随时都可能开枪。

"这不是严九爷吗?大晚上的,您这是去哪儿啊?"这汉奸认识严丰年,他经常出入川木本田的府上,那些给日本人当走狗的汉奸,个个都认识严丰年。

而此时,他狼狈至极,身旁躺着个死人,还弄了一身血,他吓得面如土色,靠在墙根,浑身止不住地颤抖。

"快……快把他拉开……"他的声音里带着惊慌失措的哭腔,那汉奸见了,得意地笑了一声,倒是上前一步,亲自将那个倒在地上的人拉开,还不忘狠狠地踹了一脚。

"这是个共产党,我们追了好几条街,好小子,真是能跑,不过啊,还是没逃过枪子儿。"汉奸说得轻描淡写,可是严丰年的心,早已经扑通扑通跳个不停。

那是一条鲜活的生命,不过只是片刻工夫就死了。地上的血液还没有干,他只觉得空气中都飘浮着血腥味。

这股味道,让他想起严平温死去的场景。

"真是个不知好歹的东西,吓死我了。刚喝完酒出来溜达,不想遇到这样的晦气事儿。"严丰年此时已经从惊吓中缓了过来。

他没有说出刚才这人临死前塞给自己纸条的事情,甚至他根本不知道,这个人为什么要将纸条塞给自己。何况,为了一张纸条,白白搭上自己的性命,这值得吗?

"九爷可得当心,最近共军猖狂着呢,太君说了,遇到共军,格杀勿论!"那汉奸说着,还做了一个砍头的手势,那模样狰狞,却让严丰年心底寒气升腾。

他心底厌恶这帮走狗,可是当着日本人的面,他还是得附和,"是该杀,北平太乱了,还是安宁一点儿好。"

虽然遭此一劫,但是严丰年并没有受到任何的伤害,他现在是本田府上的红人,又是药行的会长,那些汉奸并不敢把他怎么样。不过是说了一会儿闲话,各自散去。

严丰年却并没有那么容易释怀。他的脑海里不停地浮现出那个人临死前的眼神，那双大大的有神的眼眸，就像是在某个地方看着自己一样。

回到家，严丰年迅速将房门都掩上，而后在灯下将那张纸打开，却发现上面不过只是一张简易地图。他翻来覆去怎么也看不懂，更不知道这张纸到底有什么用。他只是蹙着眉头，将那张纸塞进了衣兜里。

第23章

神秘来客

药行的琐事纷繁复杂。严丰年新官上任,一边要与日本人周旋,一边要尽快地熟悉手头的工作,朝来暮去,时间就像是长了翅膀一样,一眨眼两个月的工夫就没了。

许是因为有了这份责任,他脸上的玩世不恭渐渐地消散,两道好看的剑眉,竟不知不觉地在眉心收敛成一个川字。他渐渐地明白,当初严平温脸上的深沉是如何炼成的了。

"九爷,门房上来了个人,嚷着要见您,听口音,不像是咱北平的人。"这一日,严丰年好不容易寻得半日清闲,已是午后时光,他仰靠在红木躺椅上,眯缝着眼,脑子里却将这一个月发生的事细细地回味着。

张德坤毕恭毕敬地站在门口禀告,两只手垂在身侧,只是拿眼睛小心翼翼地瞟着严丰年。暗灰色的老式长袍大褂,裹在略显臃肿的身形上。

严丰年听闻,也只是微微睁开眼睑,随后应了声,这才起身,走到中厅,自己倒了一杯热茶。

当了这个会长,自然免不了有人上门巴结,他虽是看不惯那些奴颜媚骨的嘴脸,但他天性是个不善于拒绝的人。遇到拍马屁阿谀奉承之人,他也只是坐在那里,牵动着嘴角陪着笑笑。

一杯茶的工夫,张德坤领了个中年汉子就进了屋。"九爷,人已经到了。"

严丰年一转身,倒是微微一怔。此人身量高大,面庭饱满,一身藏青色短衫长裤,看上去倒是精神抖擞。板寸头,头发根根竖立,炯炯有神的眼眸貌似绽放着光彩。

"怎么会是你?"严丰年颇为意外,他没有想到,安再年会在大白天找上门来。自从他知道王五爷可能跟共产党有关,所以好长时间他都不再去账房上走动了。

他却没有想到,两个月时间不到,失踪的安再年却主动找上门来。

"九爷,别来无恙。"安再年倒是一脸淡然,声音洪亮,全然没有理会严丰年脸上的排斥。

安再年在会客厅的椅子上坐定,目光却是一刻不停地落在严丰年的身上。那双锐利而坚定的眼眸,看得严丰年有几分心虚,下人在上茶,严丰年一时间也并没有开口。

"安先生……"他并不知如何询问,却只是开了口,就停顿了下来,端着杯盏的手也停在半空里。

"安某是想跟九爷合作。"安再年说完,将杯盏放置在茶几上,却是盯着严丰年,等着他的反应。

合作?严丰年心里一惊。他当上了这个药行会长,不知道暗地里挨了多少骂名。他不愿意跟日本人合作,但是当下他绝对不能跟共产党合作。

"我为鱼肉,敌为刀俎,九爷,思量!"简单的几句,落入严丰年的心里,却是掷地有声。

他抬头,再次细细地打量安再年,半晌说不出话来。北平的时局,若是用动乱跌宕来形容,总觉得有几分不够味。可是就在刚才,这个坐在他面前的中年男人,却用八个字说出了他内心想说而说不出来的话。

"我为什么要跟你合作?"

严丰年问完这句话,又觉得自己开口唐突了些。面上的平静想掩盖内心的波澜,而眼底的慌乱却还是一下子出卖了他。

安再年倒是并没有多说话,缓缓地从衣兜里掏出一本小册子,严丰年曾上过几年私塾,虽然不精,但也识得不少字。暗黄色陈旧的小册子递到严丰年的手里,他却在翻开首页的时候,迅速地合上了册子。

他的目光瞟到了首页用钢笔抄写的楷体字迹，如果他没有看错，那几个字正是"共产主义"。

他也就看清了这四个字，至丁下面的小字，他还没来得及看一眼，就已经合上了书页。

"你走吧，我不会跟你们合作的。"

严丰年起身说道。院门外并无旁人，走廊尽头有个老妈子正在擦窗棂。

刚才看到的那四个字，对于他的冲击颇大。坊间将共产党抗日的事情说得神乎其神，严丰年虽然不曾经历这些事情，但是每次听闻，也只是一笑而过。

他还记得前些日子菜市口发生的惨案，日本兵拿着刺刀，将几个共产党五花大绑，当作靶子一样刺死了。就在昨天，以前和他喝过酒的章宁贵，也莫名其妙地被拉到菜市口给当了靶子，一家老小三十多口人，连褓褓中的婴儿都没有幸免。据说，不过是因为他喝醉了酒说了几句冲撞日本人的话。

这些发生的事情，每一次都让严丰年胆战心惊。他害怕这样的事情发生在严家，害怕自己有一天也做了肉靶子。

"你刚才的问题，我还没有回答你，因为你我都是中国人，我们都不想做亡国奴。"

接下来，严丰年一直都是默不作声，他半只胳膊倚靠在桌面上，觉得整个身体的重心都发生了转移。那颗曾经沸腾的心，在这一刻也变得骚动不安。

屋子里一直回荡着安再年的声音，"日本人早晚会滚出北平的，新中国马上就要建立了……"

安再年说得激情飞扬，严丰年只觉得自己的脑子完全跟不上。他第一次听闻日本人被打得片甲不留的消息。安再年说得激情飞扬，他坐在那里虽是平静，但是一颗心却仿佛沸腾起来了一样。

近半年来发生了太多的事情，他曾是个胆小怕事的纨绔子弟，可此时肩膀上却扛着整个家族的利益。他听闻共产党的英明，听闻他们所到之处带来的胜利呼声。他甚至听到自己内心有个声音一直都在蠢蠢欲动。

"九爷，严平温先生的仇我们还没找日本人报呢。"安再年笃定的眼眸盯着严丰年，这话一说出口，严丰年眼底的火焰就被点燃了。

这是第一次，严丰年从一个外人的口中听到，有人和他一样，对于严平温的死感到悲愤。他一时间如同找到了知音一般，眼神炽烈地望着安再年。

"我大哥死得太惨了！"许久之后，严丰年的喉咙里蠕动出这么一句话来，他垂下眼睑，伸展在桌面上的手掌，已经攥成紧紧的拳头，而额头上青筋暴露。

他担起这根大梁，原本是不希望严家落入日本人的手里，可是两个月下来，他与日本人朝夕相处，甚至还有些为虎作伥，他开始怀疑，自己是否还能够坚守住初衷。

"九爷，严平温先生不会白白牺牲的！"

安再年说得斩钉截铁，而这一句，却给严丰年注入了力量。他曾无数次想过要替严平温报仇，但是，拿鸡蛋碰石头，这样的事情没多大胜算，他是不会轻易拿整个严家来跟日本人对抗的。

严丰年还是沉默着。他内心拥堵着太多的事情，如果他此时只是单单的一个人，他可以毫不犹豫地站在安再年的身边，反正他是个单身汉，为严平温报仇就算是死了也没什么。可现在，要搭上严家一百多号人的性命，他陷入纠结之中了。

日本人的凶残，他已经不是一次两次领略了，若是发现有通共的嫌疑，至少也得落个满门抄斩。他的耳旁还回想着子弹飞起来钻进身体里的声音。

安再年还眼巴巴地盯着严丰年，期盼着他能够给自己一个答复，可现在严丰年的表情，让他有些失望了。他缓缓地起身，目光却还是落在严丰年的身上。

"九爷，我先走，您先考虑几天，过几日我再来。"安再年说完，倒也没有逗留，起身就往门口走去，拉开房门，目光警觉地四下里观察了一遍，这才迈开步径直离开。

严丰年一句话都没有说。他眼睁睁地看着安再年矫健的身影从自己眼前消失，但安再年说下的话，却深深地烙进了他的心里。

他坐在那里，整整一个下午的时间都没有动弹。安再年抛来的橄榄枝，对于他具有极大的诱惑，替严平温报仇，将日本人赶出北平，他曾经敢想却不敢做的事情，此时此刻都真真切切地出现在他的面前。

他只需要答应跟安再年合作，那么就能够借助共产党的力量，将这帮可恶的日本人从北平赶出去。这个时候，严丰年觉得自己内心隐藏着一个强大的英雄,他不只是要拯救整个严家,还想要拯救整个北平。

这样一种使命感,还有保护严家的责任感,在他内心冲撞着,鱼与熊掌不可兼得,严丰年以前不曾遇到过这样艰难的抉择,但此时,他必须做出自己的选择。

到了晚饭的时候,窗口的天色已经暗了下来。严丰年愣愣地坐在那里,却是一动不动。下人到屋里来掌灯,却见严丰年一个人坐在角落里发呆,倒是不由得吓了一跳。

"九爷……"

严丰年缓缓地抬起头来,好像从梦中刚醒过来一样,起身的动作十分缓慢,却是没有应答,径直朝里屋走去。晚饭也没有吃,这一夜,严丰年房里的灯亮了整个通宵。

第 *24* 章
同意合作

严丰年的心,一连好几天都惴惴不安。他已经知道安再年的身份,只是此时,他脑子里却开始思索另外一个问题,安再年为何偏偏找到了他。

即便严家在北平城势力不小,此时又与日本人搭上了一些关系。但比严家有权有势的大有人在,他大可以寻找比严家权势更大的人。然而安再年来了一下子就不再出现,严丰年的心就更加没底了。

他甚至猜想,自己的犹豫是不是得罪了安再年,若真如他所说,这日本人早晚会滚出北平,那么他岂不是民族的罪人吗?

那几天,对于严丰年来说,每一天都是度日如年,他从未像现在一样,满脑子地去想这么多事情。他很想找个人商量一番,可最终还是断掉了这个念头。

王五爷那里,他并不想去了,他知道只要他主动去找王五爷,就一定能够知道安再年的下落。但他却不想急着将自己的底牌全部摊到别人面前。甚至可以说,严丰年心里,此时对共产党并不怎么信任。

严丰年担任药行会长已两月有余,这两个月,日本人并没有多加插手,就好像这个药行的成立,仅仅是为了加强各家药商的联系罢了。可是就在这一天,川木本田出现在药行里,专程找的人却是严丰年。

日本人盯上了严家,除了有人在川木本田那里打了小报告趁机给严家穿了小鞋之外,最关键的还是日本人看中了严家遍布全国的商路。严丰年了然在心,可却无法拒绝日本人的要求。

"本田先生,这件事情可否容我再思量一下?"严丰年站在一旁,蹙着两道剑眉,却是一脸为难的表情。

几分钟之前,川木本田说出了此行的意图,有一批药物要从北平运往西安,为防止共军沿路拦截,须起用严家商路。

抗日战争打响之际,各条管道已经全面封锁,日本人的爪牙想要深入中国腹地,却是举步维艰。然而各条商路,却有着自己固有的路线,甚至能够绕过封锁线,抵达全国各地。

川木本田一脸傲慢地坐在上首的位置,端着杯盏慢悠悠地吹着茶叶。他亲自来告知严丰年此事,并不是想要跟他商量,实则只是一道命令。

果然,见到严丰年面露难色,他有几分不悦,声音也比往日提高了几分。"严九爷,你不是要和我们皇军一同建立大东亚共荣圈吗?别忘了你许下的承诺。"

严丰年当初为了博得日本人的好感,所以才随口编了个胡话,却想不到被日本人当了真。他此时已经骑虎难下,不答应日本人,必定会因为反抗命令而受到严惩,不只是他个人,甚至整个严家都要遭殃。

可是要答应他,严丰年心底却又是不情愿。眼睁睁地看着日本人欺凌自己的同胞,他还要和这帮强盗沆瀣一气。他可以做到表面上恭恭敬敬,但是要想他从内心里认可日本人的作为,甚至和他们站在一条战线上,他做不到。

"这个……我得回去跟家里商量一下。"严丰年说完,只觉得手心里不停地冒汗。他身量高大,在川木本田的身边站了约莫半个时辰,此时已觉得肩膀酸痛难忍。

川木本田想要的答复,他此时并不想给,两个人都那么耗着,他低垂着脑袋,仍旧是一副胆小怕事毕恭毕敬的模样,而川木本田虽是心里着急,却又不好发作,直到最后,微微有些恼怒,起身径直离开。

严丰年一整天都觉得压抑,此时此刻,他无比想要见到安再年,遇到这样大的难题,他需要有一个人给自己出出主意。可安再年那天消失之后,就一直都没有出现。

晚间,严丰年一个人去酒馆喝了点儿酒,月亮升起来的时候,才步履沉重地回到住处。房间里亮着一盏微弱的灯火,下人们见他回来,刚要凑近,立马被他挥挥手给打发走了。他心底烦闷,需要一个人安安静静地待一会儿。

推开房门,他在靠窗的椅子上坐下来,垂着双手,半晌说不出话来。灯影幢幢,一个人影突兀地出现在严丰年的面前。

"你……安先生……"严丰年又惊又喜,他起身,那双黯淡的眼眸盯着青布大褂的安再年,整整十天了,他有一种突然见到亲人的感觉。这十天来,他的心底压抑了太多的情愫,亟须找一个倾吐出口。

"九爷,别来无恙。"安再年表情淡然,炯炯有神的眼眸闪烁着耀眼的光辉。严丰年甚至觉得,在安再年的身上,他能够感受到与严平温相同的沉稳,只是不同的是,严平温的沉稳更多的是内敛,而安再年的沉稳,却带着一股隐匿的力量。

与第一次见面不同的是,严丰年对安再年已经没有了芥蒂。他起身,想要给安再年倒茶水,却被安再年制止了。

"九爷,近来可好?"安再年的声音,天然带着一股磁性,低沉而有力量地落入严丰年的心里,涤荡了这几日氤氲在他心底的不宁。

"一切尚好,只是……"严丰年停顿了片刻,犹豫着要不要将今日发生的事情说出来。他没有想好是不是要跟安再年合作,他只是亟须安再年给自己拿个主意。

安再年也不催促,坐在那里,静静地等着严丰年将话说完。严丰年再次抬头的时候,触碰到安再年那双有力的眼睛。

"安先生,日本人想要用严家的商道运一批药物去西安。"他一开口,却是没有拐弯抹角,径直将心底的话都说了出来。他盯着安再年的面颊,期盼着从安再年口中听到一个自己想要的答案。

安再年沉吟了片刻,缓缓抬头,"九爷怎么想?"他盯着严丰年,却是鼓励着他将内心真实的想法吐露出来。安再年此时低估了严丰年对自己的信任,严丰年起身,走到窗前,愤愤地一拳击打在桌面上。

"这帮强盗!"他蹙紧了眉头,久久不能平复内心的起伏。菜市口每天都上演着同样的悲剧,日本人甚至将枪杀那些所谓的共产党当成了乐趣,街头巷尾,低声议论的都是这些惨案。

杀一儆百,严丰年尽管不懂得大的道理,但却清楚日本人的动机。民众的斗志一点点地瓦解，剩下的只有恐惧。一个泱泱大国就要沦落到旁人手里任其踩躏吗？他痛苦地闭上了眼睛，看着这些事情发生无能为力也就算了，他现在还要助纣为虐？

"答应他吧！"屋子里的沉默延续了许久，严丰年并不知道那段时间安再年心里到底在想些什么，他只知道背后响起这个声音的时候，他猛然转身，半信半疑。

"答应他？"他反问了一句。

却见安再年郑重地点了点头，"你只管答应他，其他的事情我们会去做。"说完他走近严丰年，又低声地将自己的计划详细地给严丰年讲述了一遍。严丰年的脑子里之前还是一团迷雾，此时倒是觉得豁然开朗。

"安先生，这样行吗？会不会有危险？"他警惕地问了一句，又觉得自己这样问话过于唐突了一些。却不想站在一旁的安再年，脸上却露出了笑意。严丰年不知道安再年此时为何会笑起来，他只是觉得安再年的笑，给他一种安适的感觉。

"严丰年同志，你的安全，我们来保障！"安再年伸出右手，目光灼灼地盯着严丰年。

严丰年之前的犹豫，在这一瞬间全部都消失了。"同志"这两个字眼，莫名地给他带来某种不曾有过的荣耀感，这种感觉，胜过他第一次被人毕恭毕敬地叫着"九爷"。

"我以后也要叫你安同志吗？"严丰年蓦然问了一句。他如同在茫然的海域里，突然找到了组织一般，无论是严家的内斗，还是与日本人的周旋，他都将不再是一个人的孤军奋斗。这种归属感，让他体验到一种从未有过的畅快和温暖。

"公开场合，你还是叫我安先生，私底下，咱们都是革命的同志。"安再年一本正经地说道，严丰年只觉得按捺不住的心跳个不停。

"还有，我现在公开的身份，是钱龙茶庄的老板，我们是牌友。"安再年再次叮嘱了一些，严丰年虽是有几分不解，但还是郑重地点了点头。

他突然想起了一些什么，"安同志，这个……"他说着，从里面衣服的口袋里，将那个发黄的纸片递给了安再年。

安再年疑惑地接过来迅速打开，眉头却一下子蹙了起来，"这是哪里弄来的？"严丰年看不懂这张地图，但是他看得出来，安再年看得懂。

"好几个月了，那人被日本人打死了，就在我脚边，这是他临死的时候塞给我的。"严丰年一五一十地将那晚发生的事情告诉了安再年。

"这是我们一个地下党的同志，已经潜伏到日本人那里了。只可惜……"安再年叹了口气，又交代了严丰年几句，这才趁着月色离开。

第 25 章

诟骂走狗

有了安再年的"定心丸"，严丰年心里也有了底。三天后他亲自拜访川木本田，依旧是一身青布大衫，脚下的步子走着有几分急促。可刚到大门口，却见几个日本人推搡着一队五花大绑的人正往外走。

一行人有十来个，个个都是衣衫褴褛，容颜憔悴，裸露出来的皮肤上已经溃烂成脓。严丰年不知道这些人的身份，但却知道他们都被安上了一个共产党的罪名。一条绳子将这行人捆绑成一串，个个脚上都戴着铁链子，每走一步，那链子落在青石板路上，发出让人心寒的声音。

这声音落入严丰年的心里，他只觉得一股寒气从脚底不停地往上蹿。日本人每天在菜市口杀人，已经是司空见惯的事情。

"快点儿，磨蹭个什么？"严丰年站在一旁，让出主道儿来，却见一个汉奸模样的人，拿着棍子狠狠地打了为首的男人，那日本兵就将刺刀对准了脚步走慢了一点儿的男人。

他本能地想要阻拦，可只是眉头轻轻蹙了蹙，眼睁睁地看着那棍子重重地落在为首的男人头上，鲜血汩汩地流淌下来。

严丰年只觉得心底压抑着一团火，被日本人肆意欺负也就算了，可偏偏这些中国人还帮着日本人来欺负自己人，他愤愤地看了那汉奸一眼，咬牙切齿。

"九爷，本田先生正等着您呢。"他还没来得及发作，就见张成敏白衫大褂一路小跑着朝他奔来。见到严丰年立在那里，一张觑着的脸堆满了笑容。

张成敏是川木本田的亲信，平日里直接代表川木本田向下传达命令，当然这个向下也只是针对中国人。如果说严丰年刚才看到的那个汉奸无恶不作，那么张成敏算是无恶不作之中的极品。

严丰年对张成敏这样的人嗤之以鼻，甚至是深恶痛绝，可见了也只能是露出淡淡的笑意。与日本人打交道多了，他渐渐学会了貌恭而不心服这套把戏。

"张先生带路！"严丰年作揖，微微弯腰，伸手做出一个"请"的手势，以示他对张成敏的尊敬。张成敏很是受用，带着严丰年一路朝里走，路上还主动跟他攀谈起刚才那队人的来历。

"前段时间部队上抓来的俘虏，都是一帮共军，牙关够紧，愣是一个字儿都不说。"张成敏说完，露出一副不解的表情，而后摇晃着脑袋。严丰年只觉得心底一沉，脚步却已经落到川木本田的门外。

进屋正见川木本田握着话筒操着日本话叽叽哇哇说个不停，看那表情甚是严肃。严丰年听不懂他到底在说些什么，随着张成敏站在门口，垂着手露出一副恭恭敬敬的样子。

瞅着川木本田挂断了电话，张成敏哈着腰就带着严丰年进去了。川木本田始终阴沉着一张脸，那双警觉的眼眸从严丰年的脸上扫过，严丰年立马感觉到一股寒意袭来。

严丰年生怕川木本田看出自己的窘态，于是开口先说了话，"前几天本田先生说的事情，在下回去跟各路沟通了一下，能为本田先生效劳，是我们严家的荣幸。"他说完，垂着手耷拉着眼睑，并不去看川木本田那张阴冷的脸。

川木本田眯缝着眼眸打量着严丰年，从座椅上起身，径直朝严丰年走来，严丰年脑袋还没有抬起来，却见一只戴着白手套的大手伸到了自己的面前。

"合作愉快！"川木本田操着一口中国话，眼里含着笑意说道。握手的那一瞬间，严丰年察觉到那只手的力道和强硬，却也只是微微一怔，立马将这些心思隐匿到心底。

会面很快结束，严丰年从川木本田的府上出来，蹙着两道剑眉，脚下的步子却是加紧了几分。他已经按照安再年之前的部署,简要地跟日本人说了一下,好在川木本田并没有生疑,对于他提出的方案颇为赏识。

"哟!这不是咱们的当家的吗?敢情这是刚从本田先生府上出来啊?"严丰年低垂着脑袋只顾着走路,一抬头却见严平举和严平俭拎着几个包装精美的盒子朝这里走来。花花绿绿的一摞盒子,不用猜,里面定然是贵重物品。

严丰年没有回答,自从他当上了药行会长,又理所当然地成了严家的新任当家的,严平举的脸始终都阴沉着,而严平俭则是见到他一次,就忍不住要奚落他一次。

严丰年并没有理睬他们,脚步径直朝外走,铺面上还有许多事情需要他去忙碌,就连三天后这趟货运,他也要提前打点好路子。

忙完了琐事,天色又暗了下来,他原本还想要去找安再年商议一番,想着自己没有安再年的指示,绝对不可以轻举妄动。可是还没有踏进严府,却已经听闻屋子里闹嚷嚷的声音。

他刚走到门房,却见几个下人聚在一起议论纷纷。严丰年身形高大,站在那里,立马在地上投下一道长长的身影。

"九爷,您回来啦。"门房的伙计立马上前请安,滴溜溜的眼睛不敢直视严丰年的眼眸,却只是哈着腰垂着手,毕恭毕敬地立在那里。

严丰年蹙着两道眉,身心疲惫,"屋子里闹什么呢?"他懒懒地问了一句,伸手揉了揉僵硬的脖颈,拔开腿脚往里走。

"二爷和七爷……"伙计拿眼瞟了一眼严丰年,扭扭捏捏地不敢回答,仿佛是惧怕严丰年的权威一般。他蹙着眉头也没有追问,径直朝堂屋走去。

堂屋原本只是作为召开家庭会议所用,但是在严丰年接管严家的事务之后,这里却已经丧失了原本的威严和神圣。严平举心怀不满,也常常带着几兄弟到这里集会,严丰年看在眼里,但却一直采取置之不理的态度。

时间久了,彼此也倒是相安无事。严平举虽心底不平,但愿赌服输,何况当初的条件是他自己定出来的,就算是打落了牙齿咽进了肚里,他也得认了。

严丰年走近,却见不少人都围在堂屋里,见他过来,自有人让出了一条道,"九爷……"人群里毕恭毕敬地叫出了一声,他颀长的身形出现在屋里,严平举和严平俭却是不屑地看了他一眼。

"这么晚了，大家回去早点儿休息吧。"沉吟了许久，严丰年开口，环顾四周说道。他并不知道这群人聚在这里所为何事。大敌当前，内忧外患，他只能努力凭借一己之力，保求整个家族的安稳，至于其他，他有心无力。

"九爷，您真的要跟日本人合作？"严平温的老婆搂着两个孩子站在人群里，声音里带着哭腔问道，她也是刚刚从严平举的口中得知，严丰年要替日本人做事。

当初严平温是怎么死的，她心里都清楚。她一直期望着严丰年给自己的丈夫报仇雪恨，却不想严丰年和旁人没什么两样，也不过是想给日本人当走狗罢了。

严丰年一时间无地自容，面对大嫂质询的眼神，他低垂下脑袋，却是一句话都说不出来。他不能告诉所有人真相，只能够默默藏在心里忍受着这份煎熬。

"呵呵，想不到咱们当家的，也不过是日本人的一条走狗，还以为不是呢。"严平举不冷不热地说出这么一句话，而后垂着手，带着满满的鄙夷从房间里离开。

人群里并无骚动，那些眼睛始终都盯着严丰年，从他沉默的表情，算是得到了最终的答案。谁也没有说什么，一个个转身，而后从屋子里退了出去。

严丰年颓然地坐在为首的座椅上，背后还是那幅唐伯虎的真迹。他靠在那里，半晌没有作声，却只是将两道剑眉，蹙得更加深重。

他答应了安再年，要对这件事情保密，不管对任何人，绝对不可以提及。严丰年不曾做过任何保密的事情，可是这个秘密压抑在他的心底，却让他感到分外痛苦。

他不想做一个背离族人的当家人，可是他更不能做一个消极的亡国奴。安再年说，没有国哪有家，只有国家长治久安了，才能够保住一个家族的稳定。他没有读过多少书，也不知道共产主义到底是怎么回事，可是他的骨子里，却坚信只有共产党才能够带来新生活。

他的脚步朝账房走去，此时此刻，严丰年急于想要跟王五爷说说话，他心里拥堵了太多的东西，想要得到王五爷的开导。

可当他的脚步走到账房门口的时候，却见那扇大门紧闭着。往常这个时间，王五爷一定会留在账房上。他想起安再年临走的时候说的话，一定要确保王五爷的安全。

后来,严丰年也只是在院子里站了一会儿,而后长长地叹了口气,朝自己的屋子走去。月色下,那道颀长的身形在地上拖下一个长长的影子,他不去看,更不去理会,可内心却又期待着安再年给自己带来全新的消息。

第 26 章
敌忧我喜

川木本田惦记的那批货,三天后正式从北平城运往西安,打着严家的旗号,一路上理应是畅通无阻。严丰年自从货运出去那日起,就开始提心吊胆。

他以前对药材运输并不精通,也就是前些日子才跟各路打听了一下。若是在以往,从北平运输药材到西安,路上没有太多的耽搁,至多也不过是一个星期。

安再年自从那晚离开之后,就再也没有出现过,严丰年心里担心,却只能将这份担心隐藏在心底。每日去药行里报个到,而后再到各个商铺转一圈,严丰年的一天,就这样不紧不慢地过去了。

一晃过去了五天,他从最初的担心,渐渐变得平静。好几次他忍不住想要从张成敏那里打探消息,但一想到安再年对自己的嘱咐,他还是忍住了。

这五天,对于严丰年来说,每一天内心都不平静,可就是在这一晚,他见到了风尘仆仆赶过来的安再年。

好在他住的小公馆离严家那些子弟有一点儿距离,安再年的出入,倒也没有引起旁人的注意。严丰年正坐在案头,收音机里咿咿呀呀唱着曲调,他微闭着眼睛,心底却是乱的。

"严丰年同志……"这一声是从窗口的位置传出来的,严丰年猛然睁开眼睑，仿佛是在梦里一般。他起身，迅速拉开房门，安再年几乎是一阵风一般闪进了屋里。

"安……"严丰年的话还没有开口，却见安再年伸手在嘴边做出了一个噤声的动作。两个人迅速将房门掩上，朝里屋走去。

严丰年这才注意到，安再年的胳膊受了伤，虽是用一条纱布包裹着，但是伤口渗出的血液将纱布浸染透了。

"你的胳膊……"他的眸光盯在那个染满血迹的纱布上，一时间竟然不知道说什么。严丰年有许多话拥堵在胸口，可是见到了安再年，他又惊又喜。

"不碍事。"安再年端起桌上的茶杯，兀自倒了一杯水，大口大口连着喝了三大碗，这才一抹嘴，将茶杯放下。见严丰年一直盯着自己受伤的胳膊，他有意将衣袖往下拉了拉。

"日本人这几天没什么动静吧?"安再年的眼眸直视着严丰年。他立在那里，这才拣了个较近的位置坐下来，一五一十地将日本人最近的动态告知安再年，末了，却是焦急地问了一下那批药的动向。

"我来，就是告诉你那批药的事情。日本人遭了伏击，那批药已经被我们的同志带走了。"安再年的眼眸里再次闪烁着耀眼的光芒，兴奋从嘴角一点点荡漾开来。严丰年猛然起身，脚步迅速地在屋子里来回走动。

他只觉得兴奋不已，一时间难以压抑。不能吼叫，不能庆祝，不能说出来，只能这样静静地用自己的方式释放出来。安再年此时放松下来，坐在椅座上，盯着严丰年的身影，露出满意的笑容。

"严丰年同志，我已经跟上级汇报了你的情况，上级对你的表现很满意。"安再年的声音还未落下，严丰年惊喜地一把握住安再年的双手。

"真的吗? 上级没有责怪我竟然帮日本人……"

严丰年并没有告诉安再年族里人的失望，他也没有诉说自己跟日本人合作遭到了非议。这段时间他承受了太多的压抑，一方面期盼着日本人的主意落空，一方面又害怕这一天的到来。但安再年的出现仿佛是一股力量注入他的心里，让他好像看到了希望一般。

"这是工作的需要。"安再年的话并不多，但是每一句，却总能让严丰年信服。如果说他生命里曾经敬仰的人是严平温，那么现在，能够让他刮目相看的人除了安再年之外，他再也找不到第二个人。

安再年是北平地下党组织的负责人，严丰年从他那里知晓了他不曾了解的中国共产党,甚至他还偷偷阅读了《共产党宣言》,还从安再年那里得知,他也可以加入共产党替国家和人民做好事。这一年,严家发生太多的变故,而日本人的到来,又让他日日接触杀戮和欺凌,严丰年内心那团火焰彻底被点燃,他需要有一个人带着他走出内心的困扰。

安再年原本看中的人并不是严丰年,他起先想要发动的是严平温,但是没有想到,严平温一心不想跟日本人合作,但也不想跟共产党合作。他只是一个冥顽不化的守旧派,只想凭借一己之力守住整个家业。

如果是在和平年间,他这样的想法轻而易举就能够实现,可是内忧外患之时,想要凭借一己之力跟日本人周旋,他还不具备那个能力。

严平温拒绝了安再年伸来的橄榄枝,自个儿走向了一条死胡同。日本人凶残狠毒,一枪就结束了他的性命。这些事情,安再年并没有告诉严丰年。

当然,他更没有告诉严丰年自己为什么会选中他。整个北平城除了严家之外,恐怕再难找到一家商路四通八达的大户。严家是京城老字号,凭借药材生意将商铺开遍了全中国。乱世乱了形势,但并不会一下子就将严家的优势抹去。

所谓瘦死的骆驼比马大,这个道理谁都懂。日本人想要借助严家的商路为己所用,安再年自然要采取各种办法进行阻止。只是他没有想到的是,这个站在自己面前眉清目秀的男人,骨子里却有一腔热血。

如果说严丰年遇到安再年是一种幸运,让他看清了当下的形势,找准了自己前行的方向,不如说,安再年遇到严丰年也是一种幸运,让他找准了一个切口,狠狠地击中了日本人的软肋。

两个人正说着话,房门却被人从外面敲得"哐当哐当"响,安再年面露警觉之色,立马起身,朝屏风后面躲去。严丰年并没有立即朝门口走去,而是朝门口喊了一声。

"谁啊?"

他竖起耳朵听起来,却听见门房的伙计慌里慌张的声音,"九爷,日本人……日本人在门口等着您,说是那个本……要见你。"伙计吓得不行,战战兢兢的一句话说得也不完整,好在严丰年此时已经听懂了。

他停顿了片刻,目光看向安再年,却见安再年在屏风后面冲自己点了点头。

"你先去吧,我穿上衣服马上过来。"他将伙计打发走了,刚才的淡定却被心底油然升起的后怕抹去了。

"本田肯定是为这个事儿来的，你尽管去，一口咬定不知情。"安再年肯定地说道。而严丰年此时，需要的就是这个底气。

他并没有多说什么，与安再年匆匆告辞，加了一件外衣，径直就将步子往外走。果不其然，门口两个扛着刺刀的日本兵已经守在了那里，张成敏见到严丰年，立马就觍着脸贴了上来。

"九爷，真是辛苦您了。"张成敏的脸色并不好看，严丰年心下清楚，日本人丢了这批药物，恐怕此时正是勃然大怒。找他过去，想必也是兴师问罪。他心下虽然一清二楚，却又要装得浑然不知。

日本人越不开心，严丰年心里越乐开了花。可他乐开了花，却又是绝对不可以轻易地表露出来，他敛住眉色，将两道剑眉蹙成了一团。

"张先生，这么晚了，本田先生要我过去，到底是什么事啊?"他跟着张成敏往前走，却是露出一脸小心翼翼的表情，小声地问了一句。

那张成敏在川木本田那里受了气，此时正需要一个人听他发发牢骚，他敞开着白大褂，露出肥胖的肚腩，"九爷，那批药物出了事儿，本田先生正生气呢。"他的话很简单，但是却让严丰年心底的猜想变成了现实。

他长长地呼了一口气，却又是露出满脸的疑惑，"不可能啊，今个儿早上，我还听到通知，说那批药下午就到了啊。"严丰年假装什么都不知情，还一副不相信的样子。

两个人这样有一搭没一搭地说着，脚下的步子却是一点儿都没有怠慢，"也不知道到底是怎么回事，好像是遇到了共军，哎，待会儿你见到本田先生啊，千万不要惹他生气……"这个张成敏一副奴才的模样，倒是将川木本田当成了自己的老佛爷一般伺候。

严丰年瞧不起这样的人，从心底里鄙夷。可他不能当着面表露出来，张成敏担忧的事情，也正是他担忧的事情。就算是一出戏，他也得演得恰如其分。

"张先生，还要你帮忙美言几句，这样的事情，我还真是没有料到，这可怎么办?"他一路上跟在张成敏的身旁，不是唉声叹气，就是各种惴惴不安，种种迹象表明，他听闻这个消息之后，只有震惊、害怕、惶恐……

严丰年的步子还没有到达川木本田的府上，就听到房间里传来摔碎玻璃器皿的声音，他心底暗暗叫好，可是面上，却将忧色变得更加浓郁了几分。

第27章
蓄意试探

严丰年装作一副战战兢兢的样子出现在川木本田的面前,只是屋子里的沉默,压抑得他有些喘不过气来。他垂着手,微微弓着腰,高大顾长的身影在日本人面前,显得有些卑躬屈膝。

"本田先生,您……您找我?"许久之后,严丰年结结巴巴地说道。他不敢抬头看向川木本田的眼睛,生怕那双幽冷的眼睛一眼就看穿了自己的心事。

本田叹了口气,声音却是异常冰冷,"严先生,我们的药被共军抢走了。"川木本田说完,戴着白手套的手掌,重重地落在红木茶几上。

"可……可我上午听说,那批货都快要到西安啦。共产党不会这么嚣张吧?"严丰年蹙着眉头,慌里慌张地解释。

川木本田没有作声,只是背着手在屋子里踱步,显然丢了这批药物,他很是恼火。但现在却找不到契机发泄。整个北平城,除了严家之外,还没有谁的商路有这样四通八达。

川木本田在房间里踱步,严丰年就垂着手小心翼翼地站在那里。时间好像过去了许久,川木本田猛然转身,快步走到严丰年的面前。

"今晚,今晚我们再运一批货去西安,还是之前的商道。共产党就算是神机妙算,恐怕也想不到。"川木本田说完,意味深长地看了严丰年一眼。

严丰年没有经历过这些事情,那时从安再年那里听闻所有的药物都去了共产党那里,又听闻共军如何抗日,他热血沸腾。想着这些药物的价值,他竟然兴奋地点了点头。

"可是……万一……"他点了点头之后,又忍不住露出犹豫的神色来。

"没有万一,你现在就去联系,天亮之前,这批药物就上路。"川木本田没有任何商量的余地。这对于严丰年来说,绝对是一个考验。

他原本还想着如果能够回去一趟,他还能够就这个事情跟安再年商量一番,但是川木本田完全不按照常理出牌,使得他此时不得不按照日本人的指示去做事。

这件事情一直忙到天微微亮才结束,看着那批药品上了车,严丰年这才拖着疲惫的身体往回赶。一路上,他脚步匆忙,恨不得长一对翅膀。

门房上见严丰年回来,还没来得及打招呼,他已经朝自己房间走去,而后关上了房门,却不见房间里的安再年。那一刻,他蹙着眉头,在房间里不停地踱步,只觉得有一种大事不妙的感觉。

共军正跟日军在咸阳交战,这批药物将作为最重要的后备物资,将成为日军占据西安的一个保障。他绝对不能让日本人的奸计得逞。

"五爷!"严丰年去账房的时候,王五爷还如同往常一样,戴着那副老花镜,拿着手里的账本核对着。见严丰年慌里慌张地出现,伸手将老花镜取下来。

严丰年疾步走过去,一把拽住王五爷的胳膊就往里屋走,到了房间,四下里看了一番,赶紧将房门都关上。

"五爷,安同志呢?"严丰年急得满头大汗。如果不是万不得已,他是绝对不会来找王五爷的。之前安再年跟他交代过,不能随便跟王五爷有组织上的接触。

王五爷显然愣了一下,"九爷!"他的声音略微低沉,带着一丝斥责。作为地下工作者,应该遵守单线联系的原则,绝对不可以跨级进行联络。

"日本人昨晚运了一批药物去西安了,还是走之前的商路。安同志现在还不知道这个消息。"严丰年急于将这个消息告诉组织上,所以他已经顾不得那么多了。

王五爷蹙紧了眉头,"不对啊,前天我们刚截获了一批药物,日本人应该不会这么做啊?"他捋着胡须,一副百思不得其解的模样。

日本人占领了北平,下一步就是要攻打西安,他们继续将大量的药物转移到西安,从而迅速攻下中国西部地区,将西安作为他们西拓的据点。

"我昨晚就在那里,日本人让我联络的,现在那批货都已经上路了。"严丰年这才将昨晚发生的事情一五一十地说出来,王五爷的脸也变得越来越阴沉。

"九爷,你去通知各商路注意,剩下的事情我来处理。"王五爷沉吟了片刻,算是给严丰年做出了一个指示。

他迅速返回到自己的房间,之前安装在严平温那边的电话,此时都已经转移到他这边来了。他按照王五爷的指示,给各大商路都打了电话,核对了一下信息。

接下来,他只能是焦急地等待王五爷的消息了。可是王五爷自从那天上午出去之后,就再也没有了消息。

日本人那边没有动静,安再年也再没有出现过,他仿佛沉溺到深海之中,只觉得周遭的氛围异样的紧张,而他却茫然看不清方向。

这一天下午,账房里的小伙计慌里慌张地跑进来,"九爷,五爷被日本人抓走了。"那一刻,严丰年只觉得头上那片天塌陷了。

他起身,拔腿就往外跑,王五爷是共产党,严丰年见过日本人是如何枪杀共产党的,他的耳旁就好像有无数颗子弹"嗖嗖"地往前飞,而每一颗都毫不留情地钻进了王五爷的身体里。

半路上,他见到上百的日本兵坐在摩托车上朝严府的方向驶去,他夹杂在人堆里,并没有引起旁人的注意,他只是分外好奇。

后来,他突然想到了什么一样。王五爷是严府的掌柜,他被日本人抓了,那么日本人肯定是要去严府的。

他又拔腿往回跑,这一次走的却是巷子。快要到严府的后门时,却遇到了王五爷的小儿子王尔德。

"九爷,您千万别回去,日本人这会儿正在严府里搜查呢,他们说我爸是共产党,到处要抓您呢。"

严丰年此时不只是觉得头顶的天塌了,更觉得脚下的地也塌陷了。他唯一能够想到的就是这件事情被日本人知道了。

"不行,我得回去!"严丰年突然来了一股拧劲儿,他的脚步刚往前走了几步,身后就响起了枪声,他还没有来得及看清楚,后背上就中了一枪。

等他醒来的时候,却发现自己并不是躺在那张熟悉的床铺上,身下薄薄的褥子,下面垫着许多稻草。而盖在身上的被子,打着许多补丁,但是却干净。

"他醒了!"严丰年刚睁开眼睑,想要看清楚自己到底是躺在哪里,就听闻一个清脆的女声在自己的耳旁响起。他一扭头,便看到一张和蔼可亲,但是眉宇之间带有英气的中年男人,这个男人笑盈盈走向自己。

"严丰年同志,你终于醒了。"那人上前一步,主动握住严丰年的手。中年男人穿着一身破旧的军装,板寸头,精神抖擞,声音洪亮,握住自己的那双手很有劲儿。

"我这是在哪里?"他终于看清楚,自己现在躺在一个破旧的窑洞里,屋子里的光线昏暗,到处都是陌生的气息。

"放心吧,你现在很安全,在延安。"那人起身,背着手说道。严丰年随着他的走动,这才看清楚他小腿上的绑带。

"五爷,还有安同志呢?"他突然想起王五爷被带走的事情,他记得自己倒在地上的时候,好像看到了安再年的脸。可是这一切,又是那么遥远,他只是觉得自己胸口疼痛,这才意识到他也吃了枪子儿。

"王五爷已经牺牲了,安再年同志还有别的任务,你安心在这里养病,有什么事情,可以来找我。"那人说完,上前拍了拍严丰年的肩膀,而后就从房子里退了出去。

王五爷牺牲了,这对于严丰年来说,是一件惊天动地的大事情。他只觉得心里堵得慌,午饭晚饭,护士送来之后,他一口都没有吃。

晚上的时候,那个人再次出现在房间里,他背着手在屋子里踱步,看到床头的饭菜一口都没有动。

"严丰年同志,不吃饭可不行。为了革命,我们都要保住自己的性命。王五爷为了革命已经牺牲了,安再年同志拼了命将你送到这里,你可不能这样糟蹋自己的身体。"那人意味深长地说道。

"我应该怎么称呼您?"许久之后,严丰年靠在床头,微弱地发出了一点儿声音。有一种痛苦压抑得他快要喘不过气来了。

"我姓陈,你可以叫我陈书记,我是负责延安的政治工作的。"陈书记说完,在严丰年身旁的椅子上坐了下来。

此时躺在他面前这张床上的严丰年,身上缺少革命战士具备的血气方刚,那双幽深的眼眸里,少了一点儿革命的火焰。

陈书记点燃了一支烟,烟蒂在昏暗的屋子里忽明忽暗,严丰年沉默着,他的脑子里不时闪现出王五爷的身影,他佝偻着背,永远都是那身暗灰色的长袍子。他在严家的账房上干了一辈子,谁也不会想到,他竟然会是一名共产党员。

第 *28* 章
革命洗礼

严丰年低垂着脑袋,一声不吭,屋子里弥漫着劣质烟草的气味,陈书记的烟瘾有些大,一支烟吸完,马上又点燃了一支。

"五爷是怎么死的?"严丰年问了一句。好半晌他都想不通,王五爷身份隐蔽,到底是如何被旁人知晓的。他甚至后悔,如果那天他没有冒冒失失地去找王五爷,事情说不定就不会是这个样子。

"被敌人乱刀刺死的。"陈书记说完,狠狠地将手里的烟蒂摁灭在桌上的烟灰缸里。严丰年听得出来,说这个的时候,他语气里有些隐忍的愤怒。

"是因为我吗?"严丰年再次问了一句。一旁的陈书记却并没有立即回答,他那两道剑眉蹙成一团,从侧面看,与严平温有几分相似,但是眉眼之间,又全无相似之处。那双眼眸,跟安再年一样,闪闪发光。

从陈书记的口中,严丰年这才知晓,王五爷在出去送信回来的时候被日本人逮了个正着,最让人不可思议的是,严丰年去找王五爷的那天早上,里屋的房间里躲藏着严平举的贴身随从。

他原本是想要来账房里偷账簿,却不想偷听到严丰年和王五爷的这番话。严平举一直愁着没机会来报复严丰年,带着随从就去了日本人那里告密。

王五爷宁死不屈,死在日本人的刺刀下面,严丰年在巷子里听到的枪声,正是安再年赶来营救他时遇到了日本人。他冒死救出了严丰年,又辗转中共地下党同志,将严丰年送到了延安。

严丰年这才知道,日本人那晚所谓的运药,不过只是一个圈套。而他急于求成,小看了日本人的计谋,不仅造成了极大的损失,还使得王五爷白白送了性命。

"严丰年同志,你不要有思想压力,革命尚未成功,我等仍需努力。为了新中国的到来,有许多同志前仆后继地牺牲了,我们活着,更要坚定心中的信念。"

陈书记走的时候,说了许多激情飞扬的话,如果是在以前,严丰年会觉得心胸澎湃,但是此时,他只觉得沮丧到极致。

因为他的掉以轻心,那么多人白白牺牲了性命。他原本想要保全严家的产业,最终还是落入日本人的手里。他又气又恨。

好几次,他很想了结了自己的生命,可是一想到安再年对自己的信任,想到王五爷宁死不屈的精神,他从床上艰难地起来,扶着墙根朝外走去。

天空有一轮明月,他靠在院墙边的石阶上坐下来,却见不远处的墙根同样坐着一个人。光线有些暗,他看不清。

"你也受伤了?"那人主动开口说话,听口音并不像是北平人。严丰年嗯了一声,精神不怎么好,胸口受伤的地方也有些疼。

"等我伤口好了,我还要去咸阳,我非要把那些狗日的小日本赶出中国。"那人声音洪亮。

严丰年看不清他的脸,但是听他的口气却很是震惊。那人也没有管严丰年是否搭腔,兀自说了下去。

"日本鬼子真是坏透了,杀了我那么多家人,我一定要为他们报仇。过几天我就回去,哪怕我就剩一口气了,我也要跟他们血战到底。"

这番话,不似陈书记说的那么高深,但是却朴实真真。长久萦绕在严丰年心里的阴霾,在那一刻好像消散了一般。

他挣扎着起身,朝东面磕了三个头,他记得上一次是为严平温,这一次却是为王五爷。那人怔怔地看着严丰年磕完头,而后艰难地再次扶住墙根回了屋。

从第二天开始,所有人都发现严丰年跟刚苏醒的时候完全不一样了。他主动找陈书记了解最新形势,延安有许多的学习小组,他撑着伤痛的身体,一个都不曾落下,整整两个月,严丰年就像是一块海绵一般,急切地想要用共产主义的精神洗礼自己的心灵。

一九四一年七月,汪伪政府在日本人的扶持下成立了清乡委员会,旨在巩固其华中地区的统治。第二年八月,汪伪政府在上海成立分会,对南汇、崇明、嘉定、宝山等地大面积实施清乡运动。中国抗日战争进入最艰苦的阶段。

此时的上海,笼罩在一层迷蒙的雾色之中。"哐当哐当"的火车声终于停下来的时候,严丰年这才从窗口探着脑袋往外看了一眼。

他记忆里的上海,貌似并没有多大的变化,只是头顶多了一道狗皮膏药的旗子。他拎着行李箱朝外走,黑色的风衣套在颀长的身体上。

出了那扇门,他习惯性地将头顶的帽檐往下拉了一下。车站的人很多,他一眼望过去,看到不少穿着和服的日本女人,这个曾经盛极一时的大都市,再次彰显了它特有的魅力。

他敛住眉色,那双眼眸迅速在人群中扫视了一眼,而后便往出口走去,在那里,有辆黑色的吉普车正等候着他。

"是严主任吗?"严丰年刚刚走近,车旁等候的男人就迎了上来。他只是"嗯"了一声,回头张望了一下四周,跟在男人的身后就上了车。

"严主任真是准时,局长那边在常春楼摆了一桌正候着您呢。"严丰年的眼眸,只是从车窗的位置斜睨着往外看了几眼,这里的街道,他一清二楚。

"有劳局长费心了。"他淡淡地说道,却并不再多言语。眼神仍旧是投向窗外。

"对了,忘了跟严先生介绍了,我是张局长的秘书王万春,您可以叫我小王,以后还请您多多关照。"王万春点头哈腰地说道,严丰年却只是看了他一眼,牵扯住嘴唇,仍旧是轻轻笑了笑。

见严丰年一直都没有表露自己的态度,王万春觍着脸继续说道:"听说严主任是之前在上海待过?"他探寻的口吻,随之还说了几句上海本地话。

严丰年在上海待过二十五年,他母亲原本就是上海的舞女,自然精通上海话。"我母亲是上海人,在这里生活过几年。"

一路上,多半是王万春不停地说话,也不过是问东问西,严丰年偶尔说两句,多半也只是笑一笑。

车子沿着主干道一直往前走,到了常春楼前停了下来,严丰年还没有下车,就见酒楼门口已经站了一行人,为首的是个中年男人,略微有些发福。

"严主任,你可真是让我们好等啊,来来来,快往里走!"他刚下车,眼神迅速朝站在酒楼门口的那六个人看了一眼,原本想主动伸手跟张局长握手的,却不想那人上前一步,主动握住了他的手。

"让张局长费心了,严某实在不敢当。"严丰年谦虚了一番,旁人一阵恭维,加上张局长的热情,他也只有随着张局长一起朝里走去。

二楼的包房,片刻工夫就是一桌丰盛的菜肴,严丰年坐在张局长的右手边,谦和沉静。

"严主任啊,你初来乍到,这几位恐怕你都还不认识吧?"张局长说着,拿眼看向严丰年。

这屋子里坐着的每一个人,严丰年之前都不认识。这个张局长,也还是一个月之前,他见过照片。

他顺着张局长的意思,说了一句,"还要劳烦局长介绍一下,丰年调任到这里,以后还承蒙各位多多关照。"

张局长听他这么一说,伸手便开始一一介绍,"这位是咱们情报局的王尤尼副主任,他以后就是你的副手。这位呢……"

严丰年的记性很好,在来这里之前,他已经做好了充足的准备工作。汪伪政府在上海的情报局里,有六张关键的牌,而现在,这六个人全部都坐在这张桌子旁。

张局长一边介绍,严丰年一边起身跟对方握手,也不过是一杯茶的工夫,他便将所有人的名字记得清清楚楚。

一顿饭吃罢,张局长又交代几句,让严丰年多休息几天,顺便去上海各处瞧瞧,不用急着去局里报到。末了,又嘱咐王万春带着严丰年去他的住处好好休息。严丰年也是谦和地道谢,送走了这帮人,跟在王万春的身后朝局里给他安排的住所走去。

三年的时间,让严丰年发生了质的蜕变,如饥似渴地学习,使得他很快就掌握了与敌人斗争的方法。在安再年的推荐下,严丰年去了苏联学习,后来经过延安党组织的指派,他以情报局电讯处主任的身份打到汪伪政府内部。

他的简历已经经过了严密修改,情报局里的人无法找出任何破绽,三年的情报工作学习,让他养成了谨慎的作风。他不再是当初那个冒冒失失只有满腔热血的毛头小子了。

"严主任，这就是您的住处。"约莫半个小时，车子停靠在一处小公馆外面，王万春指着身后的一栋小楼冲严丰年说道。

他只是抬头看了一眼，任凭王万春殷勤地拎着他的行李箱朝里走。站在这栋楼的前面，他环顾四周，习惯性地记下每一个标志点。

第29章

刑讯嘶吼

严丰年按照组织上的安排,成功打入汪伪政府在上海设立的情报局,专门负责电讯处的工作。他在延安接受了严格的训练,又被中共秘密送往苏联学习了两年,全新的身份,使得他进入情报局并没有受到怀疑。

严丰年走进情报局的大楼,便感觉到这栋掩映在法国梧桐后面的旧式洋房弥漫着的阴冷。电讯处的电台嘀嘀嗒嗒在耳旁回响,行动处凌乱而仓促的脚步声不时地在楼道里传开。

他安静地坐在属于自己的位置上,偶尔得空去找总务处的黄锡隆领点儿纸笔,顺便聊上几句。黄锡隆是个大嘴巴,凭借大舅子的关系在总务处的位置上坐着,一天到晚清闲得恨不得将办公地点变成茶社。

所以,对于新到的严丰年,他并没有丝毫的戒备之心。几天的工夫,他对少言寡语但是性格温和的严丰年印象颇好,有时严丰年没有过去,他也会端着茶壶晃悠悠地到这边来坐坐。

"严主任,要我说啊,还是你这个位置比较清闲,现在这个时候,哪还有那么多情报啊,上海的共产党都快被我们抓完了。"黄锡隆靠在沙发上,又着两条肥壮的粗腿,一边吮着茶壶嘴,一边大放厥词。

"你别看那个崔宁峰整天瞎忙活,他抓的那些人,不过是滥竽充数罢了。这人啊,争强好胜,不就是想在局长面前表现一下自己吗?"黄锡隆撇了撇嘴说道。

严丰年跟崔宁峰打交道不算少，第一次吃饭的时候，他就发现六个人中要数崔宁峰的心思最深，少言寡语，永远都是板着一张脸。

两个人在局里碰到过多次，每一次他都是毕恭毕敬地叫一声崔主任，但崔宁峰对初来乍到的严丰年，骨子里就是一股瞧不起。就算是工作交接，也多是一副公事公办的架势。

"黄主任，这话可不能乱说。大家都是为局里做事嘛。"严丰年鲜少搭言，对于黄锡隆的抱怨，他说的最多的就是这句话。

"你呀，新来还不清楚，等你以后跟他打交道多了，你就知道他是个什么样的人了。"黄锡隆白了严丰年一眼。"我可是好心提醒你，你可别不当回事啊。"他又是个好面子的人，话里忍不住压了三分。

"黄主任的好意，我当然知道，今晚，我请黄主任一起喝个酒。"严丰年起身，笑盈盈地说道。

两个人正说着话，却听到刑讯室里突然传来一声惨叫。严丰年的脸色唰的一下就白了。他有一种不好的预感在心头弥漫。

黄锡隆同样是十分惊讶，他疾步走向窗口朝下看了一下，大楼门口不远处停靠着整整齐齐的车辆。

"行动处的都回来了，咱们去刑讯室看看热闹去。"黄锡隆说着，上前一步，示意严丰年跟着一起过去看看。

严丰年心里也很好奇，能进刑讯室的绝对不是等闲之辈。行动处这段时间进进出出个不停，他时常从窗口看到他们匆匆离开的身影。

"这个……不太好吧。"严丰年面露难色，局里有规定，各处管好自己的事情，何况他初来乍到，跟崔宁峰并不熟悉，贸然闯入他的刑讯室，到时候指责起来，那不是又落下把柄？

"怕什么？还有我呢，我倒是要看看那个崔宁峰到底在搞什么名堂。放心吧，局长要是过问，有我担着了。"黄锡隆说着，几乎是将严丰年推着跟自己一起往刑讯室走去。

严丰年一路上不停地推辞着，可是脚步却随着黄锡隆到了刑讯室的门口。大门只是虚掩着，严丰年朝里看了一眼，这才发现，连局长都背着手站在里面。

黄锡隆可没管那么多，他径直推开门就走了进去。局长回头看了黄锡隆和严丰年一眼，视线再次回到了前方。

隔着一扇玻璃，严丰年能够看到刑讯室里，崔宁峰正冷冷地站在那里，他手下的一个人拿着鞭子，狠狠地抽打着不远处的一个男人。

那男人低垂着脑袋，一副奄奄一息的模样。双手被套住吊了起来，衣衫褴褛，血肉模糊。额头上的鲜血汩汩地往下流淌。

"说，还是不说？"崔宁峰的声音阴冷尖细落入所有人的耳里，他冷冷地站在那里，一双阴鸷般的眼眸盯着那人。却是站在一米开外的距离，戴着白手套的手，不停地搓着。

严丰年的眼神，死死盯着崔宁峰。因为那个可怕的男人脸上的冷静，就好像有一场暴风骤雨即将来临一般。刑讯室里刑具齐全，他可以变着花样地折磨来到这里的人。

严丰年平静的外表下，写满了担忧。

"这……是什么人啊？"严丰年假装一脸吃惊地问了一句，这毕竟是他来局里第一次面对的事情。电讯处这段时间并没有丝毫的收获，但是行动处却时时刻刻都忙碌着。

"这个人是崔主任刚抓来的共产党，货真价实啊，看来这一次，咱们是要有收获了。"张局长背着手，胸有成竹地说道。那张威严的脸上，没有多余的表情，但是那双深邃的眼眸里，却仿佛绽放着光彩。

严丰年只觉得自己的心胡乱地跳着，他相信每个共产党人对自己信念的坚持，但是革命队伍里，不是没有出现过叛徒。

一方面，他希望这位革命战士一定要坚守住自己的信念，一方面，他又为自己只能眼睁睁地看着自己的同志惨遭酷刑而心痛。他就站在这里，他的同志就站在他的对面，可是他还是什么都做不了。

"说还是不说？"崔宁峰再次冷冷地问了一句，他缓缓地朝一旁的炭火炉走去，而后拿着那个烧红的烙铁，一步一步朝吊着的人走去。

烧红的烙铁，发出赤红的光芒。严丰年只觉得心里一紧，他不知道此时到底该做什么。修长的手指，悄然蜷缩成一个拳头。

他幽深的眼眸，一动不动地盯着那个吊着的人。额头上，不知不觉细细密密就冒出了不少汗滴来。

吊着的那个人，已经虚弱到了极致。崔宁峰并没有等多久，他甚至眼睛都没有眨一下，而是以迅雷不及掩耳之势，将那个烙铁狠狠地贴在了那个人身上。

只听到耳旁传来一声凄厉的惨叫声，这一声比先前所有的叫声都要恐怖，严丰年只觉得，这一声仿佛是穿透到了心里一样。他觉得浑身都冒出了冷汗。

他不敢抬眼去看自己的战友受到如此的毒害，他别过头去，却觉得空气中好像弥漫着皮肉烧焦的味道，这股味道一直在鼻翼前萦绕着，他只觉得恶心到极致，有一种想吐的冲动。

"这人！嘴巴真硬！"一旁站着的黄锡隆摇晃着脑袋发出了一声感慨。这样的事情在刑讯室里经常发生，他看的多了，倒不觉得奇怪。

"你说这些人，值得吗？"他自言自语地说道，而后又是摇着脑袋。那人没有经受多久，就再次昏厥了过去。

崔宁峰使了个眼色，一旁的人拎着一桶水就猛然朝他泼了过去。那人打了个冷战，再次从昏厥中醒了过来。

烙铁贴在胸口到底有多痛，严丰年并不知晓，他的目光如炬，细细看了那个人一眼。对于他来说，这个人只是个陌生的人，但是他相信，不久的将来，新中国一定不会忘记他的牺牲。

他在心底里佩服这个人的意志力，也更加明确了自己的责任意识。张局长并没继续看下去，刚才他还兴致勃勃地想要看到这个人招供，但是现在却有些失望了。

"这些人，都是硬骨头。宁愿死都不肯开嘴巴。"他发了一声牢骚，转身就朝外走，似乎对崔宁峰的刑讯，已经失去了兴趣。

严丰年早就想要离开了，可他那时候是有些不放心，他害怕这个人经受不住这样的严刑逼供。可是现在，他放心了。他跟在张局长的身后朝外走去，面色苍白，心情凝重。

"严主任啊，你们那边可要加把劲。我们最近的任务很重大啊。共产党在上海的势力不容小看啊。"张局长背着手，与跟在身后的严丰年说道。

"局长说得是，在下也觉得责任重大。"严丰年毕恭毕敬地说道。两个人走到楼梯口各自回了办公室。

严丰年的心，却怎么都平静不下来，他在窗口站定，紧锁着眉头。鲜少抽烟的他，在这个时候，却点燃了香烟。仿佛只有香烟里独有的尼古丁才能够让他暂时平静。

他的心不平静，他的血液也不平静。耳旁好像一直都萦绕着烙铁落在身体上的"嗞嗞"声。那种声音，如此清晰，听得他毛骨悚然。

他不停地吸烟，一支接一支，烟灰缸里不一会儿就堆满了烟蒂。他来上海的时候，上级有交代，让他暂时潜伏下来，等待新的联络人跟自己联系。可是，那个人在哪里呢？

第 *30* 章
招供之后

茫茫人海里，他不知道那个联络人到底在哪里，而他唯一能够做的，就是等待着那个人主动来找自己。在某个合适的时间，约定某个合适的地点。

见到刑讯室的那个人时，严丰年甚至担心，要找自己的那个人就是他。他刚来上海才一个星期，一切都非常平静。而这样的平静，让他感到可怕。

整整一个下午，他就窝在办公室里，原本每天下午这个时间，都会去总务处走动走动的。但是今天，严丰年不想动。

他不想动，可是黄锡隆却耐不住寂寞。他端着那个茶壶，大摇大摆地就到电讯处了，而且门都没有敲，径直就推开了严丰年的房门。

"哟嗬！你不会告诉我，刚才把你吓着了吧？"黄锡隆忍不住嘲笑严丰年几句。他咬着茶壶嘴，在严丰年一旁的沙发上坐定，双脚自然地跷起来，搭在了茶几上。

"你看你啊，就是没见过什么世面的人，敢情你们做电讯工作的，成天对着个机器，都快成半个傻子了。今天开眼界了吧？"黄锡隆继续开涮着，严丰年在一旁也是好脾气地赔着笑，并不反驳。

"那人最后怎么样了？"严丰年在桌前的座椅上坐定，漫不经心地问了一句。已经过去了三四个小时了，如果那人没有招供，那么这个时间，也被崔宁峰的变态折磨弄得死去活来了吧？

"能怎么样？他就只有两条路，要么招供，要么去见阎王爷。不过我要是他啊，早就招供了，何苦受这个皮肉之苦呢？"黄锡隆叽叽哇哇地说道。

严丰年却只是牵扯住嘴唇微微笑了笑，"这么长时间了，他还真能扛啊！"他叹了口气，起身再次朝窗口走去。

如果那个人现在已经死了，行动处的人会立刻将尸体送出去。可是他的目光所及，那几辆车还停在原位。

那个人还没有死，他的心就仍然停在嗓子眼里。可是严丰年心底又很矛盾，那是革命的同志，他希望那个人能够挺过这一关。但他又知道，这是根本不可能的。

如果要在苟且的生和壮烈的死中做选择，他宁愿是壮烈的死。死得伟大，死得有价值。

"只不过是承受痛苦的时间长一点儿而已，何必呢？你说崔宁峰这不是变态吗？他那个人啊，内心阴狠，完全就是一个变态。你说，那烙铁烙在人身上，他眼睛可眨都没有眨一下啊。"

黄锡隆继续说道，他对崔宁峰的作为十分不满，所以就在严丰年的面前，开始不停歇地抱怨。突然走廊里传来了急促的脚步声。

黄锡隆快步走到走廊门口，拉开门，正好碰到一个人朝刑讯室跑去，他不由分说一把拉住那个人，"什么事？"他蹙着眉头，声音威严。

"那人招了，招了！"

这一声，清晰地落入严丰年的心里。他最不想发生的事情，还是发生了。那一刻，他无比的沮丧和心痛。他不明白，到底是什么东西，阻碍了这个人坚持自己的信念。

"走啊，还愣着干什么啊？这还真是奇迹，这个时候招了。"黄锡隆是不愿错过任何热闹的，说着就拉住严丰年的胳膊朝刑讯室走去。

张局长还是站在先前的位置上，那双深邃的眼眸再次绽放着光彩。这是本月来，第一个招供的共产党。

严丰年从那扇玻璃望去，刚才被吊着的那个人，此时已经被人松绑下来，医务室的医生也赶了过来，正在帮他处理伤口，他奄奄一息，好像随时都要命丧黄泉一样。

看到自己的同志最终背叛了革命，背叛了党，严丰年恨不得上前一步，严厉地质问他一番。但是在这个时候，他除了保持冷静之外，什么都不能做。

"这个人,崔主任已经盯了很久了。他叫王德伟,是中共在上海的地下党。这人狡猾得很!"张局长伸手指着那个人,主动跟黄锡隆和严丰年介绍道。

身后站了不少行动处的人,个个都是面露喜色,好像是发生了什么值得庆祝的事情一样。严丰年心底的悲哀,不得不细细掩藏起来。

那个人面前摊开了一摞照片,有人将照片逐一放在他的眼前让他辨认,严丰年多么希望,这些作为都是徒劳,可是几分钟之后,崔宁峰却拿着照片从刑讯室里跑了出来。

"局长,他指控的就是这个人。"崔宁峰将照片递送到张局长的面前,张局长那张肥胖的脸立马就耷拉下来。

"赶紧行动,要不遗余力将这个人找到。"他一声令下,崔宁峰得到了命令,立马进去开始安排工作。

严丰年的心一下子就提到了嗓子眼里。他刚才只是瞟见了照片,但是却不认识这个人到底是谁。可是他知道,这个要抓的人是个共产党。

"局长,我可以跟着一起过去吗?我一直都跟机器打交道,这些事情还没怎么接触过。我想去体验体验。"严丰年靓着脸,笑着说道。

他并不知道张局长是不是会答应自己的要求,他是负责电讯处的人,可是此时却申请想要跟行动处的人执行逮捕工作。

"局长,严主任真是该多去历练历练,您不知道啊,刚才他那张脸啊,白得就像是一张纸。"黄锡隆不忘在这个时候嘲笑严丰年一句。

他是个没心没肺的人,甚至很多时候说话都不怎么经过大脑。但是正是因为他这句话,张锦江却意外应允了这个不合常理的要求。

"也好,让严主任去历练历练,这对以后的工作也是有帮助的。"张局长点了头,崔宁峰虽然不乐意,但是他也没有办法抗拒张局长的安排,只好带着严丰年去抓捕王德伟指控的那个人。

一路上,严丰年心里闪过无数个念头,他特别希望这次行动能够落空。譬如那个人提前知道消息隐藏起来了,又或者那个人恰好这段时间离开了上海,这样他就可以想办法营救。

这些都是侥幸的想法,在心底,他更多的是恐惧。他害怕崔宁峰出现的时候,那个人被逮了个正着,看到越来越多的革命同志牺牲,严丰年只觉得心底的寒气越来越盛。

"严主任怎么对抓捕共匪有兴趣?"崔宁峰沉默寡言,对于严丰年跟着要一起去抓"共匪",心底是存有狐疑的。

一个电讯处的人,不好好待在电讯室里工作,却主动要跟着跑出来。这完全就不正常,不过因为这是张局长的安排,他虽然心里不情愿,也没有反驳。

"黄主任跟张局长说我胆子小,局长觉得,我应该多出来锻炼锻炼。何况,这不都是工作嘛,也没什么分别。"严丰年语气很平稳,也并没有说开。

在崔宁峰面前,他是谨慎的,生怕自己的措辞有丝毫的破绽,就被这个人发觉了。他表现出来的唯唯诺诺,还有一副小心谨慎的样子,也着实能够让崔宁峰误以为,他就是个胆小怕事的窝囊废。

"这可比不得你们电讯处的安稳,这是随时要掉脑袋的事情。"崔宁峰的话语里带了几分傲慢,他以自己的工作为荣,尤其是今天抓的那个共产党招供,使得他像是立了大功的人一般。

"电讯工作主要是枯燥乏味,一天到晚要对着电台,都是死脑筋的事情。不过,咱们都是为了工作嘛,没有什么分别。"他一口的谦辞,崔宁峰便不再多说什么。

车子沿着上海的主心道一直往前走,严丰年坐在崔宁峰的旁边,却时不时拿眼光瞟一瞟窗外,给人一种时刻提防着枪子儿的样子。

车子停靠在目的地,一栋红砖瓦房,从外面看,这里是一家旅馆。行动处的人,车子还没有停稳,已经飞奔出去了,沿着狭窄的通道径直往楼上奔去。

崔宁峰没有搭理严丰年,跟着人群就往楼上走。"喂,崔主任,你等等我。"严丰年不知道是哪里来的勇气,声音突然提高了好几个分贝。

他不知道自己该以哪种方式跟楼上的那个人通风报信,这帮人的速度迅猛,指不定两分钟就会敲开那扇门。

崔宁峰的脚步没有停下来,而是继续往前走。五层的小楼,待严丰年出现在那里的时候,崔宁峰正站在一个房间的门口。严丰年气喘吁吁地站在那里。

"崔主任,您跑得实在是太快了。"他两只手撑在大腿上,用胳膊擦着额头上的汗滴,好像一副累坏了的样子。

刚刚到这里的时候,他迅速拿眼睛瞟了一眼屋子里,并没有看到人。此时他倒是放了心。那帮最先冲上来的人,正在屋子里到处搜索。

崔宁峰的脸阴沉到极致,他看向严丰年的脸色,也变得阴冷。

"主任,那人从窗口逃走了。"有人报告的时候,崔宁峰的眼神更加毒辣,他只是在严丰年的脸上扫了一眼,迅速挪移开来。

第31章
通风历险

严丰年听到这个消息,心里却松了一口气,他并不知道那人离开,是不是因为听到自己的声音,还是因为提前得到了消息。

不管是怎么样,那个人此时安全了就好。可是他是个明白人,崔宁峰看向自己的脸色并不好,那么只能说明一个问题,崔宁峰将这个人的逃跑,归咎到自己的脑袋上了。

"严主任,您还真是能耐啊!"崔宁峰恨恨地说完,便转身朝外面走去。行动处的那些人,已经将整个房间翻了个遍,并没有发现丝毫可疑的东西。

回去的路上,崔宁峰一直给严丰年脸色看,他闷着不作声,严丰年主动说了好几次,但是崔宁峰却一直都是不作声。

一行人回到局里,张局长已经在大门口迎候了,他期待着这些人带给自己一个好消息,可是当看到崔宁峰气冲冲地下车时,他这才明白了所有的事情。

"怎么,那人跑了还是死了?"他主动开口问了一句。但是崔宁峰的脸色始终都不好看。他的脚步走得有些急,在这个时候丝毫都没有停下来的意思。

"您这得问问严主任。"崔宁峰再次将话撂到了严丰年的身上。他径直朝里走,仍旧是一副气呼呼的样子。

严丰年则露出了一张苦瓜脸,"这……这怎么能怪我?"他摊开双手,摆出一副无辜的样子。

张德江看了两个人一眼,背着手就转身往里走。这样落空的消息,已经不是第一次了,他完全能够接受。只是今天,那个人能够招供,他一下子萌生了太多侥幸心理。

严丰年的心情,倒是比之前要好了许多,虽然他的行为让崔宁峰不爽,可是能够挽救一个同志,他觉得值得。

"怎么,那人没抓到吧?你看崔宁峰那张脸,拉得就像是个驴脸一样。"严丰年推开自己办公室房门的时候,却看到黄锡隆跷着二郎腿搭在办公桌上。

他见严丰年进来,也没有收敛一下自己的双腿,一脸的幸灾乐祸。"我就知道啊,他也不过是扑个空而已。他这样的人啊,就是自大狂妄。"

黄锡隆说了半天,却见严丰年一直都是一言不发,上前推了他一把。"我说严主任,你不会真的就这么胆小吧?多大的事儿啊,看把你吓的。"

严丰年被他推了一把,身子微微斜歪了一些,但还是一脸的委屈,"他没抓到人,怪在我脑袋上了。"严丰年不高兴地说了一句。

"什么?"黄锡隆瞪大了眼睛,十分兴奋,仿佛是听到了新闻一样,"你是说他没抓到人,就怪你?他这个杂碎,还真是有出息了。"黄锡隆竟然替严丰年打抱不平。"他啊,就是欺软怕硬,你甭理睬他,他要是敢欺负你啊,你跟我说。我一直没修理他,是给了他几分薄面的,他不要蹬鼻子上脸。"

黄锡隆抛出的橄榄枝,倒是让严丰年暂时露出了感激的笑容。"还是算了吧,和气为贵。"严丰年又露出一副老好人的架势来。

黄锡隆摇了摇脑袋,端着茶壶喝了一口,"你啊,再这样懦弱下去啊,你这个主任可真是白当了。"他说着,就从房间里准备离开。

严丰年却在他离开的时候一把抓住了他的胳膊,"这不是有你在吗?"严丰年说着,牵扯出一抹笑容,露出满嘴的大白牙。

"对了,下午的那个人最后怎么样了?"严丰年小声地问了一句。他记得清清楚楚,那个人伤得不轻。一想到王德伟背叛革命出卖自己的同志,严丰年就感到愤怒。

这样的人,如果继续活着,对于党来说,将面临更加巨大的损失。他现在跟上线无法保持联系,但是他绝对不能让这个人活着继续为非作歹。

"听说是送医院去了,还不知道呢。"黄锡隆压低了声音说道。"崔宁峰现在可把那个人当宝贝了,听说请的可都是最好的大夫。你说一个马上就要死的人,有必要这样折腾吗?"他仍旧是一副不屑的语气。

崔宁峰将所有的赌注都押在了王德伟的身上,严丰年听到这个消息,也是十分震惊。他刚来情报局不过一周的时间,许多事情并不怎么了解。

"就是局里附属的医院?"他蹙着眉头,有些不可思议地问了一句,"那里的医生也不怎么的,我刚来的时候去体检,那个人扎针都给我扎了三次。"严丰年的话锋一转,立马就露出幽默的一面,还要撸起袖管给黄锡隆看。

黄锡隆才不屑于看这些,他将严丰年的胳膊推开,说笑着从屋子里退了出去。"你啊,还是当心一些吧,这个崔宁峰就喜欢玩阴的。"

严丰年当然知道,得罪了崔宁峰并没有什么好结果。可是在那个千钧一发的时刻,他除了得罪崔宁峰之外,好像别无办法。

想想今天的冒失,他觉得自己应该去局长那里主动汇报一下,毕竟这件事情跟自己有关系。当他站在局长办公室外面的时候,就听到房间里有声音,他停顿了片刻,还是敲响了那扇门。

"请进。"是张局长威严的声音,严丰年立刻推开那扇门,可是他看到了崔宁峰。这个人此时就坐在张局长的办公桌前面,见到严丰年出现,鼻翼里发出一声冷哼,立刻就别过头去了。

"你们两个人,都是为了工作,有必要置气吗?"张局长的眼神,从崔宁峰的身上挪移到严丰年的身上,作为他们的上级,他并不希望看到如此僵硬的局面。

严丰年上前几步,"崔主任,今天的事情是我不对,我没有做过外勤,不知道规矩。"严丰年低垂着脑袋,一副毕恭毕敬认错的态度。

但是对于他的态度,崔宁峰却是一点儿都没有领情,他别过头,不理睬严丰年。还是一旁的张局长站出来打哈哈。

"崔主任,这件事情要怪啊,岂不是要怪到我的脑袋上,是我让严主任跟着你一起出去的。再说了,工作嘛,失误一次怕什么呢,那共匪咱们都已经知道他的消息了,还怕他跑了不成?"张局长走向自己的办公桌坐定,严丰年也在一旁的会客沙发上坐了下来。

"局长,这件事情怎么能怪您呢?只是我现在要跟您申请一下,以后行动处的事情,只能是单独行动。咱们各个部门都有自己的工作,我不能因为好奇,就去电讯处听电报去吧?"崔宁峰还是在为这个事情生气。

"崔主任,我那里随时欢迎您过去。"严丰年起身,欠着身子一本正经地说道。他越是这样说,崔宁峰心头的这口气,就越是大了几分。

"好了,今天我来说个和,都看在我的面子上,就不要生气了。大家都是为了工作,何况现在工作已经取得了不小的进展,我们应该高兴才是。今晚我做东,大家一起吃个饭,庆祝一下。"张局长笑呵呵地说道。

严丰年慌忙起身,但是他还没有来得及开口,崔宁峰却愤然起身了,"这个饭我不去吃,我这边还有重要的事情要做。"他说完,也不顾及张局长的面子,转身就从房间里退了出去。

崔宁峰走了之后,张局长就将话锋转移到了严丰年的身上,"严主任,今天的事情我听说了,这件事情也不能怪你,崔主任的脾气,是有些古怪,你多体谅一些。"

严丰年又是做了不少的自我检讨,然后在张局长的面前恭维了崔宁峰一阵,这才从张锦江的办公室退了出来。他原本想要去崔宁峰的办公室一趟的,后来想想,还是作罢了。

那个人既然如此排斥他,他此时也没有必要送上门去让对方讨厌。张锦江说好的晚饭,因为崔宁峰的拒绝就此搁置。晚上,严丰年拉着黄锡隆,两个人在小酒馆喝开了。

黄锡隆这个人好酒,但是酒量却不怎么的,两个人喝了不少,都是有些摇摇晃晃的,针对白天发生的事情,黄锡隆自然是打开了话匣子,将崔宁峰的陈年老事,全部告诉了严丰年。

而他最需要的就是这些信息。崔宁峰是直接与共产党打交道的,无数共产党员就死在他的手里,如果这个人不早一点儿除掉,那么就会有更多的人牺牲。

"严主任,去你家继续喝。"两个人跌跌撞撞的,径直就去了严丰年的住处。当然,这源于严丰年说自己家里有一瓶从苏联带回来的好酒。

黄锡隆贪婪,恨不得立刻就品上美酒,所以他跟着严丰年就去了严丰年的住处。黄锡隆一屁股倒在沙发上,等严丰年将那瓶酒拿过来的时候,黄锡隆已经睡着了。

"黄主任!"严丰年上前推了推那个已经睡着的人,但是黄锡隆却是一动不动地躺在那里。他起身朝里走,将衬衫的领口解开两颗纽扣,径直就去了卧室。

第 *32* 章
医院刺杀

窗外夜色正浓。严丰年从卧室里出来的时候，已经换上了一身黑衣，他高大颀长的身形，套上那套黑衣，显得更加的颀长了。

腰际里别好了两把消声手枪，他走到客厅，再次推搡了黄锡隆一把，这个人睡得正酣，喉咙里不时发出呼呼声来。

确保黄锡隆已经睡熟了，严丰年这才打开门走了出去，离开的时候，他刻意看了一眼时间。他住的地方离局里的医院并不算远，从后门出去，然后沿着小路，就能够到达医院的后门。

这个时间点，已经是后半夜了，万籁俱静，倒是没有声音。他蹑手蹑脚，不一会儿就到了医院，值班室的灯还亮着，两个值班护士趴在桌子上已经睡着了。

他猫着腰径直往楼上去，并不知道王德伟现在在哪里，但是他清楚，这个人此时是崔宁峰重视的，只要是他看中的人，那么至少安保措施做得够好。

果然在三楼的拐角处，他看到了守住大门的两个人，那两个人都困倦得不行，此时靠在墙上打盹。

走道里安静得很，没有人说话，只能够听到耳旁不时传来呼吸声。他找了个绝佳的位置，双手把枪，只不过片刻的工夫，那两个人无声地倒在了地上。

严丰年并不知道病房里还会不会有人,他在拐角处寻了一个位置躲藏起来,许久都没有听到动静,这才大胆地朝里走。

可是推开那扇门的时候,他的动静稍微大了一点儿,趴在王德伟床边的一个人醒了。

"谁?什么人?"他的声音刚刚发出来,严丰年此时开枪已经来不及了,他上前一步,一把勒住那个人的脖子,伸手就捂住了他的嘴巴。

那个人还在不停地挣扎着,想要惊动旁人,严丰年自然知道,崔宁峰办事小心,医院的周围肯定还有不少耳目,要是他此时不够小心,那么很有可能就要被这帮人给害死。

他没有犹豫的时间,猛然加大了手上的力道,狠狠地拧住了那个人的脑袋,只听到骨头断裂时发出的清脆声响,而后那人的身体软绵绵地倒在了一旁。

王德伟已经从昏迷中醒过来了,他惊恐万分,尤其是在看清楚严丰年的脸的时候。那双眼睛,瞪得老大。

"你……你是来杀我的?"当他看清楚严丰年的脸的时候,他按响了床头的报警器,走廊里立马就响起了报警声。

严丰年蹙紧了眉头,对于这个叛徒,他深恶痛绝,今天如果不是侥幸,那么因为王德伟,还会有一个革命的同志即将牺牲。

他上前一步,立马朝王德伟的胸口就开了一枪,在医生和护士赶来之前,他飞快地从窗口跳了下去。

"啊!"一分钟之后,严丰年听到楼上传来的惊吓的叫声,这个声音是来自一个女人,他知道,肯定是有医生和护士赶过去,看到人都已经死了。

人死了,那么崔宁峰绝对不会轻易罢休。他迅速在后门换掉身上的衣服,而后沿着来时的小路往回走。这个时候,他的脚步已经变得轻松了许多。

杀了那个叛徒,至少保证了剩下的同志的安全,一想到自己又保全了不少同志,他心底非常的畅快,回到房间的时候,黄锡隆还在呼呼大睡。

他迅速进入卧室,换上之前的衣服,然后回到客厅,一屁股坐在木地板上,然后斜歪在旁边闭上了眼睛。

清晨的阳光分外刺眼,从窗口倾斜进来的时候,严丰年刚刚从睡梦中醒来。尽管这一觉很浅,但是他却觉得睡得很实。

"黄主任,上班了,不能睡了。"严丰年伸手推了一把黄锡隆,他这才迷糊着眼睛醒来,伸手揉着眼睛,缓缓起身。

"啊?我昨晚就睡在这里啊?昨晚也没喝多少啊。"黄锡隆看了一眼满地的狼藉,伸手拍了拍脑门,这才起身,长长地伸了一个懒腰。

"赶紧收拾一下吧,还得去局里,这时间都不早了。"严丰年说着,已经起身去了洗漱间。黄锡隆却是懒得动弹。

"你要洗漱吗?我给你找新毛巾。"严丰年推了一把他的肩膀,黄锡隆却是嘟囔了一句,"不用,我去局里洗。"

十分钟之后,两个人踏上了去局里的路,因为宿醉,黄锡隆的精神并不好,一路上都是一副恹恹的样子。

只是,当他们的脚步刚刚步入局里大门的时候,就感觉到气氛异常的严峻。尤其是黄锡隆的秘书看到他,立马上前打招呼。

"黄主任,局长那边通知十分钟之后开会。"那秘书小声说道。严丰年听了,冲黄锡隆道别,径直朝自己的办公室走去。

当然,他马上也接到了通知。十分钟之后,他晃悠悠地出现在会议室里,崔宁峰一脸冷峻地坐在左手边为首的位置,情报处的胡明玉、档案处的李凤辉、人事处的于翔宇,凡是严丰年见过的有头有脸的人,基本上都到会了。

张锦江是在十分钟之后出现的,他铁青着脸,显然很不高兴。严丰年只是看了一眼,却并没有当回事。他心里已经料定,今天的会议跟昨晚的事情有关。

果然,张锦江一坐定,立马就清了清嗓子,而且将手里的文件摔得"砰砰"响,"敌人可真是胆大包天,连我们的医院都敢闯了。就在昨晚,崔主任抓的那个共匪,让敌人给杀了。"

张锦江的声音提高了好几个分贝,他是愤怒到了极致。严丰年鲜少见到张锦江发这么大的火,他只是低垂着脑袋,保持着一贯的胆小怕事。

"你们说说,我们每天都嚷着要剿共,可是我们身边还有那么多共产党,你们说,我们接下来的工作该怎么开展?"张锦江的怒火,一下子歇不下来了。

崔宁峰的脸自然是阴沉到极致。他对王德伟这个人寄予了厚望,可是他绝对没有想到，竟然有人从他眼皮子底下，将那个最重要的人给枪杀了。

"这件事情，我很想听听严主任的意见。"所有人都沉默的时候，崔宁峰却将话锋挑到了严丰年这里。

昨天发生的事情，使得他对严丰年产生了怀疑，他甚至认为，严丰年就存在通共的嫌疑，只是当他将这个怀疑告诉张锦江的时候，却没有得到局长的认可。

严丰年胆小怕事，刚来才不到一个星期，而且为人谦和，办事靠谱。他这样的人，根本就不具备共产党的特质。

严丰年露出一脸的意外，而后却是一脸的苦笑，"崔主任，你这是拿我说笑呢？"他不好意思地笑了笑，这样的笑，更让人觉得他有些无奈。

"怎么可能是说笑呢？严主任不是对我们行动处的工作很感兴趣嘛，所以，我很想听听严主任的意见。"崔宁峰并没有放过严丰年。

明知道他是故意找碴儿，可是严丰年在这个时候，绝对不能让对方一直抓着自己的把柄不放，"崔主任真要我说啊，我倒是觉得，这个人价值不大。他说是要指证共产党，可是谁知道他指证的那个人是不是真的共产党呢？说不定他就是糊弄我们。"

严丰年的话，说得有几分道理，那些之前跟崔宁峰不怎么善交的人，听到严丰年这么一说，倒是开始随声附和了。

胡明玉夹着雪茄，漫不经心地说了一句，"崔主任，剿共又不是一天两天的事情，你这么急功近利，是不对的。饭要一口一口地吃，剿共也要一天一天地来。"他故意将声音拖长了一些。

黄锡隆不知道为什么，竟然笑出了声，他和崔宁峰关系不好，所以恨不得看到他成为众矢之的。见到张局长投来责备的目光，他赶紧压抑住。

"要是像你们说的慢慢来，这不是剿共，这是早晚被共匪给剿了。"崔宁峰很是生气，但他这话一说出口，立马就招来了所有人的攻击。

张局长需要维护的是大局的稳定，看到所有人都将矛头指向了崔宁峰，他不得不站出来说话，"大家都安静，都是为了工作，崔主任有情绪，是可以理解的。只是我们接下来的工作，就需要更加小心一些了。共匪躲藏在我们的背后，我们看不见他们，但是我们可以凭借我们的嗅觉、触觉、味觉，迅速将他们一个一个地抓住。"

张锦江说得很认真，所有的人也听得很认真，崔宁峰还是在闹情绪，他不理解这些人为什么跟自己作对，他也不理解，为什么他的言行得不到他的局长的支持。他只是哭丧着脸，锁紧了眉头。

严丰年始终都保持着低调的作风，这件事情张锦江没有怀疑到他的身上，他就绝对不能让自己成为张锦江的眼中钉，只是他越来越清楚，在以后的工作里，他必须时时刻刻提防着崔宁峰。

而那个坐在左侧为首位置的男人，紧蹙着眉头，脸上写满着决不罢休的表情。

第33章
弥补破绽

早上的会议,原本气氛就凝重,这件事情出在行动组的问题上,但是作为主任的崔宁峰却不断闹情绪,以至于最后落下个怨声载道的局面。

张锦江需要做的工作,就是维持整个局里的和谐。他清楚每一个部门的重要性,更清楚每一个人在局里的职能。会议进行到一半,草草地结束了,黄锡隆幸灾乐祸地冲严丰年使了个眼色,严丰年缓缓起身,随着人群从会议室里走出去。

他并没有将目光落在崔宁峰的身上,甚至他相信,崔宁峰那双如炬的眼眸,最近一段时间一直会盯在自己的身上。回到办公室,他将房门关上,站在窗口的位置,观察着外面的动态。只要行动组的专车还停靠在院子里就代表那些没有浮出水面的同志是安全的。

"哎哟,我说严主任啊,你还真是沉得住气,刚才要是我啊,肯定跟崔宁峰那个孙子干起来了,你说他到底威风个屁啊。"黄锡隆推开严丰年的办公室门,端着那个紫砂茶壶,一脸的不高兴。

严丰年却只是回头笑了笑,递上一支烟,也不多说。黄锡隆点燃烟,脸上更是盛气凌人了一些。

"你这样为人可不好啊,时间久了,别说崔宁峰不把你放在眼里,我看局里那些人也会狗眼看人低。我老黄不一样,我这个人啊,从来都不欺负好人。"黄锡隆狠狠地吸了一口烟说道。

"这事也怨不得崔主任,他心里不痛快。那天也怪我,好端端的干吗要跟他出去。"严丰年摇了摇头,在一旁的座椅上坐下来。

黄锡隆仗着两个人的办公室隔得近,没事就要到这边来聊天,而严丰年这几天跟他接触发现,这个人其实就是心里藏不住话,他要是知道一点儿最新的消息,总是急于找个人说一说。

黄锡隆愿意什么都说,他倒是乐于都听听。毕竟是初来乍到,对于局里的内幕,他并不怎么清楚。

"那怎么能怨你呢?再说了,张局长不是答应让你去的吗?要怪还是得怪那个崔宁峰,自己没本事,在那瞎嚷嚷。"黄锡隆说完,眉头都蹙成了一团。

"黄主任,消消气,昨晚说好了喝那瓶好酒的,改明儿我给你送到府上去,你慢慢品尝。"严丰年一提到酒,黄锡隆的脸上就露出了笑容。

"昨晚喝多了,人老了,酒量还真是不行。想不到你的酒量也没两下子。"他晃了晃脑袋,一副瞧不起的样子。

严丰年笑了笑,"我那酒量,怎么能跟你比,我要是酒量好,那瓶酒也不会留到现在了。那瓶酒送给你,等哪天嫂子过来了,让她陪你怡情。"严丰年会意地冲黄锡隆说道。

"哈哈!看来你懂我!那我可就不客气啦。"得了便宜的黄锡隆,脸上更是高兴了几分。

"对了,你知道吧?刚才我去局长办公室送东西啊,那个崔宁峰还赖在那里。你说说,一个大男人,整天跟小媳妇一样,没事就在局长办公室里抱怨。"黄锡隆狠吸了一口烟,眉头再次蹙了起来。

这件事情严丰年自然是料到了,他刚才回到办公室的时候,也一直在回想昨晚自己有没有落下什么东西。崔宁峰是个谨慎的人,他不愿这么快就与这个人过招。

对于崔宁峰在张锦江办公室里到底抱怨了什么,严丰年并不知晓。他只是从窗口看到,崔宁峰从张锦江办公室里出来之后立马就带着人出去了。看到那几辆吉普车呼啸而去,他心底不由得一紧。

"看看,这人一天到晚不知道威风个什么,这几辆破车啊,我早晚都要给他收回来。"黄锡隆站在窗口,恶狠狠地说道。

崔宁峰这一趟出去,并没有很快就回来。而严丰年的心里,却不由得七上八下。他面上保持着平静,和黄锡隆说笑着,可是目光却时不时瞟向窗外。

快下班的时候,崔宁峰回来了,严丰年见到,他们还带回来一个女护士。他好像知道了崔宁峰出去的意图,他们一定是去医院寻找线索了。

"这个杂碎搞的什么玩意儿? 带回来一个护士,他想把这里变成怡红楼啊?"黄锡隆是个没有口德的人,只要是跟崔宁峰有关的事情,他定然会口不择言地评论一番。

严丰年没有问过黄锡隆,他和崔宁峰之间的过节到底是什么时候结下的,但对于黄锡隆厌恶崔宁峰,他并不排斥。

"说不定他是找到了什么线索呢?"严丰年淡淡地说道。他知道黄锡隆是一个好奇心十分重的人,只要这样一说,黄锡隆肯定是按捺不住好奇,会去打探消息的。

果然,黄锡隆听严丰年这么一说,愣在那里想了一下,立马就往外走。"我去瞧瞧去,看看到底是怎么回事。"黄锡隆说着,就已经走出去了。

黄锡隆还没有回来,严丰年却被叫了过去。是崔宁峰的下属过来叫他的,严丰年露出满脸的狐疑。"叫我?"他虽然狐疑,还是跟在那个人的身后朝崔宁峰的办公室走去。

推开那扇房门,他发现,不只是崔宁峰,连张锦江也在房间里。当然,还有那个他刚从窗口看到的女护士。

"怎么,大家都聚在这里?"严丰年脸上讪讪地笑了笑,有点儿不自在地看向屋子里坐着的两个人。

"严主任,请你来这里,是想核对一个事情。"张局长微微欠身,端着杯盏说道,"这个小护士呢,说她昨天晚上看到你去了医院,崔主任呢,一心想要查清楚这件事情,所以请我过来,一起问问。"

张锦江的话说得十分的委婉,但是严丰年还是明白了。他当时来去匆匆,确实没有注意到是不是有人看到了自己。他回头看了一眼那个小护士,半晌没有作声。

"严主任,你去没去过医院,心里比任何人都清楚吧。王护士,你只管实话实说,你昨晚看到的那个人,是不是他?"崔宁峰指着严丰年,冲那个战战兢兢的护士问道。

那女护士年纪并不大,想必从来都没有见过这样的阵势。崔宁峰语气咄咄逼人，而那张严峻的脸上，也是一副焦灼。他恨不得立刻就将所有的事情弄个水落石出。

严丰年目光平和地看向那个女护士，语气和缓，"你不用怕，先看清楚，你昨晚看到的那个人，到底是不是我？"他是个英俊高大的男人，说话声音沉稳带有磁性，那护士听了，深深地呼吸了一下，但还是紧张得不行。

"你可要看仔细了，这是我们电讯处的严主任，你昨晚看到的那个人真的就是他吗？"张局长的声音加重了几分，他并不相信崔宁峰的推断。

那护士仔细看了看严丰年，而后点了点头，又摇了摇头。"我……我也不知道，那时候光线太暗，我也没看清楚，觉得像，又觉得不像。"

她这话一说出来，严丰年倒是轻松地露出了笑脸，"如果我昨晚要真是出现在医院，那可真是梦游了，昨天我和黄主任喝了很多酒，他今天早上还是从我屋里出来的。崔主任要是不信，可以去找黄主任来对质。"

严丰年不卑不亢地站在那里，而后就近拣了一张椅子坐下来。他的自信和坦然，恰好挫败了崔宁峰的自信。

"你看仔细了，这个人到底是不是？"崔宁峰的眉头蹙成了一团，声音又提高了几分。那个女护士吓得面如土色，一下子蹲在地上就哇哇地哭了起来。

"我没看清楚，真的没看清楚，我就看到了一个侧脸。"

她这一哭，屋子里就乱了套了，张锦江的脸色，也变得有些难看。他想要维护内部的和谐，但是这个不和谐的声音已经产生了。

"我看，还是让黄主任一起过来吧。"他冲秘书使个眼色，不大一会儿，黄锡隆就大摇大摆地出现在这里。

"哟嗬！崔主任最近的口味不错啊！"他一屁股坐下来，而后跷了个二郎腿，摆出一副盛气凌人的架势来。

"黄主任，昨晚你一直都和严主任在一起吗？"张锦江还是公事公办地问了一句。黄锡隆露出一脸好奇。

"怎么，这有什么不可以吗？昨晚我们一起喝酒，还去了他屋里，后来我们都喝多了，就在客厅的沙发上躺着睡着了啊，今天早上我还是从他那里过来的。"黄锡隆一脸不耐烦地说道。

"崔主任，你不会怀疑到我们头上了吧？你可要弄清楚了，不然的话，我可以去军事法庭告你诬陷。"黄锡隆原本就看不惯崔宁峰，此时占了理儿，就是一副不依不饶的架势。

　　崔宁峰原本是势在必得,但是此时,倒是没辙了。那小护士哭哭啼啼地说了一个没看清楚,彻底推翻了他的臆断。而张锦江显然也不相信自己的推断。他此时孤立无援,就像是一个小丑一样,接受着黄锡隆的嘲讽。

第 *34* 章
尴尬表白

严丰年许久都没有作声，但是他绝对不可以一直都不作声。他相信崔宁峰绝对有那个本事，崔宁峰想要弄清楚什么事情，只要顺着这条线往下搜索，那么一定能够找到线索。

"其实，她也没有认错人，我去过医院好几次，她肯定对我有印象。"严丰年缓缓地开口，只是他一开口，所有人的目光都汇集到他的身上。尤其是崔宁峰。

他有些不可思议地看着严丰年，将这个女护士带到局里来，他是想要证实自己的猜想，但是却没有想到，这个女人竟然害怕到如此的地步。

"你干吗?"黄锡隆小声地冲他使了个眼色，这个时候，应该把所有的事情推得干干净净才是，怎么严丰年这个人，还将事情揽到自己的头上?

"说来你们肯定是要笑话我了，我喜欢上她们那的一个人，这么大把岁数了，不想还遇到了爱情。"严丰年略微羞涩地说了出来，对于这个答案，崔宁峰甚为失望。

"你可能是记错了，我是前天去过你们医院，刚好你们护士长值班，不过我没有进值班室，只是在走廊里看了一眼就走了。"严丰年慢悠悠地说出来。

"你……怎么这事也说啊，那人到底是谁啊?"黄锡隆一脸坏笑地说道，他拿眼睛瞟着严丰年，分明是想要开涮他的节奏。

张锦江对于这样的事情,并没有多大的兴趣,但是他那张经历了沧桑的脸上,还是露出了笑容,"严主任年纪也不小了,男大当婚女大当嫁,这是正常的事情,要是合适,早点儿定下来。"

张锦江的话,说得很实在,而那小护士听闻严丰年这么一说,算是给她找了个台阶下。医院里每天人来人往,她自然是记不住每个人的。

崔宁峰沮丧到极致,命人将那个护士送了回去。从崔宁峰的办公室里出来,黄锡隆就一直围绕在严丰年的身边。

"你快说啊,那个人到底是谁? 我现在很好奇。"黄锡隆越是着急,严丰年却越是很有耐心,他只是闭口不答。

"是不是那个黄晓燕? 是的话你就点个头,我跟她哥哥熟悉,我可以帮你们牵线。这事要是我去说,准成。"他开始毛遂自荐,但是严丰年却一直都是摇头。

"你就甭替我操心了,过几天就知道了。"他卖了个关子,黄锡隆还想要从严丰年的嘴里挖出一点儿有价值的东西,但是发现,这一切都只是徒劳。

黄锡隆离开之后,严丰年却长久地站在窗户前,他觉得自己昨晚行事确实是匆忙了一些,没有经过周密的计划,事情是办成了,但是还是留下了破绽。

刚才为了将整件事情圆起来,他撒了一个谎,说自己喜欢上了医院的一个人,至于这个人是谁,他没有透露。尽管崔宁峰表面上对这件事情一点儿兴趣都没有,可是他还是要把这个戏演完。

三天之后,严丰年打扮一新,抱着一大束玫瑰花出现在医院里。他身形高大,原本就长得好看,略微一打扮,就是个一等一的美男子。

捧着那束花朝医院里面走去,走廊里路过的人不由得多看了他几眼。只是他表情平静,眸子里闪烁着某种光芒。恰巧那天在医院里他遇到了之前的那个女护士。

"王护士,你好。"严丰年主动上前打招呼。那个女护士并没有忘记严丰年,见他捧着玫瑰花出现在医院里,倒是甜甜地笑了笑,还毕恭毕敬地叫了他一声。

"他们后来没有为难你吧?"严丰年关切地问了一句,那护士如实地回答了一下,他又问道,"你们护士长呢?"王护士指了指不远处的值班室,严丰年告辞,径直朝值班室走去。

他并不认识这里的人，只是初来体检的时候见过护士长一面，那是个看上去严谨得有些古板的女人。严丰年对于这样的女人，没有多大的好感。

他突兀地出现在值班室里，护士长姓陈，瘦高个，留着短发，那张脸上鲜少露出笑容，严丰年出现的时候，她正拿着值班记录仔细核对。

"找谁?"她瞟了一眼，视线并没有落在严丰年的身上，继续翻弄着手里的册子。

"找你。"严丰年平静地说道。刚刚查完病房的护士都聚在门口，好奇地看着这个抱着玫瑰花的英俊男人。

"什么事?"陈护士长没好气地说道。两道柳叶眉蹙成一团，似乎对严丰年的造访一点儿兴趣都没有。

"我姓严，在情报局工作，我很喜欢你，这个……"他说着，将那束娇艳欲滴的玫瑰花递到陈护士长的面前，"希望你不要拒绝。"他说完，一脸期待地等着这个女人的发作。

在来的路上，严丰年脑子里闪过了无数个画面，他最害怕的就是这个陈护士长意外收下玫瑰花，那么他的计划就要泡汤了。

他三十岁了，还是单身，理应要找一个女人成家了。可是他清楚地知道，他此时的状况，绝对不可以结婚。

果然，陈护士长的脑袋抬了起来，只是那张清瘦的脸上，却一点儿惊喜都没有，相反被怒气填满了。

她接过玫瑰花，当着所有人的面，猛然朝严丰年砸去。严丰年躲闪不及，被砸中了脸。一旁的护士们，可从来都没有见过这样的场面。

"臭流氓，真是不要脸。"陈护士长骂了一句，硬是抱着那束玫瑰花，将严丰年赶出了值班室。

他风光无限地来到医院，可是此时却是要狼狈地离开。他被陈护士长赶出了值班室，严丰年一点儿都不沮丧。许多人围上来，都是露出好奇的眼神，而后，他转身，捡起地上被打烂的玫瑰花，晃悠悠地朝外走去。

果然，不到一天的时间，严丰年去医院表白的事情，立马就沸沸扬扬地在四周传播开来了。

第二天他刚来到局里还没有坐定，黄锡隆就跟了进来，"好小子，深藏不露啊，想不到你竟然喜欢上了陈莹。"黄锡隆一边摇晃着脑袋，一边得意地冲严丰年说道。

被一个女人拒绝了，正常男人都会觉得丢脸，严丰年就算是不喜欢那个女人，但也还是要露出一副沮丧的表情来。

"你这是哪壶不开提哪壶？"他白了黄锡隆一眼，在桌前坐定，然后点燃一支烟抽上，以此代表自己对这件事情耿耿于怀。

"我说啊，你还真是喜欢这个陈莹啊？你知不知道她现在是什么人啊？"黄锡隆继续笑着说道，严丰年自然不知道陈莹到底是什么人，他要是知道了，他就绝对不会去干这件事情。

"什么人？不会是你亲妹妹吧？"他假装露出一副懵懂无知的表情来。黄锡隆立马瞪了他一眼，而后却是压低了声音。

"她啊，是个寡妇，丈夫都死了三四年了。而且她的脾气，在医院里是出了名的臭，你说说你，那些个护士，哪一个不是水灵灵的，你非要去招惹一个寡妇，你自己说说，这不是讨臊吗？"

黄锡隆这么一说，严丰年倒是觉得自己确实是唐突了一些。他之前没有打听过陈莹的情况，看样子觉得她就是单身，但是却绝对不会想到她竟然是这样的单身。

"寡妇怎么啦？我觉得她挺好的啊。"他知道了真相，却还是要将这出戏演下去。黄锡隆露出一副恨铁不成钢的表情，而后摇头晃脑地就走了出去。

下午的时候，张锦江第一次来到严丰年的办公室里，严丰年立马起身招呼。张锦江坐下之后，脸上却一直都流露出讪讪的笑。

"你的事情啊，我已经听说了。男大当婚，这是好事儿。别灰心，赶明儿我让你嫂子给你介绍一个。"张锦江说笑着，而严丰年却是露出一副受宠若惊的表情。

他对结婚没兴趣，但是对于张锦江特殊的关怀，却要表露出自己的感激。"这个……还真是要让局长费心了。"他露出一副不好意思的表情来，张锦江倒是完全相信了严丰年之前所说的话，他又不痛不痒地说了一些鼓励严丰年的话，让他不要有情绪，要自信，姻缘的事情是早晚的。

张锦江说要给严丰年介绍对象，这件事情还真是大张旗鼓地开始了。周六快下班的时候，张锦江让秘书通知严丰年，周日晚上过来一起吃饭。

对于这样聚会的事情，严丰年自然是不会推辞的。工作的时候各自都忙着手头的事情，一旦闲暇起来，就可以聚在一起，不过说来说去，还是工作的事情。他乐于在这个时候，装作若无其事地去了解一些细枝末节的东西。

吃饭的地方自然是张锦江的家里,据说他的太太做得一手出色的上海菜,严丰年备了一份厚礼,又将自己简单收拾了一下,这才晃悠悠地踩着时间点来到张锦江的住处。

第35章
周末聚会

严丰年到的时候才发现,除了他最晚之外,其余几个人倒是都提前到了。张局长的夫人正在厨房里亲自下厨,他拎着礼物进屋之后,就被招呼着坐下。

崔宁峰、胡明玉、王尤尼正陪着局长在麻将桌上奋战,见到严丰年进来,王尤尼起身,想将位置让给严丰年,却被严丰年给推辞了。

崔宁峰自始至终都没有抬头看严丰年一眼,因为上次的事情,他似乎对严丰年记恨在心,即便此时在张锦江的家里,他也没有露给严丰年一个好脸色。

"严主任,听说你喜欢上了医院的那个陈莹?"胡明玉平日里与严丰年打交道虽多,但是鲜少有机会坐在一起说笑。

严丰年追求陈莹被拒绝的事情,在局里传得沸沸扬扬的。他可谓是一个金龟婿,无论哪一方面都十分出众。而陈莹不过是一个死了丈夫的寡妇而已。

严丰年没有作声,只是讪讪地笑了笑。替他解围的是张锦江,"爱情嘛,都有追求的权利,想想咱们年轻的时候,谁没脑子发热的时候?"

胡明玉是一个小心谨慎的人,知道自己在这个时候开刚才的玩笑有些不应该,便笑着将话题给转移了。而王尤尼作为严丰年的副手,却找了个上厕所的借口将位置让给了严丰年。

"丰年啊，今天我们可是专门陪你啊。"张局长笑着说道，他那张掩藏得密密实实的脸，严丰年有些看不透。他只是知道张锦江平日里都是儒雅温和的。可是他知道，越是这样的人，藏得越深，越是让人捉摸不透。

严丰年立马起身，"这个……在下真的不敢当。"他一边推辞，张锦江示意他坐下来，而后几个人就开始打麻将。

"丰年啊，我让你嫂子帮忙物色了一个对象，女方家里条件不错，还留过洋，我没见过，但是听说知书达理，人也漂亮。跟你挺般配的。"张锦江一边打麻将，一边说道。

严丰年却有些紧张了，他贸然地跟陈莹表白，不过是为了糊弄崔宁峰的，可是现在，张锦江却将这件事情当真，那么接下来，他岂不是下不了台？

"局长，我是个粗人，没读过几句书，这……恐怕不般配。"他微微地推辞，张锦江的夫人在厨房里探出脑袋来。

严丰年进来的时候并没有看清楚，此时才算是见到了张锦江的妻子，略微发福的身材，深色锦缎旗袍，面相看上去很是和蔼。

"严主任，这话可说错了，你现在是电讯处的主任，以后是前途无量。那姑娘我见过，模样俊俏，人也乖巧，前几天你们张局长跟我说了一下你的事情，就赶紧跟那姑娘家里打探了一下口气，他们很愿意。"

这件事情若是落在别人的身上，应该是一个好消息，可是对于严丰年来说，却并不是什么值得开心的事情。"这个……那就有劳嫂子了。"

接下来打麻将，他有些心不在焉，严丰年除了喜欢过颜惜禾之外，还没有为哪个女人动过心。这几年来，他一心想要做出点儿业绩来，潜心学习，时刻准备着为革命牺牲。他没有想过结婚，也没有想过要找个女人安稳地过日子。

吃罢饭，一群男人坐在客厅喝着茶开始闲聊。崔宁峰的话很少，严丰年甚至觉得，他的话少，在某种程度上，跟自己在场有点儿关系。

"严主任，你们那上次监听的几个电台，现在还有最新消息吗？"胡明玉一边喝着茶，一边扭头问道。

严丰年刚来局里不到两天，就接受了监听共军电台的事情。好在这几部电台，现在都已经伪装起来，每天只是定时播报一些无关痛痒的消息。

"没有呢，你那边呢？有最新消息吗？"严丰年慢悠悠地答道。几部伪装起来的电台,根本就不会再有任何有用的信息流露出来。

胡明玉将杯盏放下来,"不会吧,你们说说看,会不会是共军换了电台?这几个频道,我们都监听好几年了,以前从来都没有出现过这样的情况。"胡明玉蹙着眉头,微微发着牢骚。

"做事情,要沉下心来。就算是共军更换了频道,你们也可以慢慢找嘛。不要忘记了我们的本职工作,我们可是做情报的,你们可是一流的人才,难道被共军那几个没脑子的人给吓着了吗?"

张锦江的一番话,倒是打消了胡明玉的担忧,严丰年没有作声,他在延安待过,对于共军的情况非常了解。但是他很庆幸,张锦江有这样的自信。

"对了,崔主任,你们之前抓住的那个共军不是供出了一个人吗? 然后呢,现在怎么一点儿消息都没有啊?"胡明玉又将话题引到了王德伟的身上。

这件事情,刚好也是严丰年一直很想知道的,他曾经假装路过那个地方,从楼下瞟了一眼,发现几个望楼的角落里,都有崔宁峰派去的人在那里守着。

还好他没有贸然前往,不过他很好奇,王德伟供出的那个人,到底是去了哪里。胡明玉的问题,严丰年分明十分感兴趣,但是他还是露出一副漠不关心的样子来。

崔宁峰低垂着脑袋,"跑得了一时,他还能跑得了一世? 早晚都得抓住他。"崔宁峰信誓旦旦地说道,这话像是回答了胡明玉的问题,更像是故意说给严丰年听一样。

"崔主任可要抓紧时间将他抓住,我对那个人也很好奇。"严丰年淡淡地说道,他端着杯子,吹着气,抚弄着飘散在茶杯上的茶叶。

崔宁峰的脸阴沉到极致,"我也很好奇。"崔宁峰说完,屋子里的气氛一下子就凝重了起来,谁也没有说话,周遭一下就沉默了下来。

"对了,张局长,上个月您吩咐要将这几年的情报档案都整理一遍,为什么啊?"胡明玉提出了自己的疑问,严丰年对于之前情报局里发生的事情并不知晓,此时听着,他也只是保持着沉默,不轻易表露出自己的态度。

"为什么? 肯定是有新任务啊。南京那边又给我们布置新的工作了,现在清乡运动开展得很不顺利,汪主席对我们的工作不是很满意啊。"张锦江慢悠悠地说道。

严丰年对汪精卫政府里的事情不怎么清楚,但是他对张锦江口中的新任务,却很是有兴趣。电讯处那边,每日的工作就是负责收听那些监控起来的电台,有时候也收发一下南京方面的电台。

而这几部关联性的电台,此时已经被中共监控了起来,对于严丰年来说,他坐在那个位置上,简直就是无所事事。可这并不代表着他进入情报局就真的只是无所事事,他可以利用自己的职位关系,得到自己想要的信息。

"新任务?又是什么新任务啊?"胡明玉对于张锦江口中的新任务,也是充满了好奇。近一年的时间以来,他们做的所有工作,都是为了配合汪伪政府在上海的清乡运动,而这项运动,更多的只是杀戮和血腥。

"不会又是让我们去抓共产党吧?我看这几个月来啊,上海的共产党都快被我们抓完了。"胡明玉拖长了音说了一句。

在清乡运动没有开始之前,情报处的工作凌驾于行动处之上,崔宁峰所有的工作,都是在胡明玉的情报公布之后开展的。可是清乡运动一开始,崔宁峰几乎抢占了所有的风头。而他这个人孤傲独立风行,不善于处理人际关系,在局里得罪了不少人。

严丰年听得出来,胡明玉对崔宁峰也是满肚子意见,只是他并不像黄锡隆一样的激愤,会时时刻刻将自己的情绪表露出来。

"抓完?你以为共产党就站在我们面前等我们去抓?说不定咱们中间就有共产党呢。"崔宁峰的声音突然提高了好几个分贝。

胡明玉的脸色很是难看,他没有直接与崔宁峰起冲突,而严丰年听了,也并没有表露出自己的观点,他仍旧是端着茶杯,不紧不慢地喝茶。

"崔主任啊,你不要带有这么大的情绪,这段时间工作太辛苦了,好好放松一下自己。和气嘛,大家一起共事,求的就是个和气。"张锦江再次出来圆场,他那张肥胖的脸上,挂着笑容。

"就是嘛,崔主任要是工作压力太大了,就应该好好地休息一下,不要总是散布这些不利于团结的消息嘛。"胡明玉见张锦江已经开腔了,这个时候才嘟囔着说出来,他看了一眼崔宁峰,又将目光挪向了严丰年。

而严丰年却只是嘴角牵扯出一抹淡淡的笑容,瞟了崔宁峰一眼。"崔主任刚才这话,把我们都牵扯进去了啊。"他说着,脸上还是挂着笑容,似乎对于崔宁峰说的那些指桑骂槐的话,根本就不在意一样。

第 *36* 章
临时行动

至于这个新任务到底是什么,张锦江并没有说出口,胡明玉虽然旁敲侧击地问了很多遍,但是也没有从张锦江的嘴里套出任何消息。

严丰年并没有表露出自己对这个新任务的兴趣,他只是以一种漫不经心的状态观察着客厅里坐着的另外三个人,后来他笃定,这个新任务,恐怕与崔宁峰有关,说不定就是行动处组织的一次更加惨烈的清乡运动。

他的猜想,很快就得到了证实。第二天一大早,他出现在办公室里,黄锡隆就跑过来串门。依旧是端着那个紫砂茶壶,一副优哉游哉的样子。

"听说局长要专门给你介绍亲事?"他的消息绝对的灵通,这不过是昨天饭桌上的一句话,严丰年还没怎么放在心上。听到这句话的人,也不过才五个人,但是却以迅雷不及掩耳之势传入黄锡隆的耳朵里。

"是有这么一回事,不过也只是说笑。他们是嫌陈莹那件事还不够解气,拿这个来开涮我呢。"他说着,一边整理着桌面上的东西,一边观察着院子里停靠的车辆。

严丰年心里总觉得今天要发生点儿事情,从昨天张锦江的态度中他可以看出来,这个新任务,非同小可。

"对了,我们这段时间可能要忙了,昨天局长还说南京方面给我们下达了新任务呢。"严丰年假装没当回事似的跟黄锡隆说出来,他觉得,黄锡隆是个消息通,但凡是局里的事情,只要说出来了,他的耳朵就一定能够听得到。

黄锡隆皱着眉头,一脸不悦,"什么新任务? 我怎么没听说?"严丰年跟黄锡隆并不算特别的熟,但是平日里打交道多了,他倒是觉得黄锡隆这个人骨子里有几分心直口快。

他原本想要从黄锡隆那里套一点儿消息的,但是现在看来,这个新任务对于黄锡隆来说,也是一头雾水。

"不知道,昨天局长说的,不过也没有说透,还以为你知道呢。"他笑了笑,掩藏住自己的情绪。

黄锡隆仔细想了想,将手里的茶壶放在桌面上,但是动作却大了一些,"不对啊,这样的事情我怎么可能不知道呢? 他们不会是想要搞什么秘密行动吧?"黄锡隆转动着眼珠,迅速起身。

"我得回去盯着去,他妈的,这群龟儿子,有什么事情竟然想逃过我?"黄锡隆说着,起身骂骂咧咧地走了出去。

严丰年期待着,黄锡隆能够凭借他的好奇心打探出一点儿消息来,但是黄锡隆出来之后,就再也没有进入他的办公室。而他又觉得自己贸然前去专门问这个事情,会让旁人对自己生疑。

所以,他唯一能够做的,就是耐着性子等。可是到了快下班的时候,他实在是等不下去了,索性去了黄锡隆的办公室,却不想,他正仰靠在躺椅上,睡得正酣。

"你们主任睡了多久了?"严丰年冲外屋的秘书问了一句,那是一个年轻的女孩子,见严丰年问起,毕恭毕敬地起身回答。

"从中午一直睡到现在,就没醒。"

严丰年在黄锡隆这里得不到消息,可是他心底却十分着急。他刚回到自己的办公室,就见张局长的秘书王万春来了。

"王秘书,是局长那里有什么指示吗?"严丰年起身,脸上带着笑意。王万春却并没有给出什么反应。

"局长那边通知去会议室开会,现在就过去。严主任,我去通知别的主任了。"王万春说罢,又急匆匆出去了。

严丰年心底狐疑,但还是拿了笔和本就朝会议室走去,待他刚刚坐定,才发现局里各个办公室的一把手和二把手都聚集在这里。

黄锡隆冲王尤尼使了个眼色,王尤尼立马起身,将位置让给了他。黄锡隆在严丰年的身旁坐下,然后打了个大大的哈欠。

"都下班了,还折腾个啥,偏偏这个时候开会。"黄锡隆说着,却是一副根本就没有睡醒的样子。

"昨晚,你不会又去春香楼了吧?"严丰年低声打趣着说道,黄锡隆的老婆在苏州,夫妻两个人好几个月才聚一次,他偶尔会去春香楼玩玩。

"怎么可能?昨晚打了一个通宵的麻将,累死我了。"黄锡隆说着,又打了个大大的哈欠。会议室的房门紧闭着,却不见张锦江出现。

"局长这是在干吗啊?都这个时候了,怎么还不开会?再不开会我可走了啊。"黄锡隆看了看腕上手表的时间,没好气地冲张锦江的秘书王万春说道。

王万春听闻黄锡隆发了牢骚,立马赔着笑脸开始解释,"主任您再等等,局长那边现在有事正忙着呢,马上就过来。大家可以一起聊聊天嘛,好不容易聚到一起。"王万春这个借口,一直拖了快一个钟头。

张锦江还没有出现,但是饭菜倒是送了进来。看到食堂的工作人员将饭菜送到了会议室里,黄锡隆再次发怒了。

"你们搞什么名堂?都下班时间了,让我们都待在这里,我看这不是开会,是软禁吧?"黄锡隆坐在那里,一板一眼地说道。

他平日里就是毫无顾忌地说话,刚才这话一说出来,立马就得到了许多人的共鸣,这个会议拖了一个小时没开也就算了,自始至终都没有见到张锦江的面。

严丰年心底也狐疑,他不时拿目光瞟向崔宁峰,他一个人孤零零地坐在那里,一句话都不说。就好像周遭的人坐在那里,对于他来说,都只是空气一样。

"各位主任少安毋躁,张局长那里真是有事暂时走不开,局长说了,各位主任先吃好喝好,待会儿局长忙完了就过来。"王万春继续安抚着这些已经开始骚动的人。

"崔主任,张局长让您过去一趟。"就在所有人还在发牢骚的时候,王万春却冲一直沉默不语的崔宁峰说了这么一句话。他这一说完,立刻就激起了黄锡隆的反对。

"凭什么啊?既然都是主任,凭什么他可以离开啊?"他横着一张脸,起身就往门口走去,王万春却立马将门口给堵住了。

"黄主任,您不要为难我,我这也是工作,张局长有吩咐,除了崔主任之外,其他各位主任先在这里休息。"

黄锡隆瞥见了门口站了许多警卫,他冷笑了一声,"好,我倒是要看看,今天要闹出个什么花样来。"他说着,返回到自己的位置,端起碗就开始大口地吃饭。

崔宁峰自始至终都没有多说什么,他起身跟在王万春的身后就走了出去。严丰年的目光跟在崔宁峰的身后,而心却忍不住收紧。

他很担心,这是一次秘密的清乡运动,崔宁峰这段时间没有作为,但是不代表他不会厚积薄发。这顿饭,他一点儿胃口都没有。

"你说他们到底在搞什么鬼啊?非要把我们关在这里,难道是怀疑我们中间有内奸吗?"黄锡隆颇为不满地说道。他平日里跟张锦江的交情一直不错,但是今晚的行动,他却是一点儿都不知晓。

严丰年的耳朵警觉地听着外面的动静,过了半晌,他听到车子离开的声音。那一刻,他的内心开始慌乱。

"这可能就是局长说的新任务。"他沉默着淡淡地说了一句,尽管他自始至终都不知道这个新任务是什么,但是他现在明白了,这个新任务与"剿共"有关系,只是换了一种方式。

至于张锦江为什么要将局里所有的主要负责人都聚集在这里,严丰年不清楚。他不得不去想所有的可能性。他是个谨慎的人,这么多年的历练,已经让他改掉了大大咧咧行事不靠谱的缺点。

他没有留下什么大的破绽,就连上次在医院的事情也巧妙地掩盖过去了。可是,今天的事情,使得他不由得想到,自己是否已经暴露了。

他担心自己暴露了,可却浑然不知。这样给了敌人可乘之机。他低垂着脑袋,紧锁着眉头,不停地想着。

"这个崔宁峰,早晚得给他点儿教训。看他还能嚣张到什么时候?"黄锡隆一边骂骂咧咧的,一边摊开胳膊趴在桌子上养精蓄锐。

崔宁峰出去了之后就再也没有回来,而待在会议室的人到了半夜都困了,将就着趴在桌子上睡着,而严丰年却怎么都睡不着。他一直盯着窗口,期待着黎明的到来。

他在脑子里不停地回忆这段时间发生的所有事情,张锦江表面上看着和和气气的,但是他并不是一个糊涂的人。崔宁峰虽然在局里不讨好,但是张锦江还是欣赏他的工作能力,给予他特有的信任。

严丰年知道,崔宁峰是个危险的人物,他必须想办法将这个人干掉。一个人处于迷雾之中,失去了组织的联系,他心底无比的茫然,他恨不得那个隐藏在人海之中的人,早一点儿出现在他的眼前,给他带来光明和希望。

第37章

进步学生

严丰年并不知道这个漫长的夜晚到底发生了什么,他一夜没有合眼,夜幕褪去,光明复来。黄锡隆靠在椅子上呼呼大睡,哈喇子沿着嘴角一直淌到好远。

那扇紧闭的房门从外面推开,王万春红着眼睛朝屋子里看了一眼,却意外发现严丰年并没有睡着。

"严主任,您醒啦?"他觍着脸笑着打招呼,声音却压低了一些。他并不知道,严丰年的眼睛,一夜都没有合上。

严丰年只是牵扯住嘴唇,努力挤出一个笑容来,"我得去趟厕所,憋得厉害。"他这么一说,王万春有点儿不好意思了。

"严主任,让您受委屈了。局长让我过来通知大家,现在可以回去了。"王万春眼眸里绽放着光彩,这个消息对于屋子里的其他人来说,可算是振奋人心。

严丰年没有多问,两个人说着话的时候,屋子里的其他人都已经醒了。黄锡隆伸了个大大的懒腰,起身抹了一把嘴角的哈喇子。

"不是说开会吗?你个浑蛋,忽悠老子!小心老子去告你软禁!"黄锡隆的嚣张跋扈一下子就显露出来了。他并没有把王万春放在眼里,哪怕这个人此时是张锦江的秘书。

王万春听闻黄锡隆将所有的罪责都怪在了自己的头上，立马上前小心翼翼地赔不是，"黄主任，您这可冤枉我了，小的就算有十个脑袋，也不敢忽悠您啊。这可真是局长的指示，我只是传达了局长的指令。"

王万春觍着脸解释，但是黄锡隆自始至终都不买账。他还是横着一张脸，目光在屋子里扫视了一周。

"那你解释一下，崔宁峰为什么没有在这里？你口口声声说是局长开会，局长去哪里啦？"他嗓子又扯高了几声。

屋子里的人，也算是局里有头有脸的，能在这个地方混，多少是有些关系的，他们不敢在张锦江面前抱怨，但是在王万春面前，却敢跟着帮腔。

"就是啊，凭什么他不在这里，却把我们都关在这里？"面对所有人一起发难，王万春也是十分为难。

"昨晚有行动，这都是局长安排的，我只是听从指示。大家要还是有疑问，我这就请示局长，让局长过来给大家解释。"

王万春将张锦江搬了出来，屋子里的人面面相觑，他们可没那个胆量找张锦江质问这件事情。

"行动？什么行动？我们怎么不知道？单单把我们都关在这里，王秘书，你说，这是不是崔宁峰的主意？"黄锡隆脑筋转得倒是很快，立马就反应了过来。

王秘书也是一张苦脸，他干着吃力不讨好的事情，这帮人根本就不买账。无论是崔宁峰还是张锦江，哪一个他都不敢得罪。可是眼前这个黄锡隆，绝对的难缠。

"这个……我还真不知道。"王万春一张苦瓜脸摆在那里，黄锡隆十分嫌弃。"滚，我自己去找局长问个明白。"

黄锡隆说着，大踏步从房间里走了出去。严丰年之前嚷着要上厕所，当然也跟着一起出去了。

"你跟我一起去吧。"黄锡隆猛然转身，看到严丰年跟在自己的身后，立马想到将严丰年拉入自己的阵营里。

"我……肚子疼，憋了好半天了。"严丰年捂着肚子，马不停蹄地朝洗手间跑去，黄锡隆在后面骂骂咧咧了几句，而后就往张锦江的办公室走去了。

严丰年从厕所的窗口朝外望去，那几辆旧式的吉普车此时安安静静地停靠在院子里。昨晚到底发生了什么，他并不知晓。

他从洗手间里出来，径直朝自己的办公室走去。许多次，他都很想找个借口到处转一转，但是他没有。他没有立即回家休息，他在等待着黄锡隆过来跟自己汇报消息。

果然半个小时之后，黄锡隆从三楼"噔噔噔"往下走，严丰年从门缝里见到他下来，冲他打了个招呼。

"怎么，你还没回去?"黄锡隆脸上已经没有先前那样的怒火了，见到严丰年在办公室里探出头来，他停住了脚步，径直朝这边走来。

严丰年递上一支烟，办公室里的同事还没有来上班，两个人坐了一会儿。

"怎么回事? 张局长没有骂你吧?"严丰年漫不经心地问了一句，似乎他对于昨晚的事情，一点儿都不关心一样。

但是他清楚，黄锡隆是个藏不住事儿的人，果然，他的话刚说完，就见黄锡隆脸上再次升腾出怒气。

"你说说，那个崔宁峰到底在耍什么花招?"黄锡隆蹙着眉头，狠狠地吸了一口烟，一脸的不耐烦。

"怎么了? 每次一提起他，你就火冒三丈的。这事儿跟他有什么关系啊?"严丰年轻轻笑了一声，不轻不重地问道。

"怎么会没关系? 他不是一直要剿共吗? 我刚才才知道，他们昨晚是去抓学生了。现在刑讯室里关了好几十个学生了。"

黄锡隆的话刚刚说完，严丰年只觉得心里猛然浸入了凉水一般。汪精卫打压进步学生的事情，他不只是听说，还经历过。

上海清乡运动进行得如火如荼，学生上街示威游行的事情，基本上每天都会有。但是学生们也没有做任何过分的事情，这些正当的凤愿，政府不该横加干涉才是。

严丰年的眉头微微蹙成了一团，"那他们要怎么处置?"他的心为那些学生而担忧，一想到刑讯室里发生的那些惨烈的事情，他不由得紧张了起来。他不能眼睁睁看着这些人将那些无辜的学生杀害。

"这个你还不知道吗? 崔宁峰那个丧心病狂的人，能干出什么好事情来? 局长昨晚之所以把我们都关在会议室里，就是怕牵涉咱们。"

黄锡隆把这些都说出来的时候，严丰年彻底明白了。他现在并不能完全肯定崔宁峰请求张锦江这么做，是不是跟自己有关系，但是他十分清楚，关在刑讯室的那些学生,此时跟自己有很大的关系。

他不可以让那批人受到伤害,坐在那里,严丰年紧锁着眉头,他鲜少吸烟,但是此时却吸得很猛。

"还是早点儿回去休息吧,只要这件事情跟咱们没关系,就别插手。崔宁峰不是想要表现自己吗?这一次他可是摊上事儿了。这帮学生可比不得那些共产党。"黄锡隆摇晃着脑袋起身。

严丰年自然知道,崔宁峰抓这批进步学生,不过是为了泄愤罢了。但是学生缺乏斗争的经验,许多事情上凭借的只是意气用事。他担心那些学生白白受到伤害。

张锦江那里已经安排他们今天不用上班,回家好好休息。严丰年没有理由继续留在办公室里。

"我只是不明白,局长到底凭什么信任这个崔宁峰,我看他就是个神神道道的刽子手。学生上街闹腾一下,算得了什么啊?你说这个人,抓不住共产党,就拿学生出来泄愤。"黄锡隆一路上,一直喋喋不休指责着崔宁峰。

严丰年对这件事情也颇为不满,但是他更多的不是在抱怨,而是着急。对于黄锡隆的话,他多半并没有听进去。

回住处的路上,他买了一份当日的报纸,希望能够在上面搜寻到这次行动的相关消息。这几日以来,他一直关注着最新的动态,并没有听闻任何有关进步学生闹事的事情。

一夜没有合眼,他却丝毫没有困意,来到情报局已经大半个月了,之前说好的联络人到现在也还没有出现,他就像是跌入了深海一样,想要找到一个前行的方向,但是怎么都看不清前面的道路。

那批学生到底有多少人,为什么被关进了刑讯室,接下来崔宁峰会怎么去对待他们,一系列的问题在严丰年的脑海中拥堵着。

他亟须上级的指示,因为这一次如果营救,他面对的不是个体,而是一个群体。他不能眼睁睁看着那么多人受到伤害。

但是此时,他却是无能为力。重新返回局里去打听这件事情,只会让人对他起疑心,他除了按兵不动之外,什么事情都做不了。

他从黄锡隆那里得到了一些有用的信息,但都只是一些细枝末节的事情。毕竟这件事情跟自己没有多大的关系,没有谁会去担心那些进步学生的命运。

严丰年见过崔宁峰的凶残,一想到那个人拿着红烙铁烙在王德伟胸口的场景,他到现在还不能平静。王德伟是个革命战士,但是最终还是没有坚持住自己的信仰。

那这些无辜的进步学生呢? 他们手无寸铁,长期生活在学校里,缺乏基本的斗争经验,若是崔宁峰惨无人道地对这些学生用刑……严丰年不敢接着往下想。

他将报纸扔在桌上,去洗漱间洗了一把脸,照常站在窗前环顾了一下居处的四周,检查了一下屋子里的摆设是否被人移动过。做完这些基本的工作之后,他这才半躺在床上,打开了手里的报纸。

第 38 章

寻找接头

就像是往常一样,严丰年打开报纸,先看了一下要闻,然后循着每页的小广告一个一个看过去,连那些最不起眼的寻人广告都一字不落看了一遍。

"九弟,母病危,住长隆医院,盼归。"

这是一则不起眼的寻人广告,战乱年间,报纸上充斥着各种各样的寻人广告,妻子寻找失散的丈夫的,逃难寻找失散的孩子的,老人寻找子女的……

可是这则不起眼的小广告,却让严丰年的眼前不由得一亮。他在北平的时候,所有人都叫他九爷,但是三年之后,已经没有人记得他之前的身份了。

他打入汪伪政府在上海的情报局时,上级考虑到他的身份特殊,深入敌人内部工作危险,因此并未将他跟上海的联络人的身份公布。只是让他等待,如果上海地下党发出联络的信号,则是通过这样一则寻人广告。

严丰年已经等待了许久,这则寻人广告就像是黑夜中的一丝光亮一样,让他在迷茫的路途中看清了前进的方向。

刚刚袭来的困意,此时已经被这个消息振奋了。当他听闻有一批进步学生被关押起来的消息时,心急如焚。而这个消息,却冥冥中像是及时雨一般降临。

他起身，迅速穿戴整齐就朝外走去。沿着门口的大街走了一阵，他特意在路旁的包子铺里吃了早餐，叫了一辆黄包车，慢悠悠地朝长隆医院而去。

整个过程，缓慢而平静。可是他内心却一点儿都不平静。他不知道此时是否有眼线跟着自己，每一个拐弯处，他都会回头去查看，好在一直都没有发现什么情况。

长隆医院在租界区里，算是半公半私的性质，不过来这里看病的人，多半都是外国人，而且以日本人为主。

严丰年进入医院之后，手里拎着一个看望病人的果篮，他环顾四周，不时张望着。那个人并没有留下联系方式，只是说了长隆医院。

不过他并没有一点儿慌张，拎着果篮径直朝五楼走去。五楼是五官检查科，严丰年之前并没有到这里来，至于他为何确定那个人就是在五楼，这还真是一个秘密。

果然，当他的脚步刚刚到达五楼的拐角处时，就见到一个穿着改良式旗袍的女人也拎着果篮朝这里走来，相同的是，在他们的手里，都拿着当天的报纸。

"怎么会是你？"严丰年开口问了一句。那人冲严丰年使了个眼色，他便不再作声，跟在这个人的身后朝后面的住院部走去，那里有一个小花园，视野开阔。

严丰年没有想到的是，这个人竟然是局里医院的陈莹。他记得前几天他刚跟陈莹表过白，这个冷冰冰的女人，毫不留情地拒绝了自己。

他不会想到，这个冷冰冰的死了丈夫的女人，竟然会是延安安排跟他接头的联络人。跟在陈莹的身后，严丰年只觉得脑子里乱乱的。

他一直以为上级给自己派的联络人是个男人，却没有想到竟然是个女人，而且还是一个跟他有尴尬交集的女人。

陈莹的脚步沉稳，一直走到小湖边的长椅上她才停下来，两个人站定，目光却是朝四周望去，这里视野开阔，没有任何的遮挡物。

"见到你很高兴。"陈莹说着，主动伸出了右手。只是此时的她，与之前严丰年见到的那个陈莹完全不同。那张冷冰冰的脸上，带着盈盈的笑意。

"你怎么……"严丰年的话到了嘴边就停了下来，能够在上海立足的中共地下党员，都是有自己特定的身份。他只是没有想到，陈莹竟然就在自己的身边。

"这个……不便透露吧。以后就由我负责跟你联络。"陈莹声音很有硬度，她看向严丰年的眼眸，使得严丰年不知道为什么就是不敢直视。

"之前的事情……真是不好意思了。"严丰年不由得想起那件事情来，他犹豫了好几次，还是决定说出来。毕竟以后都是革命的同志了，不能有那么多的间隙。

如果他知道陈莹是自己的联络人，无论如何也不会闹出那么大的笑话。他是个大男人，可是面对感情的事情，还是有些扭扭捏捏的。

"没什么，倒是我让你成笑柄了。"陈莹落落大方，似乎从来都没有将这件事情放在心上。她这么一说，严丰年只能讪讪地笑了笑。

"上次医院的事情，是你做的吧？组织上已经知道了，不过你以后行事一定要小心一些，这些事情，你还是不要亲自动手。"陈莹环顾着四周，声音压低了一些说道。

严丰年很是震惊，他记得自己那晚在医院里并没有看到陈莹，可是这个女人就像是长了一双眼睛一样，一眼就能够看穿他。

他那个时候只是急着要将已经叛变的王德伟干掉，并没有其他多余的想法，现在陈莹一说起，他也想起自己从延安离开的时候，上级给他的指示。

他来到情报局，只是为了窃取情报，打乱他们的计划，保护更多的革命同志。至于任务的具体执行，他不必为这些事情烦心。

"上次的事情太危急了，我没考虑那么多。王德伟叛变了，我怕他指定的那个人……"严丰年没有说完。那天他跟着一起去的，他知道事情有多危急。

"他指定的那个人我们已经提前转移了，你对上海的地下党工作不是很熟悉，只要其中有一个人暴露了，跟他有关的人会迅速转移。所以，就算是情报局得到了我们的消息，也没有办法立刻就抓住我们。"

陈莹一点一滴地说道，严丰年倒是吃惊不小，他没有想到上海地下党这边的管理竟然是完全单线联系，一方面他佩服这样的管理模式，另一方面他还是为牺牲的战士感到惋惜。

"对了，情报局那边昨晚抓了不少进步学生，现在正关在刑讯室里。"严丰年急于将这个最新的消息汇报给陈莹。

陈莹脸上的淡定，让他明白，这个消息上海中共地下党已经知晓了。陈莹示意严丰年不要那么紧张。

"我今天来找你，就是为了这个事情。"她说着，再次环顾了一下四周，靠在栏杆的位置上，脸上挂着淡淡的笑容，从旁人的视野里来看，特别像是一对恋人在此谈情说爱。

"组织上怎么说？"严丰年微微蹙着眉头，他也是一筹莫展。如果只是一两个人，他还能够想出办法营救，但是这么多人，他却一时间没有办法了。

陈莹沉默了片刻，"组织上的意见是，进步学生一定要营救。只是这一次营救，我们都不能出面。"

陈莹的话还没有说完，严丰年已经着急了。所有人都不出面，如何营救学生？他只能是耐着性子靠在栏杆处听陈莹继续说下去。

"上级给了我们指示，这件事情你只需要配合一下就行了。我们不仅要营救学生，更重要的是保护好你的安全。"陈莹的目光，平和地落在严丰年的身上。

"现在国内的舆论一致都是指责汪精卫投靠日本的，何况在上海的清乡运动，也遭到了全国的抵制。我们这边会尽快联系国际媒体，将这件事情曝光。"

陈莹说完，严丰年已经明白了。但是他还是担心，现在汪伪政府已经跟日本人勾结在一起，国际上对于日本侵华的事实，也多半是睁只眼闭只眼。

陈莹好像是看出了严丰年的担忧，"你放心，这件事情我会尽快安排好的，到时候你只需要负责让这些记者进入情报局就行。"

至于具体如何安排，陈莹和严丰年两个人又细细聊了一阵儿，不知不觉就到了晌午的时间。陈莹看了看时间，提出要离开。

"那我们以后怎么联络？是来这里，还是去你那边？"严丰年回头问了一句。他并不知道接下来自己该如何跟陈莹联络。

流言蜚语好不容易才停歇下来，他难道要在这个关头上跟陈莹联络上吗？无论是长隆医院，还是局里的医院，好像都不怎么适合两个人的联络。

陈莹并不是严丰年眼中那个清高的寡妇形象，她是一个具备充足经验的革命战士。当严丰年提出这个问题的时候，她浅浅地笑了笑。

"下一次怎么联络，我会主动来找你。你等消息就行。"她说完，就像是来的时候一样，拎着那个果篮就朝一边走去。而严丰年则在长椅上坐了许久。

他感觉到沉寂在身体里的血液一点一点沸腾，组织上对他工作的安排，他一直了然于胸，但是他没有想到跟自己联络的那个人竟然是个女人，而且还是一个他熟悉的女人。

他现在明确知道，接下来的工作就是如何来营救那些进步学生。陈莹的自信和坦荡，给了他信心，但是他还是觉得这个信心不够。他清楚地知道崔宁峰的手段，如果张锦江对崔宁峰的行为姑息纵容，那么那些学生能够受得了吗？

第 *39* 章
临时约定

知道陈莹就是自己的联络人之后，严丰年觉得蒙在眼前的雾霾正一点一点地消失，原来漂浮不定的心，也渐渐安定了下来。

这一天大清早，严丰年刚刚进入局大楼，就在前厅碰到了局长，严丰年赶紧上前去打招呼。

张锦江在门口签到处签完字，点了点头就朝楼上走，忽然想起什么，又转身冲严丰年招了招手。严丰年赶紧加快脚步走近了几步。

"局长，有事？"严丰年脸上带着笑容问道。

张锦江环顾了一下四周，一副神秘兮兮的样子。"严主任啊，晚上抽个时间，上次不是跟你说了，要给你介绍个对象吗？这个事情是你嫂子安排的，姑娘已经约好了，据说是她表妹的同学。"

张锦江这么一说，严丰年还真是想起这回事来。不过这些都是那天开玩笑的结果，他原本就没有当真，却没有想到局长夫人还把这件事情放在了心上。

"局长……这……"严丰年一时间不知道如何来表达自己的想法。他没有想过要成家，现在对女人也没有多大的兴趣。

何况这个人还是局长夫人介绍的，又是表妹的同学，一来二去，算是跟局长也扯上关系了。他的身份特殊，无论如何都不能扯上这一层复杂的关系。

张锦江眉毛挑动了一下，"这也是工作！晚上七点，国锦饭店。位置已经给你们订好了。好好表现。"张锦江说着，伸手拍了拍严丰年的肩膀。

他是曾听闻张锦江有"妻管严"之说，既然这是局长夫人安排的事情，那么对于严丰年来说，这应该比政治任务还要重要才是。

张锦江说完，转身就朝楼上走去了。这样一门亲事，无论是谁要是攀上了都会开心无比。可是严丰年的心，却始终都提不起兴趣来。

他满脑子都想着，该如何跟局长说一声，自己现在还没有对婚姻有任何的憧憬。这几年的革命工作，已经将他对爱情和婚姻的那点儿希冀彻底磨灭了。

他愁眉苦脸地坐在那里，不一会儿黄锡隆就进来了，依旧是端着那个紫砂茶壶。见到严丰年蹙着眉头，一脸苦恼的样子，他忍不住开涮。

"怎么的？昨晚上发生什么事儿啦？这张脸拉得跟驴脸一样。"黄锡隆跷着腿搭在茶几上，一点儿都没有将自己当成是外人。

严丰年心底乱七八糟的，听到黄锡隆这么一说，更是觉得烦闷不堪了。"你说，局长给介绍的姑娘，我能推掉吗？"

他此时也是真的不知道如何是好，所以才说出口。可是他忘了，黄锡隆可不是一个能够商量的人，他唯恐天下不乱。

果然，听严丰年说完，他立马就哈哈大笑了起来。"我说是怎么回事呢？敢情是要去相亲啊。这是好事儿啊。"他说着，又凑近严丰年一些。

"这事儿是局长给介绍的？那你小子以后可赚了，以后有大树靠着好乘凉啊！"黄锡隆起身，连续在严丰年的肩膀上拍了好几个巴掌。

他是摊上好事儿了，可是这个好事儿他一点儿都不想要。但他还不能拒绝。

"你啊，也不要多想，反正就是一顿饭嘛，不喜欢那个姑娘，就当是认识一个朋友。"黄锡隆继续说道。

严丰年的心思已经不在这个上面了，他从窗口望去，见到崔宁峰带着几个人开着吉普车又出去了。每一次见到这个场景，他都觉得心底不由得一紧。

"这个崔宁峰，到底在玩什么把戏，每天都开着那几辆吉普车到处去溜达，小心我扣他们车。"黄锡隆摁灭了烟头，忍不住发了一阵牢骚。

"你要是真扣了他们的车啊,我得叫你一声哥。"严丰年咧开嘴突然笑了。他厌恶崔宁峰,但是却对这个人无可奈何。

下班的时候,严丰年从办公大楼里出来,却在去国锦饭店的路上遇到了陈莹。显然这样的相遇并不是什么巧合。

他环顾了一下四周,然后才走上前去跟陈莹打招呼。"陈护士长,好巧啊。"严丰年装作是恰巧碰见的样子,那双沉静的眼眸直直地盯着陈莹。

而陈莹的脸上,也跟他一样都是冷冷的表情,"严主任,好巧啊。"陈莹说着,稍微走近了一些,声音也跟着压低了一些。

"去路德咖啡厅,那里安全。"她说着,微微笑了笑,而后起身就朝一旁的咖啡厅走去。严丰年顿了顿,确定没有人跟踪之后,也跟在陈莹的身后进了路德咖啡厅。

这是一家法国人开的咖啡厅,每个位置都是一个独立的卡座。两个人在窗前靠里的位置坐下来,从这里可以看到外面的情况,但是外面的人却不能轻易发现里面的状况。

陈莹坐定,要了两杯咖啡。严丰年记得陈莹曾经交代过,如果没有特殊情况,他们是不会轻易见面的。而今天陈莹突然来约自己,只能说明有情况要发生了。

他不由得想起崔宁峰出去的事情,那些人一直到下班时间还没有回来。严丰年并不知道崔宁峰带着那些人去了哪里,也不知道他们到底是做什么,可是他能够想象得到,所有的事情肯定是与"剿共"有关。

"有情况了吗?"严丰年压低了声音问道,但是面上,却保持着一副放松的样子。他习惯了掩饰,无论是在什么情况下,都要将自己的言行尽量掩藏起来。

"你那边什么情况?"陈莹优雅地端起咖啡杯,嘴角牵扯住,露出一抹淡淡的笑容来。她穿着一身宝蓝色缎面的旗袍,原本身材就高挑,此时倒显得有几分优雅和知性。

"进步学生还关在刑讯室里,旁人不能接近,现在也不知道是什么情况。下午的时候,崔宁峰带着一帮人出去了。"严丰年将自己知道的情况,一一跟陈莹汇报了一下。

他此时渴望得到一些最新的消息,哪怕是给他安排一点儿任务也好。崔宁峰的动态,局里只有张锦江是知道的。但是这个老狐狸,不会轻易告诉任何人。

"放心吧,上海地下党的同志,这段时间都在转移,他那边暂时不会有什么情况的。不过进步学生那边,我这次是有具体安排的,需要你帮忙配合。"

陈莹的话,算是给了严丰年一个定心丸,只要暂时没有别的同志有危险,那么他就可以安安心心地处理营救进步学生的事情了。

"报社那边的记者,我已经联系好了,大概明天上午十点多到。到时候你只要负责让他们进去就行。"陈莹又将具体的情况安排了一下。

严丰年听得很认真,忙完这件事情,天色已经很晚了。他在回去的路上,满脑子都在想着明天该如何去接应记者的事情,却将相亲约会的事情给忘了。

第二天一大早,当严丰年刚刚出现在前厅的时候,就见张锦江一脸怒气朝他走来。"严主任,待会儿来我办公室一趟。"

严丰年原本有些丈二和尚摸不着头脑,但是张锦江的脸色,却让他立刻意识到了问题的严重性。他昨天是真的将这个事情忘记了,可是相亲这件事情是局长夫人安排的,岂不是让局长在夫人面前没面子?自然也就得罪了局长。

"局长……我……"严丰年乖乖地跟在张锦江的身后朝局长办公室走去,张锦江背着手,一脸的不高兴。

"严主任,我可真是一番好心。可是,你不想去,可以提前跟我说嘛,人家一个大姑娘,在那里等了你两个小时,回去的时候还哭哭啼啼的。你让我这张脸,真是没地方放啊。"

张锦江一副夸张的语气,严丰年原本就没有打算去,后来也是确实遇到了事情,所以就把这个事情给忘了。

"局长,这个事情是我的错,是我一时疏忽大意,昨天在路上遇到了一个朋友,多聊了几句,就把这个事情给忘了。"严丰年连忙道歉。

张锦江的脸色稍微缓和了一些,"丰年啊,你是王局长托付给我的,你的婚姻大事也是工作任务之一。我很器重你啊。"张锦江语重心长地说道。

严丰年连忙点头如同捣蒜一般,"局长说得是,这些丰年都记在心里了,要不是局长对我照顾,我也不会这么快就能够在局里立足。"他又是将之前的事情道歉了个遍。

张锦江倒不是一直抓着这个事情不放,而严丰年心底还记挂着那批记者的事情,所以脸上也显出几分着急离开的神色。

"待会儿有事情?"张锦江看到严丰年脸上的着急,忍不住多问了一句。

严丰年伸手挠了挠头,"刚碰到黄主任,他说有点儿事儿,让我去找下他。"

这个借口,任何人都能找,严丰年和黄锡隆不知道什么时候打成了一片,张锦江似乎想要说点儿什么,但是最终却还是什么都没有说。点了点头,示意严丰年出去。

第 *40* 章
营救学生

严丰年从局长办公室出来的时候,恰巧路过刑讯室,他完全是出于好奇朝里面看了一眼,虽然大门是掩着的,但是他还是清楚地听到了里面的惨叫声。

那一声来自学生的惨叫,一下子就将他的心拉到了嗓子眼,他没有经过任何人的允许就拉开了那扇房门。却见着好几个人,正对着一个男同学拳打脚踢。

两道剑眉不由得就蹙成了一团,他恨不得上前阻止这样过分的行径,但是在那个时候,他除了阻止自己这样贸然的行为之外,什么都不能做。

"严主任,您有事儿吗?"立马有人迎了上来,毕恭毕敬地冲严丰年问了一句。严丰年收敛了一下脸上的表情。

"没什么,刚才局长问起崔主任,我就过来瞧瞧。"严丰年说着,心底虽然是一万个不放心,但还是将脚步从房间里迈了出去。

他迅速回到自己的房间,黄锡隆已经在他的座位上等着了。"快说说,昨晚的约会怎么样嘛。"黄锡隆对这样的事情却很是八卦,而严丰年此时却一点儿心情都没有。

"黄了,没见大清早就被局长叫过去训话了吗?"严丰年没好气地说道,他抬腕看了一眼时间。刚才在刑讯室并没有见到崔宁峰,离陈莹说的时间,已经只差一个小时了。

他并没有看到所谓的国际记者过来,也不知道那些人到底能不能起作用,此时进步学生已经遭到了刑讯逼供,如果任凭这件事情发生的话,那么会有更多无辜的人卷入这场血风腥雨之中。

"你小子啊,可别因为这件事情得罪了局长啊,到时候有苦果子吃。"黄锡隆又叽叽哇哇说了一阵儿,严丰年忙着手头的事情,他便端着茶壶走了出去。

情报局有好几个门,一个是正门,还有一个是侧门。按照陈莹所说,要将记者从正门放行进来。这里面是有难度的,他一直站立在窗口眺望着正门附近的动态。

后来点燃了一支烟,这才晃悠悠地朝正门走去,到了门卫处,他假装昨天有东西落下了,询问了一番门卫处有没有拾到,却见一大群记者已经涌了过来。

"你们都是干什么的?"门卫处的两个卫兵已经走了出去,拿着枪杆子阻挡着这帮记者的进入。

"我们是路透社的记者,我们有事情要采访张局长。"为首的是一个年轻的中国女记者,她身后跟着的都是一帮外国记者。

"有什么事情改天跟我们局长先预约,今天局长不在局里。"那门卫也是见过世面的人,恐怕这样的事情经历的并不少。

严丰年此时也管不了那么多,他从门卫处探出脑袋来,立刻就被那个女记者给逮住了。"这位先生,您是这里的工作人员吧?"那个年轻的女孩子一双水汪汪的大眼睛冲严丰年问道。

严丰年还没来得及回答,那门卫冲严丰年叫了一声,"严主任,麻烦您帮忙通知一声崔主任,让他赶紧过来下。"

严丰年的动作迟缓了一些,他身体朝后靠了一下,却不小心按动了闸门的按钮,那帮记者如同潮水一般立马就涌了进来。

两个门卫想要阻止这一群人的涌入,根本就没有办法。"快,阻止他们进去。你去通知崔主任。"在这个关头,严丰年却安排着两个门卫分头行事。

那两个人此时正是六神无主,严丰年这么一说,倒是立马开始着手各自的事情。严丰年努力让自己站到那群记者的面前。

"各位记者朋友,我们局长今天真的有事情,大家有什么事情需要采访我们局长,可以问我。"那帮记者来势汹汹,不由分说,已经将严丰年逼到了大楼的前厅。

去禀报的门卫,迅速带着张锦江出现在这里。严丰年一张苦脸上前迎了过去,"局长,这帮记者嚷着要见您,我拦都拦不住。"

这里来了热闹,黄锡隆自然是不会错过了,尤其是当他见到严丰年也在这里,立马就从楼上下来,站在了严丰年的身边。

"怎么回事?"他压低了声音问道,目光在那帮记者的身上扫来扫去。情报局因为有行动处,所以常常会招惹一批记者过来,但是从来都没有一次像是这么大规模的。

张锦江训练有素,慢悠悠地上前一步,那张老奸巨猾的脸上挂着笑容,"各位媒体朋友,很高兴你们能够到我们这里来视察工作,不过今天确实不方便,鄙人待会儿有个会议,要出去一趟。改天……改天我专门设宴邀请各位前来采访。"

张锦江笑着说道,但是那帮记者丝毫没有离开的意思。尤其是为首的那个中国女记者,她毫不畏惧地上前一步。

"张局长,我们这次来,是要采访进步学生被刑讯的事情。根据可靠情报,情报局的行动处在八月十三号的晚上,逮捕了八十九名进步大学生。我们现在强烈要求释放这批学生。"

张锦江听闻这帮记者来这里的意图之后,脸色倒是稍微缓和了一些。那些外国记者,拿着相机不停地拍照。

"这都是传闻,我们情报局不会做出这样的事情来。可能是误会。"张锦江努力去掩饰着这件事情。

但是所有人都没有想到,在这批记者涌入的时候,已经有人不知不觉地进入了大楼里。张锦江的话音刚落,就听到一个男人的声音。

"他说谎,在二楼拐角的那个房间里,有好多学生被关押着,现在正在受刑。"严丰年朝那里看过去,是一个金发碧眼的男人,但是他的中国话说得极好。

"张局长,请您现在就下令释放这批无辜的大学生,否则我们将会把这件事情发布到国际上,让所有人都知道这件事情的真相。"那个男人说话直接,而张锦江被人戳中了要害,此时也是分外的尴尬。

他的脸色十分难看,抓这批学生的时候,他一直都是不同意的。在革命时期,学生常常涌到大街上示威游行,是最寻常不过的事情。但是利用暴力来打压学生,这样的行径定然会受到公众的抵制。

"这件事情,我会尽快去答复,我相信,这一定是一个误会。"张锦江还在努力隐藏着,但是那帮记者却已经不淡定了。

"快,去把崔宁峰叫来。"张锦江面临这样的发难,心里已经没有底气了。这是崔宁峰要做的事情,但是却捅出了一个大娄子。

去叫崔宁峰来的人,却并没有将崔宁峰带来。张锦江一时间没有办法给这些记者一个交代,只好答应,会立刻调查清楚之后放人,并给所有人一个交代。

他口口声声承诺了半天,这帮记者才很不信任地离开。严丰年和黄锡隆也跟在张锦江的身后朝里走去。

"简直就是胡闹!"张锦江恼羞成怒,他最讨厌的就是摊上这样的事情。崔宁峰这段时间"剿共"有功,但是这一次抓了这么多学生过来,却是给局里带来了麻烦。

果然,等张锦江回到办公室不久,南京那边就给他打来了电话。黄锡隆和严丰年就站在局长的门外,听到张锦江毕恭毕敬地在那边唯唯诺诺地答应。

"看看,这回闯祸了吧? 这个崔宁峰,这次肯定要死惨了。"黄锡隆幸灾乐祸地说道。而严丰年自始至终都是一副冷静的模样。

他知道,崔宁峰不会遭遇多大的打击,但是一想到那批进步学生能够被释放,他倒是觉得今天的虚惊一场也不是什么大事儿。

之前陈莹跟他讲述革命要团结各方面的力量时,他还是将信将疑,可是这一次,他对陈莹的作战经验很是佩服。

十分钟之后,黄锡隆和严丰年出现在张锦江的办公室里,张锦江的脸都气绿了,坐在靠椅上,微闭着眼睛不停地吐气。

"赶紧把崔宁峰给我叫来,没有给我办成一件好事,尽是惹事的。这件事情到底是怎么弄到南京方面的? 这些记者又是怎么知道的?"张锦江很是恼火,一个人不停发问。

严丰年低垂着脑袋不作声,黄锡隆却是鼻翼里发出一声冷哼,"这些事情啊,局长待会儿可得好好问问崔主任,我看他啊,剿共有些过了。这是要搬起石头砸自己的脚啊。"

黄锡隆最擅长的莫过于煽风点火了，现在张锦江对崔宁峰很不满，他还不忘落井下石。果然，他的话音刚落下，张锦江的话匣子立马就再次打开了。

　　"好好的，干吗抓一批学生过来，这不是成心捣乱吗?"张锦江拍着桌子说道，而后起身，端起茶杯喝了一大口水，背着双手，在屋子里不停地踱步。

　　严丰年心底算是松了一口气，只要这批学生能够安然无恙，那么其他的事情也就好办了。

第 *41* 章
火上浇油

"对了,那个崔宁峰今天怎么没有过来上班?"张锦江的怒火还没有消散,黄锡隆又跟着补上了一句。他坐在座椅上,蹙着眉头,一脸诧异的样子。

"严主任,你今天看到崔主任了吗?"当着张锦江的面儿,黄锡隆故意跟严丰年演这出戏。尽管严丰年不喜欢在背后搞这样的小动作,但是一想到崔宁峰残暴地对待这些无辜的学生,他还是帮腔了。

"我好像还真是没有见到崔主任,他今天早上应该没有来吧,会不会是出去了?"严丰年说完之后,就见到张锦江的脸色愈加的难看了。

"去,立马给我把崔宁峰叫来。"张锦江怒不可遏,冲着一旁站着的秘书王万春吼道。王万春弓着腰立马就出去派人找崔宁峰了。

"局长,您可不要为了这么点儿小事就气坏了身体。不过这一次啊,崔主任还真是做过火了。这件事情要是闹到报社去了,到时候南京政府那边,还不得拿您出气。他倒好,这事弄得好,全是他的功劳,弄不好,您还得帮他背黑锅。"

黄锡隆这么一说,所有人都明白。张锦江本来就是一只老狐狸,崔宁峰总是信誓旦旦地想要去"剿共",大多时候他都是睁一只眼闭一只眼。可是这一次,崔宁峰竟然把火烧到他的身上去了。

今天这件事情如果处理不好,那么明天南京那边的电话就会打到他这里来。当着那么多记者的面，张锦江觉得自己的老脸都被丢尽了。

严丰年自始至终都没有再多说些什么，他能够看得出来，黄锡隆是铁了心的要落井下石，而张锦江心底的这把火，也已经成功被点燃了。

果然，半个小时之后，崔宁峰急匆匆地来到了张锦江的办公室。他仍旧是一身黑色的中山装，瘦削的身材裹在空荡荡的衣服里，那张清瘦的脸上，两道眉头紧蹙着。

"局长，您急着找我，到底什么事儿？"崔宁峰显然还不知道外面发生的事情，或许他知道一些，却知道得不够详细。只是看到黄锡隆和严丰年此时就坐在张锦江的办公室里，他倒是有几分意外。

"崔主任自己做的事情，不会不清楚吧。今天局长差一点儿就帮你做了替罪羊。"黄锡隆端着茶杯，慢悠悠地说道，也没有抬头看向崔宁峰。

崔宁峰蹙着两道眉，再次将目光看向张锦江，而张锦江的脸色十分严峻，他靠在椅背上，阴沉着脸，视线却挪移在一旁。

"你今天去哪里了？"许久之后，张锦江抬头看向崔宁峰，但是脸上的怒火却一直都没有消散。他欣赏崔宁峰的办事态度，但是对于他这样冒险的行为，却有几分不满。

张锦江想要将一件事情做到极致，他可以给这个人一些机会和空间，但是他绝对不会允许任何人将麻烦引到他的身上来。

崔宁峰愣了一下，"外面有点儿事情，我出去了一趟。我刚听说，有媒体的人来这里了。"崔宁峰简单回答了一下，他还不知道学生要被释放的事情。

张锦江伸手拍了一下桌子，声音虽然不大，但是落入旁人的耳朵里，却有几分震惊。"崔主任，剿共的事情我不干涉你，但是你也不要给局里惹麻烦。今天这些媒体的人能够跑到局里来闹事，那么他们也可以到南京那边去闹事。这要是捅了娄子，你来背吗？"

张锦江的声音莫名就提高了好几个分贝，崔宁峰一直沉默着没有作声，黄锡隆脸上的幸灾乐祸他当然能够看得到。

但崔宁峰是个冷静的人，就算是有两个看笑话的人坐在屋子里，他还是不怒不喜。直到张锦江的怒火终于发泄完毕，他这才缓缓开口。

"局长，这件事情，是我疏忽了。不过那批学生，真的是有问题的，根据可靠线人汇报，他们就是在上海地下党的组织下，有计划有预谋地上街游行示威。您再给我一天的时间，我一定将那个共产党揪出来。"

崔宁峰为了能够"剿共"，还真是特别地下功夫。严丰年不喜欢这个人，是因为他身上带着过于浓厚的阴鸷气息。黄锡隆不喜欢这个人，是因为崔宁峰太喜欢出风头。一个无名小卒处处抢风头，那么只会落下众叛亲离的下场。

"哟嗬！崔主任雄心壮志啊，我等佩服！"黄锡隆不紧不慢跟了一句。崔宁峰听了，脸色有几分难看，但是他并没有反驳。

"这件事情到此为止，你要剿共我不会拦着你，但是学生的事情，你以后就不要沾了。我可不希望因为你丢了这顶乌纱帽。"

张锦江一怒之下给崔宁峰下了通牒，严丰年的心才微微落了下来。

"还有，那批学生我准备放了，我希望你能够深刻反思，记住今天的教训。"张锦江的话，让崔宁峰十分震惊。

"放了？局长……不是，您怎么能把这批学生放了呢？我从他们口中好不容易得到了一点儿消息，您就放啦？"崔宁峰一时激动，声音也跟着提高了一些。

对于崔宁峰这个态度，张锦江十分不满。

"崔宁峰，你最好弄明白你现在的身份。"张锦江气得不行，猛转身怒气冲天地拍了一下身旁的桌子，崔宁峰还想要说什么，却不得不将所有的话都压抑到嗓子眼里。

十分钟之后，严丰年和黄锡隆从张锦江的办公室里出来，黄锡隆的心情很不错，严丰年也是。

"老严啊，你说我这是怎么了，每次看到崔宁峰那个龟儿子挨骂，我怎么就那么开心呢？"黄锡隆一边把弄着手上的戒指，一边得意地说道。

严丰年轻轻扯动嘴角，露出一个淡淡的笑容来，"看来，你和他是前世的死对头。"他说得漫不经心，可是这样一说，黄锡隆心底却更是觉得舒畅。

"我就是看他不顺眼，第一眼就觉得他这个人阴气太重。你说他杀了那么多共产党，难道就不怕有一天遭报应去了阴曹地府吗？"黄锡隆鼻翼里发出一声冷哼说道。

报应的事情，严丰年一直都相信。上天对每个人都是公平的，崔宁峰做了这么多伤天害理的事情，他定然会受到应有的惩罚。

"他也是咎由自取。"严丰年并不多说。可是他心底还是有疑问，刚才崔宁峰说他已经从进步学生口中得到了可靠的消息，那么这个可靠的消息到底是什么呢?

"对了,刚才崔主任说他找到了可靠的线索,你说他不会是又抓到了共产党吧?"严丰年假装不清楚地问了一句。

崔宁峰是否抓到了共产党,黄锡隆并不感兴趣。可他就是看不惯崔宁峰,所以他不希望这个人在局里耀武扬威占了头功。

"呵!他有什么本事啊? 放心吧,我在他身边安插了内线,他那边要是有什么消息啊,我这里会第一时间知道。"黄锡隆咬着茶壶嘴得意地说道。

他这么一说,严丰年不由得对黄锡隆有几分刮目相看。他心底排斥崔宁峰,也恨不得他所有的计划都不得逞,可是他却什么都不能做。

但是黄锡隆却不一样,他是局里的元老,而且在南京那边有很多关系,张锦江平日里对黄锡隆不错,甚至黄锡隆在张锦江面前大放厥词,也不会受到指责。

"黄主任果然足智多谋啊!"严丰年不由得夸赞了几句。黄锡隆也很是受用,没有谦虚,只是咧开嘴笑得很开心。

"对了,今天早上你去门卫处干什么啊? 我那时候看到你出去了。"黄锡隆突然话锋一转,却问到了这个问题上。

严丰年原本就做足了功课,"昨天回去的时候丢了一支钢笔,我记得下午出去的时候在门卫处签收了一个邮件,所以就去那里找找了,不想还碰到一帮记者。"

严丰年说得很自然,而这件事情,黄锡隆当时也在场,他知晓严丰年填写邮件的事情,所以严丰年这么一说,他也没有放在心上。

严丰年从办公室出去的时候,恰好在走廊里碰到了崔宁峰,这个满脸都蒙着阴沉气息的男人,此时就像是受了颇大的委屈一样。尽管那张瘦削的脸上,一直都弥漫着怒气,但是紧蹙着的眉头,却透露出一股不服输的表情。

他的眼睛看向严丰年,就像是射出了光一般,严丰年心底不能平静,他总觉得这个崔宁峰好像能够看穿自己的心思一般。

可就算是这个男人能够看穿自己的心思,他还是保持着以往的平静。"崔主任还好吧?"他脸上挂着淡淡的笑容跟崔宁峰打招呼。

两个人擦肩而过,但是崔宁峰却仿佛是没有看到严丰年一般,从他身旁走过,鼻翼里发出一声冷哼,而后头也没有扭一下,对于如此冷傲的崔宁峰,严丰年没有在意,那个人从他的身旁走过,像是刮了一阵寒风一般。

第12章
紧急牵手

这件事情好像就此过去了，崔宁峰因为挨了张锦江的批评，最近的工作斗志似乎是小了一些。每天看着停靠在院子里的那些吉普车一动不动，严丰年心里就觉得舒坦了许多。

在楼道里遇到崔宁峰的时候，他都会礼貌地跟这个阴郁的男人打一声招呼，至于崔宁峰是否会点头或者应声，严丰年一直都不曾介意。

每天他都待在自己的办公室里，黄锡隆会过来插科打诨说一些听到的小道消息，有时候他也会去黄锡隆办公室里凑凑热闹，日子就这样平静地往前推移着。

而陈莹那边，一个多星期了也没有跟他联系。考虑到陈莹的安全，他没有贸然出动。他渴望这样的平静，可又害怕这样的平静。

"这个崔宁峰，现在就跟缩头乌龟一样。以前吧，成天不见他在办公楼里转悠，我还觉得很清静，这几天老看见他，觉得烦得很。"黄锡隆没事的时候，就喜欢跟严丰年发发牢骚，多半的牢骚是跟崔宁峰有关。

严丰年不知道黄锡隆和崔宁峰之间的梁子到底是什么时候结下的，他笑了笑，还是问出了口，"你跟崔宁峰之间，到底是怎么回事啊？"

黄锡隆叹了口气，"不是我跟他结梁子，是他自己挑事。你说他不就是个行动处的主任吗？说好听点儿，是个干事的，说不好听点儿，不就是个跑腿的吗?"黄锡隆的话匣子这就打开了。

"我一个表弟之前在他手下做事,这我可是跟他打了招呼的,要他帮忙罩着点儿,他倒好,出去办事,拉我表弟给他挡枪子儿,你说一个好端端的大小伙子,现在都成了瘸子。"黄锡隆说得义愤填膺。

严丰年虽然不知道具体是怎么回事,但是听黄锡隆这么一说,他大概明白了。

"那这个崔主任确实不对,他是行动处的主任,怎么能拿自己兄弟的命不当命呢?"他说着,配合着黄锡隆的话,也跟着蹙了蹙眉头。

"哼!早晚有一天,我要让他栽在我的手上,别看他现在人模狗样的,指不定到什么时候,他还有求于我。"黄锡隆信誓旦旦地说道。

严丰年知道,想要凭借自己的力量将崔宁峰干掉,这绝对不是一件容易的事情,但是如果借助旁人的手,那么他乐于成全这样的事情。

"大家都是为局里做事嘛,你也没有必要为了这样的事情跟他置气,没必要的。"严丰年假装上前劝慰了几句。

黄锡隆是那种你越是劝说他,他还越是得劲儿的那种人。对于严丰年的劝说,他并没有放在心上。

"此仇不报非君子,走着瞧吧。到时候你就好好看一看,我是怎么让崔宁峰死得难看的。"黄锡隆脸上冒着怒气,严丰年却只是轻轻笑了笑。

到了下班的时间,黄锡隆嚷着要出去会友,严丰年也落了个自在,他沿着回家的路慢慢地走着,脑子里却想着该如何除掉崔宁峰的事情。尽管这个事情他还没有跟陈莹汇报,也没有征求组织的意见。

"严主任,好巧啊!"严丰年低垂着脑袋只顾着走路,却听到前面有一个人叫了自己一声,他一抬头,就看到陈莹拎着手提包朝这头走来。

这样的巧遇,在旁人看来绝对是最自然不过的事情,但是两个人都是心知肚明。见到陈莹出现,严丰年就知道,这是上级有事情要委派给自己了。

他脸上露出了笑意,缓缓地朝陈莹走过去,但是目光却迅速朝四周望了一眼,确保安全,这才迎了上去。

"陈护士长也刚刚下班。"严丰年的声音并不小,这只是一句寻常的打招呼罢了。两个人边说着话,边往前走。

"上次的事情,组织上怎么说?那批进步学生现在没事了吧?"严丰年压低了声音问道,这件事情已经过去一个星期了。他不敢向任何人打听这件事情,只能偶尔从黄锡隆的口中得到一些相关的消息。

陈莹的脸上带着淡淡的笑意,"严丰年同志,组织上对你上一次的表现很满意。那批进步学生我们已经送到了安全的地方,你那边最近可好?"陈莹的声音里带着严丰年熟悉的激情。

"我很好,请组织上放心。如果组织允许的话,我希望组织上能够答应我一个请求。"严丰年犹豫了一下,想要将心底的想法说出来。

陈莹的脚步顿了顿,她在一个凉亭的位置站定,目光落在严丰年的身上。站在自己面前的男人,成熟稳重,那张俊朗的脸上,是革命者才有的坚定。

"有什么请求,你可以跟我说。我可以代你向组织汇报。"陈莹示意严丰年坐下,两个人在凉亭里坐下来。这里并没有什么人,视野开阔。

严丰年没有犹豫,他抬起那双深邃的眼眸看向陈莹,"我希望组织上允许我除掉崔宁峰。"严丰年说得很是认真,他期待着陈莹能够给予自己一个肯定的答复。

一想到崔宁峰做出的那些丧尽天良的事情,他觉得自己有责任有义务将这个革命的敌人除掉。这段时间崔宁峰暂时失去了张锦江对他的信任,如此难得的机会,他并不想错过。

"不行,这件事情太冒险了,如果失败的话,你一定会暴露。"陈莹立马就打断了严丰年的话,对于这样一个大胆的请求,她唯一能够做的就是拒绝。

陈莹比任何人都要知道严丰年此时的重要性,组织上耗费了那么大的精力,才将严丰年送入情报局,如果他此时暴露了,那么这些努力也就前功尽弃了。

"严丰年同志,我希望你能够理性一点儿看待革命的形势,你现在对于组织来说,很重要。我们还有更重要的任务需要你去做。"陈莹的脸色阴沉了几分。

严丰年还是有些不甘心,"我实在是不愿意看到崔宁峰那个浑蛋继续杀害我们的同志了,他前几天说已经找到了一个共产党,可是一个星期过去了,却一点儿动静都没有。"严丰年将心底的疑惑说了出来。

他觉得这一切并不像是崔宁峰的作风,若是在以前,崔宁峰找到了共产党的踪迹,必然会如同猎狗一般去追踪,但是现在,他却并没有那么做。

崔宁峰如同丧家犬一样蛰伏在局里,这样异常的举动,只会让此时的严丰年感到震惊。他心底却十分不安。

"这些事情,你不用去担心,早晚我们会好好给他一个教训的。"陈莹说得很淡定,严丰年心底里的担忧却并没有散去。

他沉默了下来,低垂下脑袋。严丰年总是觉得,有些事情自己好像是忽略了,可是到底是哪里有了疏忽,他却一时想不起来。

他蓦然抬起头看向远方,却发现不远处的树丛里躲着一个人,那一刻,他无法用语言形容自己心底的震惊。

那个人离他和陈莹的位置较远,并不会听到这里的说话声,何况刚才两个人一直都是压低了声音的。

严丰年冲陈莹使了个眼色,她也迅速看到了那个盯梢的人的存在,两个人交换了一下眼神,却仍旧是愉快地交谈着。

"严主任,这个事情,我不能答应你。"陈莹说着,起身准备离去。这句话声音提高了好几个分贝,估摸着那个躲藏在暗处的人一定能够听到。

见到陈莹要离开,严丰年急中生智,"陈护士长,我是真心的,希望你能够好好考虑一下。"严丰年上前一步,拦住了陈莹的去路。

所有人都能够看得出来,严丰年这是在追求陈莹。他之前抱着那么一大束玫瑰花去医院向陈莹表白,却遭到了陈莹的拒绝。但是现在,他却约着陈莹到一个凉亭里继续表白心迹。

"严主任,你如果是工作上的事情,我乐于跟你交流,如果是感情方面的,我希望你还是自重。"陈莹说完,一把推开了严丰年。

"陈护士长,我真的是很喜欢你的。"严丰年再次说道,但是陈莹的脚步却加快了几分,就好像是一个人落荒而逃一般。

这出戏,原本就是为了演给那个人看的,严丰年有些落寞地站在那里,再次瞟向那个地方的时候,躲在树丛里的人已经离开了。

他只觉得一阵后怕,崔宁峰对自己的冷淡,他从一开始就看出来了,以前,他不过是将崔宁峰的这种冷淡视为对一个新人的排斥,但是现在,他却不敢这样妄加定论了。

严丰年觉得,这个崔宁峰从一开始就怀疑着自己的身份,那一日在旅馆发生的事情,崔宁峰从来都没有放下。

他为自己刚才的行为而感到震惊,甚至暗暗下定决心,以后行事一定要多加小心。知道崔宁峰将盯梢的目光落在了自己的身上,他便觉得,更应该提高警惕了。

第 43 章

突然一惊

严丰年知道崔宁峰对自己有了怀疑之后,日常做事也就更加小心谨慎了一些。这一日,黄锡隆赖在严丰年的办公室里唠嗑,门口传来轻轻的敲门声,而后张锦江笑着走了进来。

"都在这里呢。"张锦江的步伐稳健,一眼就瞥见了坐在沙发上的黄锡隆。他仍旧只是笑了笑,对于上班时间黄锡隆不在自己的办公室,却跑到严丰年办公室里讲闲话,他却只字不提。

"我到严主任这里啊,有点儿事情要跟他商量一下。局长亲自过来,是有什么好事情要宣布?"黄锡隆立马找了个借口敷衍过去了。

张锦江那里一般有什么事情,都是让秘书王万春传达,但是这一次,他亲自过来。严丰年早已经起身,毕恭毕敬地站在那里。

黄锡隆觍着一张脸,倒是不跟张锦江客套。但是从这些细微的接触中,严丰年能够看得出来,张锦江和黄锡隆的关系非同一般。

"明天不是休息嘛,我邀请你们二位到家里坐坐,也就是陪我打打麻将,不知道你们二位意下如何啊?"

张锦江喜欢打麻将是真,这一点严丰年刚来局里的时候已经听黄锡隆讲过,之前他曾经去过一次,当时黄锡隆并不在场。

"这当然好啊,刚好我明天也没事。严主任,到时候一起啊。"黄锡隆立马起身热烈响应,严丰年原本就没有想过推辞,听闻黄锡隆这么一说,他也毕恭毕敬地说了一句"恭敬不如从命"。

因为这一次同行有了黄锡隆,严丰年心里倒是多了一些底气。上午十点多的时候,两个人不约而同地出现在张锦江的家里,这一次没有见到崔宁峰,却见到了一个年轻的女孩子。

严丰年有一种预感,觉得这个女孩子可能就是张锦江介绍的那个叫宁莹莹的姑娘。这姑娘年纪看上去也不过二十四五的样子,打扮得倒是挺时尚的,模样果然如同张锦江所说,俊俏有余。

若是在五年前,他见到这样的姑娘,定然是恨不得立刻拥上去戏说一番,但是今非昔比,他对女人是否貌美已经没有什么兴趣。

"丰年啊,这就是我跟你提过的宁莹莹,莹莹的爸爸是南京国防部的处长,她现在就在上海市图书馆工作。"张锦江立刻开始热情地介绍。

宁莹莹略微娇羞地抬头看了一眼严丰年,嘴角牵扯出一抹好看的笑容来。严丰年原本就是个好看的男人,这些年的历练,更是让他身上平添了几分男人的味道。

"你就是严丰年?上次放我鸽子的人就是你啊。"宁莹莹一开口,还带着几分俏皮,但是明显能够感受得到,她对严丰年的印象并不坏。

"严主任啊,这就是你的不对了,莹莹可是独生女,在家是个宝贝,何况她还是个姑娘,你说让一个姑娘等你那么久,这算是什么事儿啊。"正说着话,张锦江的夫人从厨房里探出半个脑袋来,还不忘补上一枪。

严丰年也只是悻悻地站在那里,"不好意思,那天临时有事,把这事给忘了。"他实话实说,倒是没有拣别的借口来敷衍。

宁莹莹显然是有些意外的,眼前这个男人进屋之后,连多看自己两眼都不愿意,哪怕这件事情分明就是他错了,还不愿意真诚地道个歉。她是个小姐脾气,一听这话,立马就将脸拉下了。

"我看这姑娘对你有意思啊,好好把握。"在沙发上坐定的时候,黄锡隆附在严丰年的耳旁小声说了一句。

严丰年却只是笑而不答,就算是宁莹莹对自己有意思,可是他对这个姑娘却是一点儿意思都没有。所以,对于宁莹莹的嗔怪,他表现出一副完全不理会的架势。

"来,来,一起打麻将,我啊,好些天不碰这个东西,还真是有些想念了。

莹莹,快过来,我们几个一起打麻将。"张锦江一声招呼,所有人都坐在了麻将桌上。

严丰年虽然对这个游戏一点儿兴趣都没有,但是只有打麻将的时候人才能够最放松。宁莹莹察觉到严丰年对自己不感兴趣,所以也将一副小姐脾气挂在了脸上。

黄锡隆觉得周遭的气氛有些压抑了,"局长,怎么今天不见崔主任啊。"黄锡隆现在好像每时每刻都关注着崔宁峰,他记得曾经好几次来张锦江家里做客,都见到那个崔宁峰也在场。但是今天这个场合,却只有他和严丰年。

他是个明白人,一眼就看出来,张锦江今天不过是为了撮合严丰年和宁莹莹,顺带着拉他过来作陪。

"崔主任忙着工作呢,没有来。"张锦江一边在麻将里摸牌,一边漫不经心地说道。

黄锡隆有一搭没一搭地聊着,"他这段时间到底在忙什么?共产党都让抓完啦,前段时间一直嚷着要剿共,这段时间倒是天天看见他跟幽灵一样在局里晃着,还真是不习惯。"

黄锡隆的话,却只是换来张锦江的一声笑,严丰年清楚,崔宁峰的动态,最清楚的人莫过于张锦江。

他虽然对崔宁峰的许多做法不满意,却知道崔宁峰的心思一直都放在工作上。有这样一个认真而得力的下属,他只需要把握住大方向,那么就能够左右全局。

"今天是私人聚会,咱们啊,就不谈工作了,何况莹莹也不想听这些,对不对?"张锦江的脸上闪烁着意味深长的笑容。

宁莹莹原本就拉长了脸,她估计还没有受到过这样的待遇,以为那天严丰年没有去赴约是真的有事情耽搁了,但是从今天的态度来看,这个男人是根本就不想跟自己约会。

严丰年坐在那里,也是百无聊赖,他对这个宁莹莹一点儿兴趣都没有,而黄锡隆却时不时地在旁边暗示他跟宁莹莹交谈。他阴沉着一张脸,完全不识趣地装作没有看见。

麻将打得很沉闷,不一会儿到了吃饭的时间,严丰年也只是低着脑袋默默地吃饭,见到他这种态度,局长夫人很是尴尬。

她原本是一番好心，想要撮合一下这两个年轻人，但是却没有想到严丰年竟然对年轻貌美的宁莹莹一点儿兴趣都没有。

　　"严主任多吃菜，别只顾着吃米饭。"局长夫人实在是忍不住说了一句，所有人的目光都看向严丰年，他也只是点了点头，继续埋头苦吃。

　　最尴尬的人当然是宁莹莹，她定然不会想到相亲竟然会有这样的事情。这顿饭也是草草吃完，她找了个借口就要走。

　　"莹莹，好不容易来一趟，再玩会儿，待会儿啊，我让你张伯伯亲自送你回去。"局长夫人拉着宁莹莹的手，还希望她能够在这里多待一会儿。

　　几个人正说着话，崔宁峰却突然出现在门口，这一点倒是让屋子里的人十分诧异。宁莹莹之所以没有走，是因为心底期待着严丰年能够挽留自己，但是这个男人就跟个木头疙瘩一样，始终是一言不发。

　　现在崔宁峰就站在门口，她觉得自己继续待在这里就是个笑柄了，也不顾局长夫人的挽留，径直离开了。

　　"什么事儿?"张锦江还是一脸威严，他背着手朝客厅的沙发走去，黄锡隆和严丰年也跟着走了过去。严丰年将局长夫人使过来的眼色直接忽视掉了。

　　崔宁峰拿眼睛瞟了一眼黄锡隆和严丰年，走到张锦江的面前，然后毕恭毕敬地站定。"局长，我们行动处刚刚抓住了一个共匪。"

　　这句话就像是一个炸弹一样落入严丰年的心里，他一直害怕的事情还是发生了。所有人都觉得崔宁峰安安静静地蛰伏在局里是因为他被局长冷落了，可是他却怀疑这是崔宁峰在等待机会。

　　但是他万万没有想到，这个机会来得如此之快。黄锡隆的目光落在崔宁峰的身上，严丰年的目光也落在这个人的身上。

　　屋子里的人，暂时都忘却了宁莹莹的离开，严丰年敏感地察觉到房间里的空气也凝重了起来。张锦江的脸色忽然就变了。

　　"走，赶紧去局里。"

　　他之前对崔宁峰的冷漠态度一下子就发生了转变，谁也不知道那个共产党到底是个什么样的人，但是从张锦江的反应来看，他对"剿共"的事情着实是放在心头最重要的位置。

　　严丰年当然对那个共产党更加感兴趣，上一次发生叛变的事情，已经让他十分揪心了。他不希望这样的事情再次发生。

黄锡隆耸了耸肩膀,他最看不得的就是崔宁峰小人得势的模样,可是有些事情根本就不是他能控制得了的。崔宁峰掌管着行动处,只要他逮着了一个共产党,就能够让众人刮目相看。

　　"走,去看看热闹。"黄锡隆鼻翼里分明就是嫉妒,这样的热闹他是不愿意错过的,他希望看到的是崔宁峰徒劳无功,亲眼看到这个小人在自己面前挫败。

第44章
严刑逼供

张锦江率先离开,黄锡隆和严丰年也一同跟着走了出去,院子里的吉普车已经停靠在那里,崔宁峰似乎没有料到黄锡隆和严丰年会一同跟上去,但是在张锦江的招呼下,他心底虽有几分不情愿,也不好发作出来。

一行人浩浩荡荡地朝局里驶去,原本是休息的时间,但是仍然有许多人在局里值班,基本上行动处的人,没有一个休息的。

严丰年心底的紧张就这样悄无声息地升起来了。他知道在刑讯室里有一个他不愿意看到的人会出现在那里。

张锦江的步伐一刻不停地往刑讯室走去,黄锡隆和严丰年也跟在他的身后。黄锡隆一边走着,还不忘一边开玩笑。

"严主任,你猜猜,今天这个人是男的还是女的?还有他会不会招供?"对于这些无聊的事情,他却放在心上。

严丰年担忧着屋子里的事情,哪里有心思跟他说笑,也只是摇了摇头,一言不发地跟在张锦江的身后就朝里走。

走进刑讯室,张锦江在外间的沙发上坐了下来,刑讯室的外间和里间,隔着一扇宽大的玻璃。里面的人看不清外面的情况,但是外面的人却能够看到里面的动态。

"这个就是你们抓来的共产党?"张锦江坐定之后,伸手指着里面那个被铐在座椅上的男人问道。严丰年看过去，那不过是个二十多岁的小伙子，模样俊朗，看上去文质彬彬的。

"他就是发动那些学生到街上闹事的人，我们已经暗中盯他很长时间了，不过一直都没有动他，这一次刚好逮了个正着。"崔宁峰说的时候，那双眼睛闪烁着得意。

严丰年一直都觉得这件事情并不是那么简单，他有一种不祥的预感。此时眼眸看向那个被铐在座椅上的小伙子，他心里已经七上八下了。

"哦，这个人叫龚自强，好名字啊，只是可惜了。"张锦江看着面前那份资料，上面有这个人的基本信息。严丰年相信，这个名字绝对不是他的真实姓名，可是此时，他却是无能为力。

"你们负责审讯吧，希望能有点儿结果，我在这里等着。"张锦江说着，示意崔宁峰去忙自己的事情。崔宁峰立马冲身边的人使了个眼色。

"老实交代，你的上线到底是谁，你要是不说出来的话，有你苦果子吃的。"里面一个穿着黑色中山装的特务，拿着皮鞭叫嚣道。

但是自始至终，龚自强坐在那里都是保持着一副与年纪不相符的沉稳，他微微抬起脑袋，看了那个人一眼。

"我要是真说了，你能保证我安然无恙地从这里走出去吗？"他那双狡黠的目光看向走进来的崔宁峰，可是眼睛里却是带着敌意。

他一定是太大意了，才会被崔宁峰这个狐狸给逮住了。崔宁峰一步步走近，那张阴沉着的脸上，写满了让人恐惧的冷意。

"到了这里，没有讨价还价的份儿，你要知道，替共产党卖命，结果只有一个，那就是死。"崔宁峰说得很肯定，严丰年心里不由得一紧。

要他眼睁睁看着自己的同志忍受折磨，而他只能袖手旁观，他还是无法做到淡定。黄锡隆给张锦江递上了一支烟，严丰年从黄锡隆的手里拿过烟盒，自己点燃了一支就吸起来了。

他只有用这样一种方式，才能够将内心的紧张和惶恐压抑住。外间此时烟雾缭绕，里面却紧锣密鼓地开始审讯，但是看得出来，这个龚自强并不是那么简单。

"那你让我怎么办啊。我说了也是一死，不说也是一死，你们反正都是要我死，那我干吗要说？"他脸上挂着一副玩世不恭的样子，分明就是在跟崔宁峰绕圈子。

这是一种斗争的方式，严丰年在延安的时候就接受过这样的训练，他知道这个龚自强在拖延时间，但是这种方式也会以最快的速度磨灭敌人的耐心。

"不说，你会死得更惨。"崔宁峰恶狠狠地说道，而后使了个眼色，立马上来了两个特务，不由分说就将龚自强五花大绑起来。

"喂！你这人怎么能这样啊，刚才不是还在好好说话吗？怎么现在就动起手来啦？"龚自强大声叫嚣着，眼眸里却是一点儿恐惧都没有。

崔宁峰并没有说话，只是阴冷着一张脸站在一旁，龚自强迅速被人吊了起来，他身形高大但是瘦削，吊在那里就像是一根面条一般。

"你的嘴巴很厉害，我觉得先给你点儿颜色看看之后，咱们可能有很多需要聊的。"这是崔宁峰的惯常伎俩，他知道如果跟龚自强继续绕圈子，这个人绝对是一个字都不会说的。

所以，他要做的就是先动用刑具，只有身体受到了痛苦，那么人的意志才会薄弱。果然，那两个特务将龚自强绑起来之后，立刻从旁边拿出鞭子，不由分说就甩开鞭子抽了起来。

屋子里一时间响起了鞭子抽打在肉体上的声音，严丰年不敢去直视，他怕自己一不小心就看到皮开肉绽的迹象。

"说，还是不说？"崔宁峰厉声呵斥。他是在用自己的手段逼问龚自强，但是在这个时候，龚自强的脸上却带着笑意。原本完整的衣衫，此时已经全部破烂了，鞭痕落在肌肤上，血丝瞬间布满了身体。

他咬着牙关，却是笑得得意，就好像这些鞭子落在他的身上，并没有触痛他的神经一般。他那样笑着看向崔宁峰，就好像是笑话他的愚蠢一般。

"想不到，这个人还有几分骨气，难能可贵啊。"张锦江一边吸着烟，一边叹气着说道。严丰年不自觉地附和了一句："是啊。"严丰年自然是被龚自强身上的骨气而感动，但是他更是担心。

崔宁峰是个变态的魔王，他绝对不会轻易放过龚自强的。没有得到他想要的答复，那么他绝对不会罢手。鞭子不停地抽打着，龚自强却始终是一言不发。

到最后，鞭子终于停下来了，而他却已经昏倒在那里。看到龚自强已经昏了过去，严丰年的拳头忍不住攥了起来。

"把他弄醒。"崔宁峰冷冷地说道，而后一大桶冷水就泼在龚自强的身上,他的鼻子里已经渗出血丝来了。

"说还是不说?"崔宁峰咬牙切齿再次问了一句。严丰年知道,如果龚自强这一次拒绝的话,那么崔宁峰还会想出其他的方式来折磨他。

他站在那里,有些不忍心继续往下看了,脚步刚刚挪移,却被黄锡隆拉住了。"别走啊,往下看,我倒是想要知道,这个人会不会招供。"黄锡隆站在这里,只是为了看崔宁峰的笑话。

严丰年想要离开,但是张锦江此时还坐在这里,所以到了最后,他不得不继续站在这里看着事情往下发展。

龚自强没有作声,那双清澈的眼眸,只是看着崔宁峰,脸上却强力挤出一抹笑容来。"你……干吗这么着急?"许久之后,从他的嗓子里挤出这样一句话来。

崔宁峰恐怕从来都没有遇到过这样硬的人,之前从他手上经历过的共产党,不过都是一言不发而已,但是这个人,却分明是拿一种嘲讽的语气跟自己对话。

他恼羞成怒,上前一步从身旁的人手里拽过鞭子,而后狠狠地朝龚自强抽打过去。他绝对不允许有人挑战自己的权威。

后来他终于打累了,而龚自强却再次晕厥过去。崔宁峰伸手将外套的纽扣解开,那张脸上,怒气始终没有驱散。

现在张锦江就站在外面,他可不希望在张锦江面前再次丢丑。抓住了共产党这是他值得高兴的事情,但是这些共产党却咬紧牙关一言不发,这也会使得他发怒。

张锦江似乎对这些事情已经没有了兴趣,缓缓起身,将身前的资料合上了。"告诉崔主任,还是别打了吧,这会儿他估计什么都不会说。"张锦江冲身边人说道。

他起身便朝外面走去,崔宁峰当然不甘心,连忙跟了上来,"局长,我相信他肯定熬不过的,他一定会供出他的上级。"崔宁峰信誓旦旦地说道。

张锦江还没有开口,但是站在旁边的黄锡隆却忍不住要奚落了,"崔主任,你也不用这么心急啊,现在谁都不知道,这个人到底是不是共产党呢,好端端的一个周末,你就不能让局长好好休息一下吗?"

这话正中张锦江的下怀,张锦江没有再说什么,而崔宁峰刚才折腾了半天确实是一点儿结果都没有,如果再这样继续发展下去,那么只会让自己更加难看。

"崔主任，工作的事情，不要那么急，跟共产党斗争，你还需要历练啊。"张锦江意味深长地说完之后，背着手就走出了刑讯室。严丰年的目光穿过那层玻璃朝里看去，只见龚自强再次晕了过去。

他来不及多想，跟在黄锡隆的身旁，也朝外面走去。

第 *45* 章

开涮特务

严丰年回到自己的办公室,但是他的心却始终牵挂着刑讯室的龚自强,他不知道那个小伙子此时是活着还是已经死去了。

这样的忐忑,没有一个人能够理解。而他特别想要做的事情,是跟陈莹请示一下。他不忍心看到自己的战友遭受这样的折磨。

他坐在窗口的位置,目光一直盯着院子里的那几辆吉普车,今天是周末,他不知道陈莹是不是上班,这样贸然前往,会不会给她惹上麻烦。

他又想到,那天跟陈莹见面的时候,已经碰到了崔宁峰安排的眼线,那么这些人是不是现在也一直都在调查陈莹呢?他心底一下子涌出了好多的想法,感觉整个脑子里都是乱乱的。

这样的纠结和痛苦一直持续到下午,黄锡隆突然推开门,拽着严丰年就朝外面走。"你还待在这里干什么啊?听说那个共产党现在招了,局长估计已经去了。"黄锡隆说这话的时候,并没有半点儿惊喜。

如果龚自强招供了,就意味着崔宁峰在局里会更加得意。而听闻这个消息,对严丰年来说,无疑是一个莫大的打击,他接受不了这样的现实。

不知道为什么,见到龚自强第一眼开始,他觉得这个人身上有一股革命者才有的硬气,这种硬气是绝对不会在强力压迫下发生改变的。他不愿意看到自己看好的一个人发生了变节。

果然两个人出现在刑讯室外间的时候，张锦江已经坐在了为首的椅子上。他蹙着两道剑眉，等待着里面的龚自强如实地汇报相关的消息。

"说吧，那个人到底是谁？"崔宁峰弓着腰厉声问道，他没有太多的耐心跟龚自强绕弯子。但是龚自强受伤不轻，整个人仿佛被鲜血浸染了一样。

"你是什么人啊？我凭什么要告诉你，我要跟你们局里最大的官说话。"龚自强不屑地看了崔宁峰一眼，分明是没有将他放在眼里。

外面的黄锡隆忍不住鼻翼里发出一声冷哼，他从骨子里瞧不起崔宁峰，想不到连这个死到临头的共产党也瞧不起崔宁峰。

当然，崔宁峰的脸色很不好看。他是行动处的一把手，被他抓到手的共产党通常只是对他恨之入骨，还没有谁敢这样轻视他的。

"少要花招，有什么话现在就说。"崔宁峰的声音提高了好几个分贝。他想要用自己的权威让龚自强放弃这样执拗的做法。

但是龚自强却是努力挤出一抹笑容来，并没有服从他的意志。那样的眼神看着崔宁峰，就像是看着一个懦弱的小丑一般。

张锦江起身，挪步朝里间走去，黄锡隆和严丰年互相看了对方一眼，也跟在张锦江的身后走进去。

严丰年退后一步，站在黄锡隆的身后，他不敢直视龚自强，更不愿意听到这个男人说出任何对革命有害的话来。

"我就是这里最大的领导，你有什么话可以跟我说。"张锦江站在一米开外，背着手看着龚自强，却是一副公事公办的口吻。

他并不确定龚自强是真的要招供，但是在大环境的影响下，如果不去相信，那么就可能一直都是大海捞针。

龚自强缓缓扭过头看了张锦江一眼，屋子里属张锦江的年纪最大，他背着手站在那里，自然就形成了一种领导者该有的风范。

"你就是这里最大的领导？"龚自强反问一句，眼神警惕地朝张锦江身后的黄锡隆和严丰年看了一眼。严丰年不知道龚自强到底在耍什么花招，此时此刻，他比任何人都要紧张。

"是的，我就是这里最大的领导，你有什么话都可以说，只要你供出你的上级，你想要什么条件我都可以答应你。"张锦江脸上没有流露出多余的表情，只是那双眼眸盯着龚自强。

龚自强看了一眼张锦江，再次将目光挪移到崔宁峰的身上，突然就哈哈大笑了起来，"你们这些人还真是会开玩笑，我说或者不说，你们都是希望我死，你以为我是小孩子啊。"他这样一笑，倒是让所有人莫名其妙。

"我的上级？就在这里，难道你们没有发现吗？"龚自强说着，眼神立马在屋子里这几个人的身上扫视了一番。

屋子里的人不多，除了崔宁峰的手下几个人之外，就只剩下张锦江、黄锡隆、严丰年。如果这几个人中间真的有他的上级，那么唯一能够怀疑的就是这几个人了。

"浑蛋！你敢耍我们。"崔宁峰说着就狠狠地踹了龚自强一脚。他跟这些人打交道多了，自然就知道其中的伎俩。

"你说你的上级就是我们中的某个人？"张锦江蹙着眉头问了一句。他不会相信屋子里会出了叛徒，但是这个人的话，他还是很感兴趣。

"局长，你不要相信他说的话，他就是在耍我们。"崔宁峰大声说了一句。刚才那一脚踢在龚自强的胸口，他的嘴角再次渗出血丝来。

"听他说。"张锦江的声音突然提高了好几个分贝。他饶有兴趣地在一旁的椅子上坐了下来，就像是要跟龚自强周旋下去一样。

"崔主任，我不会出卖你的。"龚自强突然朝向崔宁峰小声地说了一句，崔宁峰当众被耍，怒不可遏，立马上来就冲龚自强一顿暴打。

"这也不是不可能，是吧？这个时期，任何人都可以怀疑。"黄锡隆阴阳怪气地补上了一刀。他恨不得立刻就将崔宁峰抓起来，所以说这话的时候，鼻翼里发出一声冷哼。

崔宁峰气得不行，龚自强分明就是诬陷他，这也就算了，他只当作是这个疯子临死前的挣扎，但是他没有想到，黄锡隆竟然会说出这样的话来。

"黄锡隆，你到底是什么意思？"崔宁峰的矛头转向了黄锡隆。平日里黄锡隆一次次嘲讽他，其实崔宁峰一直都是忍住了的。但是今天，当着这么多人的面，黄锡隆故意让他下不了台，他就忍不了了。

屋子里闹嚷嚷的，张锦江坐在椅子上，却是一句话都不说，严丰年心底着急，但是又不能表现出来。他看向龚自强，这个人脸色苍白，流了太多的血，感觉马上就要虚脱一样。

"局长，这个人已经快虚脱了，要不先送到医院去治疗一下，既然他是共产党，等他好了再慢慢审问，说不定能得到一点儿信息。"严丰年走近张锦江，压低了声音说道。

他不知道该如何解救龚自强，唯一的办法就是拖延时间，只要他还活着，那么就有可能从这个地方逃出去。

龚自强看了严丰年一眼，那眼神里充满了仇恨和不解。既然被这帮人抓到了，他已经没有想过要继续活下去。崔宁峰的酷刑，他已经受了，这样的极限好几次都快让他撑不住了。他此时唯一希望的就是能够痛痛快快地死去。

"这个……还是交给崔主任处理吧。时间也不早了，大家都早点儿回去休息吧。"张锦江起身，声音已经不像是先前那么兴奋了。好端端的一个周末，就因为崔宁峰的到来而毁掉了。

张锦江从刑讯室里离开，黄锡隆立马就跟了出去，严丰年自然不会继续在这里逗留。一行人朝外面走去。

"对了，我得去医院一趟，上次的体检报告还没有去拿呢。"严丰年突然停下脚步，冲张锦江和黄锡隆说道。

"周一的时候让王秘书给你带过来不就行了吗？你还要亲自去跑一趟。"黄锡隆回头说了一句，算是给严丰年找了个解决的办法。

"我还是自己去拿吧，反正现在也没什么事。走走路活动一下筋骨。"严丰年笑嘻嘻地说道。张锦江自然是对这些事情没有兴趣，兀自一个人走了，黄锡隆想要去茶楼里坐坐，丢下严丰年也走了。

"小心那个寡妇，别被她撞见了。"临走的时候，黄锡隆还不忘开涮了严丰年一顿。他和陈莹的事情，还是偶尔会成为这些人开涮的把柄。

告别这些人之后，严丰年的脚步加快了一些，径直朝医院走去。他不知道此时陈莹是否在办公室里，但是他比任何时候都要心急。

从前门进去之后径直朝护士值班室走去，这里人多眼杂，他需要时刻警惕着崔宁峰的眼线跟上自己。所以即便是着急，也要完全隐藏在心里。

"王护士，我上次的体检表还在你们这里吧？我来拿一下体检表。"严丰年在走廊里见到了上次那个小护士，立马热情地上去打招呼。

那小护士对严丰年印象也非常深刻，"好的，严主任，您跟我来，我这就给您去取。"那小护士说着，就领着严丰年朝护士值班室走去。

他一边往那里走，一边不停地观察着周围的情况，走到拐角处的时候，还不忘回头看看身后有没有尾巴。

"对了，你们护士长今天休息吧？"严丰年略微难为情地问了一句。

第 *46* 章
放弃营救

听严丰年问起陈莹，那小护士忍不住回头笑了一声。谁也无法相信，严丰年如此帅气英俊的男人，竟然会喜欢冷傲的陈莹。

"您还真是不巧，今天护士长值班呢，不过您放心，待会儿我给您把体检表拿出来，您在外面等我。"那小护士念及严丰年上次的恩情，倒是体贴地说道。

严丰年笑了笑，并没有说什么，他来这里就是为了找陈莹，既然陈莹在，那么他就有合理的借口来见这个人。

果然，按照王护士的吩咐，严丰年就在值班室外面的长廊里等着，但是等王护士过来的时候，他又多嘴问了一句。

"我最近牙龈有些肿痛，你能帮我去开点儿消炎药吗?"严丰年这么一说，王护士倒是很热心，立马就答应前往。

严丰年的脚步朝护士值班室走去，陈莹正在清理注射用品，见到严丰年出现在门口的时候，她警觉地朝四周看了一眼，而后迅速朝门口走去。

"你跟我来。"她戴着宽大的白口罩，冲严丰年说了一句之后，立马就沿着走廊往前走。走廊尽头左侧刚好是一间病房，平常是用来检查身体的。严丰年跟在陈莹身后进去，陈莹立马将房门掩上。

"你怎么来了?"如果不是万不得已，陈莹知道，严丰年是绝对不会出现在这里的。她的眉头不由自主地就蹙成了一团，整个人的表情已经与刚才的冷漠懒散完全不同。

"有个同志昨晚被抓了，现在就关在我们刑讯室里。我着急得很，所以就跑到这里来找你了。"严丰年立马将自己知道的情况说了出来。

"对了，那个人叫龚自强。"严丰年补充了一句，尽管知道这个名字不可能是真的。但是他希望自己提供给陈莹的消息，有那么一点是有用的。

陈莹在椅子上坐下来，却在听到严丰年说的话后沉默了起来，那张清瘦的脸颊一下子变得惨白。但是面对严丰年的问话，她许久都没有作声。

"陈莹同志，现在我们该怎么做？龚自强同志革命意志很坚定，但是这样就会给他带来不利，我看这帮人没多大的耐心，他可能很快就会遭遇不测。"严丰年将自己心底的担忧都说了出来。

之前他是跟张锦江说过要将龚自强送到医院来救治，但是张锦江将这件事情交给了崔宁峰。那么按照崔宁峰的惯例，他是绝对不会医治龚自强的。如果他从这个人的身上得不到有用的信息，他只会选择放弃。

"你先回去吧，这件事情我知道了。"陈莹淡淡地说道，她低垂下眼睑，好半天才挤出这么一句话来。

但是严丰年还是听出了异样，"陈莹同志，你没事吧？"他能够从陈莹的声音里听出一丝哭腔来。他并不知道，陈莹为何会有这样的情绪。

他记得龚自强的年纪并不大，看上去也就二十出头的样子。所以，在第一时间排除了那个男孩子跟陈莹是情侣的可能性。

陈莹突然就哭了起来，眼泪顺着脸颊不停地滑落。而严丰年坐在那里，一下子慌乱了起来。"陈莹同志，你到底怎么了？怎么回事？"他问了好几次，完全不知道这件事情到底是怎么回事。

陈莹哭了一会儿，这才止住了眼泪，"他的名字其实叫陈磊。"陈莹脸上的伤心根本就掩盖不住。她掏出手绢擦拭着眼角的泪水，却是努力让自己平静下来。

陈磊？

严丰年的脑子里闪出一个大大的问号。

"他是你什么人？"严丰年蹙着眉头再次问了一句。通过刚才陈莹的表现，严丰年不得不认为，这个陈磊绝对跟陈莹是有关系的。

"他是我的亲弟弟。"陈莹再次抬起头的时候，严丰年只剩下震惊。他的嘴巴张得老大，一下子怎么都合不上。

他记得自己见到那个男孩的时候，也觉得有几分眼熟，此时陈莹这么一说，他倒是立刻就明白了。他能够理解陈莹的心情。

"如果是这样，那我们更应该救他。"他想要说几句安慰的话，却发现自己竟然什么都说不出来。

"他应该受了不少刑吧？"陈莹止住了哭声，慢慢恢复了常态。只是红过的眼圈，让人能够看到她刚才哭过。

"是的，受了不少刑，但是他很坚强，一直咬紧牙关没有开口。还有，他今天下午还跟崔宁峰过招了，把局里所有人都戏弄了一番。你没有看到，崔宁峰气得吹胡子瞪眼睛，却是拿他没办法。"

严丰年说这些的时候，只觉得鼻子都是酸酸的。知道龚自强就是陈莹的亲弟弟之后，他突然觉得自己好没用，不是说要保护好革命同志吗？可是他任何一个人都没有保护好。

"他从小就很调皮。我爹娘死得早，后来我参加革命，他就跟着我去了延安。我被组织上派到了上海，他嚷着也要来上海。因为组织上安排的是单线联系，所以我跟他已经快三年没有见面了。"陈莹平静地说着这些。

屋子里一下就安静了下来，严丰年却一句话都没有说。他听着陈莹讲述着龚自强的事情，听着那个英俊的少年跟随姐姐投奔革命的事情。

"他是个好同志，只是太可惜了。"严丰年终于说了一句话，他除了深深的惋惜之外，已经不再有多余的情感。

"陈莹同志，不管怎么样，我都会想办法救他的。"严丰年起身，他觉得此时自己身上肩负着一种使命，不管是要付出多少代价，他都应该将龚自强救出来。

他的脚步还没有迈开，却被陈莹一把拽住了胳膊，"严丰年同志，我是你的联络人，我可以代表组织命令你，这件事情你不要插手了。你的任务不是救人，而是窃取情报。"陈莹压低了声音，但是还是一副严肃的口吻。

严丰年想要争辩几句，"可是……我总不能眼睁睁地看着他……"他没有说出口，要他看着龚自强就这样惨遭敌人的毒手，他做不到。

"每个人都有自己的命，这是他选择的路，他就要为自己的信仰负责。我相信就算是为革命牺牲，小磊也会很开心的。"陈莹说完，眼角的泪水再次滑落下来。

严丰年深深地看了陈莹一眼,这个已经不再年轻的女人,身上却有一种难得的坚强,让他不由得肃然起敬。

"那我们现在……"他有些迷茫了。一想到不能去营救龚自强,他心底就觉得失落。

"现在我们唯一能做的就是按兵不动,只有这样,才能够避免更大的牺牲。严丰年同志,我希望你能够记住自己的身份,时刻记住党交给你的任务。"陈莹说得很认真,严丰年也是郑重地点了点头。

"还有,这件事情你不能再插手了。这段时间,我会尽量减少跟你的联系。你没有特殊情况,也不要来这里。崔宁峰那边已经对你起了疑心,你凡事都要小心一些。"陈莹在严丰年离开的时候再次叮嘱了几句。

严丰年当然知道陈莹的担心,他何尝不是从心底厌恶崔宁峰这个恶魔,但是在这个时候,却是拿那个人一点儿办法都没有。

他什么都做不了,只能眼睁睁地看着自己的同志在刑讯室里受苦,只能看到这群恶魔继续嚣张着。他唯一能够做的,就是坚信革命早晚有一天会胜利。

"好了,你赶紧回去吧。"陈莹说了一句,就提前从检查室里走了出去。过了好一阵,严丰年才从房间里退了出去。

经过护士值班室的时候,他的脸上已经没有之前的落寞了。王护士查完房碰到了严丰年,立马就招呼着他。

"严主任,您刚才说的药我给您拿来了,找了您好一阵,都没有找到您。该不会……"王护士忍不住想要跟严丰年开玩笑。

严丰年的表情略微严肃了几分,"工作的事情,不可以开玩笑,刚才我去了一趟洗手间。这个药,谢谢你啊。"他说完,冲王护士笑了笑,而后迈开脚步就往回走。

从医院里出来,他径直朝自己的住处走去,一路上只觉得心里堵了什么东西一样。他能够理解陈莹的坚强,也能够理解龚自强的坚定,他只是觉得惋惜。

革命里有这样好的同志,却不得不做出牺牲。他抬头看了看灰蒙蒙的天空,蹙着的眉头就更不愿意散开了。

只是走到家门的时候,他习惯性地朝四周看了一眼,周围倒并没有人。打开房门,他没有立即进入,而是朝门口看了一眼。

这里地域开阔,但是前面建筑物的楼顶,却是监视的好地方。他具有很高的革命觉悟,对于这样的事情,自然是很清楚。

　　他每次出门的时候都习惯性地在门口的位置撒上一层薄薄的香灰,如果有人进入的话,那么就会在地上落下脚印。他站在门口,缓缓推开房门,却猛然关上了房门。

第 *47* 章
英勇牺牲

严丰年的脸色一时间刷白。他下意识地从兜里掏出枪,却是脚步轻轻地从后院进去。

门口撒下的香灰上落下的脚印那么清晰,他从后院翻窗户进去,顺着窗棂摸索了片刻,找到了把栓。

使了很大劲儿才打开储藏室的窗户,他弯腰钻了进去,沿着楼梯小心翼翼地朝上走,客厅、卧室、厨房,到处都没有异样。

可是门口落下的脚印还是存在,严丰年站在那里,额头上不由得冒出冷汗来。幸亏他在房间里不曾放下任何可疑的东西,不然今天就要落入那些人手里了。

他并不清楚来这里的人是否是行动处的,也不知道崔宁峰是不是已经抓住了他的把柄。

严丰年回到家之后,屋里的光线并不怎么亮,他没有开灯,一个人靠在躺椅上。陈莹的话在他的耳旁回响,他还有更重要的工作需要去做,但是眼下,他该如何开展工作?

这一夜对于严丰年来说,并不容易安眠。他一会儿担忧陈莹的处境,一会儿担忧自己的未来,一会儿担心龚自强。这样迷迷糊糊折腾到天亮,只觉得头痛欲裂。

因为牵挂着龚自强的安危,严丰年没有逗留,径直往局里走。在走廊里碰到黄锡隆,两个人说笑了一阵。

"崔宁峰抓来的那个共产党还活着?"严丰年漫不经心地问了一句,他心里特别想去刑讯室看一眼。

"谁知道呢? 反正现在没消息,可能还活着吧! 不过看到崔宁峰被耍,我还真是开心。"黄锡隆丝毫不掩饰自己的情绪。

严丰年也没有听闻龚自强的消息,那么没有消息就意味着是好消息吧! 他希望龚自强能够活下来,可是他比任何人都清楚崔宁峰的手段。

陈莹那里已经决定放弃营救龚自强,那么只能眼睁睁看着他牺牲吗? 严丰年做不到。

"你那么喜欢看崔宁峰出糗,何不去刑讯室瞧瞧呢?"严丰年上前搭住黄锡隆的肩膀,怂恿着他一同前去。

"你说你这人,自己想去就说嘛,还非要拉着我,你不怕别人说我们通共啊?"黄锡隆一边走着,一边说道。

"说谁通共呢?"严丰年和黄锡隆只顾着走路,却没有注意到从楼上下来的张锦江。

此时张锦江主动开口说话,两个人站在那里倒是毕恭毕敬的样子。

"局长,您这是说什么话? 我们就是长着十个脑袋,也不敢干通共这样的事情啊?"黄锡隆平日里贫嘴惯了,见张锦江这么一说立马就接上话茬了。

张锦江倒没有多说什么,只是脚步往前走,严丰年看得出来,张锦江也是往刑讯室走的。

"哟! 局长这是去刑讯室啊?"黄锡隆明知故问。张锦江回头,笑了一声。

"你们两个,不也是去刑讯室吗? 那小子有点儿意思,听说折腾了一夜,还没死,我倒是要看看,这是个什么样的铁骨头?"张锦江说着,脚步已经加快了几分。

严丰年的心不由得紧张了一些,时间过去了十几个小时,龚自强始终都没有选择招供,没有人能够想象得出,这十几个小时里,他经历了怎样的折磨。

打开那扇门,从外间看进去,龚自强被绑在一张椅子上,他比昨天看上去更加的不成人样,全身上下没有一处是好的。破烂的衣服已经遮不住裸露的肌肤了。

那张原本年轻而清秀的容颜,已经血肉模糊了。炯炯有神的眼睛,已经黯然无光。

崔宁峰也是一副快要崩溃的样子,黑色的中山装套在干瘦的身体上,领口的两排扣子已经解开了,那张没有睡觉的脸,显得有几分憔悴。

面对一个无论怎样都不合作的硬骨头,他也是毫无办法,就算是抓狂,这个人也不愿意招供。

"怎么,他还是不愿意说?"见到张锦江出现,崔宁峰顶着乱糟糟的头发从里间出来,他站在张锦江的面前,一直不服输的脸上有些沮丧。

之前抓住龚自强的时候,他心里充满了兴奋,恨不得由这个突破口,找到下一个目标。

可是,他失望了。这个龚自强实在是太坚定了,哪一种刑法对他而言都没有意义。

"崔主任一宿没睡吧? 看来我们都该学习一下崔主任的敬业精神。不过啊,这个敬业可不能只是一味地蛮干,拿个棒槌就当针,崔主任还真是幽默啊!"黄锡隆不忘在这个时候继续开涮崔宁峰。

崔宁峰折腾了一夜,原本心里就郁闷,现在黄锡隆还在这里煽风点火,他隐忍着一直都没有发作。

"他要是不招就算了吧,你也不用跟自己过不去。剿共不是一天两天的事情,慢慢来吧!"

张锦江说完,叹了口气,他背着手站在那里,眯缝着眼睛看向里间差不多快昏迷的龚自强。

严丰年心里,只有对这个年轻人满满的敬意。他不知道龚自强为何表现出如此坚定的信仰,但是他为中国共产党有这样坚定的同志而感到骄傲。

张锦江的话,严丰年是懂得其中的意思。龚自强始终不开口,就只面临着一个结果,那就是死亡。

这或许是龚自强自己都期待的,能够从这帮恶魔手里逃脱的唯一方式就是死亡。

"局长,现在就放弃,太可惜了吧? 要不,把他送到医院救治一下,等他好些了继续审问?"严丰年试探性地问了一句。

即便到了这个时候,他还想着如何营救龚自强,他太年轻了,还有那么美好的生活没有经历。严丰年不忍心看到这样美好的年轻人白白丢了性命。

黄锡隆对这样的事情不感兴趣,他唯一关心的只是崔宁峰是不是又挨批评。至于这个共产党员是生是死,他根本就不在意。

张锦江犹豫了一下,并没有作声。

"严主任不会以为他还真会开口吧?还是说,严主任觉得,他的同党会去医院救他?"崔宁峰的声音尖细地钻进严丰年的耳朵里。

他不敢忤逆张锦江的意思,不敢和黄锡隆对着干,但是他却敢直接与严丰年交锋。

"崔主任这话是在怀疑我?"严丰年坦荡的目光看向崔宁峰,他心里当然知道这个人一直都不曾相信自己,凉亭里发生的事情,屋里的那个脚印,严丰年无比清楚,却只能表露出浑然不知的样子。

"每个人都值得怀疑,何况,这本来就是我的工作。"崔宁峰说得坦然,严丰年也没有跟他继续在这个问题上纠缠下去。

"这个人,还是早点儿处理的好,留着是个祸患,既然他不愿意开口,那就成全他吧!"这是张锦江的话。

明知道龚自强躲不过一死,但是严丰年心里是存有侥幸的,而在这个时候,这一丝侥幸也落空了。

"严主任要不要一起去观摩啊?"崔宁峰说了什么,严丰年没有听清楚。他没有足够强大的内心,站在敌人的阵营里看着自己的同志被枪杀。

"崔主任自己去享受吧!小心到了阎王爷那里不被收啊!"黄锡隆阴阳怪气地补了一句,崔宁峰也是无可奈何地受了。

回到办公室,严丰年的心还提在嗓子眼,崔宁峰要处置龚自强了,只要听到那一声枪响,龚自强的生命就永远画上了句号。

"你啊!真没必要把崔宁峰的话放在心上,他纯属一变态。你想想折腾了一宿,各种方法都使出来了,现在还要枪杀。我真是好奇,你说这人到底有没有长心啊!"黄锡隆继续吐槽。

严丰年自始至终都没有搭言,现在能够结束龚自强痛苦的方式,也就只有这一种办法了。

几分钟之后,让人期待而又忐忑的枪声传来了,严丰年只觉得心里猛然一空,他有一种说不出来的心酸。

为了掩饰自己的伤痛，他点燃一支烟，大口大口吸起来，却是呛得不停地咳嗽，泪水都忍不住流了下来。

"看看你那德行！"黄锡隆靠在沙发上笑得得意。龚自强死了，就代表着崔宁峰的如意算盘再次落空了。

严丰年没有说什么，他鲜少落泪。但是今天，借着几口烟，他却将泪水倾洒了出来。可是他又不能随意流泪，只能拼命忍住。

在心里，严丰年对崔宁峰的恨意又多了几分，这个残害革命同志的刽子手，下地狱都是对他的仁慈。他一定会想办法除掉这个人。

陈莹所在的医院离这里不远，刚才这一声枪声她应该也听到了吧？那一刻，严丰年是同情陈莹的，他不知道她现在怎么样。

阔别三年的弟弟，这个世界上唯一的亲人。她连最后一面都没有见到。严丰年心里沮丧，他突然觉得自己真是没用到极致。

再次抬头的时候，却见黄锡隆跷着腿搭在茶几上，一手拿着那只紫砂茶壶，一手搭在椅子上敲打着节拍。一副优哉游哉的架势，他并没有注意到严丰年的异样。

第 18 章
截获敌报

因为龚自强的死，严丰年开始反思自己这一个多月的工作状态。他觉得自己在如此安逸的环境里，有些偏离了自己的初衷。

组织上派他打入敌人的内部，而且还是至关重要的情报局，为的就是能够第一时间掌握敌人的动态，为前方战斗做好准备。

他负责电讯处的工作，可是大部分时间并没有坚守着自己的本职工作。这几日，他开始认真在电讯处巡逻，有时候自己也要戴着耳机工作好几个小时。

防止敌军截获我方的情报，必要的时候对其进行干扰。第一时间截获敌方的情报，报给组织作为参考。这是严丰年来情报局之前，组织上给他安排的工作。

一连两个星期，严丰年都扎根在电讯处的一线，之前机房他很少进去，只是那边有情况的时候会通知他去。他曾经有几分自得，我方的电台都是经过伪装的，敌方不容易发现，而敌方的情报，每次传递过来，第一时间都要经过他的手。

所以，他的工作确实是松散了一些。

"老严啊，你最近工作很卖力啊，怎么，你受刺激啦？"黄锡隆来了办公室好几次都没有找到严丰年，心底颇为诧异。他认识的严丰年是一个工作懒散、平日沉默寡言的人。

可是现在的严丰年,让他有些刮目相看了。"还是说,张局长重新给你安排了工作?"黄锡隆颇为好奇。

"最近南京方面可能会有情况,我要是不在这里盯着,到时候出了事情,我可担不起啊。"严丰年戴着耳机,漫不经心地回答。

这样的答案,当然不会有人来怀疑,严丰年是南京那边特派过来的专业性人才,若是没有几下子,也绝对进不了电讯处。黄锡隆虽然对这些工作业余,但是也知道电讯处的重要性。

"那你跟我说说,南京方面会有什么情况,不会要打到上海来吧?"黄锡隆不甘心地继续问道。他对打仗没兴趣,期待的也完全是和平。

严丰年笑了,他每次笑的时候就会露出一排整齐的牙齿,那双幽深的眼眸里闪烁着光彩,但是脸上却是一副憨厚的表情。

"放心吧,要是真打到上海来,我第一时间通知你。"严丰年开玩笑地说道,黄锡隆似乎很受用,笑着伸手拍了拍严丰年的肩膀。

"我就知道,你这人够仗义。"

南京方面确实有了新的消息,这是严丰年前几天听电报的时候无意中发现的。对于这个全新的动态,他一直都在关注着。

汪精卫在上海的清乡运动可能要扩大化了,这一次不只是针对共产党人员,甚至还要波及各界的一些进步人士。对于这样惨无人道的清乡,严丰年从骨子里痛恨。

但是他此时还不知道这个行动具体是如何安排的,甚至也不知道这个行动是不是只是空穴来风。有好几次,他很想去找张锦江问一问,但是后来还是选择了放弃。

按兵不动,这是他唯一选择的方式。他相信在渺茫的电讯海洋里,他一定能够找到自己需要的东西。

"处长,这个电台好像有点儿怪,之前的频道总是不稳定,是不是要换新的频道了?"电讯员蹙着眉头过来跟严丰年汇报的时候,他正在调整频率。

听闻电讯员说起这个情况,严丰年立马就前去处理,他戴上耳机仔细听了听,发现这个频道确实出现了问题。一手缓慢调整着频率,两只耳朵却敏锐地寻找着蛛丝马迹。

那个电讯员就站在严丰年的身旁,一直等待着他的消息,但是严丰年的脸上,始终都是一抹冷冷的严肃。她愣在那里,只觉得心剧烈跳动着。

一连两个星期,他都在搜索着这个消息,但是就在刚才,当他戴上耳机的时候,他听到了他最想知道的消息。

南京方面已经下了指示,从下个月一号正式开始,要在全国范围内开展一次更大的清乡运动,这次清乡运动,不只是要"剿灭"共产党,还要将所有的进步人士都进行清理。

严丰年蹙着眉头,听到这个消息的时候,心情复杂。调整频率的手刚才已经停了下来,虽然只是嘀嘀嗒嗒的声音,但是他早已经将自己听到的信息全部都记在了心里。

"主任,现在弄好了吗?"一旁的电讯员再次问了一句,她并不知道严丰年是否已经弄好了电台。

被电讯员一提醒,严丰年再次调整了一下频道,而后摘下耳机起身。"这个频道应该没问题,你再仔细听听,有什么情况立即汇报。"

严丰年是个没有脾气的人,在电讯处对待下属大多是和和气气的,何况这里基本上都是女士,对于严丰年的话,她们丝毫没有怀疑。

严丰年从电讯处里出来,而后径直朝自己的办公室走去,刚才记在脑海里的东西,他需要第一时间传递出去。那里面提到了很多人的名字,还有一些重点区域。

将这些东西都记录下来之后,他想着一定要找准一个时间将这个情报交给陈莹,龚自强已经为革命付出了代价,他绝对不能再让更多的人为革命牺牲了。

"哟,这是写情书呢?想不到严主任还有这个情调。"严丰年刚刚把东西写好,正准备装入信封里,却见黄锡隆闯入自己的办公室里。

不敲门就直接进来,这是黄锡隆的一贯作风。他在自己的办公室里实在是闲得无聊,所以就跑到严丰年这里来串门了。

只不过看到严丰年正在往信封里装东西,他的好奇心立马就激起了。严丰年白了他一眼,并没有作声,黄锡隆却是靠近了一些。

"老实交代,最近是不是看上哪个妞儿了?是上次张局长给你介绍的那个叫什么莹莹的?"黄锡隆忍不住开涮了几句。

他如果没有记错的话,严丰年似乎对那个女人一点儿兴趣都没有。但是他刚才的行为,实在是太像干这些事情的样子了。

严丰年没有作声，他不可能喜欢上宁莹莹那样的女人。对于黄锡隆的开涮，他多半选择的是沉默。

黄锡隆端着紫砂茶壶一屁股在沙发上坐下来，"你不说我也知道，你就是喜欢上咱们医院的那个护士长了，对吧？我说丰年啊，你好歹也要有点儿品位好不好？那个护士长是个寡妇。"黄锡隆不屑地说了一句。

"对了，我可听局里人说了，你跟那个陈莹来往比较密切啊，怎么，你们两个人不会真的是对上眼了吧？"黄锡隆是个藏不住话的人，立马一脸认真地问道。

严丰年心里咯噔一下，他和陈莹约见过几次，一次在凉亭里被行动处的人跟踪，一次他的家里进去了外人。不管这件事情是不是跟崔宁峰有关，这件事情至少是发生在情报局的。

"这件事情你听谁说的？"严丰年蹙着眉头反问了一句，刚才的情报他已经装入了信封里，为了不引起黄锡隆的进一步好奇，他就放在桌子上，还拿了一本书盖住了。

"这么说是真的？"黄锡隆凑近，一脸坏笑。

他趁严丰年没有注意，立马将那封信抢在了手里，"我倒是要看看，你这个闷疙瘩到底写了什么。"他平日里跟严丰年嬉笑惯了，现在倒是没有觉得看别人的信件是一件不合适的事情。

说时迟那时快，他一把抢过那个信封，伸手就要撕开信封。严丰年一时着急，他是绝对不可以让黄锡隆看到这封情报的。一向温和的严丰年，几乎是带着全身的力气扑了过去。

黄锡隆没有料到严丰年会如此激动，他刚刚准备打开信封，却被严丰年整个身体扑了过来，而后重心不稳，狠狠地摔倒在地上。

只是，他摔倒在地上也就算了，脑袋却磕在了茶几上，只听到沉闷的一声响，黄锡隆的眉骨就撞伤了，而且立刻就淌出了血。

不过严丰年很快就抢回了自己的信封，黄锡隆摔得不轻，只觉得痛，一伸手却抹了一把血。

"严丰年，你下手怎么这么狠？"他满脸怒气埋怨道，一直以来，他可真是将严丰年当成了朋友，但是刚才这件事，严丰年却是发出了狠劲。

严丰年马上意识到了什么，将那封信迅速塞进自己的兜里，而后满脸歉意笑着走过来扶住黄锡隆。

"黄主任,对不起啊,刚才是我太冲动了。对不住了,我现在就陪你去医院一趟,这件事情我得赔罪。"他觍着一张脸不住地道歉,黄锡隆原本想要发火,但是想到自己抢别人的私人信件确实是不该的。

"你啊,下手要那么狠吗? 差一点儿就磕死我了,痛死个人了。"

他嘴里骂骂咧咧的,但却没有拒绝严丰年说要陪自己去医院一趟。两个人从严丰年的办公室里出来,正好碰到张锦江和崔宁峰从楼上下来,显然崔宁峰刚刚去了张锦江的办公室。

第 49 章
情报交出

张锦江的目光扫向严丰年和黄锡隆，那双眼眸就再次凝重了几分。他知道严丰年和黄锡隆早就打成了一片，但是工作时间闹出这样的事情来，他心底还是生气的。

"这是怎么回事啊？上班时间，怎么弄得头破血流？"张锦江的语气重了几分，语气分明带着斥责。

至于站在张锦江旁边的崔宁峰，自然是意味深长地看了这两个人一眼。若不是黄锡隆在场，他当然还要跟着说几句。

"刚才不小心摔了一下，其实也不碍事。"当着张锦江的面儿，他可不想说成是因为自己想要抢严丰年的信件，所以才闹出这样的事情来。

张锦江也没有说什么，只是嘱咐两个人快点儿去医院。他和崔宁峰还有事，于是转身就先走了。

两人到了医院，护士过来扶着黄锡隆去了诊室，严丰年迅速在走廊里看了一眼，而后装作淡定地前往护士值班室，不巧的是，这个时候陈莹却不在办公室里。

"你们护士长呢？"严丰年站在门口问了一句，里面的护士认识严丰年，愣了一下，脸上却带着笑意。

"我们护士长去302病房查房去了，严主任可以去那里找她。"严丰年和陈莹之间的误会，显然成为这些人津津乐道的玩笑。

他也不理会，转身就沿着楼梯往上走，却在楼梯拐角处碰到了陈莹。那一刻，严丰年也顾忌不了那么多了，一把拽过陈莹就往走廊的暗角处走去。

"这个你拿着，敌人那边有新行动了，清乡运动要扩大，这是重点区域和重点人员名单，你赶紧通知。"严丰年说完，将信件塞给陈莹，而后迅速离开。

他知道这个医院里并不安全，可能还有许多双眼睛盯着自己，离开陈莹之后，他往302病房跑去，假装自己还是在找陈莹。

几分钟之后，严丰年再次出现在护士值班室里，此时陈莹已经回到了办公室。"陈护士长，我可是好找啊，麻烦你一下，我们黄主任眉骨摔伤了，还希望您亲自过来察看一下。"严丰年站在门口，气喘吁吁地说道。

屋子里的两个小护士看了一眼严丰年又看了一眼陈莹，很是期待这两个人身上是不是会发生一点儿故事，但是令她们失望的是，陈莹脸上自始至终都是冷冷的表情。

她将手头的事情慢条斯理地收拾好，这才戴好了口罩。"人呢？在哪儿呢？"她语气冰冷，慢悠悠地跟着严丰年朝黄锡隆的诊室走去。

黄锡隆的眉骨其实摔得也不算厉害，就是磕破了皮，只是位置极其敏感，所以撞伤了之后就痛得厉害。此时见到严丰年和陈莹同时出现，他倒没有先前那样龇牙咧嘴了。

"陈护士长啊，你可要批评一下严主任啊，我眉骨要是留下疤痕了，他可得负责。"黄锡隆即便是有伤在身，还不忘涮一下严丰年。

一旁站着的严丰年此时一脸的窘样，他不停地给黄锡隆使眼色，但是那人却完全熟视无睹。陈莹自始至终脸上都是淡漠的表情，就好像黄锡隆说的那个人，她完全不认识一样。

"好了，也没有什么大碍，忌烟酒少吃辛辣。"陈莹说完，交代了一旁的小护士几句，就转身离开了。

"快去啊，好不容易来一趟，赶紧把情书给她啊。"黄锡隆推了严丰年一把，他铁定了严丰年那封信是写给陈莹的。

严丰年冲他蹙了蹙眉头，却是没有动身，回去的路上，黄锡隆好像忘掉撞了眉骨的痛，只是不停开涮严丰年。

"你们两个人到底是什么时候开始的啊？保密工作做这么好，什么时候准备摆喜酒啊？这个陈护士长人虽然是冷了点儿，但是也不一定没有风情啊。"黄锡隆一脸坏笑地说道。

严丰年懒得搭腔，好在医院离情报局很近，两个人走了不大一会儿就到了局里，严丰年刚刚在座位上坐定，就见到张锦江的秘书王万春进来了。

"严主任，张局长叫您过去一趟。"王万春打过招呼之后，毕恭毕敬地说道。严丰年心里料定，张锦江找自己恐怕为的就是刚才的事情。

从房间里出来，恰好看到黄锡隆也是准备上楼去。黄锡隆鼻翼里发出一声冷笑，"敢情这事闹大了啊。"他笑了笑，跟着严丰年就朝楼上走去。

推开张锦江的房门，却见崔宁峰就坐在一旁的沙发上，只是冷着一张脸，不知道在研究个什么东西。张锦江抬头看了严丰年和黄锡隆一眼，然后起身朝黄锡隆走近，目光在眉骨上的那个纱布条看了一眼，忍不住打趣，"黄主任，你可是仪表堂堂的公子哥，这要是在情报局落下个毛病，我老张可不好交代啊。"张锦江的话，却只是让黄锡隆呵呵笑了几声。

"局长您言重了，我这点儿毛病不碍事。给局里啊，添不了什么麻烦。"黄锡隆习惯了和张锦江这种口吻说话，倒是自动将一旁坐着的崔宁峰给忽视了。

"局长，这件事情还真是要怪我，是我没有注意好分寸，工作时间还跟黄主任玩闹。"严丰年主动站出来将责任都揽到自己的身上。

张锦江没有作声，那双幽深的眼眸只是直直盯着严丰年，许久之后才开口，"严主任啊，你这段时间工作很卖力，我都是知道的。同事之间嘛，没事的时候开开玩笑都是可以的，但是切不可开大了啊。"

他说完又将话锋转向黄锡隆，"你恐怕还不知道吧，我们黄主任的大舅子张秘书，现在在汪委员长那里可是红人，以后咱们局里的发展，还要仰靠黄主任的。"

严丰年不知道张锦江说这话是故意巴结黄锡隆，还是有什么其他的意图，他只是跟着讪讪地笑，却不再多说什么。

"局长这话就言重了，黄主任虽然有这样的靠山，但是做的也只是一些后勤工作，情报局的发展，如果真是要靠后勤来支撑了，我看这个情报局不如解散了的好。"崔宁峰心高气傲，平日里一直以自己的功劳大自居。

现在听闻张锦江给黄锡隆拍马屁，他心里就不舒服了。行动处每天在外面风吹日晒，做的都是实实在在的事情。黄锡隆除了管管后勤之外，什么事情都不用做，却拿到了这样高的评价。作为一个贫寒出身，靠自己的本事一步步走到今天的人，崔宁峰自然是不可能接受这样的待遇的。

"崔主任,你这是什么意思啊？你是说我的工作就没有意义？"黄锡隆刚才的得意还没有消融,就被崔宁峰泼了凉水,他甚为不满,立马就反驳起来。

崔宁峰自然也不是省油的灯,大部分时间他都是忍让黄锡隆的,但是他又是一个无法做到处处都忍让的人。

"那黄主任说说,你的工作的意义在哪里？"崔宁峰这是赤裸裸挑衅,眼看着一场战争就要爆发了。

张锦江及时站出来,"你们两个人,就不要吵了,都是咱们局里的功臣。崔主任负责外勤,黄主任负责内勤,这才保证了咱们局里的工作里应外合嘛。"

黄锡隆平白在这里受了崔宁峰的气,一甩手就往外走。

"黄主任,你别忙着走啊,还有工作安排呢。"张锦江蹙着眉头说了一句,但是黄锡隆的倔脾气一上来,九头牛都拉不回来。

"我是做后勤的,恐怕起不了多大作用,还是仰仗崔主任吧。"黄锡隆说完,立马就从张锦江的办公室里离开了。

张锦江吹胡子瞪眼睛气得不行,他在局里要把控全局,但是从目前的形势来看,他好像有些无法把控这个全局了。

"唉,你们这是……"张锦江忍不住叹了口气,崔宁峰坐在沙发上,一副熟视无睹的样子。他显然是平时受气太多,刚才忍不住多说了几句。

"我先去看看,局长您别担心,我去劝劝黄主任。"严丰年笑着说道。张锦江心底是有些想要巴结黄锡隆的,现在黄锡隆尥蹶子不理睬了,他肯定要首先安抚黄锡隆。

张锦江点了点头,严丰年立马就下去了,黄锡隆此时在办公室里大发雷霆,一进屋就将自己桌上的东西扔得满屋子都是。

"你说那个崔宁峰,他算是个什么东西？"黄锡隆见到严丰年进屋,立马开始发牢骚。他看不惯崔宁峰,但是都是在一个局里做事,却是低头不见抬头见。

刚才张锦江不过是夸赞了自己几句,旁人都能听出来,他不过是拍马屁而已。但这个崔宁峰就不淡定了,连这样的马屁他都要争抢一番。

"你啊,就不要跟他计较了,有意义吗？"严丰年蹲下身子,开始将散落在地上的文件拾捡起来。

第 *50* 章
更新任务

黄锡隆还在生气，"你别管，就扔在这里，我倒是要看看，这个崔宁峰有什么本事。"黄锡隆吹胡子瞪眼地继续说道。

"你要是真的这样啊，我看那个崔宁峰正得意呢。"严丰年并不喜欢说三道四，但在这个时候，他倒是觉得，激化黄锡隆和崔宁峰之间的矛盾，并不算是一件坏事。

"得意？真要是把我惹毛了，我给南京一个电话，立马就让他死无葬身之地。"黄锡隆得意扬扬地说道。

严丰年之前只是知道黄锡隆背后有很大的关系，但是他却没有想到，黄锡隆竟然和汪精卫的秘书有这样亲近的关系。

严丰年又是劝说了几句，黄锡隆这才稍微消了消气，到了快下班的时间，王万春再次过来通知，待会儿要去会议室开会，局长有工作任务布置。

"不去。"黄锡隆起身就要朝外走。他还在为之前的事情生气。那张脸上，全是不情愿，王万春站在门口，却是一脸尴尬。

"你回去跟局长禀告就是了，我们待会儿就过去。"严丰年冲王万春说道，将黄锡隆拉住。

"你这是闹什么脾气？难道真的想要他一个人得意？"严丰年开导了几句，黄锡隆这才将怒气稍微消融下来。

不过到了会议室，见到崔宁峰和其他几个主任都在这里，黄锡隆一直都没有搭理崔宁峰，两个人面对面坐在那里，却仿佛是隔着一扇屏障。

黄锡隆仗着家里的关系，没有将崔宁峰放在眼里，而崔宁峰恃才傲物，觉得黄锡隆不是靠本事留在这里，对他也是一副看不惯的样子。

过了好一会儿张锦江才出现，他依旧是那副老成的样子，进屋之后笑了笑，"大家来得都挺准时啊。"他的目光在黄锡隆和崔宁峰的脸上扫视了一眼。

"今天将大家召集过来呢，是有事情要跟大家说。南京那边刚刚来电，我们这里要有新任务了。稍后会将具体事宜通过电台发送过来，这个……严主任你待会儿接收了传递过来。"张锦江说道。

严丰年心底并不放心，之前他已经截获了一份电报，而且已经将电报的内容告诉了陈莹，他不知道张锦江现在所说的这个消息，会不会跟自己截获的是同一份。

"清乡运动是汪委员长给我们下的一个命令，这几个月以来，大家工作都很辛苦，尤其是咱们的黄主任和崔主任，为了我们的工作，付出了太大的辛劳，让我们用热烈的掌声，向他们的工作表示感谢。"

张锦江突然带头出来鼓掌，他似乎是有意要让黄锡隆和崔宁峰两个人和好，刚才的感谢，还将两个人的名字都拉到了一起。

"不过，接下来的工作，会更加辛苦。我希望大家都能够团结起来。咱们情报局在革命工作中的重要性，我就不多说了。都做好手头的工作，到时候，我给你们摆庆功酒。"

张锦江的话，严丰年听得很认真，但是他又是特别的担心。这个消息，他是现在才跟所有人公布的，但是严丰年察觉到，这个消息，崔宁峰其实很早就知道了。

"局长，我还是先回电讯处一趟吧，看看电报有没有发过来。"严丰年在张锦江停顿下来的时候主动说道。

既然刚才张锦江说这份电报会发过来，那么他就应该第一时间守在电台的前面。张锦江沉吟了一会儿，再次抬头。

"嗯，你先去吧，我们在这里等你。"听到张锦江的话，严丰年起身便朝外面走。出人意料的是，崔宁峰竟然也起身了。

"严主任，我还是跟你一起去吧。"他冷冷地说道，那张清瘦的脸上不带有一丝表情，严丰年本能地是要拒绝的，但是在这个时候，他又绝对不可以拒绝。

"好啊,那就请崔主任到我们电讯处视察工作。"他讪讪地笑了两声,而后转身从会议室里往外走去,崔宁峰就跟在严丰年的身后。

从会议室去电讯处有一段距离,严丰年一直想着,该怎么跟崔宁峰寒暄几句,但是一路上,崔宁峰都只是阴沉着一张脸。

"严主任之前是在哪里上学?"快要走到电讯处门口的时候,崔宁峰突然停下来问了一句。那双阴鸷般的眼眸,好像是要将严丰年看穿一般。

"劳烦崔主任问起,在下不才,之前在南京特干培训班上过两年,之后又被秘密派遣到苏联去了三年。"严丰年毕恭毕敬地答道。

这些问题,在他的档案资料上都明确写着。他相信如果崔宁峰此时已经开始调查自己,那么对于这些信息,他比任何人都要了解。

崔宁峰微微牵扯住嘴角,却是没有说话,转身就朝电讯处走去。严丰年不知道崔宁峰问这些是为了什么,但是他还是保持高度的警觉。

"小王,刚刚有没有收到南京方面的电报?"严丰年到了电讯处之后,就冲一旁的电讯秘书问了一句,那女孩子上前一步,却是摇了摇头。

"主任,没有呢,南京那边暂时还没有消息。"严丰年蹙着眉头朝一旁的电台走去,电讯员立马就起身将位置让给了严丰年。

他坐下来,而后戴上耳机,"将频道重新调整,然后仔细听。"他说着,手迅速地在机器上调整了一番,而后将耳机递给一旁的电讯员。

几分钟之后,那个电讯员一脸激动,"主任,南京那边要发电报了。"只不过是几分钟的光景,所有的事情就好像是严丰年期待的那样。

"快记录下来。"严丰年立刻吩咐道,崔宁峰一直都站在旁边,安静地看着这一切。他对电讯处的工作并不了解。

也不过只是十分钟而已,那份电报就翻译了出来。秘书将翻译的电报递到严丰年的手里,他看了一眼,并没有给崔宁峰过目。

"这封电报还是给局长亲自过目吧。"他说完,也没有多看崔宁峰一眼,迈开腿就朝会议室走去。崔宁峰虽然阴沉着脸,但是却跟上了他的脚步。

"哦,对了,崔主任也还是看一眼吧,我差一点儿忘了。"走到电讯处的门口时,严丰年仿佛想起什么似的,将电报递给崔宁峰,但是崔宁峰却只是迅速地扫了一眼,没有接手。

"还是先给局长看吧。"他说完,迈开腿就走。

会议室里,张锦江和一帮主任们正坐在那里吞云吐雾等着这份电报。

严丰年带着这份电报回到会议室里，所有人的目光都不约而同地看向了他。

"局长说得及时，我一回到电讯室，那边的电报就传了过来，局长您先过目。"严丰年说着，就将手里的电报内容递到张锦江的手里。

张锦江蹙着眉头接过电报，仔细看了一眼，而后才跟所有人宣布，"这份电报是南京方面发过来的，这次清乡运动，力度要加大，不只是共产党，当然那些鼓吹共产主义的人员都要涉及……"

张锦江说的内容，严丰年早上的时候就已经知晓了。这份电报，他刚才只是将之前的频道对调了一下，这样才保证在这个恰当的时间里接收到电报。

"不会吧？那这么说，学校里的进步学生，报社里的进步评论员，都要被抓起来，那我们局这个工作量可就更大了。"

这份电报刚刚公布，就有人忍不住开始抱怨起来了。严丰年一直都是默不作声。他不明白南京方面为什么会做出这样的指示。

情报局如果真要负责这项庞大的工程的话，自然是会造成更多的牺牲。他心底愤慨，但是自始至终都只是沉默不语。

"崔主任，这件事情你看怎么办？"张锦江将话题抛到了崔宁峰那里，行动处既然是负责这项行动的主要职能部门，当然要听听崔宁峰的意见。其他部门的人，对这件事情是存有抵触情绪的。

崔宁峰抬头望了所有人一眼，这才开口慢悠悠地说道，"行动处一切听从指挥，工作量确实是大了一些，但是我们行动处有信心能够圆满完成这项任务。"崔宁峰的话，立刻招来一顿白眼。

"崔主任看来很有信心啊，我们其他部门还有自己的工作，那崔主任可要协调好自己的事情。"黄锡隆把弄着手里的烟斗，冷声冷语地说道。

崔宁峰的脸，一阵铁青。当着所有人的面，黄锡隆说这样的话，不就是让他难堪吗？"黄主任，请你不要忘了，我们这是在为党国做事。"崔宁峰起身，声音提高了好几个分贝。以这样一种方式来表达自己的不满。

"既然崔主任还记得自己是在为党国做事，就不要只是惦记着自己的功绩。你们行动处没问题，我们总务处可是有问题。"黄锡隆不紧不慢地跟上一句，带着挑衅一样的眼神盯着崔宁峰。

崔宁峰气呼呼地将求助的目光投向张锦江，但是张锦江却是低垂眉眼，仿佛没有看到一样，径直将他的诉求忽略掉了。

第 *51* 章
敌营特工

崔宁峰站在那里，突然觉得自己陷入一种孤立无援的地步，满屋子的人要么垂下脑袋不理睬他，要么就是带着一副看笑话的表情。

"你们这些人，拿着党国的薪金，却丝毫不为党国的事业尽心，你们这群人！"崔宁峰激动得不知道说什么才好，但是这番牢骚，瞬间得罪了屋子里的所有人。

他是一个对工作尽心尽力的人，但是这份尽心尽力对于旁人来说会显得压力特别大。他用自己的标准要求其他人，自然会激起愤慨。

"崔主任的意思是局里只要你一个人就行了，那我们都走吧。"黄锡隆一挑头，其他的人立马就跟着附和，纷纷起身就朝外走。

"严主任，走吧，既然我们都是废物，待在这里只会让别人碍眼。"黄锡隆离开的时候，还不忘将严丰年叫上。

此时已经过了下班的时间，严丰年当然没有心思坐在这里听崔宁峰发牢骚。所以黄锡隆这么一叫，他也夹在人群中跟着旁人的脚步离开了。

崔宁峰一个人站在那里，瘦削的身形耸立着，就像是一座孤坟一样。他心底比任何人都要着急，但是却带入了过多的情绪。

至于张锦江是不是会给崔宁峰做思想工作，严丰年并不知晓。但是他相信，如果崔宁峰按照这个节奏发展下去的话，那么迟早有一天会自食其果。

"你说这个崔宁峰,简直就是一条疯狗。南京方面下达的任务,这是一般人能够做的吗?这年头,还真是宁可错杀一万啊!我觉得吧,这个剿共做得有点儿过了。"回去的路上,黄锡隆和严丰年同路,忍不住跟他发了一阵牢骚。

"我也没有想到,崔主任竟然说没有问题。"严丰年摇了摇头,这样惨绝人寰的行动,崔宁峰竟然会毫不犹豫地接下来,严丰年是震惊的,但是震惊之余,他最想要做的就是阻止崔宁峰的行动。

"他?呵呵!我倒是要看看,他一个人怎么去执行,从明天开始啊,我总务处是绝对不会再给他方便了。"黄锡隆今天跟崔宁峰再次交锋,尤其是在会议上,张锦江都没有说什么,他更是有几分得意。

但是严丰年心里没有底,张锦江没有表态,不代表他不愿意执行南京方面的决定。此时众人都离开了,他肯定会和崔宁峰一起想办法如何将这个任务执行下去。

他现在知晓了这次任务的内容,但是却不知道执行的计划。陈莹那边是不是已经将情报传递出去了,组织上针对这次行动,会有怎样的部署,他都一无所知。

第二天一大早,严丰年来到局里,但是却没有见到黄锡隆。一直到上班时间,黄锡隆都没有出现。他走到总务处,忍不住问了一下黄锡隆的秘书,才得知黄锡隆今天请了假,在家里休息。

严丰年知道,这个身体不适不过只是个借口罢了,黄锡隆是在用这样一种方式逃避崔宁峰,既然崔宁峰说这个任务执行下去是丝毫没有问题的,那么总务处不合作的话,他这个没有问题是怎么个状况呢?

果然,行动处的人在上午十点钟去总务处一趟,却发现想要给吉普车加油的事情办不了。往常他们只需要拿着联络单去总务处找黄锡隆签字盖章就可以了,但是今天黄锡隆不在,公章只有黄锡隆才有。

这么简单的事情,如果是在平时,几分钟就可以搞定,但是今天,根本就不可能完成了。既然总务处已经开了这个好头,接下来其他部门对于行动处的事情,也都是找各种各样的借口推诿扯皮。

严丰年看在眼里,不由得想要冷笑一声。如果所有人都以这样一种方式抵制崔宁峰,那么这个计划恐怕要延后了。

行动处的事情受到了阻挠,严丰年以为张锦江会亲自出面调解的,但是这件事情一直都没有动静。总务处没有签单,其他部门也没有受理,行动处的事情就暂时搁置了。

下午的时候，严丰年拿着一份电报去楼上准备交给张锦江，只是一份无关紧要的电报，他此时前去，不过是想要从张锦江那里打探一下消息。

走到门口的时候，张锦江的秘书王万春并不在，他站在门口正准备敲门，却听到屋子里传来崔宁峰的声音。

"局长，我觉得这个计划必须马上实施。南京方面下发的这个任务实在是太繁重了，要真是在大海里捞针，我怕到时候针没有捞到，人还都没有了。"崔宁峰的声音里带着一丝厌烦。

严丰年原本想要离开的，毕竟站在门外偷听让人看见了不是件好事。可是张锦江却开口了。

"你说的这个计划，不是不可行，现在需要这么多训练有素的特工潜入共军的阵营里，这也不是一件容易的事情啊。"

派遣特工潜入共军阵营里？严丰年听到这个消息的时候，震惊得一下子有些慌神。他从未想过，崔宁峰的脑子里竟然会有这样的想法。

如果真的如崔宁峰说的那样，那些特务换上一种新的身份潜入我方阵营，必然会如同蛀虫一样给革命伟业造成巨大的创伤。

他敛声屏气站在那里，继续听着里面的两个人说话。

"这件事情可以交给我去办，这批人就从咱们内部的学员里选，我觉得一百个人应该差不多了，然后再进行封闭式训练三个月，给他们重新安排身份，混入共军的阵营里。"崔宁峰似乎有些兴奋，见张锦江对这件事情很感兴趣，立马将自己的想法说了出来。

张锦江犹豫了片刻，"你说得很有道理，就怕这件事情走漏了风声啊，南京方面相当重视剿共的事情，上海这一年来成效显著，但是还是有很多不平静的时候。这件事情，你要仔细想一想，千万不要露出马脚来。"

严丰年听得出来，张锦江是很支持崔宁峰的这个想法，如果真的是这样的话，那么麻烦就大了。

"不过我有一个请求，这件事情局长暂时不要告诉任何人，尤其是不要让黄锡隆和严丰年知道。我怕到时候……"崔宁峰的话没有说完，但是张锦江已经明白了他所说的意思。

"黄主任的立场很坚定，他啊，就是性子直了点儿，你不要和他有正面的冲突。至于严主任嘛……这个还需要时间来观察。"

严丰年的心里更是没有底了，他不知道张锦江刚才说这句话到底是什么意思，难道说，崔宁峰派人调查自己，其实张锦江是知道的，甚至可以说，他可能还是暗地里授了权的？

想到这些，他的心开始七上八下。

"黄主任不能老是在公众场合不给我面子，这样我的工作还怎么开展啊。今天行动处要出去，车都没有油了，他硬是不给加，还有其他部门……"崔宁峰这个时候，委屈得就像是个孩子一样开始向张锦江诉苦。

"工作嘛，何必那么较真呢？换个方式处理一下其实也蛮好的嘛。黄主任今天不在，你啊，改天跟他好好聊聊，有什么解不开的疙瘩嘛。"张锦江开导了几句。

严丰年听到有脚步声朝这里走来，迅速朝前走去，刚好那边就是男洗手间，他径直就拐了进去。过了一会儿，他听到房门从里面打开，然后就是崔宁峰离开的声音。

他站在厕所里，内心始终无法平静。刚才如果没有偷听到这些消息，他不知道接下来还会发生什么事情。张锦江和崔宁峰对自己已经有了怀疑，而崔宁峰现在又要安排一批特工潜入共军的阵营里。

严丰年感觉到问题的严峻性，想要调查出那批特工的身份，这将是一件浩大的工程，但是如果将崔宁峰暗杀了，那么这件事情就可以一了百了了。

尽管他之前将暗杀崔宁峰的事情跟陈莹说过，但是陈莹强烈反对严丰年如此冒险。他知道自己有任务在身，但是眼睁睁看着这个人继续从事破坏革命的工作，严丰年做不到淡定。

他从洗手间里出来，却碰到张锦江朝这边走来，张锦江的脸上有几分诧异，"你怎么在这里？"严丰年的办公室在二楼，但是他此时却是在三楼的洗手间里。

"刚准备交一份南京方面发来的电报，走到这里的时候肚子疼，我就先去洗手间了。"严丰年说着，赶紧将那份电报递给张锦江。

张锦江也没有说什么，接过电报看了一眼，而后笑了笑，"看来咱们最近的工作量会很大啊。"他说着，也没有看严丰年一眼，就径直走进了洗手间。

严丰年不明白张锦江刚才这句话到底是指什么，他没有多想，迈开腿下楼进入自己的办公室。从窗口的位置看到行动处的那三辆吉普车就靠在院子里，他的眉头却始终蹙在一起，无法消散开。

第52章
秘密名单

从那天下午开始,严丰年注意到,行动处的人进进出出特别频繁,南京方面下达的任务,到底是该如何执行,张锦江此时也只字不提了,而崔宁峰则一门心思忙着自己的计划。

严丰年对这个计划十分感兴趣,但黄锡隆这段时间以生病为借口,一直都不来上班。严丰年知道,如果是黄锡隆在局里的话,恐怕这件事情根本就包不住。

在这件事上,严丰年看得出来,张锦江是站在崔宁峰的队伍里。他明知道黄锡隆是故意借病不来上班,却根本就不去理会,他嘱咐严丰年过去多探望,让黄锡隆安心养病。

这个计划的执行,并没有放在局里。具体的安排只有张锦江和崔宁峰知道。严丰年想要知道点儿蛛丝马迹根本就不可能。

一想到三个月后,将有一百个特务混进共军的阵营里,严丰年就觉得心头好像有一把火在那里不停地燃烧。

他需要尽快找到解决办法,陈莹虽然交代,没有特殊的事情,不要贸然前往医院去找她,但是这一次,严丰年还是要铤而走险。

他找了个借口,在上班的时间去医院找陈莹。在医院的正门口,正碰到陈莹,严丰年立马就迎了上去,两个人远远地看见了,心领神会,却并不言语。

陈莹转身就朝里走，装作没有看见严丰年，严丰年却是跟上了脚步。不一会儿，两个人就走到了医院后面的僻静处。

"严丰年同志，你不能随便到这里来，这样不利于你的安全。"陈莹压低了声音指责了严丰年私自行动的事情。既然情报局里的人已经怀疑上了严丰年，那么他的每一次行动，都需要特别小心。

"我这次来是有事情要跟组织汇报。"严丰年环顾了一下四周，那双深邃的眼眸迅速将每个角落扫视了一遍。

陈莹靠在角落的墙壁上，目光却没有落在严丰年的身上，出于职业的敏感性，她观察着这个地方的每个出口。

"局里正在培养一批特工，目的是潜入我方阵营里，摸清楚潜伏在上海的中共地下党。"严丰年小声将自己知晓的信息告诉陈莹。

显然这消息对于陈莹来说，也十分震惊。她万万不会想到，敌人竟然会采用同样的方法。如果是这样的话，那么那些以其他身份混迹在各行各业的地下工作者，就会有暴露的危险，我党在上海的地下工作，将无法继续开展。

"一共有多少人？"陈莹眉头忍不住蹙了起来，一想到这个问题的严峻性，她和严丰年一样，为革命的前途而担忧。

"目前我知道的人数是一百人。具体行动计划由行动处负责，这批人封闭式集中培训三个月后，将潜入各行各业中。"严丰年继续向陈莹汇报自己知道的情况。

陈莹沉吟了片刻，忧色爬上眉梢，"现在是在情报局里开展吗？"陈莹抬起头目光落在严丰年的脸上，她想要得到一个肯定的答案，但是严丰年却摇了摇头。

"具体位置现在不清楚，这几天局里也没有人来培训。这个计划很保密，我也是无意中在张锦江的办公室门口听到的。"

严丰年将那天发生的事情详细地告诉了陈莹一遍，陈莹此时也是一筹莫展。敌人要开展强度更大的清乡运动，已经给中共上海地下党的工作带来了不便，如果现在有一批特务潜入中共阵营的话，后果将不堪设想。

严丰年这几天一直在为这个事情担忧，他原本以为自己在局里一定会得到相应的消息，但是却发现自己根本就被蒙在鼓里。

张锦江闭口不言,而崔宁峰更是守口如瓶,局里没有人知道这件事情。他希望在陈莹那里能够找到一点儿答案。

　　"严丰年同志,这件事情关乎组织的安全问题,我会尽快跟组织上反映,也希望你能够想办法弄到这批特务的名单。"陈莹想了片刻之后,将自己个人的想法告诉了严丰年。

　　弄那批名单,简直就是难如登天,严丰年不是没有想过,这基本上是不可能的。"陈莹同志,我觉得最好的解决办法就是暗杀崔宁峰,只要将他杀了,这个计划就会泡汤。"严丰年将自己的想法说出来。

　　只是他刚说了出来,就被陈莹打断了,"不,这样绝对不可以。严丰年同志,你要保护好自己的安全,崔宁峰现在已经怀疑上你了,如果你在这个时候将他杀了,你就会有暴露的危险。"

　　陈莹急切地说道,而严丰年还想要说什么,却被她制止了。"严丰年同志,我现在以组织的名义命令你,暗杀崔宁峰的行动必须取消。接下来的行动,你必须听从我和组织上的安排,不可以私自行动。"

　　陈莹说完之后,目光炯炯地看向严丰年。那一刻,严丰年除了轻轻叹口气点头服从之外,已经没有别的办法了。

　　回去的时候,陈莹走在前面,离严丰年三米开外,这是一个瘦高个的女人,死了丈夫,之后又死了世界上唯一的亲人。

　　自从龚自强牺牲之后,严丰年再也没有跟陈莹提及过这个人。他不知道陈莹现在的状况到底怎么样,只是他觉得陈莹的背影更加瘦削了一些。

　　他明白陈莹心底承受的痛苦,可是他却什么都做不了。从医院里出来,他有些沮丧,走在回办公室的路上,脑子里总是不由得想起很多事情来。

　　院子里的三辆吉普车已经不见了,也不过是一个钟头的事情,他记得自己离开的时候,那几辆车还好好地停靠在这里。

　　"小王啊,黄主任回来啦?"严丰年假装不知情地去总务处问了一声,黄锡隆并没有在办公室里。

　　黄锡隆的秘书小王抬头看了严丰年一眼,然后起身毕恭毕敬地回答,"黄主任还没有回来呢。"

　　严丰年蹙着眉头,装出一副不敢相信的样子,"黄主任没回来,那行动处的车怎么都开走了?"黄锡隆将公章带走了,行动处想要来总务处领东西什么的,基本上都是会碰一鼻子灰的。可是现在,那三辆车已经有油可以离开了。

"不清楚,反正没有经过我们总务处。"小王回答完就坐了下来。

而严丰年的心里就多了一个疑问了。这件事情没有经过黄锡隆,那么是张锦江亲自操办的吗?他向来都是一个按照流程做事的人,这件事情完全是不合流程的啊。

但这都是总务处的事情,黄锡隆现在不在局里,他就算是有一百个疑问也没有办法,严丰年再次悻悻地回到自己的办公室。

陈莹交代要弄到那张名单,但是这件事情谈何容易。崔宁峰此时在张锦江的关照下,独自去安排这件事情了。他作为电讯处的主任,完全不能插手。

"王秘书,张局长呢?"严丰年心底着急万分,他只能是找个借口去找张锦江了解消息,但是走到三楼张锦江的办公室门口,却发现房门紧锁着。

"局长跟崔主任出去了。"王万春起身回答道,严丰年听到这话,却蹙起了眉头,"我这里有份文件需要局长签字,你到时候帮忙转达一下。"严丰年说着,将手里的文件递送给王万春。

"对了,王秘书,之前局长不是说要给各个部门安排任务吗?最近怎么就没有动静了?"严丰年递上一支烟给王万春,站在那里假装漫不经心地唠嗑。

"不清楚,局长没提起过。"王万春点燃烟,却是摇了摇头什么都没有说。严丰年知道,这个王万春对任何事情都是守口如瓶。

"看来,这件事情崔主任还真是要一个人扛下来了,这样也好,我们电讯处最近的工作量也很大,我之前还老担心工作分配不开了。"严丰年笑着说道。

王万春没有多说什么,严丰年忙碌了一天,却是一点儿消息都没有听到。行动处的人都出去了,崔宁峰的办公室也一直都是紧锁着。

严丰年坐在椅子上,目光却一直落在窗外,点燃在指尖的香烟,一直都燃烧着。可是他却一口都没有吸。

难道要坐以待毙吗?他觉得自己从来没有像现在这样心急过。明知道敌人在进行一项破坏活动,而自己却是一点儿头绪都没有。

张锦江不在局里,还没有到下班的时间,其他部门的人就陆陆续续开始离开,严丰年夹杂在人群里也离开了,他实在是没有心思继续在这个地方逗留下去。

但是他的脚步,并没有朝自己的住处走去,黄锡隆请了一个星期假,这个人平日里总是在局里咋咋呼呼的,但是一旦离开了,严丰年倒是觉得自己仿佛少了一只眼睛一般。他觉得,如果想要知道这个计划,就必须将黄锡隆拉入自己的阵营里来。

天边的彩霞很是灿烂,但是严丰年却一点儿欣赏的心情都没有。

第 *53* 章

计上心来

"黄主任，你不会是真的病了吧？这都一个星期了，再不去局里，我怕你是要告老还乡啦。"严丰年开着玩笑进入黄锡隆的家里。

他的住处和严丰年的颇为不同，拥挤而凌乱。一个大男人住着三层楼房，老婆孩子还不在身边，不过他此时倒是优哉游哉地躺在沙发上，开着收音机听着广播。

"告老还乡？等那个崔宁峰离开了我就回去。"黄锡隆招呼着严丰年坐下来，自己点燃一支烟，然后将烟盒推向严丰年。

"我这几天不在局里，有没有发生什么新鲜事？"黄锡隆很是关心这些事情，但是这几天以来，除了严丰年来过一次之外，就是张锦江派王万春送来一个果篮。

局里的人都知道，他之所以称病不去上班，不过就是在跟崔宁峰赌气。但是这样的赌气一点儿意义都没有。黄锡隆不在的时间，崔宁峰仿佛一下子成了张锦江的宠臣一般。

严丰年坐下来，而后点燃了一支烟，他看到自己之前送给黄锡隆的那瓶洋酒，已经被他喝完了，瓶子就倒在桌子底下。

"你这人，不够意思啊，那瓶酒我送给你，还指望着跟你一起蹭一口的，你这可是一个人独享了啊！"严丰年将话题岔开了。

黄锡隆只是笑，却弯腰将那个酒瓶子拾起来，"这酒不错，下次我托人给你捎上几瓶。"严丰年当然相信黄锡隆有这个本事。

屋子里暂时沉默了一会儿，黄锡隆伸脚碰了严丰年一下，"说啊，局里这段时间有没有闹出什么事儿来？之前张局长不是说要安排新任务吗？崔宁峰那个恶人现在怎么样？是不是跟过街老鼠一样？"

黄锡隆说着，脸上就显出得意的笑容来，他还记得那天在会议室里的事情，崔宁峰当着那么多人的面出糗。

他等待的就是崔宁峰这个人被所有人都不待见，最后他不得不自己卷铺盖走人。黄锡隆之所以不去局里上班，就是指望着看崔宁峰笑话的那一天。

"你想太多了，他啊，现在可是局长面前的红人。"严丰年冷笑一声说道。他来到这里，为的就是要告诉黄锡隆局里最近发生的事情，当然重点还是这个他此时都不知道怎么执行的计划。

黄锡隆显然是不愿意接受这个事实，"什么？红人？你的意思是说，张局长现在还捧着他呢？这个老狐狸，平日里对我毕恭毕敬的，到这个时候，竟然跟崔宁峰这个王八羔子绑在一起，信不信我给南京打个电话，就让他乌纱帽落地。"

黄锡隆一把摁灭了手里的烟蒂，脸上分明就是不服气。他期待着崔宁峰此时在局里生活得举步维艰，但是却没有想到，那人竟然如鱼得水。

"我跟你说个秘密，你不要对任何人讲啊。"严丰年压低了声音，目光警觉地看向四周。他并不知道黄锡隆是否已经被崔宁峰盯上了。

黄锡隆听到这个，立马起身站在窗户处朝外面扫视了一眼，"你说吧，我这里安全着呢，他们不敢在我这里盯梢。"

"局里有行动，而且这个行动只有局长和崔宁峰知道。现在局长对这个行动很重视。"严丰年小声说道。

黄锡隆却是完全不知情的一个人，"行动？什么行动？不会又是清乡吧？"他并没有领会严丰年话里的意思，以为这是之前张锦江说的任务中的一项。

"崔宁峰这次要出风头了，他正筹备着要培养一批特务潜入共军的阵营里，这样就能够将共军在上海的地下党一网打尽。"

这个消息，严丰年不知道自己该不该告诉黄锡隆，但是他还是想要赌一把,黄锡隆对崔宁峰恨之入骨,自然不甘心让崔宁峰一个人占据了头功。

黄锡隆听闻严丰年这么一说,却并没有立马开口回应,他蹙着眉头,仿佛在深思什么事情一样。

"怎么了?你不会告诉我,这件事情你其实是知道的吧?"严丰年推了黄锡隆一把。

黄锡隆却并没有笑,"我只是觉得,这个崔宁峰实在是太可怕了。你说他要是真的这么做的话,那共产党岂不是毫无招架之力?"严丰年不知道他说这话是什么意思,也没有搭腔。

"不过呢,我是不会让他这个计划得逞的。"黄锡隆靠在沙发上,两只胳膊搭在脑后,一副胸有成竹的样子。

严丰年知道黄锡隆绝对有这个本事,他是情报局的元老,在南京那边人脉广阔,只要他想要去做的事情,基本上就没有做不到的。

严丰年看向黄锡隆,想要从他那张得意的脸上看出点儿端倪来,"你不用这样看着我,今天你告诉我的事情,我可没听见。"黄锡隆狡黠地笑了笑说道。

严丰年知道,黄锡隆此时有了自己的计划,只是这个平日里根本就藏不住话的人,却将自己的小算盘藏得这么严实。

"对了,你跟那个陈护士长现在怎么样了啊?什么时候喝你们的喜酒?"黄锡隆突然漫不经心说了这么一句,严丰年倒是颇为诧异。

"你就不要再开玩笑了,我跟她不可能。"他讪讪地笑了笑,想要岔开这个话题,但是黄锡隆接下来的话,却让严丰年大吃一惊。

"你就不要遮遮掩掩了,你跟她约会的事情,好多人都知道了。大家都是成年人了,这有什么不好意思的?"

严丰年一直觉得自己跟陈莹的往来很隐蔽,但是却没有想到,连黄锡隆都已经知道了。既然黄锡隆已经知道了,而且还认为他和陈莹是在约会,他便不再去争辩了。

第二天,严丰年去局里的时候,却发现黄锡隆也在办公室坐定了。这段时间他不在,桌子上积压了许多需要他亲自签署的东西,不过奇怪的是,行动处所有的单据都没有出现在他的办公桌上。

"奇了怪了,你说这个崔宁峰,到底在耍什么把戏?他行动处的事情,难道可以越过我总务处?"黄锡隆端着紫砂茶壶再次出现在严丰年的办公室里,他跷着二郎腿坐下来,不由得开始发牢骚。

这天行动处的人都销声匿迹了,张锦江是不是在办公室里,严丰年也不知道。他只是觉得因为那个计划的出现,整个局里都弥漫着一股神秘的气息。

"他不来给你添乱,不是正中你意吗?"严丰年打趣着说道,他的目光时不时瞟向窗外,但始终没有看到行动处的身影。

"这不是便宜他了吗? 我啊,这辈子是没什么指望了,不过要我天天对着一个我不喜欢的人,那多无聊啊。你说这个崔宁峰,一副尖嘴猴腮的样子,有什么本事当这个行动处主任啊。"黄锡隆继续埋怨道。

严丰年正好被电讯处的秘书叫去签署一份电报,他起身离开,黄锡隆端着茶壶回到了自己的办公室。

签署完那份电报之后,严丰年觉得,自己还是应该亲自去看看,至少要从张锦江那里得到一点儿信息。黄锡隆昨天还说自己有了计划,但是今天看来,他好像还是按兵不动的样子。

他不知道黄锡隆的算盘,但是他绝对不可能将所有的鸡蛋都放在一个篮子里。电讯处的秘书已经将电报填写完毕,严丰年便朝三楼走去。

张锦江的办公室紧锁着,而王万春也不在自己的办公室里。严丰年蹙着眉头,一脸的疑问。难道这件事情,除了下面几个部门不知道之外,连王万春都是知晓的。

"局长原来不在办公室啊!"严丰年略微有些沮丧,他没有回自己的办公室,而是径直去了总务处,黄锡隆靠在椅背上,点燃一支烟,优哉游哉地吸着。

"放心吧,待会儿就会回来的。"他说完,微闭着眼眸,仿佛是一副胸有成竹的样子。这副得意的模样,让严丰年心里更加没有底。

这是第一次,他觉得黄锡隆身上蒙着一层神秘的面纱,这个看上去没心没肺的男人,有时候竟然让他觉得可怕。

"到底怎么回事?"严丰年多问了一句,明知道从黄锡隆的口中得不到自己想要的答案,但是他还是装作很好奇的样子,追问了一句。

"你啊,怎么这么没耐心? 不是让你等等嘛,你就耐心等一会儿吧,到时候局长会亲自过来找我们的,你就等着看好戏吧。"

黄锡隆仍旧是丢下一句模糊的话,严丰年便不再问了。他隐隐约约地感觉到,黄锡隆的胸有成竹肯定跟那个特工计划有关系。

他没有多说什么,晃悠悠地再次回到自己的办公室。电讯处还有一些事情需要他来处理,为了让自己的心静下来,他戴上耳机,集中精力感受着电波敲击耳膜的声音。

直到一旁的秘书走过来,轻轻拍了拍他的肩膀,他这才回头注意到王万春就站在自己的身后。严丰年摘下耳机,王万春已经走近。

第51章

这出好戏

"王秘书,有什么事吗?"严丰年起身问道,王万春的脸色有些严肃,他压低了声音冲严丰年说道,"局长让您过去一趟呢。"

严丰年心底诧异,"局长回来啦? 我刚才还说要找局长签署一份电报呢。"严丰年起身朝外走去,想要回自己的办公室去拿电报,王万春却说暂时不用了。

严丰年跟在王万春的身后朝刑讯室走去,不知道为什么,他觉得分外的紧张,十指不由得蜷缩成一个拳头。这个地方,时常让他觉得恐惧。

"局长不在办公室里?"严丰年小声问了一句。这里是崔宁峰的地盘,他不知道这会不会是一个陷阱,但是走到门口的时候,恰巧看到了黄锡隆。

看到了黄锡隆,严丰年心里的石头这才放下来。刑讯室的外间,已经站了好几个人。严丰年跟在王万春的身后走了进来,在黄锡隆的身旁站定。

"怎么回事啊? 怎么让我们来这里了。"严丰年压低了声音问黄锡隆,但是黄锡隆并没有作声,而是努了努嘴,示意他朝里看。

严丰年这才往里看了一眼,见到里间的地上,躺着一个人,此时正用白布罩着全身。他当下心里就有些七上八下了,难道又是一个革命同志吗?

他想要看得更清楚一些,但是隔着一段距离,根本就看不清楚。他只能将自己心底的好奇都压抑着。

过了几分钟，张锦江一脸阴沉地走了进来，他没有在外间停留下来，径直去了里间，跟在他身后的是崔宁峰。只是此时的崔宁峰，已经没有了这几日的傲慢自得，而是一副沮丧的样子。

严丰年不知道崔宁峰为何情绪变化这么大，但是听到黄锡隆鼻翼里发出的那一声冷哼的时候，他仿佛明白了一些什么。

"走，进去瞧瞧吧。"黄锡隆说着，冲严丰年使了个眼色，便率先朝里走去，严丰年见黄锡隆进去了，自然也是跟了进去。

张锦江站在那个搭着白布的人旁边，蹙着眉头，一直都没有说话。黄锡隆走近，假装浑然不知。

"哟，想不到几天不见，崔主任还是这么雷厉风行啊，这么快就又抓了一个共产党啊。"他说着，还不忘伸脚踹了那个人一下。

严丰年不知情，当下心不由得一紧。

只是崔宁峰的脸色就更加的难看了几分。他一心想要在局里出人头地，但是好几次都是落得如此下场。他没有理会黄锡隆对自己的嘲讽，只是低垂着脑袋，一言不发。

"崔主任，你说说吧，这到底是怎么回事？"张锦江的声音里带着斥责，显然这个人的死，让他颇为不满。

黄锡隆胆子大一些，即便是明知道张锦江此时心里生着气，他还是鼓足勇气上前一步拉开了那个白布，白布遮盖的是一个清秀的年轻人，只是他已经永远地闭上了眼睛。

"这……这不是局长的学生吗？"黄锡隆立马惊呼了一声，严丰年这个时候终于明白了，为何张锦江的脸一直都是阴沉着的。

"他……怎么可能是共产党？崔主任，这件事情你可要交代清楚啊。"黄锡隆夸张的表情落入严丰年的眼里，他掀开那白布，故意将那人的脸露出来。

张锦江已经别过脸去了，他只是背着手站在那里许久都不作声。崔宁峰叹了口气，明知道黄锡隆是煽风点火，却又是无可奈何。

"崔主任，你是该好好解释一下，明哲是我的学生，他怎么去了你那边？然后又怎么可能是共产党？"张锦江语气有些重，严丰年听得出来，对于这个人的死，张锦江是在意的。

"局长，至于谭明哲是怎么来我这里的，这件事情我不想解释。我也不知道他怎么会是共产党，在他的遗物里我们发现有很多他跟共产党联络的信件,另外至于他的死,我也不清楚。"

崔宁峰回答得很勉强,对于这样的答复,张锦江自然是不会接受的。

"你别忘了,你是干什么工作的?如果你连这件事情都没有搞清楚,你让我怎么去相信你?明哲是我的得意门生,我可以用我的人格保证,他绝对不是什么共产党。他本该有大好的前程,但是你却断送了他的生命。"

张锦江的声音有些发抖,黄锡隆立马上前搀扶住他,"局长,您千万不要因为这件事情气坏了身体,明哲我之前在您家里见过几次,确实是一个好孩子,我当时就跟您说啊,明哲以后一定会有大出息,只是可惜了。"

黄锡隆这么一说,张锦江就觉得更加伤心了。严丰年觉得自己此时好像有些格格不入一样。他保持着沉默,就当是看一出好戏吧。

"局长,请您相信我,谭明哲的死,真的跟行动处没有半点儿关系,我们发现他的时候,他已经死了。"崔宁峰还想要解释,但是却被张锦江训斥住了。

"住口!明哲是死在你那里,怎么可能跟你没有关系?你让我现在怎么跟他爸妈交代?"张锦江继续说道。

崔宁峰此时就算是想要狡辩,但是已经没有任何狡辩的可能性了。不一会儿,有人跑了进来,准备跟崔宁峰报告事情,发现张锦江也在这里。

"什么事,当着所有人的面说。"张锦江几乎是吼出来的。那个人将目光投向崔宁峰,却见崔宁峰此时正低着脑袋。

"王晓宇是共产党,我们在他的床下发现了这些,他已经跳楼自杀了。"那人说着,将一个牛皮袋子递了过来,黄锡隆立马接过来递给张锦江。

张锦江颤抖着手打开,却发现里面是一套共产党宣言的册子,他怒不可遏,狠狠地将手里的东西摔在地上。

"崔宁峰,你自己说说看,你到底在干些什么?你说要招募一百个人来,却还真是把共产党都招募进来了。"张锦江愤怒地冲崔宁峰吼道。

崔宁峰怎么也没料到会是这样的结果,刚才那个人站在门口的位置,吓得双腿忍不住颤抖起来。

"局长,您听我解释……"崔宁峰还想要狡辩,这个计划是他和张锦江商议过的,可是现在,却闹出这么多的问题来。

局长的得意门生不知道为何死了,还被冠上一个共产党的罪名,而招募来的人里面,竟然还真藏着一个共产党,他还没来得及审讯,那人就跳楼了。

原本好端端的事情,此时已经乱成了一锅粥,他蹙着眉头,脸上弥漫着焦急和无奈。张锦江转身原本要离开,却又猛然转身看向崔宁峰。

"好,你不是要解释吗?那我就给你一次解释的机会,你给我好好解释一下,你这么做到底是居心何在?"张锦江那双幽深的眼眸瞪着崔宁峰。

崔宁峰身形原本就瘦削,现在更是显得有几分猥琐。"局长,谭明哲的死,我真的不知情。至于王晓宇,我会尽快去调查。"

他嘟囔了半天,说出的话,却没有让张锦江心底的气消散。张锦江朝崔宁峰走近,厉声喝道:"从现在开始,你手头的工作都停下来,还有你说的那个什么计划,从现在开始也停下来。"

张锦江说完,脚步就朝外走。崔宁峰站在那里,头压得更低了。

"崔主任,你这次可真是闯了大祸了。"黄锡隆阴阳怪气地说了一句,然后就朝外走去,严丰年自然不会在这里逗留。

"刚才到底是怎么回事啊?"从刑讯室出来之后,严丰年压低了声音问了黄锡隆一句。看到黄锡隆那副得意忘形的样子,严丰年猜想,这件事情绝对跟他有脱不了的干系。

只是刚才张锦江只顾着替自己的爱徒伤心,并不会注意到这些细节,而崔宁峰就算是有一万张嘴巴,也解释不了这个误会。

"什么怎么回事啊?你没有看到崔宁峰现在就像是过街老鼠嘛,他这次得罪了局长啊,我看很难翻身了。"黄锡隆说完,脸上的得意仍旧没有收住。

"你做的是吧?"严丰年在黄锡隆转身的时候小声说了一句,黄锡隆脸上的笑意立马就敛住了。

"严主任,这话可不能乱说,局长都已经说了,这是崔主任做的。刚才你不是也听见了吗?"黄锡隆一脸严肃地说道。

严丰年会意,"对啊,局长确实是这么说的,这个崔主任也真是胆大,只可惜了那个小伙子了。"严丰年摇了摇头,跟在黄锡隆的身后朝自己的办公室走去。

"晚上一起喝酒去,我那儿有瓶好酒。"黄锡隆搭住严丰年的肩膀,小声在他的耳旁说道。严丰年点了点头,喜悦也爬上眉梢。

他知道黄锡隆绝对不是一个等闲之辈,他也知道自己不该与黄锡隆走得太近,但是严丰年却清楚,他必须利用黄锡隆完成自己的任务。只要崔宁峰彻底失去张锦江的信任,那么这个计划才能够从根本上泡汤。

第 55 章
青木一郎

严丰年顶着宿醉之后的脑袋昏昏沉沉出现在情报局门口的时候,却发现气氛截然不同。情报局的门口加派了不少卫兵,而且还是枪上带刺刀的日本人亲自把持。

往日里进出随意惯了,但这时在门口他被拦住了,要求出示相关证件。严丰年倒是乖乖从兜里将证件掏出来让门房上的侍卫过目,这才左顾右盼地朝办公楼走去。

在楼梯口遇到了张锦江,严丰年慌忙上前打了声招呼,张锦江看了严丰年一眼,迅速将他拉到一旁。

"严主任,半个小时之后有个会议,你赶紧做好准备,待会儿要汇报工作。"张锦江说完,迈开脚步就要离开,看得出来,他神色有些慌乱。

严丰年可从来没有见过这副德行的张锦江,他心底狐疑,还没来得及多问,张锦江已经走远。

两分钟之后,黄锡隆一头钻进了严丰年的办公室,进来后第一件事情是立马将房门关上,而后拉着严丰年走到窗前。

"日本人这回亲自来了,现在全坐在会议室呢,听说派了个中将,叫什么青木一郎。待会儿,你可小心点儿。"黄锡隆说完,四下里瞅了一下,却又是赶紧回到自己的办公室去了。

情报局里之前的散漫风气,在这个早上荡然无存。严丰年只觉得心底一下子失去了平衡。日本人突然进驻情报局,是要发生什么大事了吗?

他来不及多想,迅速将手头的工作稍微整理了一下,瞅着时间差不多了,这才去了会议室。

会议室在三楼张锦江的办公室旁边,圆形的桌面上已经摆放了水果,窗明几净,为首的位置上坐着一身军装的日本军官,严丰年斜眼瞟了一眼,却只见那人傲慢中带着几分凶残。

"大家先过来跟青木先生打声招呼吧!"张锦江搓着手站在旁边觍着脸招呼着所有人上前跟青木一郎打招呼。

青木一郎一看就是个瘦高个,阴鸷的双眸在每个人脸上扫视了一眼,却是一句话都没有说,甚至那张清瘦的脸上,连个多余的表情都没有。

"青木先生,久仰久仰!"严丰年跟着所有人微微鞠了个躬,算是打过招呼了。一旁的崔宁峰,却是笑着上前主动示好。

黄锡隆看向严丰年的眼里,分明就是对崔宁峰的鄙夷,只是当着日本人的面,他没有表露出来。

"都坐吧!"青木一郎操着一口标准的国语,语气十分冷淡。他这么一说,张锦江立马招呼着其他人都坐了下来。

"青木一郎先生从今天开始就入驻咱们局里了,开始指导我们的工作。接下来,大家都主动跟青木先生汇报一下咱们这段时间手头的工作,也让青木先生对咱们的工作有一个大致的了解。"

张锦江仍旧是那副诣媚的语气,谁也没有说话,每个坐在那里的人都是敛声屏气。面对威严傲慢的青木一郎,严丰年心底却是十五个吊桶打水七上八下的。

来到会议室的,都是各个部门的主任,大家简要将自己的工作进行了一番汇报,青木一郎没有做出任何的表态。

轮到崔宁峰的时候,他倒是开腔多说了几句。"现在抓到了多少共产党?"他身子微微向前倾了一点儿,但是语气还是之前的阴冷。

崔宁峰起身,毕恭毕敬地回答,"回青木先生,从清乡运动开始,我们一共抓了一千五百三十二名共产党,其中招供的有二十一人。"崔宁峰回答得十分详细,青木一郎只是蹙着眉头没有作声。

"崔主任,你再跟青木先生详细汇报一下你的工作吧,这次南京方面派青木先生过来,就是为了指导我们的剿共工作。"张锦江见屋子里的气氛时不时地就冷淡了下来,便开口搭腔。

"那我就跟青木先生介绍一下,我们的剿共工作开展得很迅速,已经取得了一定的成绩,但是整体而言,还是不够理想的……"崔宁峰还想要继续说下去,青木却挥手打断了他的话。

所有人的目光不约而同看向青木一郎,这个突然造访的日本人,让整个情报局陷入诡异之中。

"关押室在哪里?"他蹙着眉头突然这样问了一句。行动处除了负责抓共产党之外,还负责审讯以及关押处置相关人员。严丰年来局里的时间并不长,对此知之甚少。

崔宁峰显然是愣住了,一旁的张锦江也露出一副意外的表情,"青木先生,关押室并不在局里,我们这里地方有限,有些人员没来得及处置的,我们都送往西郊的监狱了。"张锦江起身,代替崔宁峰汇报。

青木一郎沉吟了片刻,而后起身,戴着白手套的手一挥,张锦江就跟了过去,"我要去看看。"

所有人都不明白青木一郎葫芦里到底卖的是什么药,尤其是严丰年。他一直在小心翼翼地观察着这个青木一郎,想要知道这个人的底细,可却一直无从知晓。

去西郊监狱的路上,张锦江和崔宁峰陪同着青木一郎,严丰年和黄锡隆挤在后面的一辆吉普车上。严丰年心里纳闷,黄锡隆心里更是狐疑。

"你说这日本人到底在想些什么啊?来的时候也不通知一声,这刚刚来就往监狱里跑,敢情这是跟共产党死磕啊。"黄锡隆压低了声音说道。

严丰年只是蹙着眉头,他觉得事情不会像想的那么简单,可此时他也猜不出青木一郎的心思,只能够随着人流朝那边涌去。

西郊监狱就在离情报局两公里的地方,这里关押着一批还没有来得及处置的进步人士。有些人曾经是地下党,有些人只不过是报社的进步人士,可一旦被抓来这里,多半除了等死,就绝对没有出路。

青木一郎似乎对这个地方颇为感兴趣,车子停靠在西郊监狱的门外,他率先从车子上下来,穿着军靴的脚步就朝里走。崔宁峰上前跟看管的人打了声招呼,大门畅通无阻。

这是严丰年第一次来到这个地方,他的目光不住地在各个阴暗的牢房里搜寻,想要寻找到一两个熟悉的容颜。

青木一郎在走廊里站定,目光环顾一周,那张阴冷的脸上,倒是显出一抹诡谲的笑意,而后他掏出手枪,对着一个黑乎乎的房间猛然射击,只听到一声惨叫,房间里传来一个女人尖细的叫声。

所有人都愣住了,谁也不会想到,青木一郎竟然会做出如此的举动。他轻轻吹了吹枪口,将那一声尖叫自然地屏蔽。

"崔主任,这些人,统统都死掉!"他淡淡地说了一句,脚步就朝里走,刚才的枪声,打破了牢房里的平静,无数人扑到门口,不停地咆哮着。

严丰年的心,一次次猛烈撞击,看着这个杀人狂魔将枪口对准那些老弱病残,而后眼睛眨都不眨一下就将子弹射穿在他们的腿上、胸口上。

崔宁峰一直跟在青木一郎的身边,点头哈腰地对青木一郎所说的话表示赞成。末了,青木一郎一挥手,崔宁峰就靠近。

严丰年听不清楚青木一郎在崔宁峰的耳旁到底说了什么,只见崔宁峰的脸上挂着笑意,频频点头,而后崔宁峰就出去了。

青木一郎一声不吭地往外走,步子悠闲而坦然,张锦江带着一行人小心翼翼地跟在他的身后往外走,不一会儿,就见崔宁峰招呼着一群人,将牢房里的人带了出来。

这些人长年关在牢房里,已经很久没有见到光亮了,一个个用手遮挡着眼睛,踽踽前行。只是脚上的铁镣,落在地上发出清脆的声音。

"青木先生说了,现在要考验一下大家的射击。"崔宁峰说着,使了个眼色,就有人将已经上膛的手枪递到每个人的手里。

"现在你们可以开始射击,谁射中的人多,谁就赢了。"崔宁峰当众宣布规则,严丰年的眉头完全蹙成了一团,一旁的黄锡隆,看着崔宁峰也是一副咬牙切齿的模样。

"这个……青木先生……我看这个就不用了吧?但凡能够进入情报局的人员,之前都是在军校里训练过的。"张锦江讪讪地笑了,他虽然当了伪政府的官员,可要亲自拿着枪对准自己的同胞,他多少还是有些下不了手。

青木一郎没有作声,依旧是阴沉着一张脸。张锦江终于发现,自己在这里毫无话语权,他默默地闭上了嘴巴。

最先示范的那个人是崔宁峰,每一枪过去,都打中了不停逃窜的那些人的小腿,只听到空气中传来一阵阵惨叫,听到那样的叫声,青木一郎脸上竟然露出了笑容。

　　一旁站着的人,个个都是心惊胆战,面如土色。

　　严丰年知道,如果他此时不参与这项行动,那么自己的身份很快就会暴露。他不知道青木一郎这么做到底是什么目的,但是他已经嗅到了危险的气息。

第 *56* 章
临危受命

"严主任,还愣着干什么?"严丰年的犹豫,被崔宁峰看在眼里,他冷着一张脸冲严丰年叫了一声,所有人的目光都落在了严丰年的身上,尤其是青木一郎,他饶有兴趣地上下打量着严丰年。

严丰年额头上的汗珠,开始不停地滑落。子弹已经上膛,他只要扣动扳机,子弹就会"嗖"的一声飞出去,可是在这个时候,他却一点儿勇气都没有。

"老严,还愣着干什么?"黄锡隆小声地提醒了严丰年一句,青木一郎这个人的脾气有几分可怕,若是在这个时候得罪了他,恐怕下一个挨枪子儿的人就是严丰年了。

严丰年心底尽管一万个不情愿,可他知道,此时若是不按照青木一郎说的去做,那么他就只会让对方怀疑上自己。

内心的挣扎,最终不得不屈服于现实,他颤抖着举起枪,所有人的目光都落在他的身上,手指扣动扳机,就听到子弹飞了出去。

随着膛里的子弹终于射完,严丰年的心也沮丧到极致,但是青木一郎却是笑着开始拍手掌,"严主任,好枪法!"

他朝严丰年走近,那双阴鸷的目光落在严丰年的身上,四下里打量着。"你是负责电讯处吧?"青木一郎问了一句。严丰年没有回答,只是点了点头。

"情报局果然人才济济啊!"青木一郎说完,伸手在严丰年的肩膀上拍了拍,而后掉头就走。所有人都愣在那里,完全不知道他接下来到底要做什么。

严丰年觉得自己就像是经历了一场梦一样,青木一郎来到情报局不过是半天而已,但是他却用这些怪异的方式,将每个人的心都提到了嗓子眼里。

果然,回到情报局之后,青木一郎就恢复了之前冷酷的神色,所有人都聚集在会议室里,就连张锦江,也是不住地拿手绢擦拭额头上的汗珠。

"鄙人不才,请各位以后多多关照。我接受总司令的派遣,来上海和各位一起完成东亚共荣圈的兴建工作。这段时间,共匪猖獗,上海尤其盛行,希望各位在接下来的工作中,都要拿出一份新姿态。"

青木一郎环顾一周,目光从每个人的脸上扫视一番。他是个中国通,一口国语说得标准,就连这些套话也学得很精。

"我出生在上海,很喜欢这座城市,想不到今天还能够回到这里。"青木一郎说着,起身在会议室里踱步。

严丰年只是低垂着头并不作声,屋子里的气氛压抑到极致,无论走到哪里,只要青木一郎存在,就是绝对的低气压。

"不过,这座城市里有太多不利于和谐的因素了,我是绝对不会姑息纵容这批人在上海胡作非为的。只要有人阻拦东亚共荣圈的建立,格杀勿论。"

最后一句话,青木一郎说得很重。每个人的神经都紧绷绷的。会议很快就结束了,张锦江小心翼翼地陪着青木一郎去了楼上临时设立的专属办公室,严丰年这才觉得稍微轻松了片刻。

"快把我吓死了。"黄锡隆长长地舒了一口气,点燃一支烟,大口大口吸了起来。严丰年只有遇到特别的事情才会抽烟,此时两个人回到办公室里,忍不住吞云吐雾。

"你说这个青木,突然就来了,让人一点儿防备都没有。他这哪里是来帮忙剿共,我看他简直就是来折腾咱们。大清早的,杀人就跟杀鸡一样,你看看他,眼睛都不眨一下。"黄锡隆说着,兀自摇了摇头。

严丰年当然害怕,青木一郎心狠手辣,他分明就是用一种下马威的态度给所有人在心里立了威。但这一粒恐惧的种子一旦种下,就不容易清除了。

"杀多了就麻木了。"严丰年淡淡地说了一句。那样凄惨的叫声还在他的耳旁萦绕着,他亲手枪杀了好几个无辜的人员,此时他心底忍不住内疚。

"你呀,那时候真是快把我吓死了,你知道吗?青木那双贼溜溜的眼睛可一直都盯着你,我还真怕他一时兴起,拿你当鸡,杀了给猴看呢。"黄锡隆忍不住开了一句玩笑。

严丰年并没有搭言,他心底比谁都要清楚,青木一郎的到来,一定要及时向组织汇报。所以,他寻了个借口,就去了局里的医院。

只是,当他的脚步走到医院里的时候才发现,这里也被日本兵把守起来了,病房里不时传来一阵阵凄惨的叫声,每一声落入严丰年的心里,都是一阵毛骨悚然。

"陈护士长……"严丰年远远地见到陈莹戴着口罩,形色匆匆地往外走,他不由分说,上前一步拉住陈莹的胳膊。

陈莹见抓住自己的是严丰年,眼睛里的恐惧倒是稍微地缓和了一点点,她四下里看了一眼,让严丰年跟着自己去了值班室。

"你们那边怎么样?"陈莹一坐下来,假装给严丰年量血压,一边压低了声音问道。谁也不会想到,只不过是一个晚上的工夫,情报局及其附属单位,都被日本兵把守了。

"局里来了不少日本人,为首的是一个叫青木一郎的。这个人阴险狠毒,一大早就去西郊监狱枪杀了不少人。"严丰年蹙着眉头,声音低沉地说道。

他的脸色并不怎么好看,一想到自己还参与到这项行动,他接下来的话就有些吞吞吐吐了。"陈莹同志,我要向你和组织做检讨,今天,我也参与了这项行动……"严丰年还无法面对内心的考验。

陈莹只是停顿了片刻,"严丰年同志,你要记住自己的使命,这些事情是身不由己,现在情况特殊,组织上希望你能够保护好自己。"陈莹郑重地说道。

"青木一郎到这里来,可能不是剿共那么简单,这个人性格太怪了,怪得让人害怕。我会想办法尽快除掉这个人。"严丰年信誓旦旦地说道。

当他见到青木一郎枪杀无辜的民众时,他脑海中唯一的想法就是要尽快将这个可怕的恶魔除去。

陈莹神色紧张了起来,她朝外看了一眼,声音更低了几分,"你不可以冒这样的险，我会派人去做这件事情，暂时必须得等待时机。"这是陈莹给严丰年的指示，他心底即便有几分不情愿，可也还是得执行。

"医院这里呢？情况怎么样？"严丰年微微冷静了一些，继续问道。他刚才进来的时候，看到走廊里有不少日本兵。

"这边情况可能稍微要好一些，这些日本兵就是守在这里，进出人员都要检查，其他的倒是没有什么。"陈莹叹了口气。

"这或许是青木一郎的意思，他是个疑心很重的人。"严丰年叹了口气继续说道，"同志们转移得怎么样了？这段时间可千万要小心。"

严丰年心底的担忧，陈莹同样存有，"你放心吧，这里的事情我会尽快安排好的。"两个人在屋子里小声说着话，却听到一个女人在走廊里开始尖叫。

严丰年几乎是条件反射就往外跑，却看到一个女护士衣衫不整地正在到处逃窜，而此时跟在她身后的是两个耀武扬威的日本士兵。

他们叽里哇啦一边说着，一边迈着罗圈腿追逐着，肥硕的脸上绽放着淫笑。其他的人，都吓得闪到了一边，那女护士眼看着就要被两个日本兵抓住了。

严丰年这才看清楚，这个女护士不是别人，正是他认识的王护士。他蹙着眉头，突然上前一步，将那个王护士揽到了身后，而后迅速将她塞入护士值班室的房门。

里面的陈莹反应过来，将房门从里面反锁住了。那两个日本兵愤怒至极，一路上一直都没有人敢阻拦他们，但是此时这个中国男人却站在他们的面前，阻挡了他们的去路。

眼看着冲突就要发生了，一个穿着西装的男人朝这边走来，先是用日语跟这两个日本兵说了一阵，这两个人才稍微缓和了一下情绪，但还是站在那里，虎视眈眈地盯着严丰年。

"严主任，真是不好意思……"那人走近，严丰年这才想起来，早上一起去西郊医院的时候，这个人就坐在另外一辆车上，好像是青木一郎的秘书。

"这里是医院，不能让他们随便碰这里的人。"严丰年冷着眉眼吼道。他压抑了一整天的怒火，只是要寻找一个端口发泄。

那个穿着西装戴着金丝边框眼镜的男人，立马给严丰年赔不是，"严主任，真是对不起了，刚才冒犯了令妹，您请放心，我一定会跟青木先生反映的。"那人点头哈腰地说道。

而严丰年自始至终都没有多看他一眼,直到那两个士兵彻底消失,他这才作罢,转身敲了敲门,房间里传来小王凄凄惨惨的哭声。她躲在陈莹的怀里,显然是吓坏了。

　　严丰年的脸色就更加阴沉了,他抡起拳头,狠狠地砸在墙壁上,半晌都没有说出话来。

第 57 章

血煞医院

"小王,你没事吧?"陈莹搂着瑟瑟发抖的小王,不停安抚着她。此时这个年轻的女孩子已经吓得面如土色。

她还没有从刚才的惊恐中回过神儿来,忘记了流眼泪,那双无神的眼睛,只是呆呆地盯着某处,整个身子在陈莹的怀里颤抖着。

看到自己的同胞遭到日本人的欺凌,严丰年心底比任何人都要痛苦。这群突如其来的日本人,就像是魔鬼一样。

"严主任,你要是没什么别的事情,就先回去吧。"陈莹淡淡地说道,严丰年蹙着眉头,轻轻点了点头,就往门口走去。

他刚走到门口,房门就被人从外面推开了,一个女护士手上沾满了鲜血,整个人都已经吓傻了。

"怎么了? 这是怎么回事?"严丰年一把拽住这个女护士的胳膊,两手扶住她的肩膀,那双如炬的眼眸,紧紧地收敛。

"他们……他们……在五楼杀人!"那个护士,断断续续将这话说出来,陈莹心下一惊。

"不好,五楼是妇产科。"此时此刻,她不得不丢下小王就朝外走,而严丰年已经率先跑了出去。他刚才冲那个人说了不准碰医院的人,而此时……

他来不及多想,脚步如飞,整个身影就如同一道闪电一样,飞速朝五楼跑去。楼道里的人都已经散开了，病房的门都紧紧地关闭着。

他的脚步还没有到达五楼，却在楼道里已经听到了撕心裂肺的喊叫。五楼妇产科住着的都是待产和已经生产的女人，另外一头是新生婴儿的产房。

血迹布满了走廊的地面，有一个大着肚子的女人瘫倒在地上，身下还汩汩流淌着鲜血。严丰年大步朝前走去，那个还在喊叫的病房里，三个日本兵正拿着刺刀，狠狠地朝孕妇隆起的腹部刺去。

"你们都给我住手！"严丰年厉声喝道，这个病房里住着的都是待产的孕妇，此时已经有好几个孕妇躺在血泊之中了，还有两个幸免于难的，蜷缩在墙角，整个人已经吓傻了。

其中一个孕妇，此时正被一个日本兵扒光了衣服，她痛苦不堪地想要逃脱，却被两个日本兵拽住了手脚，光天化日之下，让人惨不忍睹的兽行就在这里发生了。

严丰年的到来，显然是扰乱了这几个人的兴致，他们回头看了严丰年一眼，脸上不由得就显露出了杀气。

另外两个日本兵缓缓起身，拿着一旁的刺刀就朝严丰年走了过来。他们挥舞着刺刀，想要给这个不知天高地厚的男人一点儿教训。

只是，他们不会想到，严丰年竟然是会日语的。他怒目瞪着这两个人，用日语厉声喝道："你们是哪个部队的？你们的首长是谁？"

那两个日本兵此时也是面面相觑，他们从骨子里没有将这个中国人放在眼里，可是此时，这个中国人操着日本话的气势，让他们不由得一惊。

地上躺着的那几个孕妇，此时更加惊恐万分，看到严丰年进来的时候，她们心底是萌生了希望的，但是在这个时候，她们再次陷入绝望之中。

陈莹就在这个时候追了上来，她定然不会想到，在这家医院里，居然会闹出如此的惨剧。

"你们……你们实在是太过分了，我要把你们都送上国际法庭。"陈莹气急败坏地吼道。

看到这么多无辜的人倒在血泊之中，她根本就做不到平静。床边半躺着的那个孕妇还在挣扎着，陈莹上前立即为她止血。

那三个日本兵互相看了一眼，拿着刺刀就朝陈莹扑过去。严丰年这才注意到，角落的位置，已经有一个护士倒在血泊中了。

难怪这几个人可以在妇产科横行霸道，原来这里的护士都已经被他们杀害了。他的眼睛瞬间被仇恨覆盖了，不由分说就从腰间掏出了枪，朝那三个日本兵射去。

严丰年的枪法极好，那几个人还没有反应过来，此时已经乖乖倒在了地上，陈莹没有料到严丰年会在这个时候开枪，但是看到三个日本人倒在了地上，她却更加的紧张了。

"你快走，这里交给我来处理。"她第一时间想到的是如何保护严丰年，楼下看守着那么多的日本兵，若是知道严丰年杀了日本人，一定会将他打成马蜂窝的。

"你不用管，这里我来应付，赶紧救人。"严丰年蹙着眉头命令道，果然只是几分钟而已，就有十来个拿着刺刀的日本兵迈着罗圈腿朝这里赶来。

随后跟来的，还有之前那个穿着西服的中国男人，他一上楼就看到了走廊里的情况，紧接着就看到这间房子里倒在地上的三个日本兵。

"严主任，这是怎么回事？"他一脸的紧张，医院里死了日本人，不管是什么情况，都不好跟青木一郎交代。在这个时期，谁都知道，杀死日本人的后果。

"你应该看到发生了什么吧？这里是妇产科，这么多人都被他们杀害了，如果你觉得不好跟青木先生交代，我自己去就行了。"严丰年将手枪收好，脸上依旧是带着冷意。

这人露出一副为难的表情，"严主任，这恐怕……"青木一郎的脾气，严丰年已经知道了几分，这个人喜怒无常，而且心狠手辣。这件事情若是被他知晓，定然不会轻易放过自己的。

但是在那个时刻，严丰年做不到保持沉默。这三个人在医院里杀了这么多手无寸铁的孕妇，实在是对生命的亵渎。

"怕什么？天塌下来，我自己顶着，我现在就去跟青木先生交代去。"严丰年说着，就径直往外走。

他猛然转身，冲那个人继续说道："请你记住我现在的话，医院里住的，都是情报局工作人员的家属，要是这里再死了人，我想躺在地上的就不只是这三个日本兵了。"

他用日语将这话说完，而后目光冷冷地扫视了一眼站在走廊里虎视眈眈的那群日本兵。所有人对于严丰年的话，都有几分忌惮。

这件事情,以最快的速度传到了青木一郎的耳朵里,严丰年走在回情报局的路上,就被一行日本人团团围住了。

"严主任,青木先生请你走一趟。"跟上来的人是崔宁峰。严丰年冷冷地看着这个男人,为了自己的功名,他不惜给日本人当走狗。

严丰年没有作声,就跟在崔宁峰的身后朝局里走去,黄锡隆在走廊里碰到了严丰年,不住地冲他使眼色。

严丰年杀了日本兵,即便那几个人微不足道,但是性命却是要比任何一个中国人都要重要。青木一郎凶残无比,所有人都知晓,这一次严丰年一定是凶多吉少了。

他内心虽然有几分担忧,但是也做好了随时牺牲的准备。作为一个共产党人,他是绝对不允许有人在中国的领地上随意杀戮同胞的。

严丰年进入青木一郎的办公室,他铁青着脸站在窗前,腰间佩着的军刀横在一侧,整个人散发出一种阴冷的气息。

"青木先生,严主任已经到了。"青木一郎的秘书说了一声,青木一郎转身看了严丰年一眼。他上下打量了严丰年一眼,怎么都看不出来,这个看上去文质彬彬的男人,竟然会举枪杀死了三个日本兵。

"严主任,你知道你今天都干了什么吗?"青木一郎冷冷地问道,他蹙着眉头看向严丰年,并没有将他放在眼里。

"我只是做了我应该去做的事情。"严丰年平视着青木一郎,而后淡定地说道。

青木一郎冷笑了一声,背着手走近严丰年,"我很佩服严主任的勇气和坦荡。不过,我们到中国来,是为了一起建立东亚共荣圈,严主任的行为……"青木一郎还没有说完,但是严丰年已经知道他接下来想要说什么了。

"青木先生说得对,我们是要建设东亚共荣圈,但是贵国的几位人员今天在医院里滥杀无辜,强奸孕妇,青木先生难道不觉得这样的行为,正是破坏东亚共荣圈的建立吗?"严丰年反问了一句。

青木一郎很是诧异,他应该没有料到,严丰年竟然敢跟自己对话。他鼻翼里发出一声冷笑,只是一只手搭住军刀,在屋子里不停地踱步。

屋子里的气氛,变得特别的诡异,严丰年不知道青木一郎心底在盘算着什么。但他足够的淡定,青木一郎没有开口,他也只是站在那里保持沉默。

青木一郎突然转身,脸上堆满了笑容,"严主任,希望我们能够成为朋友。"青木一郎说着,竟然朝严丰年伸出右手来。

那是一只沾满了中国人鲜血的手,戴着白手套,此时已经伸向了严丰年。严丰年看了一眼,他从心底里厌恶,但还是伸出了手,两个人的手握在一起。青木一郎的脸上带着咄咄逼人的挑衅,而严丰年迎着那个挑衅的眼神,目光平和,没有一丝忌惮。

第 *58* 章

晚点火车

严丰年从青木一郎的办公室刚出来，立马就被张锦江叫进了办公室，他一副惊恐万分的样子，待严丰年进来之后，上前就将房门关闭了。

"丰年啊，你今天到底是怎么回事啊？这日本人不能碰，你难道不知道吗？"张锦江皱着眉头，一副气急败坏的样子。

严丰年心里比任何人都清楚，张锦江并不是为了关心自己，严丰年现在杀了三个日本兵，那便是跟青木一郎站在了对立面，日本人来这里不过才一天，却酿造了如此多的杀戮。

尽管南京方面说派青木一郎过来辅助"剿共"的事情，可是这帮日本人来了之后，还没有开始"剿共"，却已经玩起了杀戮的游戏。

"局长，这件事情我一个人担着，不会给局里惹麻烦的。"严丰年淡淡地说道。他站在那里，还是先前那副平静的样子。

张锦江摇了摇头，"你一个人担得起吗？你难道没看出来，青木这是要在局里立威吗？你说说你，第一天就闹出这种事情来。"张锦江还想要指责严丰年几句，但是严丰年却保持了沉默。

"您是没有看见，他们在那里杀孕妇！"严丰年心底里还期盼着张锦江能够有一点儿同情心，至少日本人杀害的是中国人，咱们总不能让日本人在自己的领土上欺负自己人吧。

但是他失望了,张锦江还是那副着急的模样,"你可以劝阻,有很多方式啊,你说为啥要开枪吧?"张锦江很是不解。

严丰年对于张锦江的反应,也很是失望。事情已经发生了,他一点儿都不为自己当时的冲动而感到后悔。

"局长要是没有别的事情的话,我先回去了。"严丰年说着,转身就准备离开,却立刻被张锦江叫住了。

"这几天啊,你先休息一下,暂时不用来上班了,我担心青木到时候一发怒,又会惹出别的事情来。"严丰年没有作声,径直从房间里走了出去。

他刚回到办公室,黄锡隆就钻了进来,而且左顾右盼之后就将房门掩住了。"听说你今天杀了几个日本兵,好样的啊!"黄锡隆压低了声音说道。

这个消息,已经在局里不胫而走,即便大家表面上不说什么,但是却暗地里为严丰年称赞。日本人才来了不过是一天而已,就已经杀了好几百人了。

西郊监狱里的犯人,一上午的时间全部当了靶子,而医院里躺着的那些人,多半是跟局里有关联的。日本人打着共建东亚共荣圈的旗号,却在这里杀害无辜的民众,自然会激起所有人的愤慨。

"你这是嘲讽我?"严丰年冷笑了一声,淡淡地说道。他脑子里一直在想着刚才青木的反应,这个人实在是太阴险,他不知道青木下一步会怎么针对自己。

今天死了三个日本兵,他表面上一句话都没有说,暗地里肯定会想出对策来惩戒自己。他担心,青木会将这口恶气,以另外的方式发泄出来。

"嘲讽你干什么啊?这个青木啊,简直就是个变态狂,这要是什么时候将他也干掉了,哈哈!到时候你就是民族英雄了。"黄锡隆取笑着说道。

"对了,忘了告诉你了,待会儿跟我一起去车站,你嫂子今天带着孩子过来,晚上去我家里吃饭。"黄锡隆搭着严丰年的肩膀说道。

严丰年对这样的事情一点儿兴趣都没有,"算了吧,你们小两口团聚,拉上我干吗啊?我去太不合适了。"严丰年推辞着。

黄锡隆咧开嘴笑了,他和妻子两个月小聚一次,"到时候孩子不是没人哄嘛,反正你也没事,顺便帮忙带带孩子。"他一脸坏笑,冲严丰年挤眉弄眼。

严丰年心下立刻领悟,只是没有说透。到了下班时间,黄锡隆从局里调了一辆车,就跟严丰年朝火车站驶去。

一路上,却见街道上多了不少日本人,在这座繁华的大都市里,中国人走在大街上倒是行色匆匆,而这些入侵者,却是一副悠然自得的样子。

严丰年的眉头,一直蹙在一起。窗外的风景一闪而过,他没有心情去打量那些穿着木屐慢慢走路的日本姑娘。

"嫂子这次来,会待多久啊?上海这么乱,你还让她带着孩子过来。"严丰年忍不住多说了一句。

黄锡隆看了一眼车窗外,也是摇了摇脑袋,"南京那边最近也好不到哪里去,不过暂时也还算是安全吧,总不能因为害怕天上下刀子就不出去了啊。"

说着,车子已经到了火车站,此时从南京开过来的火车还没有到达。黄锡隆和严丰年就在出站口的位置等着。

黄锡隆平日里耀武扬威惯了,但是圈内的人都知道,他是一个极其重视家庭的男人。虽然和夫人分居两地,但是两个人感情甚好。

他之所以被调到上海来,也不过是为了到时候回到南京谋个一官半职罢了。他靠在车头的位置,不停吸着烟,眼睛一直盯着出站口。

几分钟之后,一大拨人朝这边涌来,许多人的脸上,显出的都是惊慌失色。黄锡隆眺望着出口的位置,但是一直到最后,都没有他妻子和儿子出来的身影。

"喂!从南京开到这里的车晚点了吗?"黄锡隆上前一步拽住一个工作人员的胳膊问道,那人努了努嘴,示意刚才出来的人就是。

"搞什么鬼?这是故意跟我玩捉迷藏吗?"黄锡隆嘴角露出一抹笑,一把推开那个工作人员,大步流星就朝里走。严丰年起初是不想跟在他身后去凑这个热闹的,但是后来,还是跟了上去。

站台上,此时已经车去人空,几个工作人员在那里清理着什么东西,不远处的地上,还有一摊刚刚浸染的鲜血。

"问你一个事儿啊,有没有看到一个女人带着孩子从车上下来啊?"黄锡隆拉着一个清洁人员问道。他心里分外着急,时间已经过去好一阵儿了,但是他没有看到自己的夫人和儿子出现。

那人看了黄锡隆一眼,却并没有开口说话,只是想要远远地躲开一般。

"请问一下,这里刚才发生什么了?"严丰年拉住刚才那人,指了指不远处的一摊鲜血问道。那人看了严丰年一眼,心底充满了诧异。

"死了两个人，刚才被拉走的，一大一小。"那人说完，就不再说别的话，而严丰年的心里，一下子涌起一股不好的预感来。

"一大一小？是男的还是女的？"黄锡隆也紧张万分起来，他瞪大了眼睛，完全不敢相信。那人摇了摇头，一副不知情的样子。

"走，我们去看看。"严丰年看得出来，此时黄锡隆惊恐万分，他拉住黄锡隆就朝另一头走去，拽住工作人员就去询问。

那人根本就没有搭理严丰年和黄锡隆，直到严丰年出示了自己的证件，那个人这才将严丰年和黄锡隆带了过去。

在一间空荡荡的房子里，临时搭起的两个床板上用白布盖着两个人，一眼看过去就知道是一大一小。

黄锡隆脸上写满了惊恐，他愣在那里，不敢走近，只是将目光落在了严丰年的身上。严丰年蹙着眉头缓缓走近，他的手刚刚拉起白布，黄锡隆就扑了过来。

"是翠莲，我认得，这双鞋是上次我回南京的时候买给她的！翠莲——"黄锡隆一把掀开白布，抱着已经死去的女人哭个不停，而躺在女人旁边的那个小男孩，就是黄锡隆的儿子。

严丰年一眼就看到了两个人胸口的刺刀伤口，他不用多想就知道，这一定是日本人干的。

黄锡隆沉浸在悲伤之中，一个大男人跪倒在地上不停哭泣着，严丰年没有劝说，他蹙着眉头，难以压抑心底的怒火。

"这到底是怎么回事？你说，他们好端端的，怎么可能会死？"黄锡隆愤而起身，一把拽住身旁的那个人，两只眼睛瞪着，就像是铜铃一般。

严丰年上前扶住黄锡隆，他知道此时此刻，没有人能够理解黄锡隆心底的痛，那个人始终没有作声，只是无辜地看向严丰年。

"你们这帮浑蛋，竟然敢杀了我的妻儿，我现在就结果了你们。"黄锡隆的火暴脾气立刻就上来了，不由分说就掏出手枪，想要冲着那个人开枪，严丰年上前一步阻拦了他。

"你先冷静一下，这件事情还不知道是怎么回事呢，这分明就是日本人干的。"严丰年拽住了黄锡隆，他眼睛里充满了血丝，整个人就如同发怒的狮子一般。

"狗日的小日本，我找你们偿命去。"黄锡隆一气之下，挣开严丰年的束缚,不由分说红着眼睛就往外跑去。

　　等严丰年从火车站出来的时候,黄锡隆已经亲自开车往局里赶回去了,司机被他一把推了下来,摔在地上四仰八叉的。严丰年此时看到的,只剩下那辆吉普车离开的背影。

第59章

残酷镇压

严丰年迅速在路边拦下一辆车,出示了证件之后,那人便开车将他送往情报局。他心底虽然对黄锡隆这样供职于伪政府的人士没有好感,可是若因这样的事情,激化了青木一郎的怒火,便会将杀戮扩大化。

"狗日的小日本,我日你祖宗。"严丰年的脚步刚刚走进局里,就听到黄锡隆在楼道里大声谩骂着。他的声音里带着愤怒,更是带着委屈,在楼道里穿透力十足。

几个日本兵架住黄锡隆,将他拖到院子里,黄锡隆整个身子都已经腾空,双脚不停地在空中扑腾着。没有人上前阻拦,也没有人上前劝说。

青木一郎一身军装缓缓地从楼里走出来,那张清瘦的脸上,布满了杀气。此时天色已经暗了下来,院子里的路灯也亮了起来。

他眯缝着眼睛站在那里,整个人阴冷到极致,让人不由得觉得可怕。两只手戴着白手套,一只手搭在身侧的军刀上,随时都有可能拔出刀落在黄锡隆的身上。

而黄锡隆这个时候,完全被愤怒和悲伤冲昏了头脑。他见到青木一郎一点儿都不畏惧,只是厉声怒骂着。

院子里的气氛很是恐怖,青木一郎没有作声,并不代表着他完全可以接受黄锡隆的辱骂,他只是在等待着一个时机,用自己的方式狠狠地教训这个男人。

"青木先生……"严丰年上前一步,冲青木一郎叫了一声。青木一郎扭头看向严丰年,眉毛蹙得就更加深了几分。

他没有作声,只是冷冷地看向严丰年和黄锡隆,而后不由分说将军刀拔了出来,惨白的光亮在灯光下如此的刺眼。

"青木先生,黄主任的妻子和儿子刚才在火车站已经被你们杀了,你们不可以将他也杀掉。"严丰年不知道自己是哪里来的勇气,他站在青木一郎的面前,冲他说道。

青木一郎收敛住眉色,却不为所动,严丰年见这样的话对于他一点儿作用都没有,突然想到了什么。

"青木先生想要杀黄主任,可以给南京方面打个电话,黄主任可是张秘书的亲妹夫,如果青木先生连这个颜面都不给的话,到时候……"严丰年没有说下去。

青木一郎显然没有料到黄锡隆竟然会有这样雄厚的背景,他举起的军刀缓缓地落下来,那双眼眸死死盯着黄锡隆,充满了愤恨。

"先把他押下去关起来,明天通知了南京方面再说。"青木一郎一转身,丢下这句话就走了。黄锡隆整个身子都耷拉下来,刚才那军刀举起来的时候,他吓得都尿裤子了。

此时惊恐过去之后,他再次被伤痛覆盖,虽然身子被两个日本兵架住了,可是他呜呜地哭出来的声音,却让严丰年觉得心酸。

他颓然转身离去,这一天发生了如此多的事情,让严丰年根本就无法入睡。他不知道青木一郎到上海来的目的到底是什么,这个恶魔一样的人,不过是一天的时间,就酿造了如此多的杀戮。

他有一种预感,会有一场大清洗运动在上海爆发,而青木一郎的到来,就是这场杀戮的开始。他为革命而担忧,为那些奋斗在革命一线的同胞们担忧。

第二天很早的时候,严丰年就赶到了局里,他急于知道事情的进展。在一楼的大厅里,他碰到了张锦江。

"丰年,昨天到底发生什么了? 黄主任……"张锦江也是一头雾水。黄锡隆妻儿从南京过来的消息,他是知道的。但是后来又听闻黄锡隆因为辱骂日本人被关押起来了,他更是觉得纳闷。

严丰年叹了口气,"黄主任的妻儿,现在还躺在火车站的杂房里呢,黄主任还不知道会怎样。"严丰年蹙着眉头,一本正经地说道。

他平日里与黄锡隆关系甚好,在张锦江面前更是表露出几分自己对黄锡隆的同情。张锦江长长地舒了口气。

"这可麻烦了,这件事情要是跟日本人扯上关系,就不好办了。我待会儿给南京打个电话,看能不能先把黄主任放出来吧。"张锦江说着,迈开脚步就匆匆朝楼上走去。

果然一个小时之后,黄锡隆被放了出来。只不过是一夜的光景,他整个人都仿佛是瘦了一整圈,憔悴得不成样子。头发胡乱堆在脑袋上,那双眼眸就像是熟透的桃子一样,走起路来,整个人都是一副失魂落魄的样子。

只是奇怪的是,今天青木一郎却没有出现在局里。张锦江亲自将黄锡隆从关押的地方带出来,又命人找了一身干净衣服给他换上。

"黄主任,发生了这样的事情,我们也很痛心,但是人死不能复生,凡事你都要想开一些。刚才我给南京打了电话,张秘书很关心你的动态。这件事情发生得太意外了,你也不要太伤心了。"张锦江一副官腔在那里说道。

黄锡隆始终都不作声,他坐在那里,别人给他换衣服,他就站起身任凭别人这么做。只是死寂一般地沉默着不作声。

"我们先去火车站把弟妹接回来吧,这件事情局里替你操办。"张锦江说完,就开始吩咐人去处理这些事情,严丰年待在旁边,看到黄锡隆就好像是被人抽走了元气一般。但是他相信,此时此刻,在黄锡隆的心里,已经植下了仇恨的种子。

去火车站的路上,黄锡隆一直沉默着,只是到了那里,看到白布盖住的妻儿时,他没有落泪,却是一脸的平静。

"这件事情到底是怎么回事?好端端的人怎么就没了呢?"他喃喃自语了一句。知情的人已经告诉了黄锡隆真相。

黄锡隆的妻子带着儿子从南京过来,火车快要到站的时候,小家伙兴奋不已,拿着悠悠球在车上跑来跑去,却是不小心撞在了一个日本人的身上。

那人一把推开了小家伙,孩子脑袋磕在地上,黄锡隆的妻子忍不住说了几句,却不想激怒了那人,他一挥手,竟然冲上来好几个日本兵,长长的刺刀不由分说就刺在了女人和孩子的胸口上。

听闻这些个事情,黄锡隆面无表情,哀莫大于心死,说的也就是他这个状态吧！丧事已经有人料理,他就呆呆地站在一旁,好像什么事情都没有发生一样。

他原本期待着一家人在上海团聚的,人都已经来了,但却是阴阳两隔的状况。他立在那里,看着所有人忙忙碌碌。

晚点儿的时候,严丰年和张锦江还有局里的另外几个人一同离开。车子从大街上走过,不时见到有日本人扛着刺刀在街上巡逻。

这样的事情,在青木一郎来到之前并没有发生。严丰年看着那些耀武扬威的日本人从街道上走过,心底总是不由自主地升起几分厌恶。而一旁的张锦江还有崔宁峰,却是一副见怪不怪的表情。

"黄主任这次也真是够倒霉的,老婆孩子一下子没了,还在局里得罪了日本人。以后的日子啊,我看难喽。"张锦江忍不住叹了口气。

青木一郎今天没有来局里,并不代表着他不会计较黄锡隆辱骂自己的事情。所有人都看得出来,他是个心狠手辣的人。

"他在南京不是关系硬嘛,到时候去南京不就行了。"崔宁峰鼻翼里发出一声冷哼来,平日里黄锡隆仗着自己在南京的关系,不止一次在公众场合挤压他。

他本来就是个势利小人,见到黄锡隆此时落难,当然不忘要幸灾乐祸一下。尤其是青木一郎来了之后,崔宁峰更是多了几分得意。

所有人都看得出来,青木一郎似乎对崔宁峰十分赏识,许多外勤的工作都单独叫他去自己的办公室汇报,严丰年没有作声,他只是坐在那里听着。

"关系硬也没有办法啊,现在日本人说了算。张秘书也只是个秘书,就是汪委员长也管不了那么多啊。"张锦江继续叹了口气说道。

他原本还希望通过巴结黄锡隆,使得自己在南京方面能够有所作为,但是通过今天这个事情,他心底是有些失望了。

从车窗里看出去,正好见到两个日本兵从一个妇女手中抢东西,三个人就在街头纠缠着。严丰年一着急,立马冲司机吼道:"快,停车!"

"停车干吗啊？严主任,你还嫌局里不够乱吗？"张锦江露出一个制止的眼色来,司机原本要停车的,但是张锦江发话了,他只好装作完全没有听见。

严丰年的眉头蹙得更紧了,这帮人替日本人卖命也就算了,他们竟连自己同胞的性命都漠不关心。他愤愤然,一把拉开车门就要下车,却被崔宁峰抢先一步拉住了车门。

"严主任,你不会是想要背上一个共产党的名号吧?"崔宁峰冷冷地问了一句,拉住车门的手并没有松开,在那一刻,严丰年心底的怒火在熊熊燃烧,但是他却用最大的心力压制住了。

第60章
友好合作

一个星期之后，黄锡隆再次出现在局里，他比之前要低调了一些，不再是见到每个人都说说笑笑的。

青木一郎的"剿共"工作，依旧在如火如荼地开展，每天都有许多人在局里进进出出，严丰年这段时间也被许多事务缠绕住了，电讯处最近布置了新任务，他一方面要巧妙地与青木一郎展开周旋，一方面又想着如何才能够更好地保护我方的电台。

"回来啦？现在怎么样？"黄锡隆依旧端着他那个紫砂茶壶出现在严丰年的办公室里，浑身散发着懒散的气质，只是话不再像从前那样多。

他露出一个苦笑，而后跷着二郎腿在沙发上坐下来，"最近局里有什么动态吗？"他漫不经心地问了一句。

"还是老样子，剿共嘛，估计全上海的人的脸上都贴着共产党三个字。"严丰年苦笑一声，递给黄锡隆一盒烟，他随手抽了一支，点燃后大口地吸着。

那双眼睛盯着窗外出神，许久都没有出声，"那个青木，一般什么时候下班？"他说完，长长地吐了一口烟。

严丰年似乎料到了什么，但还是如实说了，"基本上走得很晚，晚上九点之后的样子吧。"

"不过，他现在和崔宁峰走得很近，看来崔宁峰是要升职了啊。"严丰年冷笑一声说道。他心底对青木一郎恨之入骨,可是此时,为了没有完成的任务,他必须继续潜伏下去。

"过段时间我要回南京了,你要不要跟我一起走?"许久之后,黄锡隆将目光转向严丰年问道。

这件事情,严丰年曾经想到过,黄锡隆的人脉广,南京方面只需要说一句话,就能够将他调走,只是他有些意外,黄锡隆竟然会想到将他一同调走。

"怎么,你舍不得我啊?"严丰年笑了,上前拍了拍黄锡隆的肩膀。在一起共事的这段时间,两个人在局里还算是相处融洽。黄锡隆是纨绔子弟,对革命并没有太多的概念。只是有时候一旦做了选择,就没有回旋的余地。

黄锡隆鼻翼里发出一声冷哼,"你这个人不赖,我挺喜欢你的。够朋友,够仗义,比这帮人有人情味多了。你要是想去南京,我把你一同带过去。"黄锡隆冷静地说道。

严丰年并没有立即给予回答,也没有说去,也没有说不去。不一会儿,王万春就过来通知,说是半个小时之后有个会议。

"你去吗?"严丰年试探性地问了一句。不用多想,会议一定是青木一郎主持的。之前黄锡隆和青木一郎之间发生过正面的冲突,若不是南京方面出面,这件事情肯定不会那么快就解决的。

"当然去。"黄锡隆说着,起身就走了出去。

不一会儿,被通知到的人都出现在会议室里,黄锡隆在严丰年的旁边落座,所有人的目光都落在他的身上,甚至有人期待着一场好戏的上演。

两分钟之后,走廊里传来青木一郎的军靴落在地板上的声音,而后他迅速出现在会议室里,那双冷峻的眼眸在屋子里扫视了一遍,最后落在了黄锡隆的脸上。

屋子里的气氛紧张了起来,许多人都不由自主地盯着这两个人,所谓冤家相见,必然是要红眼的。

"青木先生,不好意思,我来局里还没有去您那报到呢。"黄锡隆愣了一下,突然觍着脸站起身冲青木一郎友好地说道。

"之前的事情,是我出言不逊,还希望青木先生不要怪罪。"这番话从黄锡隆的口中说出来,严丰年颇为诧异。

他没有想到,黄锡隆这样一个纨绔子弟,竟然会在日本人面前弯腰,他的妻儿可是被日本人杀害的,事情才过去一个星期,难道他这么快就忘掉了。

青木一郎收敛住眉色,南京方面已经打过招呼,他冷冷地看了一眼黄锡隆,那张冷峻的脸上,微微浮现出一抹笑容来。

"黄主任,节哀顺变!"他说完,示意黄锡隆坐下。青木一郎板着脸,开始布置下一阶段的工作,所有人坐在那里,都保持着一种高度紧张的状态。

"这段时间的行动,主要由崔主任负责,其他部门全力以赴予以配合……"青木一郎在那里布置着工作,崔宁峰的脸上,自然是一种小人得志的笑容。

会议结束之后,崔宁峰留下来继续和青木一郎探讨着方案,严丰年和黄锡隆已经从会议室里离开。下午还没有到下班的时间,黄锡隆已经离开了。

严丰年对青木一郎说的那个方案十分感兴趣,但此时他却不知道这个计划是如何开展的。现在日本人加紧了对进步人士的打压,无辜民众也受到了伤害,陈莹上一次见面一再强调,让他蛰伏下来等待时机。

他此时最想做的事情,便是除掉青木一郎。这个人可恶到极致,与崔宁峰捆绑在一起,势必会给上海革命带来莫大的危机。

他虽然在办公室里待着,却一直注意着窗外,崔宁峰每一次出行的时间,还有青木一郎离开的时间,他都小心翼翼记录下来了。

"黄主任呢?"张锦江突然进屋问了一句,黄锡隆离开的时候,并没有给张锦江打招呼。严丰年连忙起身,"黄主任刚去医院了,他有点儿感冒了,去弄点儿药。"

严丰年并不知道黄锡隆离开是干什么去了,这个借口也是他临时想到的。张锦江愣了一下,并没有说什么。

"对了,黄主任回来了,你告诉他,让他来我办公室一趟。"张锦江说完就走了,严丰年则一直盯着窗外的院子,密切观察着行动处的动静。

但是这一晚,却发生了一件让严丰年极为震惊的事情,青木一郎死了。

他是在半夜的时候被人叫醒的,要求必须马上回到局里。情报局的夜空灯火通明,所有人都集中在会议室里。

张锦江心急如焚,背着手不停地在房间里踱步,整个会议室里,除了黄锡隆之外,所有人都已经到齐了。

"黄主任呢?"张锦江蹙着眉头问了一句,他专门派了自己的秘书去叫黄锡隆,可是黄锡隆到现在还没有出现。

"黄主任喝醉酒了，我去的时候，房门都没有关，一个人拎着酒瓶子，醉倒在沙发上，我让人把他抬到医院去了。"王万春低垂着脑袋汇报道。

"你们可都知道了，这次是出大事了，青木先生是在咱们局里没的，日本人这一次肯定不会放过我们了。"张锦江额头上渗出大滴大滴的汗珠来。

谁都知道，在这个时候，若是日本人出了事情，责任一定会怪罪到他们的头上来。青木一郎来局里不过才十来天，却闹出这样的事情。

严丰年心底吃惊，但是更觉得痛快，这个杀人狂魔此时被人干掉，真是大快人心。只是他压抑着自己的心事，和所有人一样，装出一副忧心忡忡的样子。

"崔主任，你给大家说说情况吧，今天晚上到底发生了什么?"张锦江叹了口气，将话锋转移到崔宁峰那里。

崔宁峰坐在角落里，也是愁眉苦脸的样子。听闻张锦江叫自己，他起身，蹙着眉头，那张清瘦的脸上，仿佛到现在还没有回过神儿来。

"晚上的时候，青木先生叫我陪他一起吃饭，吃完饭之后他说要找几个姑娘玩玩，我就带他去了大上海舞厅，谁知道，后来我进去的时候，他和那个姑娘都死在床上了。"

崔宁峰的话，让在座的人不由得发出一声冷哼来。这个青木一郎看上去冷酷无情，但是生活竟然放荡到如此地步。

这不叫罪有应得吗?

"你……当时就没有跟过去? 崔主任啊，你应该知道青木先生的身份吧，你怎么可以带他去那种地方呢?"张锦江听崔宁峰这么一说，更是觉得着急。

"对了，大上海舞厅那边，有没有调查清楚啊?"他伸手指了指崔宁峰，这个节骨眼上，他比任何人都要慌乱几分。

"已经让人封锁了，初步调查，可能是共产党干的。"崔宁峰压低了声音说道。张锦江只是背着手不停在屋子里踱步。

"这件事情大家暂时不要声张出去，南京那边，我们还得想好怎么交代。青木先生是日本人的宠将，曾立下过显赫的军功，现在在我们局里出了事情，上头怪罪下来，我们的脑袋都不一定保得住。"

张锦江这么一说屋子里的人更是觉得紧张。所有人的心都提到了嗓子眼里。青木一郎是如何杀人的，他们都已经看到了。但是他们绝对不希望，自己会因为这个杀人狂魔而受到牵连。

"崔主任，这件事情你去负责调查，既然是共产党干的，就要尽快抓住凶手，不然南京那边，我们没法交代。"张锦江立刻布置任务，当下所有人都开始忙碌起来。

严丰年回到自己的办公室，坐在那张旧椅子上，却是长长地舒了一口气。

第 *61* 章
寻替罪羊

　　第二天,南京方面就得到了消息,立刻派人前来调查青木一郎被刺杀的事情。情报局里来了不少人,张锦江忙碌着招呼这些前来调查的人士。

　　黄锡隆在医院里醒过酒来之后就来到局里了,对于青木一郎被刺杀的事情,他比任何人都要吃惊,还亲自跑到了张锦江那里去询问。

　　只是他那天喝醉了酒,平日里就是一副玩世不恭的样子,就算是有人怀疑到他因为和青木一郎之间的过节而产生杀意,但是也觉得他毫无杀人的可能性。

　　"张局长,青木先生的死,南京方面很重视。这件事情一定要严肃处理。"这是在会议上,严丰年唯一听进去的一句话。

　　日本人在这里失了爱将,定然是不会轻易放过的。果然在当天晚上,他就听闻了一行日本人血洗大上海舞厅的事情,据闻当时出现在大上海舞厅的人,不管是什么身份,没有一个人活着从里面出来。

　　有人沸沸扬扬地传着,说那里已经血流成河,横七竖八躺着的都是人的尸体。严丰年虽然没有亲自前往看一下现场,但是光凭这些人说,他已经觉得足够恶心了。

　　当然,这个消息还不够劲爆,最劲爆的事情是崔宁峰被人抓了起来。那个时候,严丰年还在办公室里并没有离开,为了配合调查,这几天都是要连续加班。

"你们干什么？这件事情跟我无关。"崔宁峰挣扎着想要逃脱开抓他的几个士兵，但是那些人仿佛没有听到他的声音一般。

等到他被带到院子里的时候，张锦江陪着几个日本人已经站在那里了。那些人叽里呱啦到底说了什么，崔宁峰一句都没有听懂。

"张局长，你跟他们说说，这件事情跟我没有关系。这是共产党干的，我没有杀害青木先生。"崔宁峰被这个架势吓住了。他平日里对待共产党可是心狠手辣，现在落入旁人的手里，却是面露惊恐之色。

张锦江仿佛没有听到他的话一样，只是跟旁边的翻译小声说着什么。那三个日本军官冷着眼看向崔宁峰，而后一挥手，抓住崔宁峰的那几个人就推搡着他往外走。

这是严丰年最后一次见到崔宁峰，据说就在去南京的路上，他被日本人枪杀在火车上。尸体还是在一个星期之后被人发现的，半张脸已经被牲口啃得面目全非了。

一个月之后，黄锡隆顺理成章去了南京。接替崔宁峰位置的是一个叫尚友青的毛头小子，据说他还是张锦江的外甥。

此时革命如火如荼地开展，日本人与共产党的战争进入白热化的状况之中，加上上海地下党的活动更加的隐蔽，情报局的工作，日本人已经无暇插手。

三年，只是弹指一挥间。

"晚上局长邀请过去打麻将，到时候你也一起去。"严丰年正对着镜子整理着衣服，身后穿着旧式改良旗袍的陈莹，弯腰收整着东西。

正如黄锡隆预料的那样，严丰年和陈莹按照组织上的要求，此时已经成为夫妻。尽管只是一个名义上的结合，但是两人为了避人耳目，却如同真实夫妻一般。

严丰年还是电讯处的主任，三年来工作没有发生实质性的改变，但却因为张锦江失去了崔宁峰和黄锡隆两员爱将，荣升为张锦江的得力助手。

陈莹停下手里的动作，抬头看了严丰年一眼，"端木会不会去？"

严丰年锁着眉头微微笑了笑，"应该会去吧，张锦江和他走得比较近，有可能会借着打麻将的机会说点儿事情。"

两个人这么说着，收拾妥当就出发了。陈莹挽着严丰年的胳膊，温婉贤淑就像是一个名副其实的妻子一般。

"严主任和陈护士长到了!"张锦江见到严丰年夫妇到来,脸上堆满了笑容,陈莹将拎着的礼物送上,又客套了几句,这才进屋入座。

厨房里探出头的女主人,浅浅笑了笑,"陈莹来了啊,快坐,快坐! 都愣着干什么呢。"她嘴上说着,却并没有上前来迎接。

严丰年与陈莹没有举办婚礼,只是履行了一个局里要求的形式。在张锦江夫人的眼里,一个死了丈夫的寡妇能够嫁给严丰年,陈莹简直就是高攀了。

果然如严丰年所料,端木锦田十分钟之后就到来了。他是南京方面派到情报局的日本人,目的是来指导局里"剿共"的工作。可能是因为青木一郎的死给他来了个下马威,以至于端木锦田并不敢在"剿共"的工作上下大手笔。

吃饭前半个小时,一行人坐在麻将桌前开始忙碌起来,张锦江眯缝着眼睛摸牌,严丰年表面上也是淡定得很,陈莹端庄地坐在一旁看牌。

"端木先生,前两天抓的那个人,是共产党吗?"张锦江一边打牌,一边漫不经心地问道。现在主管行动处的人是他老婆的侄子,有崔宁峰的前车之鉴,张锦江已经不敢随便造次。

"这个……不是应该尚主任来定吗? 是共产党就格杀勿论。"端木锦田一本正经地说道。严丰年默不作声,权当是充耳不闻。

"南京方面最近可有新指示?"张锦江过了一会儿,再次问了一句。黄锡隆走了之后,他在南京那边的靠山也算是断了。若是局里没有端木锦田这个日本人在,他甚至担心南京方面会将自己给遗忘了。

端木没有立即回答,那张肥硕的脸上一直很沉静。严丰年与他打交道颇多,知道他同样是个阴狠歹毒的日本人。只是他碍于青木一郎的死,做事之前会三思。

"下周南京方面会派一个高官过来,上海有一个高层会议要召开,到时候情报局可能会负责安保工作。"端木锦田的这个消息,严丰年当时并没有多加注意。

抗日战争已经进入最后的阶段,日伪政府为了守住最后的阵地,隔一段时间就会召开各种会议,为接下来的战争做部署。

他与张锦江又说了一些工作上的琐事,多半都是无关痛痒。麻将一直打到深夜才结束,严丰年照例和陈莹一同回家,端木锦田被卫兵护送着离开。

每天晚上,都会有人来严丰年的居住区收垃圾。一个中年的女人戴着个破旧草帽,浑身穿得破破烂烂的,走起路来,有一条腿还有点儿瘸。

严丰年和陈莹回来的时候恰巧碰到这个女人,她佝偻着背,将各户散放在楼下的垃圾扔进推车里。

"等我一下,家里有垃圾要倒。"陈莹说着,示意那个人等候片刻,加快脚步将自家门口的垃圾拎下来递给那个女人。此时,严丰年已经回到房间。

几分钟之后,陈莹回到屋里。她脸色有些紧张,手里攥着一个小纸条。缓缓走到灯下,将那个纸条摊开,然后将桌上的一瓶药水打开涂抹在上面,不一会儿就有字迹显现出来。

这是一个关于刺杀的行动,对象是日伪政府的一个高层司令官,名字叫孟思成。严丰年拿着这个纸条,眉头锁成了一团。

在张锦江的家里,端木锦田已经说了,这次高层会议将由行动处负责整个安保工作,而自己作为电讯处的人,肯定是没有办法亲临现场的。

何况这样的高层会议,向来安保设置严密,也不是一般人能够潜伏进去的。这个叫孟思成的人,严丰年听闻较少,只是知道这个人曾经在北京待过一段时间,是个军阀出身。

"丰年,这件事情让我去做吧,到时候医院会去会场设置一个临时就诊点,我去比你要方便一些。"陈莹仰起头看向严丰年。

但严丰年蹙着眉头没有作声,潜伏在情报局的这几年,组织上基本没有安排过让他从事刺杀的行动。这一次行动来得突然,他不由得要多想一些。

"不行,现场安保会很严密,你一个人做不了。"严丰年立刻就拒绝了陈莹的请求。刺杀孟思成的行动,绝对不是开玩笑的事情。既然是日伪政府的高层会议,安保工作基本上都是无懈可击。

"没事的,我做事很小心的,而且我是护士,一般人不会怀疑到我的身上。"陈莹不放弃再次请求,这一次,严丰年没有作声。

长时间的潜伏,让他习惯了冷静地思考问题。他不再是曾经冒冒失失的愣头青,革命的工作让他更加的理性。

"明天我去局里问问情况之后再说吧。"严丰年就这样结束了两个人之间的谈话。他从衣柜里抱出床上用品,习惯性地铺在地上,而后和衣躺下。

几分钟之后,房间的灯暗了下来。这一天对于严丰年和陈莹来说,总算是过去了。天边漆黑一片,但是黎明的曙光却在酝酿之中。

他们内心有一个坚定的信念,光明是挡不住的,黑暗永远只是暂时的。天边刚刚有一抹亮光时,陈莹已经提前起来了,随后新的一天拉开了序幕。

第 *62* 章

进入一线

严丰年刚在办公室里坐定，就见王万春走了进来，"严主任，待会儿去会议室一趟，局长要开个会。"王万春通知完毕，就前往其他办公室了。

严丰年照例是夹着个笔记本进入会议室里，自从黄锡隆走了之后，他就一直是独来独往，平日里在局里话不多，跟各个部门的元老们相处融洽，但也绝对不是足够的熟稔。

尚友青还是个没有定性的小伙子，张锦江到了好一阵儿之后，他这才拖拖拉拉地进来了。一身深灰色的中山装套在身上，大有几分上海地痞流氓的感觉。

"怎么又迟到了？"张锦江压低了声音问道。他对尚友青虽然有几分不满意，但毕竟是自己老婆的侄子，也还是要留几分面子。

尚友青嘟囔了一阵，"就去了厕所一趟，拉肚子。"所有人的目光，齐齐看向尚友青，却没有一个人插嘴的。

尚友青落座之后，张锦江这才进入会议主题。他清了清嗓子说道："下周南京方面要在这里召开个高层会议，到时候行动处负责会议的安保工作，这是南京下达的任务……"他的话还没有说完，尚友青就不干了。

"怎么这么多会议啊？还有完没完啊？我们行动处不是专门用来剿共的吗？什么时候成了他们专用的保卫部呢？干脆把名号换了得了。"尚友青靠在椅子上,当即就将自己的不悦表露了出来。

张锦江的脸上有几分挂不住了,"我还没说完呢,你发什么牢骚?"他蹙着眉头冲尚友青说道,显然是对尚友青刚才的表现不满。

局里的人都看得出来,尚友青是个没有任何才能的人,不过是仗着张锦江是自己的姑父,才坐上了行动处的位置。这几年来,行动处在"剿共"方面并没有任何突出的进展,不过好在这个玩世不恭的小少爷,自己不作为,也不会牵连到旁人。

屋子里坐着的人,大多是不愿意得罪张锦江的,就算是尚友青有什么做得不到位的地方,他们也都是睁一只眼闭一只眼,谁也不会开口多说几句。

"反正我不去,这样的事情一点儿意思都没有。谁爱去谁去!"张锦江的压制,尚友青丝毫没有领情。他将手里转动的钢笔扔在桌子上,一副炮蹶子的架势。

严丰年看得出来,张锦江在努力压制自己的怒火,他蹙着眉头,端起一旁的杯子,喝了一大口水。

"这个事情,不是你说了算。"他这句话刚说完,尚友青起身一把推开椅子就往外走。他还是年轻人,对于强迫自己去做的事情,一点儿兴趣都没有。

"你……给我回来!"张锦江怒其不争,起身冲尚友青的背影吼道,这个年轻人不屑地看了他一眼。

"既然不是我说了算,那我现在就跟我姑妈说去,看我姑妈怎么说你。"尚友青说完,扭头就走,一点儿面子都没有给张锦江。

"不争气的东西!"张锦江气得面如猪肝。当着局里这么多人的面,尚友青没有给自己一点儿面子,他坐在那里,整个人都很难看。

"先散会吧!大家先去忙自己手头的工作,会议晚点儿再开。"王万春察言观色的能力超强,见到这副架势,立马出来招呼着所有人离开。

尚友青不愿意负责安保的工作,这给了严丰年可乘之机。他回到办公室里,坐在桌前点燃了一支烟,却是一副怡然自得的架势。

果然,不一会儿王万春就敲响了严丰年的房门。"严主任,张局长让您去他办公室一趟。"严丰年点头应了一声,这就起身跟着王万春往楼上走去。

"局长也真够累的,你说这个尚主任,一点儿面子都不给他。现在局长还在为这个事情生气呢。"王万春压低了声音跟严丰年说道,严丰年也只是淡淡地笑了笑。

"局长,您找我?"推开那扇门,张锦江正背着手在屋子里不停地踱步。那张饱经沧桑的脸上,此时布满了怒火。

"你说说,现在的年轻人都是怎么了? 一天到晚无所事事,还一点儿事业心都没有。革命——我看是要革了我们自己的命!"张锦江当着严丰年的面,开始不停地发牢骚。

"局长言重了,尚主任现在还年轻,好多事情都没有经历,等过几年就好了。何况,这三年来,尚主任已经进步很多了。"严丰年顺着张锦江的话,替尚友青开脱了几句。

张锦江还是蹙着眉头一副苦恼的样子,招呼着严丰年坐下来之后,他仍旧在屋子里不停地踱步。严丰年看得出来,对于南京方面安排的工作,张锦江有一种力不从心的感觉。

"严主任,局里就只有你对情报工作比较了解一些。你来说说,这个安保工作怎么布置好呢?"张锦江站定,看着严丰年一本正经地问道。

"局长这是取笑我了,我哪里懂得这些工作,天天对着几部电台,都快成傻子了。"严丰年笑着说道,张锦江却是轻轻地叹了口气。

"你这是谦虚了,看得出来,你是个有心的人。要不……这一次安保工作,你辅助一下尚主任吧,我怕他到时候捅个娄子出来,我可收不了场啊。"

张锦江将求助的眼光转向严丰年,当下,严丰年立马起身拒绝。

"局长,这可使不得,我是做电讯处工作的,怎么能够插手行动处的事情呢? 这个……您还是跟端木先生商量一下吧。"严丰年继续推辞着。

张锦江沉吟了片刻,"这件事还是咱们自己内部消化吧,丰年啊,这个忙你可真得帮我,你也知道你那嫂子的脾气,这事要是出了岔子啊,我这顶乌纱帽保不保得住不说,就是回家那一关我也过不了。"

张锦江露出一副妻管严的样子来,严丰年也只是跟着笑了笑,"局长,这个事情您先斟酌斟酌,安保的事情我不在行,还怕到时候事情弄砸了,给局里丢脸。"

严丰年这么一说,张锦江倒是喜笑颜开,"怎么能说丢脸呢? 这是给咱们局里争光。相关工作我到时候跟尚主任说一下,有你在啊,我放心。"张锦江这么一说,严丰年就没有再继续推辞。

从张锦江的办公室里出来,严丰年心底的石头终于落了地。会议上张锦江宣布由行动处负责安保工作的时候,他就已经放了心。尚友青对于这样机械的工作没有兴趣,而且三年来的压抑生活,使得他对张锦江的安排存有条件反射的拒绝。

昨晚接到组织上的安排,严丰年满脑子都想着如何才能够潜伏进安保队伍里。从会议室里出来之后,他就一直等待着张锦江的召唤。

果然不出他所料,张锦江派秘书王万春叫自己过去,而后就是极力邀请严丰年辅助尚友青一起完成安保任务。严丰年推辞再三,却给了张锦江一种赶鸭子上架的错觉。

张锦江已经交代,三天后会有一场晚宴,到时候严丰年和尚友青会代表局里参加。在这个晚宴上,他将见到那个孟思成。

严丰年此时心里分外好奇,他不知道孟思成这个人到底有什么特殊的贡献,以至于日伪政府对于他的到来竟然如此重视,而我方却下了刺杀的命令。

"丰年,我已经跟院里申请了,到时候我会参加医疗队。"陈莹将这个消息告诉严丰年的时候,他并没有任何开心的样子。

他只是蹙了蹙眉头,"这件事情你还是不要去的好,我已经安排好了,到时候我会出现在现场。"严丰年带来的消息,着实让陈莹震惊。

即便是假扮夫妻,也给这两个人的生活产生了一定的默契。陈莹露出了一丝担忧,"严丰年同志,这件事情你不能私自决定,你的身份特殊,这件事情还是由我来做。"陈莹一本正经地说道。

严丰年转向陈莹,牵动嘴唇突然笑了笑,"我的身份特殊,你的身份就不特殊了? 这件事情就这么定了吧。你去太危险了,何况我们两个人去,目标更大,容易暴露。"

严丰年每一次找出的理由,总是能够让陈莹哑口无言。明知道对方是为了保护自己,但是陈莹还是有些担心。

"但是多一个人,就多一份照应。那天一定会有很多重要的人在场,组织上既然安排了刺杀行动,就说明这个孟思成绝非等闲之辈。"

陈莹的话,当然是有道理。可是她的那些道理,在严丰年这里渐渐就变成充耳不闻了。他没有作声,坚持着自己的决定。

"严丰年同志,我是你的上级,这件事情你必须服从我的安排。"陈莹着急了,拿出自己的身份希望严丰年服从,但严丰年仍旧只是笑了笑。

"陈莹同志,别的事情可以商量,唯独这件事情,我们都不要争了。革命马上就要胜利了。"他脸上露出光彩,这是严丰年心底唯一期待的事情。一想到伟大的革命终将迎来胜利,他热血沸腾。

第 63 章
一见惊心

严丰年旁敲侧击地问过张锦江关于孟思成的事情，张锦江对这个人似乎了解也不多，只是说这个人从北京过来，一直跟着汪精卫来到南京。因为早年参加过军阀斗争，后来被特聘为国防部副总司令。

至于这一次的高层会议，张锦江并没有多说。南京方面安排情报局的行动处来负责安保工作，自然是有其道理。行动处常年与共产党斗争，自然能够保证在会议期间防止共军潜伏进来。

尚友青对安保工作分外排斥，但听闻有严丰年跟自己一起负责，他最终还是服从了张锦江的安排。眼看着日伪高层紧急会议马上就要召开，严丰年心里也更加地紧张了起来。

这一日的晚宴，张锦江带着严丰年还有尚友青出席。晚宴定在上海饭店，严丰年曾经去过几次，他一身崭新的中山装跟在张锦江的身后，尚友青走进会场，两只眼珠子就开始滴溜溜地寻找猎物。

张锦江暗地里提醒了好几次，一点儿用处都没有，索性只是板着一张脸不再去搭理。严丰年跟在张锦江的身边，随着他去与那些南京方面来的高官见面。

他高大颀长的身形，在人群中也算是鹤立鸡群。严丰年向来低调沉稳，端起高脚杯在人群中穿梭，也算是如鱼得水。

当然,严丰年也看到了,会场来了不少日本人,这些日本人多半带着家眷,一个个穿着和服,就像是过节一般。

"丰年啊,这位可是南京来的川岛先生,他主要是负责这次会议的安全问题,到时候你们会有很多工作需要一起来做。"张锦江走到一个身材发福的日本人面前,卑躬屈膝地觍着脸跟那日本人打了声招呼。

严丰年朝张锦江所说的那人微微鞠了一躬,叫川岛的男人,斜睨着眼看了严丰年一眼,鼻翼里却发出一声轻蔑的冷哼。

"川岛先生,这位就是严丰年先生,他在情报局里负责电讯工作,也算是我们局里的功臣了。"张锦江并没有介意川岛的态度,努力搭建两个人之间的桥梁。

严丰年主动伸出手来,"川岛先生,见到您分外荣幸,合作愉快!"川岛已经将目光挪移开来,并没有伸手与严丰年握住。

"支那人,哼,都是蠢货!"他傲慢无礼,目光立刻收回,喝了一大口红酒,昂首挺胸就从张锦江和严丰年的身边走开了。

张锦江的脸色也不是很好看,日本人向来从骨子里都瞧不起中国人,即便是在中国人的领土上,也摆出一副盛气凌人的架势来。

"严主任,你不要介意,这帮人就这德行。会议的安保工作是南京派给我们的任务,我们只要保证会议期间不发生任何意外就行了。"张锦江解释道。

严丰年微微蹙了蹙眉头,却已将刚才的情绪收敛住了,"张局长,您放心,我不会带着情绪去做事的。"他这么一说,张锦江倒是放心了许多。

严丰年跟在张锦江的身边,依次见过了来自南京方面的相关人员。他此时对孟思成分外好奇,可是那个人还是没有出现。

"孟司令今晚会来吗?"张锦江小声问了一声旁边的官员,那人跟张锦江似乎有点儿交情,两个人低声交谈了许久。严丰年站在一旁,假装什么都没有听见。

"会来的,这会儿啊,正陪着日本人呢,估计走不开。"那人压低了声音说道,严丰年全都听在了耳朵里。

果然,不到半个小时的时间,门口就引起了一阵骚动,有人在那叫了一声,"孟司令过来了。"屋子里刚才还散落着的人此时全部自觉地站成两排,热烈鼓起掌来。

严丰年夹在人群里,探着脑袋想要看清楚。一旁的张锦江轻轻拉了拉他,"友青呢?你有没有见到他?"他蹙着眉头,很是恼火的样子。原本想要带着尚友青到这里跟南京方面的人接触一下,谁知道那小子的心思全不在这里。

严丰年四下里看了一眼,"好像出去了吧?您别着急,尚主任自己有分寸。"他正说着话,却见几个人已经从门口缓缓走了进来。

前面的是一个中年男人和一个日本人,两个人脸上都挂着笑容,接受着众人的瞩目和掌声。严丰年个子高大,透过前排人的头顶,已经看清楚了孟思成的长相。

典型的北方人,身材魁梧,两道剑眉落在脸上很是显眼,只是他身后跟着的女人……

严丰年只觉得心跳猝然加快,那个女人不是别人,正是阔别近十年的颜惜禾。她没有太大变化,身材依旧瘦削,只是头发在脑后绾成一个发髻,眉宇之间还是之前的英气。她跟在孟思成的身后,没有一丝羞怯之意。

"那女人是孟思成的夫人吧?真是漂亮。"人群里有人小声议论着,严丰年只觉得心乱如麻。他怎么都不会想到,自己要刺杀的孟思成竟然是颜惜禾的丈夫。

他记得十年前最后一次见到颜惜禾的时候,她告诉自己已经跟别人订婚了,那个时候他身不由己,也没有多问。十年后,他终于知道她嫁给了一个什么样的男人。

"各位友人,我们今天在这里相聚一堂,这是上天给我们的缘分……"主持人开始致欢迎词,严丰年的目光一动不动地盯着远处的孟思成。

他坐在那里,正在跟身旁的日本人交谈着。张锦江身子凑近了一些,"丰年啊,后天会议上的主要人员今天可是都到齐了,待会儿我们寻个机会过去跟孟司令敬个酒。"

严丰年没有想到这一出,至少在他之前的预案中,是没有颜惜禾的。此时这个身材娇小的女人就坐在那里,旁若无人一般,浑身散发着一股惯常的冷气。

他的记忆不小心就拉到了十年前,这是他生命中唯一动过真心的女人,可是却在萌芽状态中就被扼杀了。

晚宴正式开始的时候,张锦江带着严丰年就挤了过去。"孟司令,久仰久仰啊!"张锦江靠近举杯,严丰年跟在身后,趁着张锦江自我介绍的时候,他将目光落在了颜惜禾的身上。

颜惜禾一直站在孟思成的身边,旁人过来跟孟思成敬酒,她也礼貌地跟着一起喝一点儿。但自始至终,她的目光都没有看严丰年一眼。

从晚宴上回来,严丰年的心情有些低落。这些年他忙于革命的工作,将儿女私情全部都放了下来,却不想最终还是与颜惜禾狭路相逢。

这件事情他没有隐瞒陈莹,当晚回去之后就告诉了陈莹。陈莹也是颇为惊讶,她在屋子里不停地踱步。

人之常情,让严丰年去刺杀旧情人的丈夫,严丰年恐怕很难过心理上的这关。"严丰年同志,刺杀的行动还是由我来完成比较好。考虑到情况的特殊性,我现在代表组织命令你撤出这项行动。"

陈莹的话音刚落,严丰年就提出了异议,"这怎么能行呢? 到时候会议现场安保很严密,你连靠近的机会都没有,更别说刺杀了。"他蹙着眉头反对。

陈莹立马反驳,"总之你不能参与这次刺杀的任务,我会跟组织上反映的。"陈莹的拧脾气上来了,不管严丰年是否同意,此时坚决反对严丰年参与刺杀。

他的脑子里很乱,后来便放弃了跟陈莹的争论,两个人都早早睡下了。严丰年的脑子里还在不停地想着这件事情。刺杀行动该如何安排,他没有想好周全之策。

现在情况变得复杂,他有些担心,不知道颜惜禾是否会将自己的情况告诉孟思成,如果是那样的话,此人一定会做出相关的防御措施。

心底一直七上八下的,天色就微微露出了晨曦。他很早就到了局里,却见两个卫兵抬着几个担架往外走。

"怎么了?"他随口问了一句,担架上都盖着白布,其中有一个担架上露出了一只脚,严丰年认出来,那是一个女人的脚。

"死了三个女大学生。"抬着担架的卫兵如实回答,却是急匆匆地抬着人就往外走。在一楼大厅签到处,严丰年碰到王万春。

两个人寒暄了几句,就一起往楼上走。这几年张锦江颇为重视严丰年,王万春也因此和严丰年熟稔了一些。

"王秘书,那几个女大学生是怎么回事?"严丰年漫不经心地问了一句,情报局里每天都有死人抬出去,这并不是什么奇怪的事情。

"那几个啊!"王万春鼻翼里发出一声冷哼。"端木一郎真不是东西,这几个大学生是他昨晚上去学校抓回来的,折磨一个晚上,活活被折腾死了。"王万春压低了声音说道。

严丰年只觉得心里一阵翻江倒海,怒火猛然就在心头开始不停地上蹿。他知道端木一郎是个出了名的色鬼,最喜欢去的就是各大舞厅,但是却不知道他竟然残忍到如此地步。

第 64 章
提前埋伏

严丰年在二楼走廊里见到了端木一郎,他站在走廊里活动腰肢,跟几个日本兵不停开着玩笑。即便这几个人在用日语交流着,但是严丰年却听得一清二楚。

"那几个女学生很不错,过几天再去弄几个来玩玩。"其中一个日本兵一脸淫笑着说道。旁边几个人捅了他一把,显然是在取笑。

"只可惜玩得不够尽兴,没几下就死了。"端木一郎放肆地跟这几个人开着玩笑,几个人又对昨晚的兽行进行了一番评论。

严丰年只觉得有千万只苍蝇钻进了耳朵里一般,他心底无比烦躁,一伸手就将桌子上的水杯狠狠摔在了地上,外间的秘书吓了一跳。

"严主任……"她战战兢兢地站在门口询问道,严丰年赶紧压抑住心底的怒火。他的双手已经蜷缩成紧紧的拳头,"没事,你先去忙吧,刚才不小心摔地上了。"他说着,自己弯腰将散落在地上的碎片拾捡起来。

下午的会议上,端木一郎一直在不停地打瞌睡,张锦江不时拿目光瞟向他,却见端木一郎根本就没有心思继续开会。

"安保的事情,你们自己商量就行了,我不插手。"端木一郎没有等到会议结束就起身离开了,尚友青也是一副睡意蒙眬的样子,张锦江不住地摇头。

"严主任,这个事情你给大家伙说说,到底该怎么开展?"张锦江急不可耐,现在身边没有一个能够办事的人,他就像是热锅里的蚂蚁一般。

严丰年看了一下四周,说话慢条斯理,"这个……听局长的意思,我没有安保的经验,完全是外行,这个……我真是不懂。"

此番一推脱,张锦江的脸上就有些不高兴了。可是他也没有办法,他总不能亲自去负责安保的工作吧,一个情报局的局长,要去负责安保工作,这说出来岂不是丢脸的事情。

"好啦,先散会吧,待会儿严主任和尚主任来我的办公室一趟。"张锦江铁青着脸从会议室里出去了。尚友青倒是得了自由,刚才的瞌睡一瞬间就消失了。

严丰年去张锦江办公室的时候,尚友青正站在张锦江的办公室里受训。他原本还想晚一点儿进去,张锦江一招手,他只好跟着进去了。

"安保工作是咱们现在的头等大事,这件事情要是出了岔子,我们头上的乌纱帽都要掉,而且项上这颗人头也不保。"张锦江锁紧眉头不停地说着,严丰年当然知道这件事情的严重性,但是他绝对不可以出头。

"好啦,我知道了,安保的工作我又不是第一次做了,何况这一次还有严主任在,您就不用操心了,待会儿我把方案呈上来不就行了吗?"尚友青不耐烦地说了这么一句,张锦江还想要说什么,最终还是忍住了。

严丰年这一天都有些心神不宁,他的脑海里时常浮现出那一只浮肿的脚。如花年纪的女大学生,却被这一群畜生给摧残了。

下班之后,严丰年径直回到家里,陈莹很晚才回来。严丰年一直呆坐在窗前发愣。

"你怎么了?"陈莹察觉到严丰年的异样,忍不住问了一句,眼看着日伪高层会议马上就要召开了,这个时候严丰年应该积极投身准备工作才是。

"今天死了三个女大学生,都是被日本人奸杀的。"严丰年叹了口气,将今天早上看到的事情全都告诉了陈莹。

陈莹听到这件事情,还是愣住了,谁也不会想到,日本人除了"剿杀"共产党,屠戮进步人士,现在还将魔爪伸向了手无寸铁的女大学生。

"这群禽兽不如的东西!早晚要让他们死无全尸。"陈莹恶狠狠地咒骂了一句。因为这件事情,两个人的情绪都很低,晚饭也没有吃。

"陈莹同志,这次日伪高层会议,我们不能只是刺杀孟思成。"严丰年紧蹙着眉头说道,这一天他一直在考虑这件事情。革命已经进入白热化的阶段,眼看着抗日战争就要结束了,这群日本鬼子却在中国的领土上嚣张跋扈。

"你的意思是?"陈莹不解地问了一句。潜伏在上海的这几年,她和严丰年一样,见了太多杀戮的事情。对于日本人的兽行,她恨不得亲自手刃这群恶魔。

"后天会有很多日本人一起参加这个会议,到时候我们要为革命同志报仇,让这些恶魔们全部付出代价。"严丰年狠狠地说道。

即便在前一天,他还在对刺杀的事情有些犹豫,但是此时此刻,他突然觉得刺杀势在必行。在革命的面前,个人情感不值一提。

"说说你的想法。"陈莹多问了一句,严丰年坐起身来,两个人一直说到后半夜,天色微亮的时候,各自起床洗漱完毕就去了工作单位。

"张局长,尚主任的安保方案已经拿出来了吗?"严丰年主动去了张锦江的办公室,却与先前的态度很是不同了。如果说之前他存有一丝推卸的意识,那么现在,严丰年则处于高度备战状态中了。

"喏,倒是弄了个方案来,你先看看,有没有需要补充的地方。"张锦江说着,将一个方案递给严丰年,严丰年从头至尾看了一遍。

这个方案写得很是完善,他这才明白为何张锦江的脸上已经没有之前的忧色了。"嗯,尚主任果然是青年才俊,这个方案写得很好啊,您放心,我到时候会全力配合尚主任的。"严丰年在这里表了决心,张锦江很是欣慰。

就是那么短暂的几分钟,他已经将尚友青呈递的方案熟记在心了。如何完成这次的刺杀行动,他心底早就有了计划。下午的时候,他和尚友青两个人去会场进行最后一次安全排查。

尚友青年轻气盛,而且恃才傲物,尽管张锦江是他的姑父,但是他却丝毫没有将张锦江放在眼里。严丰年跟在他身后一路上仔细地看了一遍,心里也算是有了底了。

"明天会议就要召开了,陈莹同志,我希望你能够取消救护队的工作。"严丰年一本正经冲陈莹说道。

刺杀行动定然会引起骚乱,救护队首当其冲会受到冲击。在严丰年的心里,他已经做好了随时牺牲的准备。

"严丰年同志,这件事情没得商量,我一定会出现在救护队的。如果你完成不了刺杀的任务,我会把这个任务完成的。"陈莹那张清瘦的脸颊上,闪烁着革命的光辉。

明知道随时都可能面临着牺牲,但是这个瘦弱的女人,却没有选择退缩。严丰年心底突然涌现出一阵感动,他还记得龚自强牺牲的场景,那个时候他就发过誓,无论如何,都不能让这个女人再为革命做出牺牲了。

"刺杀的事情,我心里已经有了把握,让你不要去救护队,是因为我还有更重要的任务要交给你来完成。"严丰年压低了声音,将自己的计划全盘告诉了陈莹。

陈莹起初眼眸中闪烁着光彩,但是听完严丰年的汇报,她又有几分担心,"严丰年同志,这样太危险了,还是让我去吧。"

陈莹主动请缨。严丰年却在这个时候笑了,"我的工作很危险,但是你的工作很重要。你在外面等我出来,我把命可都交给你了。"

他这样轻描淡写地一说,陈莹也不好继续争辩,两个人再说了一会儿话,就躺下了。

天色再次亮起,严丰年早早地就去了会场,明天会议就要召开了,这里的安保措施全部都要启动,而且为了各种应急方案,每个环节都要经过严格的测试。

他跟在尚友青的身旁,陪着他在会场里走了一圈。尚友青是个自负的人,对于枯燥乏味的事情向来缺乏兴趣。南京方面派来的是川岛,那个人同样桀骜不驯,根本就没把尚友青放在眼里,原本说好要沟通的事情,最后也没有沟通就散了。

尚友青离开之后,行动处的人偷偷摸摸又走了一批,而就在这个夜晚,严丰年和陈莹弓着腰穿着一身黑衣潜伏进了会场。这里静悄悄的,除了几个关口有人看守之外,所有的地方都锁上了。

好在严丰年手里是有钥匙的,两个人潜伏进会场内,将身后背着的那个袋子藏在了暗门里,这个地方隐蔽,严丰年白天的时候仔细观察过,绝对不会有人注意到。

"这样安全吗? 炸药会不会不够?"陈莹担心地问了一句,严丰年正低着脑袋接导火线,沿着墙角的板条下面,刚好有一个缺口,将导火线接在这个下面,恰巧能够一直引到会场的主席台。

两个人忙碌了一阵,炸药已经在会场的四周埋好了,导火线也像是蜘蛛网一般密布这个地方。忙完全部的工作,天边已经泛出了鱼肚白。

"你赶紧从后门出去,今天千万不要出现在这里,记住我说的话。"这是严丰年冲陈莹说出的最后一句话。陈莹回头看了严丰年一眼,而后匆匆从后门离开了。

第 65 章
暗杀启动

等到陈莹离开之后,严丰年迅速将身上的衣服脱下来,而后就地斜歪着闭上了眼眸。随着脚步声靠近,严丰年听到了张锦江的声音。

"这不是严主任吗?"张锦江说着,一只手搭在严丰年的肩膀上,轻轻推搡了一下他。严丰年这才眯缝着眼睛伸手挡住光亮,却见张锦江和好几个人一同走了进来。

"局长……"严丰年挣扎着从地上起身,露出一副刚从睡梦中醒来的样子。他捂着嘴巴打了个哈欠,而后目光转向张锦江身侧的那几个人。

"昨晚一直在这里加班啊? 尚主任呢?"张锦江左顾右盼了一会儿,却始终都没有看到尚友青的身影。上午九点钟,这里就要召开会议了。他有些不放心,和几个人到这里来看下情况。

"尚主任刚刚回去。"严丰年撒了个谎,他心底清楚,张锦江问这话,不过只是随口问问而已。他比任何人都要知道尚友青的性格,这个人怎么可能在会场待上一个晚上?

可是张锦江是个极其要面子的人,他这么问,却是要严丰年当着所有人的面,给他几分薄面。果然严丰年这么一说,张锦江倒是露出了满意的笑容。

"严主任,这一次责任重大,你和尚主任可要辛苦了。等这个会议结束了,到时候咱们再好好聚一聚。"张锦江上前再次拍了拍严丰年的肩膀。

他带着身后的那些人朝会议中心走去,严丰年此时也不含糊,跟在这群人的身后,张锦江哪里有疑问,他就适时给予讲解。

八点钟的时候,尚友青还没有来,张锦江的脸色有几分难看了,小声提醒王万春去把尚友青找回来。眼看着会议就要开始了,严丰年又紧锣密鼓地交代了几声,这才带着张锦江一行人离去。

八点半的样子,门口开始陆陆续续有人进来了,严丰年只是站在一侧,看着所有的工作井井有条地开始进展。尚友青一脸不耐烦地出现在这里,见到严丰年这才不情愿地在他身边站定。

"真是烦人,隔三岔五就要干这些破事,我还是行动处主任吗?干脆把我调到保卫科得了。"他年轻气盛,抱怨自然是不会小的,严丰年也只是笑了笑,并不答言。

"严主任,你在这里看着啊,我出去吃点儿东西,快饿死了。"尚友青捂着肚子说道,谁都知道,他不过是找个借口逃离现场罢了。

严丰年仍旧只是微笑着点了点头,也不过只是十多分钟的时间,参会人员已经进入会场。严丰年再次见到了孟思成,今天的他穿着一身军装,军帽下的那张脸,威严无比。走起路来,也能够带起一阵风。

他没有跟孟思成打招呼,自然,孟思成也绝对没有认出严丰年来。两个人只是擦肩而过。这个会议要持续三天,至于会议的内容是什么,严丰年并不知晓。

抗日战争进入最后的阶段,日伪政府不过是在谋求最后的反攻机会。严丰年仰望着天空,对于未来革命的形势,他无比的自信。

会议进行了十分钟的样子,端木一郎磨磨蹭蹭地进来了,见到严丰年,只是拿眼睛瞟了他一眼,然后就大摇大摆朝会议室走去。

盯着那个恶魔的背影,严丰年有一种恨不得立刻手刃他的冲动。他知道,没有到最后一刻,他是绝对不会做出任何出格的事情来。

整个上午,他都待在安保现场,即便这里的事情跟他一点儿关系都没有。尚友青找了个借口就离开了,过了三个小时都还没有回来。

到了下午的时候,尚友青回来了,却是找了一间休息室,自己躲进去睡大觉去了。严丰年没有半点儿松懈,他一直都在等一个时机。

后来他有些累了,决定去洗手间洗把脸,却不想在三楼的拐角处听到一个低低抗拒的声音。他脚下的步子加快了几分,手条件反射地摸到了腰间的枪。

这里安保严密,绝对不可能出现任何的意外,他的脚步一点点朝暗角的杂间挪去,他记得昨晚上自己在这里藏了东西。难道……现在被人发现了吗?

他心底揣测着,有几分不好的预感,整个身子随着脚步缓慢地移动着。杂间的房门紧闭着,可是刚才他听到的声音分明就是从这个房间里传出来的。

出于警觉,他将耳朵轻轻贴靠在房门处,这一次,无比清晰地,他听到了一个男人喘息的声音。喘息很是粗重,严丰年好似预料到了什么。

他伸手拉了一下把手,房门并没有锁紧,只是当那扇门打开的时候,他不由得惊讶。眼前的男人裤子已经褪到了脚边,正趴在一个女人的身体上。

那人猛然被人搅了兴致,分外的不爽。一回头两道凶狠的目光就射了过来,而这一刻,严丰年彻底看清楚了,这个人就是端木一郎。

至于地上那个已经昏迷过去的女人是谁,严丰年并不清楚,可是从一旁散落的衣服来看,她肯定是救护队的护士。

严丰年的怒火一下子就蹿了起来,他恶狠狠地盯着这个满脸油光的男人,那种愤恨的情绪涌上心头。

"滚!赶紧滚出去!"端木一郎被破坏了兴致,颇为恼怒,冲严丰年压低了声音不停地吼叫,希望尽快将这个男人从自己的视野里赶出去。

但是这一次,严丰年却没有。他反手将身后的房门反锁住了,而后不由分说抄起一块板子就朝端木一郎的脑袋上砸去。端木一郎伸手胡乱在身侧寻找手枪,但是速度还是慢了一点儿,那块板子不依不饶地就落在他的额头上。

只见鲜血一下子就滚落了下来,端木一郎挣扎着想要站起身,摇摇晃晃着整个身子就朝严丰年扑了过来,但是褪到腿边的裤子来不及提起来,就将他再次绊倒在地。他这一次结结实实摔了个狗啃屎。

还没有等他反应过来,严丰年手里的板子再次重重落了下来,这一次,端木一郎再也没有站起来。他整个身子,软塌塌地摊在地上,额头上的血水已经模糊了整张脸。

严丰年将手里的板子扔在了一边,上前将手指探在那个赤裸的女人的鼻翼处,却发现那个女人早已经没有了呼吸。

他蹙着眉头,无比的痛心,将一旁散落的凌乱的衣衫搭在女护士的身上,伸脚就朝端木一郎的身体狠狠踢踹了几脚。而此时,端木一郎已经没了呼吸。

杂间虽然是处于暗地,但是严丰年出于安全起见,还是拖着端木一郎肥硕的身体,将他藏到了角落里。他原本想将那个女护士也藏在这个角落里,却在最后一刻改变了主意。

他重新寻了一个地方,将女护士的尸体安放在一堆盒子里。地上还散落着血迹,他胡乱将一旁的纸盒子散落在地上,遮住了所有的痕迹。

忙碌完这些之后,严丰年小心翼翼地从杂间里出来,好在这个地方足够的隐蔽,没有人注意到这里。他径直朝洗手间走去,从镜子里看到自己的脸上布满了汗滴。

此时已经是下午了,再过两个小时今天的会议就要结束了。这些天来,无辜牺牲的人越来越多,他觉得自己快没有耐心继续等下去了。

将自己收整了一番,严丰年从洗手间里出来,恰巧碰到几个日本兵在前厅的位置调戏着两个救护队的女护士。他蹙着眉头,满脸都是怒火。

"你们是哪个队的?"严丰年那双深邃的眼眸看向几个嚣张跋扈的日本兵,那几个人回头看向严丰年,却是一副瞧不起的样子。两个女护士早就吓得面如土色,可又是敢怒不敢言的样子。现在见到严丰年过来了,倒是像看到了救兵一样。

"严主任……"其中一个护士已经认出严丰年来,可怜兮兮地想要得到严丰年的帮助。严丰年咄咄逼人的眼眸直视着那几个日本兵。

其中一个日本人却是蛮横地将刺刀指向了严丰年,另外一个人用日语冲他叽里呱啦说了一阵,那人这才收起了刺刀。

"不要忘了,这是中国人的地盘。"严丰年恶狠狠地说道。那些压抑在心底的怒火,就像是蔓草一般不停地滋长着。在这片他热爱的领土上,无时无刻不看到自己的同胞被这群恶魔欺凌,作为一个中国人,他不甘心只是眼睁睁地看着。

那几个日本兵显然没有听懂严丰年的话,骂骂咧咧地从这里离开,罗圈腿迈开,却是一副大摇大摆的姿势。

"严主任,谢谢您……小吴刚才被端木先生叫走了。"其中一个女孩子上前冲严丰年言谢,严丰年这才知道,刚才死在杂间的那个女孩子姓吴。

他没有作声,只是背着手站在那里,一直等到那几个日本兵离开之后,他才转身朝里走去,但是脚下的步子却是加快了几分。

第66章

点导火线

时间一分一秒地过去,严丰年觉得自己的脑子里此时就有一个时钟,每走一步都会落下无比清晰的声音。神经高强度绷紧,可他只能将这份紧张埋藏在心底。

茶水间里,正在紧锣密鼓准备下午茶的东西,十分钟之后,会议会休息二十分钟,这些水果还有饮品,会迅速送到会场里。

"严主任……"负责服务的是总务处的秘书,严丰年背着手朝这边走来,她便上前热情地打招呼。

"东西都准备好了吗?"严丰年一脸严肃地问道,目光却将整个服务区扫视了一遍。"这个杯子……是不是没有洗干净?"严丰年这么一说,负责的秘书一下子就紧张了起来,慌忙过来察看。

"这里所有的东西,都要仔细清洗,不然别人会笑话我们工作做得不到位。"严丰年吩咐了一声,那秘书虽然心底有疑惑,但还是立马吩咐人将所有的杯子都端过去重新洗刷去了。

他在服务台站定,伸手将夹在指缝里的东西丢进了饮品罐里,而后迅速搅动了一下。这个过程做得如此的隐蔽,没有一个人发现。

"对了,糕点多准备一点儿,这个时间,估计他们也饿了。"严丰年伸长脑袋冲里间正在洗刷杯子的那几个女人说道,而后摇晃着脑袋就离开了。

他一直盯着手表站在走廊里，整个人处于高度紧张的状态，直到看到有人从会议室里出来放松，服务区的人员将下午茶全部端了进去。会议再次重新开始之后，严丰年开始在走廊里踱步。

　　此时已经四点半了，他缓缓朝会议室走去，透过门缝朝里面看了一眼，却见不少人都开始打哈欠，显然大家这个时候已经困倦到了极致。

　　孟思成坐在为首的位置，伸手想要解开领口的扣子，但是解开之后又再次扣上，显然他也十分困倦，用手捂住嘴巴不停地打哈欠。坐在后排的与会人士，已经有人实在忍不住趴在桌子上睡着了。

　　整个会场陷入一种低迷的状态，念着讲话稿的人员，也是锁着眉头一副无精打采的样子。人只有在困顿交加的时候，才会放松警惕。严丰年缓缓从门口离开，却在两扇门的缝隙里夹了一个东西。

　　这个东西的存在，使得两扇门与地面之间毫无缝隙，若是想要将房门推开，却需要足够大的劲儿。当然打开的过程，也是需要一定时间的。

　　他快步回到了杂间里，之前埋藏在这里的导火线接头，就藏在墙角的那个暗格里。只要将这个导火线点燃，火光就会沿着墙角的暗道，一直延伸到会场里。

　　昨天晚上，严丰年和陈莹在整个会场里都藏满了炸药，只要导火线点燃了，那些炸药足可以将整栋楼都炸飞。

　　他从兜里掏出打火机来，整个人一直都持续在紧张的状态中，但是此时此刻，严丰年却觉得心底无比的放松。他要做一件很伟大的事情，要去完成一个光荣而神圣的任务。

　　导火线已经点燃了，而后随着暗道不停地往前延伸。如果不出意外的话，两分钟之后，这栋大楼将彻底的覆灭。

　　严丰年并没有想过要活着离开这栋大楼，组织上安排他刺杀孟思成，但是他却将这个任务扩大化了。他要让这些筹谋着破坏中国安宁的人都付出代价。

　　做完这件事情之后，他迅速从杂间里出来，而后将门锁住。朝前厅走去。他记得那两个护士还在前厅的救护站待着。

　　他的脚步还没有走到前厅，就听到一声巨响，整栋大楼都开始震动。那些炸药被点燃了，发出震耳欲聋的爆炸声。

　　"快跑！"严丰年顾长的双腿飞快朝前厅跑去，屋顶在那个时候，已经开始坍塌下来。他的脚步很快，那两个护士此时完全吓坏了，听到严丰年一声怒吼，愣了一下之后，拔腿就跟在严丰年的身后朝外跑去。

只是，他们谁也没有逃过这场厄运，炸药的威力已经超出了他们能够抗拒的范围，严丰年只觉得眼前一黑，身后一个重物已经彻底压在了他的身上。他没有想过要从这个地方逃出去，厄运袭来，他唯有承接。

在他昏迷过去之前，他听到身后传来一阵阵凄惨的嘶叫声，只是这栋楼坍塌得过于突然，那些人想要逃出去，基本是不可能的。

他听到外面有好多人在不停叫喊着，他的意识越来越薄弱，到了最后，再也撑不起沉重的眼睑，只觉得眼前就像是拉开了一道黑幕一般。

他以为自己一定会死的，可是没有想到，当他睁开眼睛的时候，自己竟然躺在医院里，围绕在他身边的好几个人，见到他醒过来，立刻就围了上来。

"严主任，你可终于醒了。"严丰年听到这个声音，扭转着头望过去，却见王万春一脸焦急地站在那里。他心下有几分不好的预感，难道这次刺杀行动失败了吗？

"王秘书……"严丰年只觉得嗓子里就跟进了火一般，刚一开口说话，嗓子里就疼得不行。闻讯前来的陈莹，立刻摘下口罩冲严丰年笑了笑。只有从那个女人的脸上看到笑容，严丰年这颗悬着的心才放了下来。

"严主任，你好好养伤，这次意外……我们谁也没有想到。南京方面派人过来调查了，那天开会的人全死了……"王万春说到这里就止住了。严丰年这才发现，没有见到张锦江的身影。

"张局长呢？他怎么没有来？"他压低了声音多问了一句。他没有想到活着回来，却不想还是捡回了一条命。

"张局长现在已经被押往南京接受审查了，尚主任牺牲了，好在你醒过来了。那天在会场……"王万春有话想要问，可又觉得这个时候问及，好像有点儿不方便。

严丰年自然知道王万春想问的是什么，如果南京方面都不知道到底发生了什么事情，他何需解释。

"那天不是好好的吗？后来就听到整栋大楼爆炸的声音，我想要逃出去的……可后来……我就不记得了。"严丰年努力回忆着那天发生的事情。

"王秘书，晚一点儿等丰年好一点儿了，我陪他去局里做个调查可以吗？他已经昏迷了一个星期了，现在刚刚好一点儿……"陈莹担忧地说了一句。

王万春立刻露出一脸的歉意，"严主任，实在是对不起啊，刚才我心急了一点儿，这件事情不着急，你好好养伤，等你好了，我们再聊。"王万春说着，就从屋子里退了出去。

此时病房里只剩下严丰年和陈莹。他无比焦急地将探寻的目光投向陈莹，想要从她那里得到最确切的答复。陈莹起身，将房门掩住，这才回到严丰年的床边。

"严丰年同志，祝贺你胜利完成组织上交给你的任务。"陈莹压低了声音在严丰年的耳旁说道，"组织上知道这件事情后，要给你记一等功。"陈莹的话，就像是给严丰年注入了兴奋剂一般。

他脸上大面积被烧伤，此时欢喜一笑，却是牵扯得疼痛难忍。在那个时候，他没有考虑过个人的安危，只是希望能够尽快完成这个任务。

"组织上还说了什么？"他那双深邃的眼眸绽放着光彩，这个消息，比吃了蜜还要舒畅。陈莹却是一把抓住了严丰年的手，"组织上还说，你一定要好好养身体，革命马上就要胜利了，还有许多事情等着我们去完成。"

陈莹的眼眸里也闪烁着光芒，这个喜讯，对于他们来说，是最大的嘉奖。两个人沉浸在这份喜悦之中，长久都不能释怀。

"那些人……都死了吗？"严丰年不放心地问了一句，如果不出所料，应该是没有人能够从会议室里逃窜出来。他在饮品里下了安眠药，那些人喝过下午茶之后，都出现不同程度的瞌睡状态，发生这样的突发事情，他们没有足够的灵敏性去应对。

"都死了，一个都没有剩下，包括孟思成。"陈莹笑着回答。严丰年终于舒了一口气。潜伏在情报局这么多年，他无数次看到这帮恶魔残杀中国人，心底这口恶气，已经埋藏了太久。

"另外还有一个好消息要告诉你，我军刚在常德夺得了胜利，歼灭了敌人三个军。"陈莹的声音极小，门外的人绝对偷听不到。

严丰年听到这个消息，心底更为激动。他躺在那里，想要大声笑出来，却最终还是忍住了。这种喜悦的心情无法言表，他只是紧紧攥住陈莹握住自己的那只手。

"革命马上就要胜利，不久的将来，新中国就要建立了。"陈莹发自肺腑的期盼，得到了严丰年的共鸣。两个人不再说话，只是彼此看着对方，眼眸里竟然流淌出激动的泪花。

第 *67* 章
南京受审

严丰年苏醒后的第三天，南京方面就已经派人过来，说是日伪政府对于这次爆炸事件非常重视，要求严丰年尽快前往南京参与军事法庭的调查。

临行前，陈莹心里七上八下的，这件事情来得突然，她没有时间跟组织上汇报。从南京赶过来的几个人，由王万春引着，此时就站在门外。

"王秘书，能不能麻烦你跟他们说一声，严主任的身体不适合去南京……"陈莹一脸为难地跟王万春说道。王万春也是左右为难，哭丧着一张脸。

"嫂子，这件事情谁说了都不算，张局长现在还在南京那边受审。他们啊，这一次过来就是让严主任过去一趟，配合他们调查。也不会有什么大事，您别太担心。"

王万春这么一说，陈莹只好闭上了嘴巴。"那你先让他们等一下，我跟你们严主任说几句话。"陈莹说着，就将房门掩上，进了病房。

严丰年的伤势并不算轻，全身多处烧伤，右腿骨折。陈莹站在严丰年的身前，露出一副担忧的神色。

"严丰年同志，你不能跟着他们去南京。"陈莹义正词严地说道。她的声音很低，说话的时候，眼神警觉地看向门口。

严丰年那张俊朗的脸上却露出笑容来，"没事，我知道怎么应付。"他深邃的眼眸里透露出的自信,仍旧让陈莹有些不安。

一个小时之后,严丰年被抬往医院后门停放的车辆里,陈莹放心不下,主动请缨要陪同前往。作为严丰年的家属,又作为医院的护士长,陈莹当然有资格陪护在严丰年的身边。

身边有那么多伪政府的人员在场,严丰年不好开口。他只是拿眼神想要阻止陈莹,但这个倔强而坚定的革命同志,却是义无反顾上了车。

南京军事法庭里,严丰年作为现场少数几个幸存者被传讯到审判现场。严丰年看见,张锦江此时被关押在被告席的位置。不过是十来天的时间,他仿佛是变了一个人一般。

花白的头发,胡乱地奋拉在头顶,那张历经沧桑的脸上,除了沮丧和惊恐之外,更多的却是绝望。这么些年来,他一直很想调回南京来,却没有想到真的回到南京,却是以这样的方式。

见到严丰年进来,张锦江那双无望的眼眸,深深看向严丰年。日伪政府的高层会议,第一次在上海召开,就发生了这么严重的事故。张锦江作为安保行动的最高负责人,理应承担这次事故的责任。

听众席上,坐了一半日本人,冷峻的眼眸盯着前方。日伪高层会议上,除了孟思成作为最高司令官之外,其他人中有二十多个都是日本中高层将领。

"严丰年,当时事发之时,你在哪里?"审判官冷着声音问道,目光咄咄逼人盯着严丰年。他行动不是很方便,此时坐在轮椅上,但表情却很是冷静。

"我当时负责巡逻各处,保证每个环节有序开展。当时下午茶刚刚结束,我前往救护处询问状况,就听到身后传来爆炸声。"

严丰年低沉而富有磁性的声音在审判庭上响起,所有人的视线都落在他的身上。他是个儒雅低调的男人,长久以来保持的这种淡定,练就了他不惊不慌的心态。

"尚友青是行动处的主任,据我们所知,你在情报局的职务是电讯处主任,你怎么会参与到这项行动中呢?"这个问题说完,张锦江的目光再次投向严丰年。

若不是出于私情,张锦江当然不会做出这样的部署。尚友青是典型的纨绔子弟,这样严峻的任务,他一个人不可能完成。这个时候,张锦江当然后悔自己的盲目自信,不仅让尚友青断送了性命,就连自己这一生的仕途也要断送了。

"这是局里的安排,而我并不直接参与到安保工作的部署,在这次行动中,我只是负责现场的巡逻,督促各处按照要求行事。"严丰年的回答,让现场沉默了片刻。

坐在听众席上的日本人开始不够淡定了,操着一口日本话大声地喧哗着。严丰年只是默不作声,这样的阵势他虽然没有经历过,脸上却保持着一如既往的淡定。

"你的意思是,这是情报局局长张锦江的安排?"继续有人发问,所有人的视线再次投向张锦江。只见大滴大滴的汗珠从张锦江的额头上不停地滚落。

严丰年看得出来,这十多天来,张锦江的日子并不好过。他在南京方面没有得力的靠山,这次事故发生之后,各方都将责任归咎在他的身上。南京方面不愿意得罪日本人,理所当然地要寻找一个替罪羊。

听众席上的喧哗声就更大了几分,好几个日本人已经气势汹汹地想要穿过禁栏朝这边扑过来了。审判官只能不停地示意所有在场人员要保持肃静。

"是的。"严丰年轻轻地回答。这个答复,张锦江是最害怕的。当严丰年刚刚说完,张锦江整个人都已经瘫软下来了。但是,这个答复,却又是所有人最为期待的。

接下来审判官还问了不少问题,严丰年都一一回答了。张锦江靠在那里,面如土色,整个人已经彻底崩溃了。

问询的时间持续了半个小时,自然不乏各类刁钻的问题。也许是因为严丰年的足够冷静,也有可能是因为张锦江的提前崩溃,就像是默认一般,张锦江的罪行得到了指控。

"好了,你可以下去了。"陪审员这一句话,让严丰年如释重负。来了两个工作人员,正准备将严丰年的轮椅推下去的时候,严丰年只听到耳旁突然传来一声嘶吼,好几个日本人冲出听众席的禁栏,拿着匕首凶狠地朝张锦江扑了过去。

审判席上的人都惊呆了,即便现场有安保人员,可谁也没有阻止惨剧的发生。何况扑上来的都是日本人,只见现场一下子进入混乱状况,这些人凶残地将心底的怒火全部都发泄到了张锦江的身上。

可怜他一把岁数了，却惨遭这样的结果。整个人迅速地瘫软在地上，任凭这帮恶魔将自己捅成马蜂窝。整个过程，没有人阻拦，也没有人劝阻。

严丰年迅速被人带离现场，只是他的心，却因为这个突然的变故拧成了一团。在审判室外面，陈莹还有王万春都在那里等候着，见到严丰年脸色惨白地回来，陈莹立刻就迎了上去。

"怎么样？你还好吗？"她的目光复杂却又含蓄地看向严丰年，那一刻，严丰年只是轻轻牵扯住了嘴角，而后伸手捏了一下陈莹冰凉的手指。

"严主任，张局长没事吧？什么时候能够放出来？"王万春跟在张锦江身边十几年，对张锦江可谓是忠心耿耿，他定然不会想到，张锦江已经惨遭这样的下场。

严丰年顿了顿，目光平和了许多，"晚点儿……他们会通知吧！"他的额头上已经渗出了汗水，原本身体多有不适。

王万春听闻严丰年这么一说，便不再多问，只是那张脸上，眉头却一直紧蹙着。严丰年心有余悸，待和陈莹从这里离开之后，他整个人彻底崩溃了。

"怎么了？到底发生什么事了？"陈莹不安地问道。和严丰年在一起久了，这个男人身上超乎寻常的冷静，常常让她钦佩，但是作为严丰年的上级联络人，她更是担心他的安危。

严丰年长长地出了一口气，脸色却很是难看。他来到情报局已经好几年了，张锦江平日里对他也算是不错。他是一个重感情的男人，就算是与张锦江的政治立场不同，但作为同事，看到他被日本人乱刀扎死，他做不到冷漠处之。

严丰年将审判现场发生的事情告诉了陈莹，听到这样的惨剧，陈莹也是一脸沉重。"严丰年同志，这件事情已经过去了，接下来我们还有更严峻的任务，抗日战争马上就要胜利了，组织上要求我们继续潜伏下去。"

陈莹将最新得到的指示告诉严丰年，他脸上的落寞缓缓地恢复过来，那双幽深的眼眸看着陈莹，重重地点了点头。

南京的天气一直阴沉着，淅淅沥沥下了好几天的雨。他内心比任何人都要忐忑，等待着南京方面给出最后的结果。

张锦江死了，这件事情南京方面没有给出正面的答复。张锦江的夫人去南京闹了几次，一直也没有人搭理她，她最终也只有含泪妥协了。严丰年在南京逗留了几日,便准备返回上海,临行前几天,黄锡隆专程前来拜访他,推却不了盛情,他便多逗留了几日。

他的伤势已经好了许多,这一日与黄锡隆在酒馆里小聚了一番之后,他拄着拐杖往回走,却在拐角处的位置,被一个女人拦住了去路。

严丰年缓缓抬起头来,就在距离自己一米之内的位置,一个穿着黑色缎面高跟鞋的女人站在那里,仿佛是已经等候了许久。他一抬头,就看到面前触手可及的精致小巧的脸颊,只是那双眼眸里,一如十年前的冷漠。

第 68 章
再见不念

时光从这个女人的身上碾过，却没有留下一丝痕迹。她还是和十年前一样，身材保持得很好，纤瘦的身形，没有显出一丝赘肉。就连精巧的脸颊上，都不见岁月留下的纹路。

严丰年并不想见到颜惜禾，十年的时间将这段唯一的爱恋已经抹平。他拄着拐杖，只是蹙着眉头看向颜惜禾，内心却很不平静。

眉头微拧，他看着站在自己身前的女人，薄凉的嘴唇抿成一道沉默的弧线。

上一次见到颜惜禾是在宴会上，她风姿绰约地站在孟思成的身旁，作为最高司令官的夫人，她如鱼得水一般在那些人中间周旋，一如十年前一般。

"丰年，好久不见。"颜惜禾白皙的脸颊上，挤出一抹淡淡的笑容，宝蓝色的碎花真丝旗袍包裹着小巧玲珑的身形，精致的妆容掩盖住了她原本的喜怒哀乐。

她双手叠加在小腹前，玫红色的手包与这身旗袍相得益彰。沉静的眼眸，定定地看向严丰年。

严丰年也只是随着一起笑了笑，"惜禾，你还好吗？"这一句，即便隔了十年，他仍旧希望她能够发自真心地跟自己说一句。但颜惜禾只是轻笑了一声，微微抬起眉眼，却已经平静如水。

"我挺好的。前面有家店，我们去坐坐吧。"她说着，目光已经从严丰年的身上挪移开来，脚步径直朝前走去。

严丰年在这个时候突然想起第一次见到颜惜禾的场景，那个时候他由大哥严平温带着去跟她寒暄。他站在这个女人的面前，竟然战战兢兢不知道如何开口。

那时候颜惜禾并无半点儿女儿的娇羞，她主动跟自己攀谈，还约自己去看戏。时光荏苒，也不过是一眨眼的工夫，他们就隔了十年的光景。

严丰年跟在颜惜禾的身后往前走去，她不曾开口，也不曾回头多看他一眼。两个人这样走着，直到坐在一张桌子的对立面。

严丰年自然从颜惜禾的脸上没有看到半点儿丧夫之痛，她那张云淡风轻的脸上，被长久沉凝的平静深深锁住。

"丰年，你这些年一直在上海吗?"颜惜禾轻轻抿了一口咖啡，声音平静地问道。那双曾经让严丰年失魂落魄的眼眸，定定地盯着他。

"出国待了几年，后来就去上海了。你呢? 什么时候来南京的?"严丰年说这话的时候，颜惜禾一直低垂着眉眼转动着中指上的一枚戒指。

如果他没有记错的话，那枚戒指是自己十年前送给颜惜禾的。那个时候她只是看了一眼，并没有表露出喜欢还是不喜欢。

严丰年不知道颜惜禾戴着那枚戒指是不是有意的，他的心还是不由得"咯噔"了一下。颜惜禾显然也注意到了这个细节，微微笑了笑，而后开口了，"我来了好几年了，却不知道你一直就在上海。"她说完，见严丰年的视线落在中指的戒指上，"这枚戒指是你送我的。"她说着，摊开手指，仔细把玩着。对于无名指上那枚小巧的钻戒，却仿佛是自动忽略了一般。

严丰年不再说话，只是端着身前的咖啡，长久沉默。

"丰年，你结婚了吗?"颜惜禾收敛住自己的情绪，依旧是淡淡的语气。这个问题，严丰年并不想回答。

他和陈莹之间，只是组织上为了工作的需要，暂时性组成的夫妻。可这几年，两个人一直保持着形式上的婚姻关系。

"结了，两年前结的，是局属医院的护士。"他轻轻地说道。颜惜禾静静地听严丰年说完，而后再次开腔。

"护士挺好的!"她说完，就低垂下眉眼。两个人都若有所思地端着咖啡小口抿着，谁也没有再说话。

一直到后来，还是颜惜禾主动开口，"丰年，这些年，你是不是特别恨我？"她问完之后，眼眸便盯着严丰年。

严丰年没有回答，如果说没有恨，他觉得那纯属是欺骗，如果说有恨，也早已经随着时间消散了。

颜惜禾靠在椅背上长长地舒了一口气，露出一副极其疲惫的样子，"人在年少时，常常不懂得珍惜自己已经得到的。等到失去了，就算是后悔莫及，也得接受。或许，这就是人的命！"

颜惜禾说完，将目光投向窗外，那张精巧的小脸上，再也没有严丰年曾经熟悉的坚强和锐气。

严丰年没有多问，这份在他心中曾停留多年的情感，早已经随着时光流逝了。十年前他无力承担，十年后他却是无心承担。

三天后，他回到了上海，继续完成在情报局的潜伏任务。局里对张锦江的死都讳莫如深，只是听闻南京方面会派一个人过来主持下一步的工作。

可是谁也没有想到，这个人竟然会是黄锡隆。从上海情报局离开三年的黄锡隆，以另外一副全新的姿态凯旋。

三楼的会议室里，黄锡隆坐在张锦江的位置上，意气风发地将局里下一步的工作进行了部署。他与三年前那副玩世不恭的模样截然不同。

会议结束后，黄锡隆却将严丰年叫住了。严丰年记得前几天在南京碰到黄锡隆的时候，黄锡隆并没有透露自己马上要来上海赴任的事情。

"老严啊，咱们可是又聚在一起了，以后，你可要多支持我的工作。"黄锡隆拍着严丰年的肩膀说道。那张圆滑的脸上，堆满了笑容。

"这个是必须的。"严丰年也跟着一起笑，却不再像从前那样与黄锡隆保持近距离。黄锡隆在南京有强有力的后台，他性格圆滑，又比张锦江年轻许多，且对情报局的工作也甚为了解，严丰年的心里，不由得多了几分担心。

这一日在酒馆里，黄锡隆喝得有些多了，便与严丰年开始唠嗑。

"老严啊，我他妈还真得感谢崔宁峰那个龟孙子！要不是他，我也不可能飞黄腾达。"黄锡隆的话，严丰年没有搭腔。

"我老婆和孩子都是日本人杀的，你说我一个大老爷们，凭什么忍住这口恶气啊。青木那个浑蛋，就是该死，只是死得便宜了一点儿。"黄锡隆这么一说，严丰年似乎猜到，当年这件事情果然跟他有关。

"嘘！这话不要乱讲，要是被人听到了……"严丰年故意压低了声音，露出一副小心谨慎的样子。

"怕什么怕？青木一郎就是我杀的！还有，日本人马上就要打败了，这群狗日的，早晚都要滚出中国的领土。我巴不得现在就将他们都赶出去。"黄锡隆继续骂骂咧咧地说道。

这是严丰年第一次从自己内部人口中听闻日本人马上将要战败的消息，他知道日本人偷袭珍珠港的事情爆发之后，美国已经将战火对准了日本。

国内的战局已经明朗，战争的胜利指日可待，可他没有想到，竟然会如黄锡隆说的那样来得如此之快。

"你还记得那个孟思成吗？他那娘儿们真是够势利的，死了男人之后立马又找了个人嫁了，前后可不到一个月啊。那女人，还真是朵奇葩。"黄锡隆露出了微微的醉态，他口中的孟思成，严丰年是认识的，黄锡隆鄙夷的那个女人，正是颜惜禾。

他记得前几天见到颜惜禾的时候，她只是表情很冷淡，并没有露出任何的异样。但是此时从黄锡隆口中得知，这个女人已经再嫁并且携着家眷和家产，全部迁往香港去了。

他微微有些震惊，但是也觉得能够理解。颜惜禾原本就是个趋利避害的人，他们两个人注定了如同平行线一样，行走在各自的路上。

至于后来黄锡隆还说了什么，严丰年一个字都没有听进去了。时间缓慢过去了两个月，马上就到了一九四五年八月十五日。

这一天，对于严丰年来说，绝对是一个值得庆祝的日子。日本方面已经提出了投降，严丰年早早地在酒馆里找了个临窗的位置坐下，几个小菜一壶浊酒，桌上的收音机里正在播报着日本签署投降战败书的全过程。

播音员激情澎湃的声音落入他的耳中，他只觉得自己这颗沉寂了许久的心，开始剧烈跳动起来，身体的血液都沸腾了。

他靠在椅座里，嘴角自然露出一抹喜悦的笑容来，伸手端起酒杯，一仰脖全都倒进喉咙里。整整十年，他从来没有像现在这样开心过。

原本是个阴沉的天气，却不想阳光透过厚重的云层，将万丈光芒投射在大地上。严丰年眯缝着眼眸放眼望去，只见街道上，民众已经自发地组织起来庆祝这一伟大的时刻。

欢呼声不绝于耳，以至于收音机的播报声被掩盖住了，他听不清楚那个女播音员激昂的声音,却始终沉浸在这突如其来又振奋人心的欢愉之中。

他在心里默念起了那篇高尔基的《海燕》:

> 在苍茫的大海上,狂风卷集着乌云。在乌云和大海之间,海燕像黑色的闪电,在高傲地飞翔……这个敏感的精灵,——它从雷声的震怒里,早就听出了困乏,它深信,乌云遮不住太阳——是的,遮不住的……

后　记

　　民国的历史,在中国浩浩荡荡五千年的长河中,只能算是浪花一朵。可这朵浪花,却开启了一段求生求新的篇章。犹记求学生涯中偶遇一位老师,激情昂扬地讲述鸦片战争还有辛亥革命。无论是"苟利国家生死以,岂因祸福避趋之",还是"革命尚未成功,同志仍须努力",都让我对那些逐渐从封建封闭的牢笼里苏醒的中国人肃然起敬。我一直想写一点儿文字,记述那段时光下的人们,也想用自己的视角去透过人物解读我对这段历史的理解。

　　《瑞雪丰年》寓意吉祥。瑞雪将至,必定天象大变,万物接受洗礼,只要抵抗住了严寒,将会在来年迎接丰收。这四个字,寄予了人们对收成的期望。而对处于民国时期的中国而言,内忧外患,民不聊生。这个时期成长起来的一批年轻人,没有经历过八国联军的侵略,没有经历过辛亥革命的动荡,就算是军阀各自为政,也只是国内局部的骚乱。父辈留下丰厚的家产,只要略微经营,足以将安逸延续几代。

　　就如同文中的严丰年和颜惜禾一样,他们凭借家族优渥的产业,拥有阔绰有余的生活。军阀混战不会叨扰到他们原有的安逸。严丰年不过是想要安稳地过着自己的小日子,混迹在三教九流里,寻寻乐子了此一生足矣。而颜惜禾,虽是女流之辈,却肩负着守护家业的重任。对于这两个年轻人来说,他们眼里外界的变化都是微不足道的。他们各自活在自己的世界里,追寻着自己渴望的快乐。

　　严丰年的大哥严平温带着严丰年去见颜惜禾,虽是女子,却无半点儿娇揉造作。她非常明了严平温的动机,对于强强联合的婚姻,她从心底并不排斥,所以,这才会有她与严平温的交易,也才会有她不拒绝严丰年的任何好意。这种自保的心理,从始至终,根深蒂固地盘存在她的心里。

如果说时代造就了颜惜禾,那么我们可以说,颜惜禾也造就了严丰年。

本文是以感情戏开头,但重点并不在谈情说爱方面。可我却想借用爱情的引子,道出一个人的十年蜕变。严丰年作为本文的男主角,当之无愧。作为一个捡了便宜的私生子,他内心得意却又过着小心翼翼的生活。初到严家时的低眉顺眼,对大哥严平温的感激涕零甚至是唯唯诺诺足见他的小心。严平温想要利用这个眉清目秀面相俊朗的九弟,他也心甘情愿地当了这个靶子,还对那个冷淡薄情的颜惜禾动了真心。

严丰年的单纯和善良,在这个阶段表现得淋漓尽致。每日与颜惜禾约会回来,乖乖地跟自己的大哥汇报情况,颜惜禾对他稍微好一点儿,他立刻春心荡漾遐想连篇。他单纯地以为,只要自己对这个女人一心一意,就能够换得她对自己的满心欢喜。作为一个男人,他不关心时政,不关心家事,所以在严平温和颜惜禾的交易失败时,他竟然还冒冒失失若无其事地去求婚。

当他发现这一切不过是自己的单相思时,却选择以酒浇愁。在天下大变的时刻,他和所有人一样,只觉得内心惶恐。如果说唤醒严丰年的是日本侵华,不如说真正唤醒他的是严平温的死。他孤零零的一个人到了北平,只有大哥严平温对他和颜悦色,即便这份好里夹杂了太多的利用。他沿着报恩和报仇的路,走向了一条保家卫国之道,这对于严丰年来说,他自己都不曾预料。

我在本书的前半部分,营造了促成严丰年发生蜕变的环境。在这里,我想要说说颜惜禾和严平温。在某种程度上而言,我觉得这两个人属于同一类人,也就有了他们年纪相差很大,却说话很是投机。他们势利又富有责任心,守旧而又固执。身后有一个庞大的家族需要支撑,原本安分守己做生意的严平温,也破例与颜惜禾做起了吗啡的生意。而颜惜禾则表现得更加明显一些。和平年代或许她会选择严丰年,但是动乱来临,她只能寻求军阀的保护。

他们代表了一代守旧势力,对于军阀的盘剥逆来顺受,对于外来侵略熟视无睹,他们只想要守住自己的利益。可在国难当头之时,逃避并不能保全自身,就如严平温一面不想与日本人合作,一面又拒绝和共产党合作,最终只能沦落为日本人枪下的冤魂。而颜惜禾嫁给军阀，谋得暂时的安稳，却在十年后再次颠沛流离。

当然文中还有一拨人，就是严丰年的那几个兄弟，他们身上有极强的亡国奴的思想，甚至情愿做日本人的走狗。国破家亡唤不醒他们的羞耻心，他们甚至期盼着强盗能够给自己提供庇护。这群人在民国时期并不算是少数，他们做着白日梦，希望在动乱中捞到丰厚的个人利益。文中对严平俭和严平举兄弟的亲日行为，描述不是太多，甚至只是渲染而已。可是这点儿渲染，足以激起民愤。

严丰年最终成为一名优秀的特工，就如同王五爷、安再年、陈莹他们一样。这是一群坚信革命必定胜利，黎明一定会冲破黑暗的人。正因为有这样坚定的信念，才使得他们在那个慌乱的年代，用生命和信仰，将革命的火种一点点播撒开来。

延安的时光，给严丰年的思想还有心灵带来全新的洗礼。他内心的怯懦还有惶恐，渐渐地消散。当然，他也放下了虚无缥缈的爱情。上海和北平，这两个曾经让他沉迷的城市，却赋予了他新生命。

在汪伪政府上海情报局里，他内敛沉稳，看多了杀戮，心底的仇恨越浓，而信念也更加坚定。日本人的惨绝人寰，让他感觉到使命的沉重。而这份沉重，却让他寻找着契机，一方面保护革命的火种，一方面与日本势力展开斗争。无人知晓他内心经历的动荡和波澜，他只是用自己沉静而淡泊的外表，蒙蔽着这群人的眼睛。

安排严丰年刺杀颜惜禾的丈夫孟思成，这就像是上天跟他开的一个玩笑一样。他对这个拒绝了他的女人是充满了怨恨的，但时光早已经将爱恨情仇消磨殆尽，他宁愿与颜惜禾消散在岁月的长河里。但十年的时间，却再次将他们拉到了一起。他内心不是没有经历过纠结，但在革命面前，他选择了国家利益。

如果说，严丰年刺杀了孟思成，所以对颜惜禾存有忌讳之心，那么只能说颜惜禾的有意邂逅，却是对他们这十年错失的告白。十年前他曾问，如果有一天天下太平了，我还可不可以追求你，那时候的颜惜禾本能地选择了拒绝。十年后眼看着和平将至，她坦然地坐在他面前寒暄着好久不见，而对面的男人历经了岁月的沧桑之后，却只剩下眼底的波澜不惊。

我并没有花太多的笔墨渲染两个人之间的爱情，我倒是喜欢这样的结尾。颜惜禾的性格本来就刚毅，但她并不是一个绝对冷情的人。作为一个封建守旧派，她骨子里清高，十年前她拒绝了严丰年，十年后自然也不会留在严丰年的身边，所以她会选择举家迁往香港。这样的决定，对于任何人来说，都是情理之中的事情。

十年前他爱得炽热，却不知她内心也有火花燃烧过。这样的错失，或许会引发一点点遗憾。但遗憾却是美妙的，就如同维纳斯拥有断臂一样。当严丰年听到革命胜利的消息，只能够冷静地坐在小酒馆里自斟自饮，我的眼前就出现了这样一个男人，他有着深邃的眼眸、俊朗的容颜，端着小酒杯目光幽怨地看着前方，嘴角带着淡淡的笑意。他是睿智的、儒雅的、内敛的，可又是坚毅的、火热的。

就如同书名一般，瑞雪丰年。只有经历了瑞雪的寒冷还有考验，才能够迎来新生。而严丰年经历了革命的洗礼之后，无论是思想还是心灵，都已经脱胎换骨。他身上不再有守旧派的烙印，对于变化不再只是惶恐和不安。他懂得如何应对外界的变化，也懂得如何调节自己的内心。

当然，这本书是以严丰年的视角展开叙述的，内容方面也紧紧围绕着男人的生活。文中女人的角色除了个性鲜明的颜惜禾之外，其他配角相对薄弱。守旧派、亲日派、革命派，这是文中出现的三类人物，在这个大范围内，每个人物都可以找到自己的阵营，也能够寻到自己最终的命运。

在创作的过程中，我无数次萌生想要从颜惜禾的视角来书写这段历史的冲动，想要看看这个守旧派十年的内心变化，遇一人而错失，再遇却是殊途。然而，这只是我主观的臆想，但却激发我对于这个主题的开放性思考。

以上，便是我创作《瑞雪丰年》这部小说的一些粗浅想法。希望大家能够喜欢《瑞雪丰年》这部小说，更希望我们青年一代能够坚定理想信念，勇于担当历史责任。不忘历史，才能开辟未来！

作 者

图书在版编目（CIP）数据

瑞雪丰年 / 张晓光著. — 2 版. —北京：中国文
史出版社，2020.1

（跨度长篇小说文库）

ISBN 978 - 7 - 5205 - 1304 - 3

Ⅰ . ①瑞… Ⅱ . ①张… Ⅲ . ①长篇小说 - 中国 - 当代

Ⅳ . ①I247.5

中国版本图书馆 CIP 数据核字（2019）第 195685 号

责任编辑：卢祥秋

出版发行：**中国文史出版社**

社 　　址：北京市海淀区西八里庄 69 号院 　邮编：100142

电 　　话：010 - 81136606 　81136602 　81136603（发行部）

传 　　真：010 - 81136655

印 　　装：北京东君印刷有限公司

经 　　销：全国新华书店

开 　　本：720×1020 　1/16

印 　　张：21.5 　　　字数：341 千字

版 　　次：2020 年 1 月第 2 版

印 　　次：2020 年 1 月第 1 次印刷

定 　　价：68.00 元